岩 波 文 庫

32-254-8

人 間 の 絆

（下）

モ ー ム 作
行方昭夫訳

JN285808

岩 波 書 店

W. Somerset Maugham

OF HUMAN BONDAGE

1915

目次

人間の絆

（下）

年がかわると、フィリップは外科外来の助手になった。仕事はこれまでと同じようなものだったが、内科と違って外科特有のてきぱきしたところがあった。患者の大部分は、怠慢な社会がそしらぬふりをしているために伝染させてしまっている、例の二つの病患に罹《かか》っていた。フィリップの上司はジェイコブズという名の医師であった。背が低く、太っていて、陽気で、はげ頭で、大きな声を出す男だった。コックニ訛りがひどく、学生の間では、よく「成り上がり野郎」とあだ名されていた。だが、外科医としても教師としても才能豊かなので、いやな面には目をつぶろうとする学生も少なくなかった。物事すべてを茶化して見る癖もあって、そういう態度で学生にも患者にも、誰かれ構わず接したのである。とくに、自分の下で働く助手たちを愚か者扱いするのが大好きであった。助手たちは知識も浅く、神経質になっていて、彼を仲間扱いして言い返すことなどとうていできなかったので、いいように扱われてしまった。彼が相手構わず、嫌味や皮肉を言うので、学生たちは、ただ苦笑して辛抱しなければならなかった。ある日のこと、えび足の少年がやって来た。両親は何とか手術で治らないかというのだった。ジェイコブズ先生はフィリップのほうを向いた。

「ケアリ君、この患者を担当したまえ。きみのよく知っている分野だろう」

フィリップはさっと赤面した。からかわれているのは明らかで、仲間の助手たちが追従笑いをするので、ますます赤くなった。事実、えび足については、病院に来て以来、フィリップは熱心に勉強していた。図書館にある、さまざまな畸型の脚に関する文献はすべてといってよいほど参照していた。少年は靴と靴下を脱いだ。一四歳で、平たい鼻で、青い目をし、顔にはそばかすがあった。父親が言うには、えび足では就職にも差し支えるので、できるものなら治して欲しいとのことだった。フィリップはその子を観察してみた。陽気な性質で、少しも恥ずかしがらず、よくしゃべり、父親に注意されるほど生意気な口のきき方をする。自分の足にとても興味を持っていた。

「格好が悪いってことだけ気になるんだ。だって、おれ自身は別に不便なんかしてねえもん」

「アーニー、うるさいぞ。おまえは無駄口が多い」父親が注意した。

フィリップは、その子の足を診察し、不格好な患部を手でゆっくりと撫《な》でた。フィリップとしては、自分をあんなにも悩まし続けてきた、あの羞恥心《しゅうちしん》や屈辱感をどうしてこの子は持たないで済むのか不思議だった。この少年のように、さとり切ったように気にしないでいられれば、ぼくも楽なのに、と思った。やがてジェイコブズ先生が近寄って来た。少年はベッドの端にすわり、先生とフィリップがその両端に立ち、この三者を半円形に囲むようにして学生が見守っていた。ジェイコブズは、いつものてきぱきした物言いで、えび足について分かりやすい説明をした。解剖学的条件の差によって生じる数種類のえび足についても言及した。

「きみのは馬型えび足《タリペス・エクイヌス》だったね?」先生は突然フィリップに向かって言った。

「そうです」

仲間の学生たちに注視されているのを感じ、思わず赤面するのを抑えられず、自分自身に苛立った。両方の手のひらから汗がにじむのを感じた。ジェイコブズは長年の経験からよどみなく講義を続け、適切な説明の仕方はただ感嘆するばかりだ。教師と医師という職業が面白くてたまらない、という感じだった。しかし、フィリップは先生の話が耳に入らなかった。早く終わらないかと、それのみを願っていた。はっと気付くと、先生がこちらに話しかけている。

「ねえ、ケアリ君、靴下を脱いでくれんかね?」

途端に全身が震えるような気がした。一瞬、先生をどなりつけてやろうかという衝動にかられたが、とても勇気がなかった。残酷な言葉でからかわれるのを恐れた。無理に平気を装った。

「いいですよ」

フィリップはベッドにすわって、靴のひもを解きにかかった。指が震えていて、結び目は永久に解けないのではないかと思えた。少年の頃、学校で悪童たちに無理やりに足を見せろと言われた情景が頭に浮かんだ。あの時の屈辱感は心の奥に深い傷跡を残した。

「足を清潔にしていて、えらいじゃないか」ジェイコブズが耳障りなコックニ訛りで言った。

周囲の学生たちが忍び笑いをした。フィリップの目に、例の少年がさも面白そうに目を輝かせて、フィリップの足を見下ろしているのが見えた。先生はフィリップの足を手に取って言った。

「うん、思った通りだ。手術してあるね。子供のときのことだろう?」

先生はさらによどみなく解説を続けた。学生たちは体を乗り出すようにして、フィリップの足を見た。ジェイコブズ氏が手を離すと、二、三の学生が手を触れて調べた。

「もうみなさんお済みになりましたか」フィリップは皮肉な微笑を浮かべて言った。

一人残らず殺してやりたい気分だった。こいつらの首に鑿《のみ》を(どうして他の道具でなく、鑿を思いついたのか自分でも分からなかった)ぐさりと刺してやったら、どんなに胸がすくことか。人間って奴はなんて残酷なんだろう！　地獄の存在を信じられればいいのだが。地獄があれば、ここにいる奴らを全部そこに追い落として恐ろしい拷問にかけてやれるのだと思うと、気が休まる。ジェイコブズは治療法について語り出した。説明は、半ば少年の父親に、半ば学生たちに向けられた。フィリップは靴下をはき、靴ひもを結んだ。ようやくすべてが終わった。だが、先生は思いついたことがあったようで、フィリップにまた話しかけた。

「ねえ、きみ、再手術を受ける価値があると思うのだがね。手術しても正常な足のようにはならないだろうけれど、少しはよくなる。とにかく、一考の価値があるよ、休暇が取りたくなったとき、ちょっと病院に入ればいいんだからな」

フィリップは以前にも、もう少し何か治せないものかと、何度も考えたことがあった。ただ、えび足のことを話題にするのを好まず、病院の外科医の誰にも相談したことがなかった。子供の頃なら多少は治療の甲斐があったにしても――昔は今ほど畸型の脚の治療法は進んでいなかったわけだが――今になってはよい結果が出ているという見込みは薄い。図書館の文献はそのように教えていた。それでも、手術でもう少し普通に近い靴をはけて、もう少し足を引きずらずに歩けるのなら、手術してもよい、と思った。伯父が神には不可能事はないと保証するので、子供の頃、奇跡を起こして足を治してくださいと、夢中で祈りをささげたものだ。思い出して、苦笑した。

「あの頃はぼくも単純だったな」


二月末になると、クロンショーの容態が大分悪化した。もうベッドから起き出すこともできなくなった。ベッドに臥《ふ》せったきりで、窓を常に閉じておいて欲しいと言い、医師に診てもらうのは絶対にいやだと言い張った。滋養のある食物はほとんど取らず、ウイスキーとたばこをくれと言う。酒もたばこも体に悪いのは分かっていても、クロンショーの要求には逆らえなかった。

「酒とたばこで死が早まるのは分かっている。でも、構わん。きみは警告してくれた。それで義務は果したのだ。わしはきみの警告を無視する。酒をくれ。どうなっても構うものか！」

レナード・アップジョンが、週に二、三回ひらりと舞い込んで来た。彼の外見にはどこか枯葉を思わせるものがあるため、ひらりと舞い込むというのが、いかにも適切な表現であった。三五歳のひょろひょろした、薄い色の髪を長く伸ばした色白の顔の男で、あまり戸外に出ない人のように見えた。非国教会派の牧師がかぶるような帽子をかぶっている。彼には人を見下すようなところがあるので、フィリップは不快に思ったし、とめどなくしゃべる話にもうんざりした。アップジョンは、自分の話に悦に入るような男だった。聞き手が関心を示すか否かにまったく配慮しないのだが、もしすぐれた話し手なら、まずこの点に注意するはずだ。相手が前から知っていることを話しながら、まったくそれに気が付かないのだ。例えば、芸術に詳しいフィリップに向かって、美辞麗句を並べて、ロダンの彫刻、アルベール・サマンの詩、セザール・フランクの音楽などについてとくとくとまくしたてるのであった。フィリップが頼んでいたメイドは朝一時間来るだけだし、フィリップは一日じゅう病院にいなければならなかったから、クロンショーは一人きりでいることが多かった。アップジョンは、いつも誰かがついているべきだと言うが、そのくせ自分から手伝おうとは言わない。

「偉大な詩人を一人ぼっちにしておくなんて、考えただけでもぞっとするよ。誰にも看取られずに亡くなるということだって、きみ、ありうるんだよ」

「そうなるでしょうね、多分」フィリップが言った。

「よくもそんな冷淡なことが言えるね」

「だったら、あなたが毎日ここに自分の仕事を持って来て彼のそばに居たらいいじゃありませんか。クロンショーの用事を、あなたがしてあげたらいい」フィリップがそっけなく言った。

「ぼくが？　何を言っているんだい。慣れた環境でなくては仕事ができないんだよ。それに、ぼくは出歩くことも多いしね」

フィリップがクロンショーを下宿に連れて来てしまったことについても、アップジョンは不満を言った。

「あのままソーホーに置いておけばよかったのに。あのみすぼらしい屋根裏部屋には、詩人にふさわしい雰囲気ってものが少しはあった。ウォピングとかショアディッチならまだ許せるけど、ここケニントンの上品ぶりはいかん！　詩人の命を終える場所としては最低だよ」こんなことを細長い手を振りながら言った。

クロンショーがばかに機嫌が悪いことがよくあったけれど、そういう苛立ちはすべて病気のせいなのだから仕方がないといつも自分に言いきかせて、フィリップは何とか自制していた。フィリップの帰宅前に、アップジョンが来ていることが時どきあり、そういう折には、クロンショーがフィリップのことで、ひどく愚痴をこぼしていた。アップジョンはそれを嬉しそうに聞いているのだ。

「要するにケアリ君には美意識がないということでしょう。中産階級の心しかないんですからね」アップジョンは、したり顔で言うのだった。

アップジョンはフィリップに皮肉ばかり言うので、この男を相手にするときはいつも相当の自制心が必要だった。しかし、ある夜のこと、ついに堪忍袋の緒が切れた。フィリップは病院で忙しく働いて、疲れ切っていた。レナード・アップジョンが、台所でお茶をいれているフィリップに近づいて来て、フィリップがクロンショーに医者に診てもらえとうるさく言うのを、詩人がいやがっていると言った。

「偉大な詩人の世話をするという、またとないすばらしい特権を、一体きみは認識しているのかね？　これほどの信頼に感謝して、きみにできることは何でもすべきだよ」

「またとないすばらしい特権にあずかるには、大部費用がかさむんですがね」フィリップが言った。

金銭の話になると、アップジョンはいつも軽蔑の色を浮かべるのだった。まるで感性豊かな魂がけがされるとでも言わんばかりだった。

「クロンショーの美的な態度が、きみの口やかましさで損なわれてしまった。きみには分からんだろうが、詩人の微妙な心の動きをもっと大事にしなくてはいけないな」

フィリップの顔は憤怒のあまり紅潮した。

「じゃあクロンショーの所に行こう」フィリップは冷やかに言った。

詩人は仰向けになり、口にパイプをくわえて本を読んでいた。部屋の空気はかび臭く、部屋はフィリップが片付けていたのだが、クロンショーにどこまでもつきまとう薄汚れた外観を呈していた。二人が現れると、詩人は眼鏡を外した。フィリップの怒りはすさまじかった。

「ぼくが医師に診てもらえと勧めたというので、ぼくの悪口をアップジョンに言ったそうですね。いいですか、ぼくが診てもらうように言うのはね、あなたがいつ何時《なんどき》亡くなるかもしれないからなのです。もし医者の診察を受けていないで死亡すると、死亡診断書が貰えない。となると、検死となり、ぼくは医者を呼ばなかったというので大変な立場に追い込まれるんですよ」フィリップが言った。

「それは知らなかった。きみが医者に診てもらえと言ったのは、わしを案じてのことだと思っていた。きみの都合だとは知らなかった。いいよ、いつでも医者に診てもらうよ」

フィリップは返事をしなかった。僅かに肩をすくめた。それを見てクロンショーは、くすりと笑いをもらした。

「そんなにふくれるなよ。きみがわしのためにどんなに一所懸命やってくれているか、ちゃんと分かっているんだ。医者に診てもらおうじゃないか。ひょっとすると、何かいい薬でもくれるかもしれん。まあ、とにかく、そうすればきみも安心できるだろう」それからアップジョンのほうを向いた。「レナード、きみって奴は間抜けだな。どうしてケアリを怒らせるようなことをするんだ？　彼は、わしのことを我慢するだけで、精いっぱいなのに。きみは、わしの死後、すばらしい追悼文を書いてくれればそれでいい。きみのことはよく分かっているつもりだ」

翌日、フィリップはティレル先生に会いに行った。この先生なら、クロンショーに関心を持ってくれると見当をつけたのだ。事実、その日の仕事から解放された先生は、フィリップに同行して、ケニントンまで来てくれた。診察した博士は、フィリップと同じ意見で、もう長くはもつまい、と言うのだった。

「よかったら入院させるようはからってもいいよ。小さな病室なら用意してあげられる」

「入院はどうしてもいやだと言うんです」

「いつ亡くなっても不思議はない。さもなければ、また肺炎に罹るな」

フィリップはうなずいた。ティレル先生は一つ二つ指示を与え、フィリップが望めば、いつでもまた往診すると約束して診療所の住所を書いておいてくれた。フィリップがクロンショーの所に戻ると、おとなしく読書をしていた。医師の診断について、あえて尋ねるようなことはしなかった。

「どうだい、これで満足だろう?」クロンショーが言った。

「ティレル先生が指示したことなど、どれも守る気はないんでしょう?」

「ないね」クロンショーは、微笑んだ。

85

その二週間後のある夜、病院の仕事を済ませて帰宅したフィリップは、クロンショーの部屋のドアをノックした。返事がないので、入って行くと、病人は体を丸くして寝ていた。フィリップはベッドに近寄った。クロンショーが寝ているのか、それともいつもの癇癪《かんしゃく》の発作のせいでそうしているのか、分からなかった。口がぽかんと開いているのを見て、はっとした。肩に触れてみた。フィリップは驚いて声をあげた。シャツの下に手を入れ、心臓の鼓動をさぐった。停まっている。どうすればよいのか分からなくなり、仕方なく、病人の口元に鏡を持っていった。そんなやり方で死を確認するという話を聞いたことがあったのだ。クロンショーと二人きりでいるのが急に恐ろしくなってきた。帰宅したばかりで、まだ帽子とコートを着けたままだったから、階段を駆け下りて通りに出た。馬車を呼び止め、ハーリ街に走らせた。ティレル先生は在宅していた。

「すぐいらして頂けませんか？　クロンショーが死んでしまったようなのです」

「そういうことでは、私が行っても仕方がないじゃないか」

「いらしてくだされば、とてもありがたいのです。戸口に馬車を待たせてあります。ほんの三〇分の距離です」

先生は帽子をかぶった。馬車に乗ってから、フィリップに二、三の質問をした。

「今朝出かけたときには、いつもよりとくに悪そうにも見えなかったのです。ついさっき、部屋に入って、びっくりしてしまいました。彼がまったく一人ぼっちで死んだかと思うと……自分が死ぬと分かっていたんでしょうか？」

フィリップは死についてクロンショーが言っていたことを思い浮かべた。最期の瞬間に、死の恐怖に襲われたのかどうかは不明だった。死が間近だと分かって、周囲に誰一人、慰めの言葉をかけてくれる者がいないというような状況に、もし自分が陥ったらどうなるだろうかとフィリップは考えた。

「だいぶ動転しているようだな」先生が言った。

明るい青い目でフィリップを見たが、その目にはまんざらやさしさがないこともなかった。クロンショーを診てから言った。

「死後数時間になるね。恐らく、眠っている間に亡くなったのだろう。よくあることだよ」

遺体は縮んでいて、つまらぬものに見えた。とても人間には見えない。博士は冷淡に遺体に目をやり、それからポケットから時計を取り出した。

「そろそろ帰らねばならない。後で死亡診断書を届けさせよう。故人の親類とはきみが連絡を取ってくれるんだろう?」

「親類は一人もいないと思います」

「葬儀はどうするんだね?」

「ぼくが何とか取り仕切りますよ」

ティレル先生は、フィリップをちらと見た。葬式代に役立つようにと、少しまとまった金額を渡してやろうかと考えた。フィリップの経済状態は何も知らない。ひょっとすると、費用は充分にまかなえるのかもしれない。とすれば、金を出そうというのは余計なお世話かもしれないな。

そう考えて、先生は、「私にしてあげられることがあったら、何でも言ってくれたまえ」とだけ言った。

フィリップと先生は一緒に外に出た。戸口で別れ、フィリップは電報局に行き、アップジョンに電報を打った。次に、病院への往復で毎日前を通っていた葬儀屋へ行った。

この葬儀屋に気付いたのは、「安価、迅速、品格」と黒布に銀色で記された宣伝文句のせいだった。黒布は、見本の棺と共にショー・ウインドウに張ってあり、三つの文句を見るたびに、フィリップは大いに面白がっていたのである。葬儀屋の主人は、小柄の太ったユダヤ人で、縮れた長髪にたっぷり油をつけ、黒い服を着て、太い指に大きなダイヤモンドの指輪をはめていた。フィリップに対して、この男は生来の図々しさと、職業柄の慎しみ深さとが入りまじった、一種独特な態度で接した。フィリップが途方に暮れているのを一瞬にして察し、すぐ女を派遣して、必要なことをさせると確約した。この男の提案する葬儀は豪華過ぎるものだったので、フィリップが反対すると、けちな客だと思ったようで、フィリップは屈辱を覚えた。葬儀の値段のことで押し問答するのはいやだったので、結局、不都合なほど高額の葬儀をすることに同意した。

「分かりますよ、旦那」と葬儀屋が言った。「派手なことはしたくないとおっしゃるんでしょ。いやあ、私どももけばけばしいのは反対でしてね。ただ、一応、紳士としてみっともなくないものになさりたいってわけざんしょう？　お任せください。ちゃんとしていて、しかもお値段は抑える。それでよろしゅうござんしょうな？」

フィリップが帰宅して夕食を取っている最中に、女が遺体の世話をしに来た。しばらくして、レナード・アップジョンから電報が届いた。

オドロキトカナシミデ　ムネイッパイ　ショクジノヤクソクデ　コンヤユケヌ　アスハヤクユク　アイトウノイ　ササグ　アップジョン

しばらくすると、女が居間のドアをノックした。

「済みました。いらして、あれでいいかどうか、ごらんになってください」

フィリップは女の後に従った。クロンショーは仰向けに横になり、目を閉じ、両手をきちんと胸の上で合わせていた。

「お花が少しあったほうがよろしいのですが」女が言った。

「明日、買って来ましょう」

女は遺体のほうを満足そうにちらと見た。仕事を終え、まくりあげた袖をおろし、エプロンを外し、ボンネットをかぶった。代金はいくらかと、フィリップが尋ねた。

「ええと、二シリング半くださる方もあれば、五シリングくださる方もいらっしゃいます」

こう言われては、五シリングより少ない額にはしたくなかった。フィリップが悲しみに打ちひしがれているので遠慮したのか、女はほどほどに礼を言ってすぐ帰って行った。

フィリップは居間に戻り、夕食の後片付けをしてから、ウォルシャムの『外科学』を読もうとして、すわり直した。うまく読めない。気分が妙にそわそわしているのだ。階段で何か物音がすると、思わずとび上がり、心臓の鼓動が激しくなった。隣の部屋に横たわっているのは、ついこの間まで人間であったが、今では無に帰してしまったものだと思うと恐怖の念が生じた。隣室の沈黙は不気味で、何か中で神秘的なことが起こっているかのように感じられる。死の存在がどの部屋にも重くのしかかり、この世ならぬ、おどろおどろしい雰囲気をかもし出している。ついこの間まで親しい人であったのに、今は無と化したもののために、フィリップはひどくおびえた。何とか読み続けようと努めてみたが、しばらくすると断念して書物を押しやった。彼がもっとも心を悩ませたのは、終わったばかりの詩人の一生の完全なむなしさであった。クロンショーが生きていようと死んでしまおうと、どちらも同じだというのはどういうことか。まるで、クロンショーはこの世に一度も存在していなかったかのようだ。クロンショーの若かった頃を想像してみた。まだやせていて、足にばねが入っているように軽やかに歩き、頭髪はふさふさし、元気いっぱいで、前途に希望を抱いている――そういう姿を思い浮かべるのは、よほど想像力を働かさないと困難であった。「意のおもむくままに行動せよ。ただし、街角に警官がいるのを忘るべからず」というフィリップの人生の指針は、クロンショーの場合にはうまく行かなかったとしか考えられない。むしろ、そのような指針に従って一生を送ったために、みじめな終末を迎えたのである。とすれば、本能などは信ずるに足らぬということか。フィリップは頭が混乱した。あの指針が役立たないのなら、他にどんな生き方の指針がありうるのか。また、人間は人によって生き方に差が出てくるのだろうか。人はそれぞれ自分の感情に従って行動しているのだろうが、感情は当てにならぬもので、それに従って勝利に達するか、敗北を喫するかは運に過ぎない。人生は不可解で混沌としている。人は、自分でも分からぬ力につき動かされて、右往左往しているだけだ。人生の目的を知る人はいない。人はとにかく急がねばならぬという思いにかられて、意味もなく急いでいるだけだとしか思えない。

翌朝、レナード・アップジョンが小さな月桂冠を持って現れた。亡き詩人を月桂冠で飾るという自分の思いつきに悦に入っているのだった。そして、フィリップが同意できないというように黙りこくっていたにもかかわらず、冠を死者のはげ頭にかぶせようとした。しかし、冠は醜悪に見えた。ミュージック・ホールで品の悪いコメディアンのかぶる帽子のふちのようだった。

「じゃあ、心臓の上に置こうかな」アップジョンが言った。

「きみが置いたのは心臓ではなくお腹《なか》だよ」

アップジョンはにやりとした。

「詩人の心臓の位置を知るのは、詩人だけだよ」

二人は居間に戻った。フィリップが葬式をどのような手筈で行なうかを話した。

「費用の出し惜しみはしなかったろうね。棺に続いて、人の乗らぬ馬車の長い列が通るようにするのがいいと思う。馬には風にそよぐ背の高い羽根飾りをつけさせよう。葬儀屋に命じて参列者も大勢やとって、全員に長い吹き流しをつけた帽子をかぶらせるといい。空《から》馬車だけの行列っていうのは、しゃれているんだ」

「葬式の費用はどうやらすべてぼくの負担になるようだし、ぼくの経済状態はあまり豊かとは言えないから、できるだけ節約したのですよ」フィリップが言った。

「だがね、きみ、それだったら、むしろ貧者の葬式にしたらよかったのに。それなら詩人らしさが多少は出せる。きみっていう奴は、月並みなことをする才能だけはすばらしいんだね」

フィリップは少し赤くなったけれど、返事をしなかった。翌日、アップジョンと二人で一台の馬車で霊柩車《れいきゅうしゃ》の後に続いた。参列できなかったローソンから花輪が届いた。フィリップも、棺が貧弱に見えぬように花輪を二つ買い足した。帰路、御者が馬に鞭を当てて急がせ、フィリップはすっかり疲れ果て、まもなく寝入ってしまった。アップジョンの声で起こされた。

「詩集がまだ出ていなくて、かえってよかった。少し遅らせておいて、ぼくが序文を書くことにする。墓地へ行く途中で、思いついたのだ。結構気の利いた序文が書けるだろう。とにかく、まず『土曜評論』に評論を一つ書くことにしよう」

フィリップは答えなかったので、両者の間には沈黙があった。ようやくアップジョンが言った。

「あれだね、書いた原稿は縮めないほうがやはりいいだろう。とにかく、まず評論誌に発表して、後でそれを序文にも使えばいいんじゃないかな」

その後、フィリップが評論誌に注目していると、数週間後にアップジョンの評論が出た。かなり評判になって、そこからの抜粋がいくつもの新聞に転載されるほどだった。たしかによい論文であった。クロンショーの若い頃のことは不明であったので、伝記的なことにはあまり言及がなかったけれど、全体として思いやりのある、しかも華麗な文章だった。パリのラテン・クオーターにいた頃のクロンショーが、しゃべったり、詩作をしたりしている気品のある姿を、凝った文体で描いていた。彼の筆によって、クロンショーはイギリスのヴェルレーヌとも言うべき華麗な詩人になった。詩人の住んでいたソーホーの薄汚い部屋や悲惨な晩年を描くとき、アップジョンの色彩豊かな表現にはいくぶんかの慄えおののくような荘重さ、あるいは大仰な悲壮感が漂っていた。クロンシヨーを、花咲く果樹に囲まれ、スイカズラの花に覆われた、どこかの田舎屋に移そうとアップジョンが骨折ったことを記述する段になると、自分の親切心をきわめて控え目に、それでいて読者が感心するように、巧みな表現を駆使した。アップジョンの努力は実らず、代りに、クロンショーは、芸術とは縁の薄い上品ぶったケニントンの下宿へと移されたのであったが、この移動は、善意からではあるが、芸術家魂への無理解のわざと言わざるをえぬ、と述べられていた。アップジョンのケニントンの描写には抑えられたユーモアというような筆遣いがうかがわれたが、これは例のサー・トマス・ブラウンの文体の忠実な模倣者としては当然だった。最後の数週間を語るアップジョンの筆は、かなり皮肉な調子を帯びている。クロンショーの看護役を買って出た若い医学生が、善意ではあっても気の利かぬ青年で、詩人がいかに辛抱強く、青年の凡庸さに耐えたか。また、生まれながらの流浪者である神のごとき詩人が、絶望的なまでに中産階級的な環境に置かれて、いかに哀れであったか。「灰より生まれ出し美」と、イザヤ書の句が引用されていた。凡庸な社会からの追放人であるはずの詩人が、平凡で偽善的な虚飾に満ちたケニントンで生涯を閉じることになったのは皮肉のきわみであり、アップジョンは、パリサイ人に囲まれたイエスを思い出さずにはいられなかった。イエスとの類似にかこつけて、アップジョンは感動的な一節を物している。それからさらに筆を進めて、遺体の心臓の上に月桂冠を飾った、亡き詩人の一友人について述べる。このような優雅な思いつきを得た友人が誰であったか、良識ある筆者はほのかな暗示にとどめておくが、その友人のおかげで、詩人の美しい両手は、芸術の香り高いアポロ神の葉である月桂冠の緑の葉の上に、官能的な喜びを味わいつつ置かれることとなった。月桂冠の葉の色は、多彩で不可解な中国から、肌の黒い水夫たちが持ち帰ったヒスイよりさらに濃いグリーンであった。それから、みごとな対照をなすように、論文の終わりは、月並みな中産階級的で、散文的な葬式の描写になっていた。クロンショーは、王侯貴族のような豪華な葬式で送られるか、さもなくば貧者の葬式で送られるべきであったものを、この葬式たるや、芸術、美、精神的なものすべてに対する、俗物どもからの攻撃であり、究極の勝利であった、と結ばれていた。

レナード・アップジョンのこの論文は、彼としては最高の出来だった。魅力的で風格があり、哀感に満ちた、奇跡とも言うべき文章であった。クロンショーの出来栄えのすばらしい詩をすべて論文の中で引用したので、いよいよ詩集が出たときは、詩集自体はあまり評判にはならなかった。だが、アップジョンの批評家としての名声は一気に高まった。一目置くべき存在となった。以前はやや超然とし過ぎていると言われていたのだが、この論文には深い人間愛があり、そこが大方の読者にとって彼を敬愛する理由となったのだ。

86

春になるとフィリップは外来部の助手の期間を終え、入院患者担当の医局員になった。任期は六カ月間だった。医局員は、毎日午前中に、医局主任と共に、まず男性病棟、次に女性病棟を廻り、病状を記入し、検査をし、後は看護婦たちといろいろの用事をこなした。週に二日、午後に教授が学生のグループを率いて回診し、学生たちに実用的な知識を与えた。外来部で働いたときには、現実との接触があり、仕事に変化があって、胸をときめかせることもあったが、院内の仕事にはそれがなかった。その代り、知識を得るという点では、相当収穫があった。入院患者との折り合いはとてもうまくいった。フィリップは自分が面倒を見ると、みんなに喜ばれるので、少し得意になった。患者たちの病気と深くかかわっているということはなかったけれど、人間として患者たちが好きだった。フィリップは偉ぶるようなところが全然ないので、他の医局員たちよりも人気があったのだ。フィリップは愛想よく、明るく、いつも元気づけるような態度を取っていた。病院で働く者はみな同意見なのだが、男性患者のほうが女性患者よりも付き合いやすかった。女性は不満が多いし、情緒が安定していない。一心に働いている看護婦について、ひどく文句を言う。患者の当然の権利としていろいろ世話を頼んでも、なかなか応じてくれない、とこぼすのだ。総じて、女性患者は手がかかり、無礼で、恩知らずだった。

やがて、フィリップには、運よく友人が出来た。ある朝、医局主任が新患を診るように言った。その男性患者のベッドのそばにすわって、カルテに必要事項を記入しているとき、その人の職業がジャーナリストとなっているのに気付いた。ソープ・アセルニーという、患者には珍しい名で、年齢は四八歳だった。急性黄疸《おうだん》に罹っていて、よく分からぬ症状が出ているので、検査が必要で入院したのだった。フィリップが医師としていろいろ質問すると、男は感じのよい、インテリらしい声で答えた。ベッドに横になっているため、背が高いのか低いのか、よくは分からないが、頭も手も小さいので、恐らく平均よりも小さい人らしかった。フィリップは人の手を見る癖があったが、アセルニーの手には驚いた。非常に小さく、指は長くて、先端が細い。指の爪は美しいバラ色である。すべすべした手で、黄疸に罹っていなければ、驚くほど白かっただろう。両手を掛ぶとんの外に置いて、片手を中指と薬指を揃えて少し広げていて、フィリップと話しながらも、満足気に指を眺めているようだった。フィリップは楽しそうに目を輝かせて、相手の顔を眺めた。病気で黄ばんでいるにもかかわらず、立派な顔をしていた。青い目で、堂々とした鼻はかぎ鼻で、いかついが、不快ではない。短いあごひげは、先がとがっていて、ごま塩になっている。頭髪はやや薄いが、昔は美しく波立っていたのは明らかで、今でも長髪にしている。

「ジャーナリストなのですねえ。どの新聞に書いているんですか」フィリップが尋ねた。

「全紙に書いていますよ。どこの新聞でも、開いてみれば必ずどこかに私の書いたものが載っています」

ベッドわきに新聞があり、手を伸ばして取り、広告欄を指さした。大きな活字で、フィリップも知っている会社の名が出ていた。ロンドンのリージェント街のリン・アンド・セドリー商会だった。社名の下に、より小さい、といっても、結構目立つ大きさの活字で、「遅延は時間泥棒なり」という決めつけるような文句がある。その次には、「今すぐ注文したらいいじゃないですか」という、当然過ぎるのでかえって驚かされるような文章がある。さらに、「ぜひ、ぜひ注文なさい」という、まるで殺人犯の胸に良心の槌《つち》をぶつけるように、大きな活字が続く。さらにまた、「世界中の一流マーケットから、驚くべき低価格で何千対の手袋入荷あり。世界中の信頼すべき製造業者より、驚嘆すべき割引価格で何千足の靴下入荷あり」という、大胆な宣伝がある。締めくくりは、「今すぐ注文したらいいじゃないですか」が繰り返されるが、今度は、槍《やり》の闘技場で敵に挑戦の手袋を投げつけるような印象になっている。

「お分かりのように、リン・アンド・セドリー商会の新聞用宣伝係なのです」そう言って、美しい手を軽く振った。「お恥ずかしい仕事でしてね……」と言った。

フィリップは規則にのっとった質問を続けた。質問の中には、患者が当然隠そうとしていることも発見できるようにと、うまく工夫されているものもあった。

「外国で暮らしたことはありますか?」

「スペインに一一年いました」

「何をなさっていたのですか?」

「トレドにあるイギリスの水道会社の役員でした」

クラトンがトレドで数カ月過ごしていたことを思い出して、フィリップは相手をさらに興味深げに見た。しかし、患者と医師の間にはある程度の距離を保たねばならない。アセルニーの問診が終わると、他のベッドへ移動した。

ソープ・アセルニーの病状は軽くて、相変らず黄色い肌のままであったが、まもなく気分はずっとよくなった。ある種の反応が正常に戻るまでは見守る必要があるという医師の判断で、ベッドに留まっているだけだった。ある日、病室に入ると、アセルニーが手に鉛筆を持って、読書していた。フィリップに気付くと本を下に置いた。

「何を読んでいるか拝見してもいいですか？」フィリップは本となると好奇心が湧くのだった。

見るとスペイン語の詩集だった。サン・ファアン・デ・ラ・クルスの詩集で、手に取ってページを繰ると、一枚の紙が落ちた。フィリップが紙を拾うと、詩が書かれている。

「まさか、詩を書いて、暇つぶしをしていたんではないでしょうね。入院中の患者には不適切ですよ」

「少し翻訳をやろうとしていたのです。スペイン語をご存じですか？」

「いいえ」

「なるほど。でも、サン・ファアン・デ・ラ・クルスのことはご存じでしょう？」

「いや、まったく知りません」

「スペインの神秘家の一人でしてね。スペインで最高の詩人の一人です。英語に翻訳してみたら、と思いましてね」

「あなたの翻訳を見せて頂いてもいいですか？」

「まだほんの下書き程度のものですが」アセルニーはそう言ったけれど、ぜひ読んでもらいたいというように、さっと差し出した。

鉛筆で書いてあり、きれいではあるが、とても変わった書体なので判読しにくい。まるで亀の子文字のようだった。

「こんなふうに書くのは、とても時間がかかるでしょうね。見た目はきれいですけど」

「手書きだってきれいなほうがいいでしょう」

フィリップは第一節を読んだ。

仄《ほの》暗き夜
悩ましき恋心に胸焦がす
幸いなるかな！
われ人知れず外に出《い》で
今やわが家は静まりかえる……

フィリップは、好奇心に満ちた目で、ソープ・アセルニーを見た。この男に対して、自分が恥ずかしさを覚えているのか、それとも何か心を惹かれているのか、分からなかった。自分の態度に少し相手を見下すようなところがあったと反省し、相手が彼を滑稽な奴だと思っていたかもしれないと気が付いて、赤面した。

「ちょっと変わったお名前ですね」フィリップは言葉に窮して、そう言った。

「古いヨークシアの家名なのです。昔は家長が自分の所有地を一周するのに、馬でたっぷり一日はかかったそうですよ。でも、すっかりおちぶれてしまいました。ふしだらな女と、のろまな馬のせい、といったところですな」

アセルニーは近眼で、話すときに、妙に相手をじっと見つめる癖があった。彼はまた詩集を取り上げた。

「スペイン語を読めるようにすべきですよ。高尚な言語です。イタリア語のような流《りゅう》暢《ちょう》さはありませんがね。イタリア語というのは、あれはテノール歌手か、手回しオルガン弾きの言語ですからね。スペイン語には威厳がある。庭園の小川のさざ波のようではなく、大河の高波のように、ほとばしり出る言葉です」

彼の雄弁は面白かった。だが、フィリップは、それ以上に、修辞のうまさに感心した。アセルニーが、巧みな表現で燃えるような熱情をこめて『ドン・キホーテ』を原文で読む深い喜びを述べたときには、感心して聞き惚れた。また、あの魅力的なカルデロンの劇における、ロマンチックで、清澄で、情熱に満ちた、響きのよいせりふについて語ったときも、やはり感動した。

「仕事がありますので、この辺で」フィリップが言った。

「ああ、失礼。忘れていました。家内にトレドの写真を持って来させて、あなたにお見せしましょう。時間があったら、いつでもここに来て話してください。こういう話が私にとってどんなに楽しいことか」

それからの数日というもの、機会さえあればフィリップは話しに行き、アセルニーとの交友は深まっていった。ソープ・アセルニーは、本当に話上手だった。とくに気の利いたことを言うわけではないが、人の心をとらえる話し方で、熱をこめて鮮明に語るため、想像力をかきたてられた。フィリップは、これまでいつも架空の世界に住んでいたので、アセルニーの現実に即した話を聞いて、頭の中が新しいイメージでいっぱいになるのを感じた。

アセルニーはよく礼儀をわきまえていた。世間についても、書物に関しても、フィリップよりはるかに知識があるし、年齢もかなり上である。会話の才でも、優越感を覚えていいはずだ。それにもかかわらず、この病院の慈善にあずかっている身分なので、病院の厳格な規則に従っている。二つの立場の落差の中でも気軽なユーモアをもって、身を持《じ》していた。一度なぜこの病院に来たのかと、フィリップが尋ねたことがある。

「社会が提供してくれる便宜は、何でも活用しようという主義だからですよ。今のような時代に生きているのはありがたい。病気になれば無料で治療してもらう——それを恥じる気持など少しもないですね。子供も公立学校にやっています」

「そうなんですか」

「公立学校では、結構よい教育をしてくれましてね。私は私立のウィンチェスターに行きましたけれど、そこよりもいい教育をしています。私は九人の子持ちですから、公立学校に行かせるしかない、というのも事実ですがね。退院したら、どうです、家に遊びにいらっしゃいませんか。子供たちにも会ってください」

「ぜひそうさせて頂きます」フィリップが言った。

87

一〇日後、ソープ・アセルニーは、全快して退院することになった。フィリップに住所を教え、フィリップは翌週の日曜日の一時に昼食に訪ねると約束した。イニゴー・ジョーンズの建てた住居に住んでいるのをアセルニーは誇りにしていて、例の調子で古い樫材の欄干《らんかん》のことを夢中で語っていた。それで、フィリップを玄関で出迎えるとすぐさま、ドアの上の横木にある優雅な彫刻のすばらしさを論じ始めた。全体としてはみすぼらしい建物で、塗り替えがぜひ必要という状態であったけれど、年代物に特有の重厚な趣きがあった。場所は、チャンセリ・レインとホルボーンとの間の小さな通りで、この辺りは、昔は高級な邸町《やしき》であったが、今では、スラム街同然になっていた。一帯を取り壊して、きれいなオフィス街にしようという計画が出来ていた。当然、家賃は安く、アセルニーの収入でまかなえるような額で、建物の上のほうの階を二つ借りていた。フィリップが、立っているアセルニーを見るのは今日が初めてで、非常に小柄なのに驚いた。せいぜい五フィート五インチくらいだ。奇抜な服装で、ズボンはフランスの労働者がよくはいている青いリンネルのもの、上着はとても古ぼけた茶色のビロードである。腰の周りに真紅の飾り帯《サッシュ》を巻いている。低い襟《えり》で、ネクタイは『パンチ』紙によく描かれている滑稽なフランス人が身につけている、ゆるく下がった蝶ネクタイだった。すぐ建物の話を始め、いとおしむように手すりを撫でた。

「ちょっと見て、さわってみてください。絹みたいでしょう? 典雅の極致ですね。なのに取り壊し業者が、五年後にはたきぎにして売り払おうというのですからね!」

フィリップに二階に住んでいる人の部屋をぜひ案内したいと言う。行ってみると、上着を脱いだ男と、赤ら顔の女と三人の子供たちが日曜日の昼食を取っていた。

「お宅の天井を見せたくて、この人を連れて来ましたよ。だって、こんなすばらしい天井なんて他では見られませんものね。こんにちは、ミセス・ホジソン。こちらはケアリ先生です。入院中にお世話になったんです」

「どうぞ、どうぞお入りください。アセルニーさんのお友だちなら歓迎しますよ。アセルニーさんは、この天井をお友だちならどの方にも見せたがるのです。私どもが何をしていようと、ずかずかと入って来るんです。寝ているときも、洗面中でも、いっさいお構いなしなんですよ」主人は言った。

明らかにアセルニーを変り者だと思ってはいるが、好意を持っているようだった。アセルニーが一七世紀の天井について、とうとうと述べている間、家族の人たちは口をあけて耳を傾けていた。

「取り壊すなんて、犯罪行為だと思うよ。ホジソンさん、あなたは影響力を持つ市民なんだから、新聞に投書して抗議したらどうですか?」アセルニーが主人に言った。

家の主人は笑い声をあげ、フィリップに言った。

「アセルニーさんは、また冗談を言っているのですよ。こういう家は衛生的に問題があるそうで、住んでいる者に危険だとも聞いています」

「衛生なんて、くそくらえだ! 芸術のほうが大切だ」アセルニーが大声で言った。

「家《うち》には子供が九人いるけど、排水が悪くたって、どうということはない。元気いっぱいですよ。衛生面の改良なんて、新しい考えには反対ですよ、私は。ここからどこかに引っ越すときには、その家の排水が悪いのを確認してからにしますからな」

その時ドアをノックして、金髪の少女が戸を開けた。

「パパ、ママがお話はやめにして、お食事にしなさいって」

「三女です」アセルニーは大げさな身振りで娘を指さした。「マリア・デル・ピラールという名なのですが、ジェインと呼んだほうが反応がいい。ジェイン、洟《はな》をかみなさい」

「パパ、ハンカチがないの」

「おい、おい」アセルニーは、大きな派手な色のバンダナを出してやりながら言った。「神様に、ちゃんと指を頂いているじゃないか！」

階上に上がって、黒いオーク材の鏡板が壁に張ってある部屋に通された。部屋の中央には、スペイン語でメサ・デ・ビエラへと呼んでいる細長いテーブルがあった。架台の上に置かれたチーク材のテーブルで、二本の鉄棒が支えとしてついている。アセルニーとフィリップの二人が、ここで食事をするようだ。二人用に皿やナイフ、フォークが用意され、二脚の大きなひじ掛け椅子が置かれている。太く平たいひじ掛けはオーク材で、背も座部も革製である。いかめしく、優美な椅子だが、すわり心地はよくない。他の家具としては、スペイン語でバルゲーニョという飾り戸棚付きの机があるだけだ。金色の鉄細工の精巧な装飾をほどこした棚で、脚部にも宗教的な模様が素朴ながら、丹念に彫りこまれている。この棚の上に、二、三枚の玉虫色に輝く飾り皿が置いてある。ひどく傷《いた》んでいるけれど、色彩は豪華だ。壁には、スペイン絵画の巨匠の作品が数点、古びているけれど美しい額縁に入れられて飾ってある。どの絵も、恐ろしいものが描かれている上に、年月と保存の悪さのせいで痛んでおり、画想も平凡であったけれど、情熱の輝きがあった。部屋には、高価なものは何もなかったけれど、調和の取れた雰囲気はみごとだった。きらびやかなようで、厳粛である。まさに古いスペイン精神というものなのか、とフィリップは思った。アセルニーが凝った装飾と秘密の引き出しのある飾り戸棚付きの机の内部をフィリップに見せている最中に、背の高い娘が入って来た。明るい茶色の髪を二本のおさげにして背中に垂らしている。

「ママが、食事の準備が出来ましたって。おすわりになったら、わたしが給仕します」

「サリー、こっちへ来て、ケアリ先生にご挨拶しなさい」父親はそう言って、フィリップのほうを向いた。「大きな娘でしょう？　長女です。サリー、おまえは何歳だっけな？」

「六月が来ると一五歳よ」

「この子はマリア・デル・ソルと命名しました。長女だから、カスティリアの明るい太陽に娘を捧げたわけです。でも、この子の母親はサリーと呼んでいるし、弟たちはプディング面《づら》と呼んでいます」

娘が恥ずかしそうに笑うと、白いきれいな歯が見えた。体つきはがっちりしていて、年の割りに背が高い。感じのよい灰色の目で、広い額が美しく、頬は赤い。

「ママの所に行って、食事の席に着く前に、ケアリ先生に挨拶するように言ってくれ」

「ママは、食後に来るって言ってるわ。まだシャワーも浴びてないからって」

「それでは、こちらから出向こう。ヨークシア・プディングを食べてもらうんだが、その前に作った当人と握手してもらわなくてはならん」

フィリップはアセルニーと共に台所に入った。狭く、ひどく混雑していた。とても騒々しかったが、見知らぬ人が入って来たので、静かになった。台所の真ん中に大きな食卓があり、その周りに空腹の子供たちがすわっている。オーブンの所に女が立っていて、ベイクド・ポテトを一つずつ取り出していた。

「ベティ、こちらがケアリ先生だ」アセルニーが言った。

「こんな所にお連れしたりして！　先生がどうお思いになるかしら？」

ミセス・アセルニーは汚れたエプロンをして、木綿のドレスの袖はひじの上まで、まくり上げている。髪にはカーラーがいくつも刺してある。大柄で、夫より背丈が三インチ以上高く、金髪で青い目をしており、人のよさそうな表情をしている。娘の頃は美人だったのが、加齢と子供を何人も産んだせいで、太って赤ら顔になったのである。青い目は色あせ、肌は荒れて赤らみ、金髪も色あせたような感じである。フィリップを見ると、背をまっすぐに伸ばし、エプロンで手を拭い、握手の手を差し出した。

「よくいらっしゃいました」ゆったりした声で言ったが、その訛りはフィリップには奇妙に身近に感じられた。「病院では主人がいろいろお世話になりました」

「次は私の大切な子供たちをご紹介しましょう」アセルニーが言った。「あれがソープ」縮れ毛の丸ぽちゃの少年を指した。「長男でしてね、家名と土地財産と家族への責任を引きつぐわけですな。それから、アセルスタン、ハロルド、エドワードです」年下の三人の少年を順々に指さした。三人ともバラ色の頰で、健康そうで、にこにこしている。フィリップの愛想よい視線に合うと、みな恥ずかしそうに視線を落として、皿を見た。「次に、女の子を上から紹介すると、まず、マリア・デル・ソル……」

「プディング面！」少年の一人が大声で言った。

「おまえのユーモアは幼稚だぞ。さて、マリア・デ・ロス・メルセデス、マリア・デル・ピラール、マリア・デ・ラ・コンセプシオン、マリア・デル・ロサリオ」

「あたしは、サリー、モリー、ジェイン、コニー、ロジーって呼んでいますわ」ミセス・アセルニーが言った。「さあ、あなた、自分の部屋に戻ってください。そしたら、お食事を運びますから。子供たちは、お風呂で洗ってやってから、少しの間、そちらに顔を出させますわ」

「もし、私がおまえの名を付ける立場だったら、マリア・デル・ハボン(石鹸のマリア)と付けたろうな。だって、おまえはいつも子供たちを洗っては、いやがられているんだからな」

「ケアリ先生、さあ、先に部屋にいらしてくださいな。さもないと、いつまでたっても食事が始まりませんから」

アセルニーとフィリップは、大きな僧院風の椅子にすわった。サリーがビーフ、ヨークシア・プディング、ベイクド・ポテト、キャベツの盛り合わせを二つの大きな皿に入れて運んで来た。アセルニーはポケットから六ペンスを出して、サリーにビールを買いに行かせた。

「ぼくがお邪魔したので、わざわざこちらの部屋に用意して頂いたのじゃないのでしょうね。お子さんたちと一緒でちっとも構わなかったのですよ」

「いや、いや、私一人のときも別に食事をしています。こういう古風な習慣が好きなのです。食卓で女が男と一緒というのはいやなんです。会話の雰囲気が壊れますし、女にとってもろくなことはありません。妙な考えが頭に入ることになりますしね。女というものは頭に考えなど持つと落ち着かなくなるんですよ」

二人は、おいしそうに料理を平らげていった。

「こんなうまいヨークシア・プディングは初めてでしょう？　家内にかなう者はいません。いわゆる淑女なんて奴と結婚しないと、こういう利点があるんです。ねえ、家内が淑女じゃないと、すぐ分かったでしょう？」

返答に窮する質問だった。フィリップは何と言ってよいか分からなかった。

「そういうことは考えてもみませんでした」と下手な答えしかできなかった。

アセルニーは声を出して笑った。とても愉快そうな笑い声の持主だったのだ。

「あれは淑女じゃありませんよ。父親は百姓でしてね。家内は正式の発音をしようと気を配ったことなど一度もありません。一二人子供を産んで、九人が生き残りました。もう産むのはやめたらどうかと言っているのですけどね。あれは頑固者で、もう産むのが癖になっていますから、きっと二〇人くらい産むまでやめないんじゃないですかな」

その時、サリーがビールを持って入って来た。フィリップのグラスにそそいでから、父のジョッキにそそごうと、テーブルの向こう側に行った。父は娘の腰に手を廻した。

「こんなに美人で元気いっぱいの娘、他にいますかな。まだ一五歳なんだが、二〇歳《はたち》と言っても通るでしょう。頬を見てください。生まれてこのかた、ただの一回も病気に罹っていませんよ。この子と結婚する男は幸せ者ですな。なあ、サリー、おまえもそう思うだろう?」

サリーは、少し笑いながら聞いていたが、特に困った様子もない。父の陽気なおしゃべりに慣れっこになっていたのだ。それでも、少し恥ずかしそうにしたのがとても魅力的だった。

「パパ、もう食べたら? お料理が冷めてしまうわ」父の腕から体を引きながら言った。「ライス・プディングを食べるときは、声をかけてね」

また二人だけになった。アセルニーはピューター製のジョッキを口元に運び、ぐいと飲んだ。

「いやあ、イギリスのビールほど上等なものはありませんね。この素朴な喜びを神に感謝しましょうや。ロースト・ビーフ、ライス・プディング、旺盛な食欲、ビールと、何ともありがたいことで。私は以前、いわゆる淑女って奴と結婚していましてね。まったく! あなたはそういう女と結婚しちゃあいけませんぜ」

フィリップは笑った。愉快な情景に心が浮き立った。奇妙な服装の変り者、鏡板のある部屋、スペイン風の家具、イギリスの食事と、すべてが不調和なのだが、そこがとても楽しいのだ。

「笑っていらっしゃるが、先生には自分より階級が下の女と結婚するなんて想像もつかんでしょうな。知性の面で同等の女がいいんでしょう。夫婦は対等がいいなんて、考えているんでしょう。馬鹿馬鹿しい！　男は妻と政治のことなんか話したがるわけがない。ベティが微分学をどう考えているかなんて、そんなことはどうでもいい。料理ができて、子供の世話をする女であればいい。私は二種類の女を試してみましたからな。分かっているんだ。さて、ライス・プディングを食べましょうや」

アセルニーが手をたたくと、まもなくサリーが入って来た。娘が皿を片付けていると き、フィリップは立ち上がって手伝おうとした。しかし、父がとめた。

「やらせておけばいいんですよ。先生に手伝って欲しくないんです。娘が給仕している間、先生がすわっていても、失礼だなんてこの子は思ったりしませんよ。騎士道精神なんて、この子にとっては、くそ食らえですよ。なあ、サリー、そうだろう？」

「ええ、パパ」サリーはおとなしく答えた。

「パパの話してること、分かるかね、サリー？」

「いいえ、パパ。でもママは下品な言葉遣いはいやがるわ」

アセルニーは上機嫌に笑った。サリーが、クリームがたっぷり入った、おいしいライス・プディングを運んで来た。アセルニーは自分の分を旺盛な食欲で平らげた。

「わが家のきまりの一つは、日曜日のご馳走はいつも同じ、という奴でしてね。一種の儀式ですよ。年五〇回の日曜日には、ロースト・ビーフとライス・プディング。復活祭の日曜日はラムとグリーン・ピース、聖ミカエル祭にはロースト・グースとアップル・ソース。こうやって、わが家の仕来《しきた》りが守られている。サリーが結婚したら、私が教えてやったいいことも大かた忘れてしまうでしょう。でも、日曜日にロースト・ビーフとライス・プディングを食べないと、人は幸せになれないという教えだけは覚えているでしょうな」

「チーズが要るときには、呼んでね」サリーは平然として言った。

「カワセミの伝説をご存じですかな」アセルニーが話し出した。一つの話題から別の話題へと気軽に移ってゆく話し方に、フィリップも慣れてきた。「カワセミが海上を飛んでいて、雄がくたびれてくると、雌が雄の下に来て、強い翼で支えて飛ぶそうですよ。男が女房に求めるのは、まさにそういうことじゃないですかな。私は最初の妻と三年間暮らしました。身分の高い女で、年収は一五〇〇ポンドありました。ケンジントンのこぢんまりした赤煉瓦の家に住み、よく晩餐会を開きました。なかなか魅力のある女でしてね。招待した弁護士夫妻とか、文学好きの株式仲買人とか、若手の政治家など、みんながほめていました。教会に行くときには、私もシルクハットにフロックコートを着せられ、クラシックの音楽会にも一緒に行きましたよ。日曜日の午後には講演会に出るのを好みました。毎朝決まって八時半に朝食で、もし時間に遅れようものなら、食事は冷えてしまいましたな。まっとうな本を読み、まっとうな絵を鑑賞し、まっとうな音楽に聴き入っていました。いやあ、あの女のおかげで、どんなに退屈したことか！　今でも、まだ魅力的で、ケンジントンの同じこぢんまりした赤煉瓦の家に住んでいて、ウィリアム・モリスの壁紙とホイッスラーのエッチングをかけていて、以前と同じように、ちょっとした晩餐会を開いていますよ。ご馳走は二〇年前と変わらず、ガンター店から取り寄せた、仔牛のクリーム煮やアイスクリームなんかですよ」

なぜその女と別れたのか、フィリップは遠慮して尋ねなかったが、アセルニーのほうから話した。

「実は、ベティは正式の妻じゃないのです。最初の妻がどうしても離婚に応じないからです。だから、子供たちは全部私生児という奴です。でも私生児だからって、別に劣っているわけじゃないでしょう？　ベティはケンジントンのこぢんまりした赤煉瓦の家のメイドの一人でした。今から四、五年前、とても金に困ったことがありましてね。子供が七人もいましたし。そこで最初の妻の所に行って援助を乞いました。すると、こういう答えでした。私がベティと別れて外国に行くという条件をのむなら、金をくれるというのです。どうして、そんなことができますか！　というわけで、しばらく食うや食わずの生活をしました。最初の妻は、私が貧乏生活を好んでいる、と言うのです。それは確かに落ちぶれましたよ。生地屋の宣伝文句を書いて週給三ポンドしか取っていないのですからな。でも、ケンジントンのあの家に住まなくてよいことを毎日のように神に感謝しています」

サリーがチェダー・チーズを運んで来たが、アセルニーは、さらに続けた。

「子供を育てるには金が要るって、よく言いますがね、あれは誤りだ。それは、紳士や淑女にしようというなら話は別だけど、私は自分の子をそうしようとは思わない。サリーはもう一年もすれば、自分で食っていけるようになります。婦人服専門店で見習いとして働くでしょう。なあ、サリー、そうだったな？　男の子たちはお国のために働きますよ。海軍に入るといいと私は思っている。海軍に入れば、楽しく、健康な生活が送れるし、食事も給料もいい。除隊になってからは年金が貰える」

フィリップはパイプに火をつけた。アセルニーは、自分で巻いたハバナたばこをふかした。サリーが後片付けにやって来た。フィリップはあまり話さなかった。アセルニーからあまり多くの内輪話を聞かされて、多少戸惑っていた。小さい体なのに、太い声を出すアセルニーは、大言壮語、エキゾチックな風貌、誇張癖など、すべての面で驚くべき人物だった。いろいろな面でクロンショーに似ていた。クロンショーと同じく、独自の考えを持ち、同じような自由奔放な芸術家魂を持っている。だが、アセルニーのほうがずっと陽気だ。細かいことにはこだわらぬ性分で、クロンショーの会話の魅力の源である、抽象的なものへの関心など、みじんもない。アセルニーは自分の家系に大きな誇りを持っていた。フィリップに、エリザベス朝風の大邸宅の写真を見せて言った。

「この邸にアセルニー一族が七世紀にもわたって暮らしていたんですよ。あなたに、この邸の暖炉や天井をお見せできたらいいんだが!」

アセルニーは壁板に取りつけられた戸棚から家系図を取り出した。子供のようにさも得意気に、フィリップに見せた。確かに堂々たる家系図であった。

「ほらごらんなさい。ソープ、アセルスタン、ハロルド、エドワードという家名が繰り返し出てくるでしょう。こういう家名を息子たちの名に使っていますよ。娘にはスペインの名をつけてやりました」

アセルニーの家系の話は、ひょっとすると、すべて巧妙な虚構ではないだろうかという疑念がフィリップの心をよぎった。いやしい動機で言う嘘ではなく、相手を驚かせ、感心させようという子供じみた気持から出たものであるにしても、嘘は嘘だ。ウィンチェスター校に通っていたと言っていたけれど、どうも怪しい。フィリップは、ちょっとした立居振舞いの違いも直観的に見分けられたので、アセルニーが一流のパブリック・スクール出身かどうかすぐ分かった。わが先祖はあちこちの著名な家系とも縁続きだと、アセルニーが話している間、フィリップは別のことを想像して面白がっていた。アセルニーは、実際には、ウィンチェスターの商人か競売人か、石炭業者の息子ではなかろうか。家系図を見ている旧家とは、たまたま姓が同じだったということではなかろうか。

88

ドアをノックして、一群の子供たちが入って来た。もうすっかり清潔になっている。顔は石鹸で光っているし、髪はきれいになでつけられている。サリーに引率されて、これから日曜学校に行くところなのだ。アセルニーは元気よい芝居がかった大声で子供たちをからかったが、心から子供たちを愛しているのは誰の目にも明らかだった。子供が健康で、みな整った顔立ちなのを、アセルニーは父親として誇っていて、その様子は見ていて感心するほどだった。子供たちは、客といるのは居心地が悪いらしく、父に解放されると、さもほっとしたように、急いで部屋を出て行った。それから数分すると、ミセス・アセルニーが現れた。髪からカーラーを外し、手のこんだ前髪を垂らしている。簡素な黒服に、安っぽい花飾りのついた帽子をかぶり、台所仕事で赤く荒れた両手を、黒いキッド革の手袋に押しこもうとしていた。

「教会に行くわ。何か用はあります?」

「おまえに祈ってもらうことぐらいかな」

「わたしが祈ってあげても役に立たないわ。あなたはもう救いようがないくらい堕落しているんだもの」笑いながら言ってから、フィリップのほうを向いてゆっくりした口調で言った。「この人を教会に行かせようとしてもだめなのです。まるで無神論者みたいですわ」

「ベティはルーベンスの二番目の妻に似てませんかね? 一七世紀の衣装を着せたらみごとでしょうな、どうです? こういう女こそ、結婚すべき相手です。ほら、ベティをよくごらんなさい」アセルニーがフィリップに言った。

「あなたっていう人は、まったく口から出まかせをしゃべるのね!」妻が落ち着いた口調で言った。

ミセス・アセルニーは、ようやく手袋にボタンをかけた。出かける前に、フィリップに人のよい、少し照れたような微笑を向けて言った。

「お茶の時間までいらっしゃるでしょう。夫は話し相手が欲しいのです。ちゃんと分かって聞いてくださる方はそんなにはいらっしゃいませんから」

「もちろん、お茶の時間までいらっしゃるさ」アセルニーはきっぱり言った。それから妻が出て行ってから、「子供が日曜学校に行くように、ちゃんと気を配っています。ベティにも必ず教会に行かせます。女は宗教心を持つべきです。私自身は信仰はないけれど、女子供には信仰を持って欲しいな」

フィリップは、真理ということになると堅苦しい考え方をしていたので、アセルニーの矛盾した考えに少しびっくりした。

「でも、お子さんがあなたには真理と思えないような事柄を学んでも、あなたは構わないのですか?」

「事柄が美しければ、真理じゃなくても構いませんな。美しく、しかも真理であるなんて、両方を期待するのは無理です。ベティには、本当はローマ・カトリック教徒になって欲しかったのですよ。造花の冠をかぶって改宗するところを見たかったんですよ。でも、あれは根っからの新教徒です。まあ、宗教ってものは、生来の気質の問題ですな。宗教心があれば、何でも信仰するでしょう。宗教心がなければ、どういう教えを受けても同じです。いずれ信仰を失います。もしかすると、宗教というのは、道徳を教えるのに最善の方法じゃないですかね。ほら、あなたがた医者が使う薬と同じですよ。それ自体は別に効能はないけれど、別の薬が体内に吸収されるのに役立つ薬っていうのがあるでしょう。あれと同じじゃないですかな。つまり、人は宗教と交わっていれば、道徳を素直に受け入れるのです。宗教を失っても、道徳は吸収されて残ります。人間は神への愛を通して道徳を身につければ、善良な人になる可能性が高い。ハーバート・スペンサーをいくら読んでも、善良な人になる可能性は低い。これが私の考えですよ」

これはフィリップの考えと真っ向から対立するものであった。キリスト教は人を束縛する絆であるから、是非とも断ち切るべきだと、フィリップは今でも考えていたのだ。キリスト教は、フィリップの心の奥で、ターカンベリの大聖堂でのわびしい礼拝やブラックステイブルの寒い教会での長い退屈な時間と結びついていた。アセルニーの語る道徳というのは、知性ある者が信仰を捨て去った後も、弱気のために僅かに保持しているる宗教心の一部に過ぎぬものであって、信仰心がないにもかかわらず道徳のみ重要視するのは論理的に矛盾しているとフィリップは考えた。フィリップが反論しようとしていると、アセルニーのほうは相手と議論をたたかわせることより自分の弁舌に陶酔し、今度はローマ・カトリック教会について熱弁をふるい出したのであった。

アセルニーにとって、ローマ・カトリック教会こそスペインの根源的な部分だった。そしてスペインこそは、最初の妻との結婚生活で因襲的なものにうんざりして逃げ出した、彼にとっての聖地だった。アセルニーは、大げさな身振りと迫力のある口調で、スペインの大聖堂について語った。広大な薄暗い空間や、荘厳な黄金の祭壇の装飾や、鈍く光る豪華な金色の鉄の細工、さらにむせぶような香《こう》の煙や深遠な静寂。こんな話を聞いているうちに、フィリップの目には、紗の短い白衣の高位の僧たちや、赤い服の低位の僧たちが、聖具室から内陣へとしずしずと歩いてゆく姿が浮かんだ。耳には単調な夕べの祈りの唱和が聞こえてくるようだった。アセルニーの口をついて出る地名、アビラ、タラゴーナ、サラゴーサ、セゴビア、コルドバなどは、フィリップの胸にトランペットの音のように鳴り響いた。荒涼として、風が吹きすさぶ黄褐色の台地の真ん中に、古いスペインの町々があり、そこに花崗岩《かこう》を積み重ねた巨大な灰色の建物が建っている風景が頭に浮かぶようだった。

「ぼくは前からセビリアにぜひ行きたいと思っていました」フィリップが何気なく言うと、アセルニーは大げさに片手を高く持ち上げ、一瞬沈黙してしまった。

「セビリアだって！　あそこには行ってはいけない。セビリアと聞くと、グアダルキビル河畔の庭園でカスタネットを鳴らして踊り歌う娘たちとか、闘牛、オレンジの花、マンティラというレースのスカーフ、マニラ麻のショールがすぐに思い浮かぶ。つまり、喜歌劇で描かれたり、モンマルトルの芸術家が想像しているスペインというところですな。セビリアの安手の魅力を喜ぶのは、浅薄な知性の持主だけですよ。テオフィール・ゴーティエが、セビリアの美点のすべてを描きつくしている。だから、ゴーティエの後に行く者は、彼の味わったものをなぞるしかない。言うなれば、ゴーティエは目につくものに大きな太った手を置いたのですよ。もっとも、セビリアには目立つものしかないんですがね。目につくものには、すべてゴーティエの指紋がつけられ、すり減っています。あの町を描いた画家としては、ムリーリョが一番ですな」

アセルニーは椅子から立ち上がり、スペインの飾り戸棚の所に行き、大きな金色の蝶《ちょう》番《つがい》と派手な錠前のついた前面を開いた。小さな引き出しがいくつも並んでいる。そこから一束の写真を取り出した。

「エル・グレコを知っていますか?」

「パリにいた頃の仲間の一人が心酔していましたよ」フィリップが答えた。

「エル・グレコはトレドの画家でした。この間ベティは、あなたにお見せしようとしたトレドの写真を見つけられなかったんですが、これがそれですよ。エル・グレコがトレドを描いた絵です。絵だが他のどんな写真よりもトレドの実像をよく伝えています。

さあ、こちらのテーブルに来て、よく見てください」

フィリップは椅子を前に引いた。アセルニーがその絵の写真を前に置いてくれた。フィリップは物珍しそうに、黙って、しばらく見ていた。他の写真にも手を伸ばすと、アセルニーが渡してくれた。この謎めいた巨匠の絵を見るのは初めてだったが、すぐさま謎めいた画法に当惑を覚えた。人物が極端に細長く描かれ、頭がとても小さく、姿勢は風変りだった。これは写実的ではない。しかし、写真でも、人の心を不安にする実在の存在感は伝わってくる。アセルニーは生き生きした言葉で熱心に説明していたが、フィリップはぼんやりと聞いているだけだった。奇妙な感動を味わっていたのだ。頭が混乱してしまった。グレコの絵は何かの意味を伝えているようだが、それがどういう意味であるのか分からない。大きな、不安そうな目をした男の絵があり、その目は何かを語っているようだが、それが分からない。フランシスコ派あるいはドミニコ派の僧衣をまとった、ひょろ長い修道僧の絵がある。嘆き悲しんでいるような表情で、不可解な身振りをしている。聖母マリアの昇天の絵があった。十字架上のイエスの絵もあったが、画家は感覚の魔術を用いて、キリストの遺体が人間の肉体というだけでなく、神の肉体でもあるように描くのに成功していた。キリスト昇天の絵では、キリストは天国に向かって舞い上がっているようだが、同時に、まるで地面にしっかり立っているかのように、空中にとどまっているようにも感じられる。使徒たちの高く上げた腕や衣服のゆるやかな曲線、恍惚とした姿は、歓喜と神聖な充足感を感じさせる。ほとんどすべての絵の背景となっているのは、夜空である。魂の暗い夜とも言えるもので、地獄の奇妙な風に吹かれた荒涼とした雲があり、人を不安にさせる月がわびしく光っているのみだ。

「トレドのこの空なんですが、私自身、何回となく見ていますよ」アセルニーが言った。「エル・グレコが初めてトレドに来たとき、こういう夜だったんでしょうな。その時の印象があまりに強烈だったので、どうしてもそこから逃れられなかったのでしょう、きっと」

グレコと言えば、フィリップは今初めて作品を知ったのだが、クラトンが感心していたのを今になって改めて思い起こした。クラトンは、パリで知り合った多数の人間の中で、一番興味深い人だった。クラトンは皮肉屋で、非友好的で、人を寄せつけぬところがあったから、親しくするのは難しかった。しかし、振り返ってみると、クラトンには悲劇的な力があって、本人は何とかそれを絵画の中で表現してみようと、はかない努力を続けていたようにフィリップには思われた。クラトンは、珍しい人物で、神秘主義的な傾向のまったくない時代に生きながら、神秘主義的なところがある。彼は自分の心の奥の曖昧な衝動について語りたいと願ったが、うまく表現する言葉が見つからないため、いつも苛立っていたのだ。魂の語ることを表現するようには彼の知性は出来ていなかったのだ。魂の憧憬を表現するために新しい技法を案出したエル・グレコに、クラトンが深い共感を覚えていたのは驚くに当たらない。フィリップはスペインの紳士たちの肖像群を再び見た。ひだ飾りをつけ、あごひげを三角にとがらせ、黒い服と暗い背景との対比で、青白い顔を浮き上がらせている。エル・グレコは魂の画家なのだ。ここに描かれた紳士たちは、疲労のためでなく、禁欲のために青ざめ衰えて、悩む心を抱きつつ、この世の美に気付きもせずに歩いているように見える。紳士たちの目は自分の内面のみにそそがれ、目に見えぬものの栄光に心を奪われている。この世は来世への仮の宿に過ぎぬと、これほど容赦なく示した画家は他にいない。グレコの描く男たちの魂は、奇妙な憧憬を目で表現している。男たちの感覚は、音や匂いや色彩に対してでなく、魂の微妙な感動に対して驚くほど鋭敏である。貴族は修道僧の心を抱いて歩き、その目は、聖人が僧房で見るのと同じ幻を見ている。しかも、幻を見てもたじろぎはしない。その唇は微笑むことを知らぬ。

フィリップは、一言もいわずに、トレドの写真を再び取り上げた。もっとも強く心惹かれる絵であった。もはや目を離すことはできなかった。フィリップは、自分は今、人生における新しい発見の一歩手前まで来ているような奇妙な気分にとらわれた。これから新しい体験をするような気持で、胸が高鳴った。一瞬、あれほど身を焦がしたミルドレッドへの愛を思い出したが、今、心の中に湧き上がった興奮に較べれば、瑣末なことに思えた。今見ている絵は横長のもので、丘の上に家々がひとかたまりになって並んで描かれている。絵の一隅には、トレドの町の大きな地図を持つ少年がおり、別の一隅にはタホ川を表わす古典的人物が描かれている。空には天使に囲まれた聖母がいる。この風景は、あらゆる点でフィリップの既成概念から外れていた。何しろ、彼は厳密な写実主義を尊ぶ画家たちに囲まれてきたのだ。それでいて、不思議なことに、この絵には一種の現実味があるように感じられる。これまで学んだ巨匠たちの作品ではとらえ得ぬ種類の高度な現実が表現されているように思われてならない。描写は正確だから、トレドの市民たちがこの絵を見たとき、自分らの家がそれぞれ見分けられたと、アセルニーは言った。グレコは自分の見た通りに描いたわけだが、心の目で見たのであった。淡い灰色の町には、どこか、この世ならざるところがある。夜でもないし、昼間でもない青白い光の中に見た、魂の町とでも言えようか。町は緑の丘の上に立っているのだが、その緑は現世のものとは違う。町は丈夫な城壁と稜堡《りょうほう》に囲まれているが、そこを打破できるのは人間の発明した道具などではなく、祈りと断食、悔い改めた溜息と肉体の苦業のみだ。ここは神の砦《とりで》である。灰色の家は、地上の石工の知らぬ材質のもので作られていて、どこか威厳のある外観を呈している。一体どういう人が中で暮らしているのか見当もつかない。通りを歩くと、人の姿は目につかないのだが、それでいて、何も存在しないというのとも違う。奇妙とは感じるが、驚きはしないだろう。肉眼には映らぬが、心の眼には明白に見える、何ものかの存在を感じるからである。そこは神秘的な町であって、そこに入ると、まるで明るい所から暗闇の中に踏みこんだときのように、人の想像力はたじろがざるをえない。魂は、不可知なものを認識し、絶対者を身近に、しかし口では説明しえぬ形で体験しているような不思議な意識を覚えつつ、いわば全裸の姿でさまよい歩く。上を見ると、青空には、赤いガウンと青のマントをまとった聖母が翼のある天使に囲まれている姿が見えるが、それがごく当然に思える。聖母の姿は肉眼でなく心の目に見えるのであり、地獄に落ちた者の泣き声や嘆息に似た神秘的な微風で移動する軽やかな雲の上にぽっかり浮かんでいる。聖母のそのような姿を目撃する町の住人は、驚きもせず、敬愛と感謝の気持を表わし、心静かに日常の任務を遂行したことであろう。

アセルニーはスペインの神秘主義的な作家たち、テレサ・デ・アビラ、サン・ファン・デ・ラ・クルス、フライ・ディエゴ・デ・レオンらについて語った。これらの作家すべてに、フィリップがエル・グレコの絵画について感じたのと同じ、目に見えぬものへの情熱があったという。全員が形なきものに触れ、目に見えぬものを見るという能力を所有していたらしい。彼らはグレコと同時代のスペイン人であり、偉大な祖国の偉大な功績のすべての思い出が心中で躍動していたであろう。南北アメリカ、カリブ海の緑の島々の発見により、空想力を精いっぱい飛躍させうる時代の空気をたっぷり吸っていた。彼らの血管には、幾世紀にもわたるムーア人との争いに勝利したという自信が脈打っていた。今や世界の覇者となった誇りもあったに違いない。カスティリア地方の無限の広がり、黄褐色の荒地、雪を頂く山々、南のアンダルシア地方の陽光、青空、花咲く平野など、スペイン全土の魅力を自分の中に感じてもいた。情熱的で多面的な生活をし、人生の与えうるものがあまりに豊かであったがゆえに、この世を越えた何ものかへの不断の憧れを抱いていたのだ。さらに、人間の常として、何か満たされぬものがある。不満から生じる激しい活力を神秘的なものを追い求めるために用いたということも、充分に考えられる。アセルニーは暇を見つけてスペイン語からの翻訳を楽しんでいたので、今、自分の翻訳を読んで聞かせる相手が出来て嬉しかった。きれいな、よく響く声で、魂とその恋人としてのキリストへの賛歌や、「仄暗き夜《エン・ウーナ・ノーチェ・オスクーラ》」で始まる美しい詩、フライ・ルイス・デ・レオンの「清き夜《ノーチェ・セレナ》」を朗誦してみせた。アセルニーの翻訳は、素朴なものでありながら、工夫がこらされており、原文の荒削りの重々しさを伝える言葉を選んで用いていた。エル・グレコの絵が神秘詩人の詩を説明し、詩人の詩がグレコの絵を解明していた。

フィリップは、しばらく前から理想主義に対して、ある種の軽蔑の念を抱くようになっていた。彼自身は常に人生に情熱を持っていたのだが、これまで身近で目撃した理想主義は、人生から臆病に逃避する場合が多かった。理想主義者が逃避するのは、一般大衆がひしめき合っているのに耐えられないからである。自分に戦うだけの力がないので、戦うことを俗悪だと称するのである。理想主義者は虚栄心が強く、周囲の者が評価しないので、彼らを軽蔑することでみずからを慰めているのだ。フィリップがこのタイプの理想主義者としてすぐ思い出すのは、ヘイウォードであった。金髪で無気力で、今では肥満していて、髪も薄くなっているものの、昔の美男の名残りをとどめ、不確実な未来にすばらしいことをやろうと、ひそかに計画している。その実、裏では酒におぼれ、いかがわしい女との情事を重ねているのだ。ヘイウォードによって体現されるものへの反動として、フィリップはあるがままの人生を主張したのである。醜悪さ、悪徳、欠陥など、いずれもフィリップを不快にすることはなかった。自分は赤裸々な人間を好む、と公言して憚《はばか》らなかった。それゆえ、けち、残酷、利己主義、色欲などを示す実例が現れると、フィリップは小躍りした。それこそ人間の本当の姿だとしたのである。パリにいた頃、人生には美も醜もなく、あるのは現実のみだと知ったのであった。美の追求は感傷的だと考えた。彼が風景画の前景にムニエ・チョコレートの広告を描いたのは、美の圧政を逃れるためではなかったか？

しかしながら、今ここへ来て、何か新しいものに気付いたように感じた。しばらく以前から、何かそういう予感があったのだが、今になってようやく、はっきり意識したのである。発見の寸前まで来たという気がした。自分が敬意を表してきた写実主義よりすぐれた何かがあると、漠然と感じたのであった。といっても、それは弱気のために人生から逃避する、生気のない理想主義などではない。はるかに強固なものであり、たくましいものである。醜さと美しさ、卑俗さと高貴さなど、人生の諸相をあるがままにすべて受容する態度である。それも写実主義と呼べるだろうが、より次元の高い写実主義であって、そこでは事実はより強烈な光に照らされ、変質させられるのだ。フィリップは、昔のカスティリア地方の貴族たちの真剣なまなこを通して、物事をより深く見られるような気がした。聖徒たちの身振りも、はじめ異様に映ったが、何か神秘的な意味合いを持つようだと今わかった。その意味合いがどういうものかは、まだ言えなかった。重要な伝言を受け取ったのだが、未知の言語で書かれているので読めない、というようなものだった。人生の意味とは何かをずっと問い続けてきたフィリップであったが、今ようやく一つの意味を教えられたと感じた。ところが、それは漠然とした、曖昧な意味のようであった。心がかき乱された。暗い嵐の夜に、稲妻によって、ちらと山脈を垣間見る。そういう形で、真実が見え隠れしているように思われた。人間は自分の人生を偶然の運命に任せる必要はなく、意志の自由を確保できるのだ。自制心を発揮するのは、欲望に負けるのと同じくらい、情熱的な行為でありうるのだ。内面生活は外面生活と同じくらい変化に富み、経験豊かなものとなりうるのであり、国を征服し、未知の土地を探検した者と較べ、多様性において遜色ないのだ。このようなことが、今ようやく分かりかけてきたようであった。

89

フィリップとアセルニーの談話は、階段をのぼって来る足音で中断された。日曜学校から戻った子供たちのためにドアを開けてやると、がやがやと入って来た。今日はどんなことを教わってきたんだい、とパパはにこにこ顔で尋ねる。サリーも一瞬顔を見せ、ママからの伝言を伝える。ママがお茶の支度をしている間、パパに子供たちの面倒を見て欲しいという。パパはアンデルセンの童話を一つ話し始めた。子供たちは人見知りするほうではなく、フィリップは恐い人でないと見当をつけたらしい。ジェインはフィリップのそばに来て立っていたが、やがて彼のひざにすわりこんだ。フィリップにしてみれば、いつも孤独な生活を送ってきただけに、こんな家族の団欒《だんらん》に居合わせたことなど一度もなかった。パパの語る童話に聞き惚れている可愛い子供たちを眺めていると、フィリップの眼差しは自然とやわらいできた。アセルニーという人は、最初はずいぶん変り者に思えたけれど、普通の家庭人としての魅力もたっぷりあるようだった。サリーがもう一度入って来た。

「さあ、みんな、お茶の時間よ！」

ジェインはフィリップのひざから滑り下り、みんな台所に戻った。サリーが長いスペイン風のテーブルにテーブルクロスを掛けた。

「ママが、ここに来てお客さんと一緒にお茶を頂きましょうかって。子供たちには、あたしが食べさせてもいいのよ」

「じゃあ、ママに、ここにいらして頂ければかたじけないって、そう伝えてくれ」アセルニーがおごそかに言った。

アセルニーは何を言うにも、大げさな言い方をするのだな、とフィリップは思った。

「では、ママのすわる場所もつくるわ」サリーが言った。

彼女はすぐに、田舎風のパン、バター、イチゴジャムをのせた盆を持って戻って来た。

盆のものをテーブルに並べている間、父親は娘をからかった。この娘はもうデートを始めてもいい年頃なんですがね。プライドが高過ぎて、教会の戸口で、日曜学校の後、家まで一緒に歩きたいという青年たちを断わってしまうのです。何人も戸口に並んで待っているんですがね。

「パパ、何下らないこと言ってるのよ！」娘は上機嫌ににこにこして言った。

「洋服屋の店員がね、この娘《こ》が挨拶を返さなかったというので、軍隊に入ってしまったんですよ。それから電気技師がね、教会で賛美歌の本を一緒に見るのを娘に断わられたからって、酒に手を出すようになったんです。この娘を見ていると、そんなこと想像できないでしょうけど、本当の話です。この娘が髪をアップに結うようになったら、一体どんなことが起こるか、今から心配ですよ」

「お茶はママが運んで来るわ」サリーが言った。

「サリーは私の言うことなんか、全然聞いていませんよ」アセルニーは娘が可愛くてたまらないといった目付きで眺めながら言った。「あの子は、戦争も革命も大変動も、まったくわれ関せずといった感じで、自分のなすべきことはきちんとしていますよ。実直な男にとって、すばらしい女房になりましょうな」

ミセス・アセルニーがお茶を持って入って来た。席に着くとパンを切り出した。夫を、まるで子供のように扱っているのを見て、フィリップは面白く思った。パンにジャムを塗ってやり、さらに、バター付きパンを食べやすいように適当な大きさに切っている。帽子をかぶらず、少し窮屈そうに外出着を着て、全体として、フィリップが少年の頃、伯父と共に時どき訪ねたことのある百姓の妻たちとよく似ていた。声を聞いているうちに、どうも聞き覚えがあるように思われ、やがて、そのわけが分かった。ブラックステイブル近辺の人と同じ口調で話していたのだ。

「ご出身はどの辺りですか?」フィリップが尋ねた。

「ケント州です。ファーンの出ですわ」

「そうじゃないかと思っていました。実は伯父がブラックステイブルの牧師をしているのです」

「それは偶然ですねえ。さっき教会で、ひょっとしてあなたがケアリ牧師の縁続きの方じゃないかしらって考えていたのです。だって、あの牧師さん、わたし何回もお目にかかっていますよ。いとこが、ブラックステイブル教会から少し先に行った所にある、ロックスリー農場のバーカーという男に嫁ぎましてね。娘の頃よくあそこに行って、泊ったりしました。本当に、奇遇ですわね」

彼女は、改めて興味深そうにフィリップを眺めた。彼女のぼんやりとしていた目が急に明るく輝き出した。彼女はファーンを知っているかとフィリップに尋ねた。ファーンはブラックステイブルから田舎のほうに一〇マイルほど行った所にあるきれいな村で、村の牧師が秋の収穫感謝祭の折によくブラックステイブルにやって来ていた。彼女は近所の百姓の名前をいくつか挙げた。娘時代を過ごした田舎のことを話題にできて喜んだ。彼女のような階級の人間によくあることだが、昔の情景や人物をしっかり記憶にとどめているのであった。今、フィリップの前で、その記憶を反芻《はんすう》するのがとても楽しそうだった。フィリップにとっても、不思議な喜びであった。ロンドンの真っ只中にいながら急に田園の息吹がほのかに流れて来るような気がした。枝ぶりのよい堂々とした楡《にれ》の木々のある、豊かなケント州の平原が目に浮かんだ。大気のかぐわしい香りがしてきた。北海の塩分をたっぷり含んだ大気が、ぴりっと鋭く感じられた。

結局、その日は夜一〇時までアセルニー家にいた。八時になると、子供たちがおやすみなさいを言いに来た。当然のことのように、フィリップにキスしてもらおうと、可愛い頬を差し出すのであった。彼の胸に愛情が湧いた。サリーは手を差し出しただけだった。

「サリーは、男性には、二回会った後でないとキスを許さないんですよ」父親が言った。

った。

「では、また、ここにお邪魔させてくださいね」

「あら、パパの言うことなんか本気にしてはいけないわ」サリーは、にっこりして言った。

「若い娘にしては、とにかく落ち着いていますよ」父親が言った。

ミセス・アセルニーが子供たちを寝かしつけている間に、二人はチーズ、パン、ビールの夕食を取った。フィリップが台所に行って、夫人にいとまを告げると(彼女は台所でくつろいで週刊誌を読んでいた)、ぜひまたいらしてくださいね、と愛想よく言った。

「主人が失業しない限り、日曜日にはいつだって、おいしい昼食を用意していますからね。いらしてくだされば、主人は大喜びです」

次の土曜日に、アセルニーから翌日の昼に来るよう招待状が届いた。しかし、アセルニー家の経済状況からみて、招待を受けてはかえって迷惑をかけるのではないかと思い、フィリップはお茶の時間にうかがいます、と連絡した。自分の接待にあまり負担をかけぬように、フィリップは大きなプラム・ケーキを持参した。家族全員が歓迎してくれ、土産のケーキで子供たちの人気者となった。お茶は台所でみんな一緒に楽しもうと、フィリップは強く主張し、お茶の時間はにぎやかで、活気のあるものとなった。

しばらくすると、フィリップは毎週日曜日にアセルニー家を訪ねるのが習慣になった。

彼が子供たちに人気があったのは、率直で気取らぬ人柄と、子供たちを愛していたからだった。彼が玄関のベルを押すや否や、子供の一人が窓から顔を出して、フィリップだと確かめる。すると、みんないっせいに階段を駆け下り、大騒ぎして家の中に招じ入れるのだった。みんな順番を争って、抱いてもらおうとした。お茶のときは、誰がフィリップの隣にすわる権利を獲得するか、喧嘩になった。やがて子供たちに、フィリップ小父さんと呼ばれるようになった。

アセルニーは何事も包み隠さずに話し、これまでの人生のさまざまな時期の話を、小出しにして打ち明けた。さまざまな職業に就いたが、どうやら、何をやっても結局、失敗に終わったらしい。セイロンには紅茶栽培の仕事で行ったし、アメリカでイタリア産ワインの販売に携わったこともあった。トレドでの水道会社の役員の仕事がもっとも長続きしたようであった。ジャーナリストとしては、ある夕刊紙の警察裁判所詰めのレポーター、イングランド中部地方の新聞の副主幹、リヴィエラの新聞の編集主幹などを務めたことがあった。このような職場を転々としたときに集めた面白い逸話を次々と披露し、自分の話術に悦に入っていた。彼は大変な読書家であったが、主として人のあまり読まぬ珍しい書物を好んでいた。こうして蓄えた深く広い知識を惜しみなく伝え、聞き手が感心すると、子供のように喜ぶのであった。三、四年前、経済的に逼迫《ひっぱく》し、生地会社の新聞広告を書く仕事を引き受けざるを得なかったのであった。本人にしてみれば、そのような仕事は自分の才能にふさわしくないと思ったが、妻の強固な態度と、家族を養う必要から、今でもやめずに続けているのであった。

90

アセルニー家を辞すると、フィリップはチャンセリ・レインを歩き、ストランド通りを抜け、議会通りの始まる所で乗合馬車に乗ることにしていた。一家と知り合って六週間ほど経ったある日曜日、いつものようにして乗合馬車に乗ろうとしたが、ケニントン行きは満員だった。六月であったが、日中ずっと雨だったので、夜は寒かった。ピカデリー・サーカスまで行けば、すいた乗合が来るので、そこまで歩いた。乗合は噴水の所に停まるのだが、一時間に四本しか来ない。しばらく待たねばならず、ぼんやりと群衆を眺めた。バーが閉店する時刻で、大勢の人がいた。彼の頭は、アセルニーから聞いたばかりの、豊富な話題を思い返すのに忙しかった。

その時、突然心臓の鼓動が一瞬とまった。ミルドレッドの姿が目に入ったのだ。彼女のことは、もう何週間も一度も思い出すことはなかった。彼女はシャフツベリ通りの角から道を渡ろうとしていて、馬車の列が通り過ぎるのを馬車乗り場で待っていた。渡る機会を狙っていて、他のことは目に入らないようだ。羽根飾りのたっぷりついた大きな黒い麦藁帽《むぎわらぼう》をかぶり、やはり黒の絹の服を着ている。当時は、女性がロングドレスを着るのが流行であった。通りの交通が途絶えると、彼女はスカートの裾を引きずりながら渡り、ピカデリー通りを歩き出した。不思議な興奮を覚えて、フィリップは後をつけた。声を掛けようとは思わなかったが、こんな遅い時間にどこへ行くのかと気になった。彼女の顔をちらとでも見たかった。彼女はゆっくりと歩き、エア通りへと曲がって行き、それからリージェント通りに入った。そこからまたピカデリー・サーカスに向かって歩き出した。フィリップは訝《いぶか》った。一体、彼女は何をしているのだろう。ひょっとして誰かと待ち合わせているのかもしれない。一体どういう人間と会うのか、ぜひ知りたくなった。彼女は自分と同じ方向を、とてもゆっくり歩いている山高帽の背の低い男に追いついた。彼女は追い越しながら、流し目を使った。それから数歩進み、スワン・アンド・エドガー・ホテルまで来ると立ち止まり、通りのほうを向いて男を待った。男が来ると、女は微笑を送った。男はしばらく女に目をとめてから、そっぽを向いて行ってしまった。そうだったのか！

フィリップは愕然として、胸が詰まった。一瞬足から力が抜けてしまい、立っていられないくらいだった。それから気を取り直し、急ぎ足で女を追った。女の腕に触れた。

「ミルドレッド」

女はぎくりとした様子で振り返った。こちらを見て赤面したようであったが、暗いのではっきりしない。しばらくの間、黙ったまま見つめ合っていた。とうとう彼女が口を開いた。

「あなたに会うなんて！」

フィリップはどう答えてよいか分からなかった。ひどく動揺していた。頭には次から次へと言葉が浮かんだが、口に出すには、あまりにも芝居がかっている。

「これはひどい」彼は半ば自分に向かって、喘《あえ》ぐように言った。

女は無言で、彼から視線をそらせ、下の舗道を見ていた。フィリップは、自分の顔が苦悩にゆがむのが分かった。

「どこか話せる場所ないかな？」

「あたしは別に話したくないわ。放っておいて」ミルドレッドは、むっとして言った。

ひょっとすると今よほど金に困っていて、金を稼がずに帰る余裕がないのかもしれない。そう思って言ってみた。

「金貨を二枚持っているんだ。よほど困っているのなら、あげるよ」

「それ、どういうつもり？　下宿に戻る途中、ここを歩いていただけよ。同じ職場の女の子と会う約束をしていたの」

「後生だから、白々《しらじら》しい嘘はよしてくれよ」

その時、彼女が泣いているのに気が付いて、先刻の言葉を繰り返した。

「ねえ、どこかに行って話せないかな。きみの下宿に行ってもいいかい？」

「ううん、だめ。下宿には男の人を入れてはいけないことになっているの。よかったら、明日会ってもいいわ」すすり泣きながら、彼女が言った。

どうせ約束は守らないに決まっている。ここで見失ってしまってはいけない。

「いや、だめだ。今すぐどこか話せる場所へ行こう」

「そうね、知っている所があることはあるけど、六シリングかかるのよ」

「構わないさ。どこ？」

彼女から場所を聞くと、すぐに馬車を呼んだ。大英博物館を越したところで、グレイズ・イン・ロード近辺のうらぶれた通りに出た。女は角で馬車を止めさせた。

「戸口に乗りつけるのをいやがるのよ」

馬車に乗りこんでから、二人の交した会話はこれだけだった。二人は少し歩き、そこでミルドレッドがある戸口を三回強くノックした。見ると、扇形窓に「貸間あり」と記したボール紙が貼ってある。戸はそっと開けられ、背の高い年配の婦人が中に招じ入れた。その女はフィリップをじろりと見、それから小声でミルドレッドと話し合った。ミルドレッドがフィリップの先に立って、廊下を通り、裏手の部屋へ案内した。そこはかなり暗かった。マッチをフィリップから借りると、女はガス灯に点火した。むき出しのガス灯なので、ガスの焔《ほのお》は音を立てていた。うらぶれた寝室で、松材まがいの、部屋の割りに大きな家具が一式あった。レースのカーテンはひどく汚れている。暖炉の口は大きな紙の衝立《ついたて》で隠してある。ミルドレッドは暖炉のそばの椅子に深々とすわった。フィリップはベッドの端にすわった。ひどい屈辱を覚えた。女は、それと知れる厚化粧だった。ひどくやつれていて病人のようだった。頬紅の赤さで、皮膚の青白さがかえって目立つ。彼女はぼんやりと紙の衝立に目を凝らしている。フィリップは言葉に窮した。何か言おうとすると、まるで泣き出しそうに喉が詰まった。両手で目を覆った。

「ああ、何てことだ!」うめくように彼は言った。

「何も騒ぐことないわ。あなたはあたしを嘲笑すると思っていたわ」

フィリップは無言だった。やがて女がすすり泣きを始めた。

「好きでこんなことやっているわけじゃないのよ」

「ああ、何とひどい!　可哀想に、本当に可哀想に!」

「そう言われたって、何にもならないわ」

またフィリップは黙りこんだ。何を言っても、非難か嫌味と取られそうだ。

「赤ちゃんはどこ?」ようやく彼が尋ねた。

「ロンドンに連れて来ているわ。ブライトンで預かってもらうお金がなくなったので、引き取るしかなかったの。ハイベリのほうに下宿しているのよ、今は。舞台に出ているって言ってあるの。あそこからだと、毎日ウェスト・エンドまで出て来るのは遠いけれど、女に部屋を貸そうという家主を探すのがすごく大変なのよ」

「元の店には戻れなかったのかい?」

「どこへ行っても、どんな仕事も見つからなかったわ。足が棒になるほどあっちこっち探しまわったんだけど。一度は見つかったのだけど、体調を崩して、一週間休んで、戻ってみたらもう来なくてもいいって言われたの。それも仕方ないわ。体の弱い女を使う余裕などないものね」

「今もあまり健康じゃないみたいだけど」

「そうよ。今夜は外出したくなかったのよ。でも、お金がどうしても必要だったものだから。エミールに手紙で一文なしだと連絡したんだけど、返事もくれないのよ」

「ぼくの所に連絡すればよかったのに」

「あんなことの後ですもの、そうしたくなかったのよ。それに、困っているのをあなたに知られたくなかったわ。ざまあみろと思われても仕方がないような仕打ちをあなたにしてしまったんですもの」

「今でも、ぼくという人間をきみはよく分かっていないみたいだね」

一瞬、彼女の仕打ちでどんなに苦汁をなめさせられたかをすべて思い出し、不快で気分が悪くなった。しかし、それはもう過去のことだし、苦しみは思い出に過ぎないと思いなおし、今の彼女を見ると、自分がもう愛してはいないのがよく分かった。彼女に同情はしたが、愛の奴隷状態から解放されて嬉しかった。彼女をしげしげと見ると、どうしてこんな女にあれほど惚れこんだのか、不可解だった。

「あなたって、やっぱり本当の紳士だわ」そこまで言って一息つき、赤くなった。「こんなことお願いするの気がすすまないけど、少し用立ててもらえないかしら?」

「幸い少し持っているよ。まあ、二ポンドぐらいだけど」

二枚の金貨を渡した。

「いずれ返すわ」

「いや、いいよ。気にしなくていいんだ」にっこりして言ってやった。

フィリップは、本当に言いたかったことは何一つ口にしなかった。二人は、すべてごく当然という調子で話した。このままでは、彼女はこの部屋を出て、いまわしい生活に戻り、彼はそれをやめさせるために何もできないだろう。彼女は金を受け取ろうとしてさっきから立ち上がっていたので、今は二人とも立ったままだった。

「あたしのためにここにいるの？　もう帰らなくちゃならないんでしょう？」

「いや、ぼくは別に急ぐことはない」

「すわれて、助かったわ」

こういう言葉を聞き、その言葉の意味するものを想像すると、フィリップの心は痛んだ。そう言いながら、疲れ果てたように、また椅子にすわりこむ様子を眺めると、とても痛々しかった。しばらく沈黙が続き、フィリップは気まずさを振り払うようにたばこに火をつけた。

「フィリップ、あたしを責めたりしないのね。ほんとに親切ね。罵声を浴びせられると覚悟していたのに」

また女は泣き出した。以前、エミール・ミラーに棄てられたとき、訪ねて来て、身も世もないほどに泣いたのが思い出された。彼女の悲嘆、それから彼自身の屈辱感が今さらのように思い出され、この場のみじめさがいや増した。

「こんな生活から足を洗えたらいいのに！」うめくように女が言った。「いやでいやでたまらないのよ。こんな暮らしにはあたしは向いてないわ。そんな女じゃないもの。逃れられるなら、どんなことでもするわ。召使いだっていいわ。ああ、いっそ死んだほうがましよ！」

あまりのみじめさに、彼女はついにしゃがみこんで、わっと泣き出した。やせ衰えた体を震わせて、身も世もなく泣きじゃくった。

「誰にも分かるもんですか。こういう商売のみじめさなんか、経験しなければ分からないわ」

女が泣くのを見るのに、フィリップは耐えられなかった。彼女の仕事のつらさを思いやって、心がひどく痛んだ。

「可哀想に、本当に可哀想に！」彼は小声で言った。

彼はすっかり心を動かされた。突然ある考えが浮かんだ。何だか急に幸せな気分でいっぱいになった。

「あのねえ、足を洗う気があるなら、いい案があるんだ。今、ぼくは金に困っていて、倹約しなくてはならないんだけど、ケニントンに小さなアパートを借りていて、空いている部屋がある。よかったら、子供を連れて来てそこで一緒に暮らしたらいい。掃除と簡単な料理をしてもらうのに週給三シリング六ペンス払っている。頼んでいる女の代りに、それをきみにやってもらってもいい。きみたちの食費は女に払っていた金で充分まかなえる。食費なんて一人も二人もあまり変わらないし、赤ん坊は、まさかたくさん食べるわけじゃないし」

彼女は泣くのをやめ、彼をじっと見た。

「あんなことがあった後なのに、そこに住まわせてくれるというの?」

フィリップは少し狼狽《ろうばい》して赤面した。

「誤解しないでくれ。ぼくにとって費用がかからぬ空室と、それに食事を提供するだけ。きみには頼んでいた女のやっていた仕事をしてもらうだけだ。それ以外には、何の要求もしない。きみだって簡単な食事なら作れるだろう?」

彼女は、さっと立ち上がり、彼に近寄ろうとした。

「あなたって、本当に親切ね」

「ああ、こっちへ来ないで」あわてて言った。彼女を押しとどめるように手を伸ばした。

なぜともなく、彼女に体をさわられるのは耐えられなかった。

「きみとは友だち以上になる気はないんだ」

「とっても親切だわ。本当によくしてくれるのね」

「と言うと、家に来るんだね？」

「ええ、もちろんよ。この生活から逃れられるなら、何でもするわ。こんなに親切にしてくれて、決して後悔させないわよ。決して。それでいつ行っていいの？」

「明日来るといい」

女はまた、わっと泣き出した。

「今度はどうして泣くの？」彼は笑顔を見せて尋ねた。

「だって、とっても嬉しいのだもの。感謝するわ。どうやってお返ししたらいいのか分からない」

「いいんだ、そんなこと。さあ、もう引きあげるといい」

住所を渡し、五時半に来れば用意しておくと告げた。もう遅い時間だったので、フィリップは家まで徒歩で帰らねばならなかったが、遠いとは思わなかった。何だか喜びに酔った気分で、足がまるで宙に浮いているみたいだった。

91

翌日、早く起き出して、ミルドレッドのために部屋を片付けた。これまで身の回りの世話を頼んでいた女には、もう来てもらわなくて結構だと告げた。ミルドレッドは六時頃やって来た。窓から眺めていたフィリップは、下に行って彼女を迎え入れ、荷物を運ぶのを手伝った。茶色い紙に包んだ三個の大きな包みしかなかった。ぜひ必要というもの以外、すべて売ってしまわなければならなかったからである。昨夜と同じ黒い絹の服を着ており、濃いルージュはつけていなかった。目の周りには、朝のいい加減な洗顔では落ちなかったのか、まだ黒ずんだ化粧が残っていて、このため病人くさく見えた。赤ん坊を腕に抱いて、馬車から降りる姿も、哀れを催させた。少し恥じらうようにして、二人はごくありきたりのやりとりをするだけだった。

「無事に着いたね」

「ロンドンでも、この辺りに住んだことはないわ」

フィリップは彼女を部屋へと案内した。クロンショーが亡くなった部屋だった。何となく縁起が悪い気がして、ずっと使っていなかったのだ。クロンショーが引っ越して来たとき、居心地よく住めるようにと思って、フィリップは小さな部屋に移り、簡易ベッドで寝ることにし、今に至るまで、小さい部屋を自室にしていたのであった。赤ん坊はすやすやと眠っていた。

「この子も大きくなったから、あなたには分からないかもしれないわね」

「ブライトンに連れて行って以来、一度も会ってないのだからね」フィリップが言った。

「どこにこの子を置いたらいいかしら？　とても重いから、いつまでも抱いていられないのよ」

「悪いけど、ゆりかごはないよ」フィリップが気まずそうに笑った。

「いいのよ。あたしと一緒に寝るんだから。いつもそうなの」

ミルドレッドは赤ん坊をひじ掛け椅子に置き、部屋の中を見廻した。彼の前の下宿にあったものは見覚えがあったが、一つだけ目新しいものがあった。フィリップの肩から上の半身像で、これはローソンが去年の夏の終わりに描いたもので、暖炉の上に飾ってあった。ミルドレッドはその絵を批評家のような目で見ていた。

「いいと思うところもあるし、嫌いなところもあるわ。いずれにしても、あなたはこの絵よりハンサムよ」

「ずいぶん評価が上がったもんだね。ぼくがハンサムとは」フィリップが笑った。「前にはハンサムだなんて言ったことなかったよ」

「男の人の顔なんて気にしないわ。ハンサムな人って嫌いなのよ。うぬぼれが強いから、あたしの好みじゃないわ」

女の本能で鏡はないかと部屋の中を見渡していたが、見つからない。仕方なく手を上げて、大きな前髪を直した。

「あたしがここに住んでいるのを、この家の他の人たちは何と言うかしら」彼女が突然言った。

「ああ、ここは家主夫婦しかいない。夫のほうは一日じゅう留守だし、奥さんは土曜日に部屋代を払うときしか顔を見ない。他人と交わるのが好きじゃないみたいだ。今までに、夫婦のどちらとも、ほとんど口をきいたことがないくらいだよ」

ミルドレッドは寝室に入り、荷物の整理を始めた。フィリップは読書しようとしたが、気分が昂揚していて落ち着かない。椅子にすわって体をそらし、たばこを吸った。にこにこして眠っている赤ん坊を眺めた。とても幸せな気分だった。ただ、ミルドレッドにいかなる愛ももう感じていないのは明白だった。昔の恋心が完全に消えてしまったのには、われながら驚いた。肉体的な嫌悪感を今の彼女に対して少し覚えているのかもしれない。彼女の体に触れようものなら鳥肌が立つかもしれない。どうしてなのか、フィリップ自身にもよく分からなかった。やがて、ドアをノックして彼女がまた入って来た。

「あのねえ、ノックしなくてもいいよ。ところで、この豪邸の中を見てまわった?」

「あんな狭い台所見たの、初めててよ」

「ぜいたくな食事だって作れると思うよ、ここで」彼は軽くいなした。

「食事を作ろうにも、材料が一つもないようね。買い物に行ってくるわ」

「ああ。ただし、今は倹約しなくちゃならないんだ、いいかい」

「夕食には何を買って来たらいいかしら？」

「きみが調理できる材料なら、何でもいいよ」フィリップは笑いながら言った。

いくらかの金を渡すと、女は出て行った。三〇分ほどで帰って来て、買って来たものをテーブルに置いた。階段を上がって来ただけで息を切らしている。

「貧血症だね。ブロードの錠剤を持ってきてあげよう」

「お店を探すのに、少し時間がかかったわ。レバーを買って来たのよ。レバーって、おいしいでしょ？　それにたくさんは食べられないから、お肉より経済的よ」

台所にガス台があり、レバーを火に掛けてから、彼女は居間のテーブルにテーブルクロスを掛けに来た。

「一人分の準備しかしていないじゃないか。きみは食事はしないの？」フィリップが尋ねた。

ミルドレッドは赤面した。

「あたしと一緒じゃ、あなたがいやがるかもしれないって思ったものだから」

「一体またどうして?」

「だって、あたしは女中なんでしょう?」

「馬鹿なこと言うなよ。どうしてそんなことを考えたの?」

彼はにっこりしたが、彼女の卑下した態度に接して、胸が痛んだ。可哀想に! 昔知り合った当時の彼女がどんな態度であったかを思い出した。一瞬ためらってから言った。

「ぼくがきみに恩恵をほどこしているなんて考えなくていい。これは、仕事上の契約なんだよ。きみが仕事をする代りに、食事と寝る場所を提供するだけさ。お互いに貸し借りはない。そんなに謙遜する必要はまったくないよ」

女は黙っていたが、大粒の涙が頬を伝って流れ落ちた。病院での経験から、ミルドレッドのような階級の女が女中奉公をとても卑しい仕事だと考えているのを知っていた。そんな考え方をするミルドレッドに、少し苛立ちを覚えた。けれども、こちらも悪いのだと思った。何しろ彼女は疲れていて、どうやら病気らしいのだ。彼は立ち上がり、テーブルに彼女用の席をつくるのに手を貸した。赤ん坊が目を覚ましたので、ミルドレッドは赤ん坊用の食事を用意した。レバーとベーコンの料理が出来、二人は席に着いた。経済的な理由から、フィリップは食事のとき、水しか飲まないことにしていたが、家にウイスキーが半本分くらいあった。少しアルコールを飲むのは、ミルドレッドの体にもいいだろう、と思った。こうして、彼は夕食をできるだけ楽しいものにしようと努めたのであったが、彼女はしょんぼりしたままだった。食事が済むと立ち上がり、赤ん坊を寝かせに行った。

「きみも早く寝たほうがいいよ。ひどく疲れているようだもの」

「後片付けが済んだら寝させてもらうわ」

フィリップはパイプに火をつけ、勉強を始めた。人が隣の部屋で動く音を聞くのは楽しかった。これまで孤独感に襲われることが時どきあった。ミルドレッドが食器を下げに入って来た。その後、洗っている音が聞こえた。そういう仕事を、絹の黒服を着たままでするなんて、いかにも彼女らしいなと思い、にやりとした。だが、フィリップは勉強に精を出さねばならない。教科書をテーブルに持って来た。オスラー著の『内科学』だった。長年学生の間で広く使われていたテイラー著のものに代って、人気の出た本だった。やがて、ミルドレッドが、たくし上げていた袖を下げながら、入って来た。フィリップは、ちらと視線を走らせただけで、動かなかった。妙な雰囲気で彼も落ち着かなかった。彼が手を出すだろうと女は想像しているらしかった。そんな気はないのだということを、彼女の感情を害さずに知らせることができるだろうか。

「ところで、ぼくは明日、朝九時の講義に出席するので、朝食は八時一五分にしてもらいたい。用意できる?」

「ええ、いいわよ。議会通りに住んでいたときは、毎朝ハーン・ヒルから八時一二分の乗合に乗っていたのだから」

「部屋はどう? 居心地はいいと思うけど。一晩ぐっすり休めば、明日はすっかり元気になると思うな」

「遅くまで勉強するんでしょう?」

「いつも一一時か、一一時半まで勉強するんだよ」

「では、今、おやすみなさいと言っておくわ」

「おやすみ」

テーブルが二人の間にあった。フィリップは握手の手を差し出さなかった。彼女は静かにドアを閉めた。彼女が寝室で動いている音が聞こえていたが、やがてベッドに入ったらしく、きしむ音がした。

92

次の日は火曜日で、フィリップはいつものように、慌しく朝食を取り、九時の講義に間に合うようにと学校へと急いだ。ミルドレッドとは、二、三言葉を交わしただけだった。午後遅く戻ると、彼女は窓辺にすわって、彼の靴下を直していた。

「やあ、きみ、よく働くね。今日は一日何をしていたの?」

「家の中をきれいに掃除して、それから赤ちゃんを少しの間だけ外に連れて行ったわ」

彼女は古い黒の服を着ていた。これは昔喫茶店で働いていたときに着ていた制服で、もう着古したものであったけれど、前の日の絹の服より、よく似合っていた。赤ん坊は床にすわっていた。大きな、不思議そうな目でフィリップを見上げ、彼が隣にすわって足の指をくすぐると、大声をあげて笑い出した。西日が部屋の中に差しこみ、やわらかい光を投げた。

「外から戻ってきて、家に人がいるというのはいいものだな。女の人と赤ちゃんというのは、家のよい飾りになるね」

彼は病院の薬局に行って、ブロードの錠剤を一瓶貰ってきていた。それをミルドレッドに渡して、毎食後飲むように言った。彼女はこの薬を知っていて、一六歳のときから飲んだり、飲まなかったりしていた。

「昨日の青白い肌をローソンが見たら、喜ぶだろうな。絵になるって、きっと言うよ。でも、ぼくは今では現実主義的な人間になっているから、きみが乳しぼりの娘のようにバラ色の頬をしてくれないと落ち着かないな」

「もう、前よりずっと気分がよくなったわ」

質素な夕食の後、フィリップはたばこ入れにたばこを詰め、帽子をかぶった。火曜日にはビーク通りの例のバーに出かけることにしていて、ミルドレッドが引っ越してきてすぐに火曜日が来てよかったと思った。彼女との関係を完全にはっきりさせるのに、よい機会だと思ったのだ。

「外出するの?」

「うん。火曜日の夜は気晴らしをすることにしているんだよ。だから明日の朝会おう。おやすみ」

フィリップはこのバーに行くのをいつも楽しみにしていた。哲学好きの株式仲買人のマカリスターが大体来ていて、あらゆる話題について弁じるのを得意としていたし、ヘイウォードもロンドンに居さえすれば顔を見せた。ヘイウォードとマカリスターとは仲が悪いのだが、火曜日には、いつもの習慣で会っていたのだ。マカリスターは、ヘイウォードは取るに足らぬ人間だと思い、ヘイウォードが繊細な感情を持っているなどと言っても、天から問題にしなかった。ヘイウォードの文学作品執筆の計画を嫌味たっぷりに尋ね、いずれ大傑作を発表するようなことをほのめかすと、さも馬鹿にしたように、薄笑いを浮かべた。二人の議論はよく白熱することがあった。しかし、店のパンチはおいしく、二人とも酒好きであったから、夜の更ける頃までには仲直りして、互いにいい奴だと考えるようになれた。今夜は、この二人がいただけでなく、ローソンまで来ていた。ローソンは、ロンドンで知り合いが増え、しばしば晩餐会に招かれるようになっていたから、店に顔を出すことも少なくなっていたのだ。三人とも、揃って意気が上がっていた。マカリスターの情報にもとづいて、ヘイウォードもローソンも、株で五〇ポンド儲けたのだった。とくに、ローソンは、金遣いが荒いくせに、ほとんど収入がないのだから、大喜びだった。彼は今、肖像画家として批評家から注目されるようになっていたし、上流婦人の中にも、無料で肖像を描かせようという人が現れるようになっていた。両方にとって宣伝になるし、そのうえ婦人たちは芸術のパトロンだと気取ることができたのだ。ところが、自分の妻の肖像画に大金を払ってやろうという、金持の俗物は、ほんのたまにしか見つけられなかった。ローソンは、この夜、すっかり満足し切っていた。

「こんなうまい金儲けの方法があるなんて、知らなかったな。こっちは少しも金を出していないのに、ありがたいことだ！」

「フィリップ、きみは先週の火曜日にここに現れなかったから、儲けそこなったんだよ」マカリスターはフィリップに言った。

「まったく、手紙で教えてくれてもよかったのに！　一〇〇ポンド儲けられたら、どんなに助かったことか！」フィリップが言った。

「そんな時間はなかったよ。その場にいなくちゃだめだ。先週の火曜日にうまい情報を得て、その夜、ここにいた二人に投機を持ちかけたんだ。水曜日の朝、二人のために一〇〇〇株買い、午後になって値上がりしたので、すぐ売った。二人はそれぞれ五〇ポンド、自分は数百ポンド儲けたっていうわけさ」

フィリップは羨望でいっぱいになった。最近、僅かばかりの財産を投資していた最後の債券を売ってしまい、今、手元には六〇〇ポンドしかなかった。将来を考えると、恐怖を覚えることもあった。何しろ、医師免許を取るまでにあと二年間かかり、その後も病院勤務をするつもりなので、少なくとも、今後の三年間は無収入を覚悟する必要がある。よっぽど節約しても、三年後には、せいぜい一〇〇ポンドぐらいしか残らないだろう。病気での欠勤や仕事がないときの蓄えとしては不足だ。投機で当てれば事情はずいぶんよくなるところなのに。

「なに、気にすることはないよ。いずれまたいい話はある。南アフリカでまたブームが来る。そしたら、きみにも運が向くと思うよ」マカリスターが言った。

マカリスターは、南アフリカ鉱山株の市場に通じていて、一、二年前の大ブームの時に、百万長者になった人の話をよくしていたものだった。

「じゃ、この次はぼくを忘れないでくれたまえ」フィリップが言った。

ほぼ真夜中近くまで、みんなでしゃべっていた。バーから一番遠方に住むフィリップが、まず先に席を立った。最終馬車に乗り遅れると歩かざるをえず、そうすると帰宅がさらに遅れる。何とか間に合ったが、それでも家に着くと一二時半近くになっていた。二階に行くと、ミルドレッドがまだひじ掛け椅子にすわっているので驚いた。

「一体どうしてまだ起きていたの？」

「だって、眠くなかったんですもの」

「それでもベッドで横になったほうがいい。体が休まるからね」

彼女はじっとしたままだった。夕食後に、また黒の絹の服に着換えているのにフィリップは気付いた。

「あなたがあたしに、何か用事でもあるかもしれないと思ったのよ」

彼女はそう言って、彼を見上げた。薄く、血の気のない唇に、僅かに微笑が浮かんでいるようだ。フィリップは、彼女の真意を理解したかどうか自信がなかった。とにかく、少し狼狽したが、そしらぬ顔をして、明るく、そっけなく言った。

「それはどうも。でも、体に悪いよ。さあ、急いでベッドに入りなよ。さもないと明朝起きられないよ」

「寝たくないのに」

「何言ってるんだい！」フィリップは冷淡に言った。

彼女は椅子から立ち上がり、むっとして自分の部屋に入った。ドアの錠を聞こえよがしに閉じる音を聞いて、彼は苦笑した。

次の二、三日は、何事もなく過ぎた。ミルドレッドは新しい環境に慣れてきたようだった。朝、フィリップが朝食もそこそこに出て行ってしまうと、彼女は午前中いっぱいかけて家事をした。ごく簡単な食事しかしないのだけれど、彼女は必要な僅かばかりの食材を買うのに、たっぷり時間をかけた。昼食については、自分のためだけに面倒なことをするのを嫌って、ココアをいれて、バター付きパンを食べるだけだった。それから赤ん坊を乳母車に乗せて外気に当てに行く。帰って来ると、午後の残りはのんびりと過ごす。体が弱っていたので、あまり働かなくてよいのがありがたかった。付き合いの悪い下宿の女主人と、家賃を払うときに親しくなった。一週間もしないうちに、フィリップが一年間で知りえた以上のことを、家主夫婦について彼に話してくれた。

「とってもいい人よ。育ちがいいみたい。あの人に、あたしたちは夫婦だって言っておいたわ」

「そんなこと話す必要があったのかな?」

「まあね。何か説明しておく必要があったのよ。あたしがここにいて、結婚していないというのも変に見えるわ。夫婦だって言わなかったら、あの人にどう思われるか知れたもんじゃないもの」

「あっちは、きみの言ったことを信じなかったんじゃないかな」

「いいえ、信じたわよ。結婚して二年になるって言っておいたわ。何しろ赤ん坊がいるから。あなたの家の人が結婚に反対したと話したわ。あなたがまだ学生だからって」

――彼女はガークセイと発音していた――「しばらく結婚のことは内緒にしていたけど、ようやく家の人も折れて、この夏はみんなであなたの実家に泊りに行くって言ったのよ」

「きみっていう人は、下らぬ作り話の名人なんだね、あきれたな」

つまらぬ作り話をするのが今でも好きなのに、フィリップはうんざりした。この二年間、そういう点で少しも成長していない。だが、彼は肩をすくめるしかない。

「何といっても、この女には向上のチャンスなどなかったのだから、仕方がない」と思った。

気持のよい宵だった。暖かく雲もない。南ロンドンの人たちは、みなこぞって通りに流れ出たようだった。辺りの空気には、天気がよくなって外出したときにロンドン子の心をとらえる、あのそわそわした雰囲気が充満していた。夕食の後片付けが済むと、ミルドレッドは窓辺に行って、そこに立っていた。通りの騒ぎが遠慮なく入ってくる。人びとが互いに呼び合っている声や、通り過ぎる馬車の音、あるいは、遠方で鳴る手回しオルガンなどもある。

「今夜も勉強しなくちゃいけないの」ミルドレッドはつまらなそうな顔で尋ねた。

「したほうがいいんだけど、どうしてもということもないんだ。他に何かして欲しいことがあるの?」

「少しは外出したいのよ。ねえ、路面馬車の二階席に乗るのはどう?」

「そうしたいというのなら、いいよ」

「すぐ行って、帽子をかぶってくるわ」彼女は嬉しそうに言った。

その夜は、誰もが家の中に閉じこもっているのは無理な雰囲気だった。赤ん坊は寝ていたので、一人にしておいても大丈夫だった。赤ん坊は、ミルドレッドが一人暮らしで外出するとき、いつも家に残しておいてきても一度だって目を覚ましたことはないという話だった。帽子をかぶって戻って来ると、彼女は上機嫌だった。部屋で少しルージュもつけてきたのだが、それを知らぬフィリップは、彼女は心がわくわくして、青い頬にほんのり赤味がさしたのだ、と思った。子供らしい喜びように心を打たれた。これまで彼女に厳しい生活を強いて、気の毒だったかな、と反省した。戸外へ出たとき、彼女は楽しそうに笑い声をあげた。最初に来た路面馬車はウェストミンスター橋行きだったので、すぐ乗りこんだ。フィリップはパイプをくゆらし、二人とも混雑する通りを眺めた。店はどこもまだ開いていて、明るく照明されており、人びとは明日のための買物を盛んにしている。カンタベリーというミュージック・ホールの前を通り過ぎると、ミルドレッドが大声を出した。

「ねえ、フィリップ、お願いよ、あそこへ行きましょうよ。もう何カ月もミュージック・ホールに行ってないわ」

「うん、でも上等席は無理だよ」

「いいわよ、どの席だって。天井桟敷《さじき》でいいの」

路面馬車を降り、一〇〇ヤード戻ると、その劇場の入口に着いた。一人六ペンスでよい席が取れた。高い所だが天井桟敷ではない。その夜はとてもよい天気なので、空席が多かった。ミルドレッドの目はきらきら輝いた。すっかり上機嫌だった。彼女には、フィリップを感心させるような一種の素朴さがあった。彼女はフィリップにとって謎であった。いまだに彼を喜ばせるようなところがあるのだ。とてもよいと言える部分もたくさんある。育ちは悪いし、ひどい生活を送ってきた。彼女にはとても無理な徳目をフィリップは要求し、それを持たぬのを責めた。違った環境の下では、魅力的な女になりえたかもしれないのだ。とにかく、人生の戦いには、とうてい向いてはいない。横から顔を眺めていると、口が少し開いて、頬がほんのり色づいていて、不思議に処女のように見える。フィリップの胸に、彼女に対する同情心が湧き上がった。前にあれほど屈辱的な仕打ちをされたのに、今は心から許してやってもいいと思った。場内のたばこの煙で目が痛くなり、フィリップはもう帰ろうと言った。だが、ミルドレッドは、懇願するような顔をして、最後まで居させて欲しいと言う。彼は、にっこりして、同意する。女は彼の手を取って、上演中ずっとにぎっていた。終演となり、他の観客と共に混雑した通りに出たが、彼女はすぐには帰りたくないと言う。人びとを眺めつつ、ウェストミンスター橋まで散歩した。

「こんな楽しい思いをしたの、本当に久しぶりだわ」

フィリップは胸がいっぱいになった。ミルドレッドと赤ん坊を自分の家に引き取ってやろうと思い立ち、それを実行に移してよかったと運命に感謝した。彼女がこんなに喜んで、感謝しているのを見ると、満ち足りた気分だった。ようやく彼女は歩き疲れたので、路面馬車に乗って家に向かった。夜も遅くなっていたので、路面馬車を降り、自分の家のある通りに入ると、人影ひとつなかった。ミルドレッドは腕を廻してきた。

「昔みたいじゃない、フィル」彼女が言った。

彼女は、以前「フィル」と呼んだことは一度もなく、グリフィスがそう呼んでいたのだった。それを思い出して苦い気分になった。あの時は、どれほど死を思ったことか。耐えきれぬ苦悩に本気で自殺を考えたのだ。あれはもうひと昔も前のことのように思える。過去の自分を思い出すと、フィリップは苦笑した。今では、ミルドレッドに対して、深い憐憫《れんびん》の情以外は何もない。家に着いた。居間に入ると、フィリップがガス灯をつけた。

「赤ちゃんは大丈夫かな？」彼が尋ねた。

「ちょっと見てくるわ」

戻って来ると、大丈夫、さっき見たときから一度も起きなかったみたいよ、と言う。母親にとってありがたい子だった。フィリップは手を差し出した。

「じゃあ、おやすみ」

「もうおやすみになりたいの？」

「だってもう一時に近いよ。この頃は夜ふかしに慣れていないんだ」

彼女はフィリップの手をにぎり、にぎりながらいたずらっぽく彼の目の中をのぞきこんだ。

「ねえ、フィル、この間の晩、ここに来て住むように言ってくれたときのことだけどね、あなた、あたしに料理とかそういうこと以外は何もさせないって言ったでしょう？　あたしもそのつもりだと言ったとあなたは受け取ったようだけど、あれ本気じゃなかったのよ」

「そうかい？」手を引っこめながらフィリップが言った。「ぼくはそのつもりだったよ」

「馬鹿なこと言わないでよ」彼女は笑った。

彼は頭を横に振った。

「ぼくは本気だった。他の条件だったら、きみにここに来て住むようになんて言わなかったよ」

「どうしてなの？」

「どうもそんな気になれないんだ。うまく説明できないけど、そんなことになったら、すべてが台無しになるだけだ」

彼女は肩をすくめた。

「いいわ。お好きなように。あたしは、こちらから頭を下げて、もしよろしかったらお願いしますなんて頼むような女じゃありませんからね」
彼女はドアを乱暴に閉めて、出て行った。

93

翌朝、ミルドレッドはふくれっ面をしていて、無口だった。昼食の支度の時間まで、自分の部屋に居た。料理はまるきり不得手で、せいぜい買って来た肉を切って焼いたり炒めたりするくらいで、残り物も合わせて何か作るというような工夫はできなかった。このため予想外に食費がかさんでいた。その日は食事をテーブルに出すと、フィリップと面と向き合ってすわり、何も食べようとしない。フィリップが、なぜかと尋ねると、頭痛がするし、お腹もすいてないと言う。昼食の後、フィリップは訪問する所があるので好都合であった。アセルニー一家はいつものように陽気で親切だった。家中の者がフィリップの訪問を心待ちにしてくれるなんて、喜ばしく、予想もしていなかったことだった。楽しい時を過ごし、帰宅すると、ミルドレッドはもう寝ていた。だが、その翌日もまだほとんど口をきかない。夕食のとき、顔には険しい表情が浮かび、眉間《みけん》にしわを寄せていた。フィリップは苛立ちを覚えたが、やさしくしてやったほうがいい、大目に見てやらなくては、と自分に言い聞かせた。

「あまりものを言わないね」明るい口調で話しかけてみた。

「料理と掃除のために雇われているのに、話し相手までしろと言うの？」

ずいぶん礼を失した返答だと思ったが、これからも一緒に暮らしてゆくのなら、できるだけ穏便に事を運びたいと考えて、言ってみた。

「この間の夜のことで腹を立てているのかい？」

話題にしにくいことであったが、いつかは話し合っておくべきだ。

「一体何の話？」

「そう怒らないでくれよ。きみに友人以上の関係を求める気だったら、ここで暮らさないかなどと、間違っても勧めなかったよ。そこを分かってもらいたい。きみは住む所が必要だったし、まともな仕事を探そうと望んでいた。ぼくはただそれをかなえてあげようと思っただけなんだ」

「拒まれて恨んでいるなんて、思わないでよ！」

「ああ、そんなこと思ってないよ。でもね、ぼくがきみのせっかくの好意に感謝しないと文句を言われても困るな。ぼくのために、ああ言ってくれたのはよく分かっているんだ。だが今は、そういう関係には、何となくなりたくないんだ。なぜか知らないけれど、そういう気がしている。そんなことをしたら、すべてが醜悪でおぞましいものになってしまうんじゃないかな」

「おかしな人」まるで異様なものでも見るような目付きで、こちらを見て女が言った。

「さっぱり分からないわ」

もう腹を立ててはおらず、ただ困惑していた。彼の意図がまったく見当もつかないのだ。だが、彼女もそういう関係を受け入れることにした。それどころか、フィリップの紳士的な立派な態度に感服すべきではないかとさえ漠然と思うようになった。しかし、一方では彼を嘲笑し、少し軽蔑してやりたいという気分にもなった。

「変り者だわ」彼女は思った。

こうして表面上は平穏な日々が過ぎていった。アセルニー家を訪ねるのとビーク通りのバーに行く以外、フィリップは一日じゅう病院で過ごし、夜は家で勉強した。一度、彼が助手をしている医師が、正式の晩餐に招いてくれたし、二、三回、仲間の学生たちの催したパーティに出席した。ミルドレッドは自分の生活の単調さに慣れたようだった。夜、彼女を一人にしておいて、フィリップが外出してしまうのを苦にしていたとしても、文句は言わなかった。彼は時どき彼女をミュージック・ホールに連れて行った。二人の結びつきは、食事と宿泊の見返りとして、彼女が家の仕事をすることだという考えを実行したのである。その夏に何か仕事を探すのは無理だと、ミルドレッドはあきらめていた。それでフィリップの許可を得た上で、秋まで同居を続けることにしていた。秋になれば、何か仕事が見つかると考えているようであった。

「ぼくとしては、きみが仕事を見つけても、ここに居るのが便利なら、ずっと居たって構わないよ。部屋は空いているのだし、前に来ていた婦人に頼んで、赤ちゃんの世話をしてもらってもいいしね」

フィリップはミルドレッドの子供がとても気に入ってしまった。生まれつき彼には、人を愛する傾向があったが、これまで愛の対象が見当たらなかったのだ。ミルドレッドも子供に不親切というのではない。とてもよく面倒を見てやり、子供が風邪をひいたときなどは、献身的に看病した。しかし、一方で、彼女は赤ん坊にうんざりしていた。いたずらをしたり、むずかったりすると、厳しく叱りつけた。子供嫌いというわけではないが、母性愛に乏しいせいか、子供のために自分が犠牲になるのをいやがった。彼女は愛情を表に出すタイプではないので、大げさに愛情を表わすことを滑稽だと思っていた。フィリップが赤ん坊をひざにのせて、あやしてやり、キスしたりしているのを見て、おかしそうに笑った。

「この子のパパだとしても、そこまで可愛いがる人はいないわ。あなたって、赤ん坊に目がないのね」

フィリップは赤面した。笑われるのはいやだった。他の男の子供をこれほど可愛がるのは、たしかに馬鹿馬鹿しいだろう。思わず愛情をあらわにしたのを少し恥じた。しかし、子供はフィリップの愛情が分かるので、頬をすり寄せてきたり、腕に抱くと体をすり寄せてくるのだった。

「あなたはこの子の機嫌のいいときだけ構うのだから、いい気なものよ」ミルドレッドが言った。「いやな面は知らないんだからね。真夜中に、このお姫様がちっとも寝ようとしないんで一時間も起こされるとしたら、どういう気分になると思う?」

フィリップは、もうすっかり忘れているものと思っていた、自分の子供時代の童謡などをふと思い出した。赤ん坊の足の指を一本ずつにぎりながら歌った。

「この小豚ちゃんはお買物、この小豚ちゃんは家でお留守番」

夕方、帰宅して居間に入ると、彼はまず床の上で寝そべっている赤ん坊に視線を走らせた。彼の姿を見て、嬉しそうに声をあげる子供の様子を見ると、胸が高鳴るほど嬉しかった。子供がフィリップをパパと呼ぶようにミルドレッドが教えていて、子供が自分からパパと初めて呼んだとき、彼女は笑い転げた。

「あたしの子だからそんなに可愛がるの? それとも子供なら誰でもいいの?」

「他の子供を知らないから、どうとも言えないな」フィリップが答えた。

入院患者担当の助手としての二学期の終わり近く、フィリップにある幸運が転げこんだ。七月中葉のことだった。火曜日の晩にビーク通りのバーに出かけると、その日はマカリスターしか来ていなかった。現れぬ仲間のことなど話していると、しばらくして、マカリスターが言った。

「ええと、今日はいいことを聞いたんだ。クランフォンテーン、つまりローデシアの金鉱の新株のことだ。株をやってみるなら、ちょうどいい機会かもしれんよ」

こういう機会を今か今かと待っていたのだったが、いざとなると迷いが出た。何しろ、金を失うのをひどく恐れていた。それに、これまでギャンブルには関心が薄かったのだ。

「やってみたいのは山々だけどね。一か八かやる勇気がないな。もし失敗したら、どのくらい損するんだろうか？」

「きみが儲けたいってあんなに言っていたから、この話を持ち出したまでだ」マカリスターは冷たく言った。

マカリスターは、ぼくを愚かだと思っているらしいぞ、フィリップは思った。

「少し金を作りたい、ぜひそうしたいんだ」フィリップは笑いながら言った。

「だったら、一か八かやってみるしかないよ」

マカリスターは話題を変えたが、フィリップは相手をしながらも別のことを考えていた。マカリスターは口が悪いから、もしぼくが尻込みして儲けそこなったりしたら、さぞみんなの前でからかうだろうな、と。

「いっちょう乗せてもらうよ」フィリップは思い切って言った。

「よし。二五〇株、きみの名で買う。そして半クラウン上がったら、すぐ全株売却しよう」

フィリップは、すぐ暗算でいくら儲かるか計算した。思わずよだれが出るほどだった。もし今三〇ポンド入れれば、まさに天からの贈物だ。たまには天もぼくに味方してくれてもいいはずだ。翌朝ミルドレッドに朝食の席で、この話をしてみた。彼女は「馬鹿ねえ」とすぐさま言い放った。

「株で儲けた人なんて一人も知らないわ。エミールがいつも言ってたわ。株なんかやっても、結局は損するんだって」

フィリップは帰宅の途中で夕刊を買って、すぐ株式欄をめくった。株には無知だったので、マカリスターの言っていた株がどこに出ているのか、なかなか見つからなかった。ようやく探すと、四分の一ポンド値上がりしている。胸が躍った。しかし、ひょっとするとマカリスターが買うのを忘れたかもしれないし、あるいは、何かの理由で買わなかったかもしれない、と心配になった。マカリスターは電報をくれると言っていた。家に帰るのに、路面馬車を待っていられなくなり、辻馬車にとび乗った。めったにしない無駄遣いだった。

「電報来てない?」中に入るとすぐ言った。

「いいえ」ミルドレッドが答えた。

ひどく落胆した。失望のあまり、椅子にどたりと身を投げた。

「すると、結局あいつ、買ってくれなかったんだな! くそ、いまいましい」彼は乱暴に言った。「なんて、ついてないのだ! 一日中、金が入ったら、あれもこれもしようと考えていたのに」

「あら、お金で何をするつもりだったの?」

「そんなこと、今さら考えたって仕方ないじゃないか。ああ、金が欲しかったのになあ」

彼女は笑い出し、電報を渡した。

「からかってみたのよ。あたし封を切ったわ」

彼女の手から奪うように取った。マカリスターは彼のために二五〇株買い、言っていたように、一株半クラウンの儲けで売却したのだった。売買勘定書は明日送るとあった。

人をかついだミルドレッドに一瞬腹を立てたが、喜びのほうが強かった。

「これは助かった。じゃあ、きみに服でも買ってあげようか」

「ぜひ買ってよ」

「金で何をするか教えよう。実は、七月末に手術を受ける予定なのだよ」

「まあ、どこか悪いところがあるの?」

彼女は自分の知らない病気のせいで、フィリップが彼女と交渉を持とうとしないのかと思ったので、すぐ尋ねた。不具のことを口に出すのがいやで、彼は赤面した。

「いや、病気じゃない。えび足を治してくれるっていうのだよ。以前はそんな時間がどうしても作れなかったのだけど、今なら大丈夫だ。外科の助手の仕事は来月でなく、一〇月からにする。二、三週間入院するだけで、退院したら夏は海辺に行こう。きみと赤ん坊にとっても、ぼくにとっても海岸で過ごすのは健康にいいよ」

「ねえ、だったら、ブライトンに行きましょうよ。ブライトンは好きだわ。あそこは、家柄のいい人が大勢いるから」

フィリップはコーンウォールの小さな漁村か何かを頭に描いていたが、ミルドレッドの話を聞くと、なるほど、この女は静かな村では死ぬほど退屈するだろうと、気が付いた。

「海へ行けるなら、場所はどこでもいいよ」彼が言った。

なぜか分からぬが、急に是が非でも海へ行きたいという欲望がこみ上げた。水につかりたい。海で遊び、泳ぐ喜びを思った。フィリップは水泳が得意なので、荒れた海ほど気分を昂揚させるものはなかった。

「きっと楽しいぞ」大声で言った。

「ハネムーンみたいじゃない。ところで、新しい服を買うのにいくら頂けるの？」

94

フィリップは、彼が助手をしている外科の副主任のジェイコブズ先生に、手術を依頼した。先生は、折しも、治療せずに放置したえび足の研究中であり、論文執筆の材料を探していたので、二つ返事で引き受けてくれた。正常なほうと同じようにするのは不可能だが、かなりのところまで治せると、先生は説明した。今後も足を引きずることにはなるが、これまでのものより、ましな形の靴がはけるようにしてあげられる、と。少年の頃、山をも動かせる全能の神に、どうか治してください、信じていますので、と必死に祈ったのを思い出し、フィリップは苦笑した。

「なにも奇跡を期待しているわけではありませんよ」

「最大限の努力はするから任せなさい。えび足は、きみが開業医になってから、マイナスになるよ。素人にはいろいろと偏見があってね、医者は五体満足がいいと思っているから」

フィリップは「小病室」に入院した。各病室の外の踊り場の所にあり、特別の患者用に使われていた。ジェイコブズ先生の見解では、歩けるようになるまでは退院しないほうがよい、というので、ここに一カ月いることになった。術後の経過もよく、ここでの生活はとても楽しかった。ローソンとアセルニーが見舞いに来たし、ミセス・アセルニーは二人の子供と一緒に来た。仲間の学生たちも、時どき遊びに来て、しゃべっていった。ミルドレッドは週に二回見舞った。みんなとても親切で、フィリップは、人に親切にされるといつも驚くのだが、感動し、感謝の気持でいっぱいだった。入院中は、すべての気苦労から解放されて嬉しかった。将来のことを気にしても仕方がなかった。金がいつまで続くかとか、最終試験に合格できるだろうかなど、もう気にしなかった。その上、思う存分読書ができた。最近は読書の習慣からやや遠ざかっていた。ミルドレッドに邪魔されてばかりいたのだ。フィリップが読書に耽っていると、無意味なことを言い出し、彼が返事をするまで放っておかないのだ。ようやく落ち着いて、本に熱中していると、何かしてくれと言いに来る。やれ、コルクの栓が抜けないとか、金槌で釘を打ちこんでくれとか頼みに来るのだ。

結局、八月にブライトンに出かけることに決めた。フィリップは部屋を借りようと思ったのだが、ミルドレッドが、それじゃあ家事をしなくちゃならないから、食事付きの宿がいい、そうじゃなきゃあたしにとっては休暇の意味がないわ、と言い張った。

「毎日食事の支度ばかりして、もう、いいかげんうんざりしているのよ。だから、いつもと全然違う生活がしたいわ」

フィリップも同意した。たまたまミルドレッドが知っている下宿がケンプ・タウンにあり、そこでは週に一人当たり二五シリングしか取らぬという。彼女は、部屋の交渉は自分が手紙で問い合わせて決めておくと言ったが、退院してケニントンに戻ってみると、何の連絡もしていなかった。フィリップは少し腹が立った。

「きみがそんなに忙しかったこともなかろうに」

「何でもかんでもあたしにやらせるつもり？　ちょっと忘れたからって文句言うことないでしょう」

フィリップは、退院してすぐ海岸に出かけたいと切望していたので、下宿の女主人と手紙で交渉するのを待っていられなかった。

「ねえ、ブライトンの駅に荷物を預けておいて、すぐその下宿に行って、空室があるか問い合わせて、あったらポーターに駅まで取りに行かせればいいじゃないか」

「お好きなように」ミルドレッドはむっとしたように言った。

彼女は非難されるのが嫌いだった。ふくれっ面をして何も言わず、フィリップが旅行の支度をしている間、何もしないでぼんやりすわっていた。小さなアパートは、八月の太陽ですっかり蒸し暑くなり、道路からは蒸《む》れたような臭気が立ち昇ってくる。病院で赤い塗料の壁に囲まれて寝ている間、フィリップは新鮮な空気を吸い、胸に海水のしぶきが当たるのを夢見ていた。だから、もう一晩ロンドンで過ごすなど、気が狂いそうだった。ミルドレッドは、休日を楽しんでいる人びとで混雑するブライトンの大通りを見ると、機嫌を直した。ケンプ・タウンに馬車を走らせていると、二人とも気分が昂揚した。フィリップは赤ん坊の頬を撫でた。

「ここに数日もいれば、この子の頬もきっともっといい色になるだろうな」にこにこして彼が言った。

下宿に着き、馬車を返した。だらしない様子の女中が戸を開き、フィリップが空室があるかと尋ねると、女主人に聞いてみます、と言う。小太りで、てきぱきした感じの中年女性が階下に降りて来て、二人をさぐるような目で見て、どういう部屋をお望みですかと尋ねた。

「シングルを二部屋。それから、もしあれば子供用ベッドも入れてもらいたいんですが」

「あいにく、ご希望のはありません。二人用の大きい部屋ならありますし、子供用ベッドも大丈夫ですけど」

「それでは困ります」フィリップが言った。

「来週になれば、もう一部屋用意できますけど。今はブライトンはどこも満室ですので、みなさん、部屋さえあればそこに泊っていらっしゃいますよ」

「フィリップ、ほんの二、三日なら、同じ部屋でもいいじゃないの?」ミルドレッドが言った。

「いや、二部屋のほうがいい。泊れそうな所、他にないでしょうかね?」

「いくつか心当たりはありますけど、今の時期ですと、ここ以上に空部屋があるとは思えませんが」

「でも、所番地だけでも教えて頂けませんか?」フィリップが執拗に頼みこんだ。

教えられた宿は、隣の通りにあった。二人は歩き出した。フィリップはステッキに寄りかかっていたし、体力もまだ充分ではなかったが、何とか歩けた。赤ん坊はミルドレッドが抱いた。黙ったまましばらく歩き続けたが、やがてミルドレッドが泣いているのに気付いた。困惑したが知らん顔をしているフィリップを、彼女は放っておかない。

「ハンカチを貸してよ。この子を抱いているので、自分のを出せないのよ」彼からそっぽを向き、泣き声で言った。

すぐハンカチを渡してやったが、何も言わない。彼女は涙を拭い、彼が黙っているので、言った。

「まるで同室だと病気がうつるとでもいうみたいじゃないの」

「どうか、通りで口論するのはやめて欲しいな」

「あんなに、別の部屋、別の部屋って言い張るなんておかしいわ。あんなこと言ったら、人にどう思われるか、分かったもんじゃないのに」

「ぼくらの関係がもし分かれば、とっても道徳的な男女だと思うだろうよ」

彼女はちらとこちらを見た。

「まさか、結婚していないなんてこと、話さないでしょうね?」

「話さないよ」フィリップが答えた。

「それなら、結婚しているみたいに一緒に居たっていいじゃないの」

「さあ、その辺のことは自分でもうまく説明できないんだ。きみに恥をかかせようという気は毛頭ないんだが、どうしても同室はいやなのだ。こんな考えは愚かしいし、理不尽かもしれないけど、自分でも抑えられないくらい強固な感情なのだ。前はあんなに愛していただろう、だから、今では……」そこで言葉を切った。「まあ、こういう気持は説明などできるものじゃないよ」

「すごく愛してくれていたってわけね、ふん!」彼女は声を高めて言った。

教えられた宿の主人は、狡猾そうな目付きの、よくまくしたてる、がさつな独身女だった。ダブルルームを一週二五シリングで貸せるということで、子供用ベッドは五シリングだった。また、シングルを二室というなら、さらに一ポンド増しになる、とのことだった。

「それくらい頂きませんとね」女は申し訳なさそうに説明した。「と言いますのも、必要とあれば、シングルに二つベッドを入れて使えるものですから」

「それで破産するわけでもないから、シングルを二つお願いします。ねえ、ミルドレッド、それでいいね?」

「結構ですとも。あたしは、何だっていいんだから」

彼女がふてくされていても、フィリップはそしらぬ顔で笑った。女主人が駅に荷物を取りにやる手配をしてくれたので、二人はすわって休んだ。フィリップは足が少し痛み出したので、椅子に足をのせることができて、ほっとした。

「同じ部屋で休んでいてもいいの？」ミルドレッドが嫌味たっぷりに言った。

「喧嘩はよそうよ」おだやかな口調でフィリップが言った。

「一週一ポンド無駄遣いするほど、余裕があるなんて知らなかったわ」

「怒らないでくれ。一緒にやってゆくには、それしかないのだから」

「あたしを軽蔑しているんでしょ」

「もちろん、そんなことないよ。そんなはずないだろ」

「でも、こんなの、とっても不自然よ」

「そうだろうか。きみはぼくを愛しているわけじゃないだろう？」

「あたしが？　あたしのこと、どういう女だと思っているの？」

「きみは情熱的な女とは思えないしね」

「とにかく、あなたのおかげで恥をかかされるわ」不満そうに言う。

「ぼくなら、そんなに周囲の人なんか気にしないな」

宿には一〇人ほどの人が泊っていた。狭くて暗い部屋で、長いテーブルを囲んでみんなで食事をした。上座に女主人がすわり、肉を切り分けた。食事はひどかった。女主人はフランス料理だと言っていたが、それは食材の貧弱さを出来の悪いソースでごまかす言い訳だった。カレイをヒラメに、ニュージーランド産のマトンをラムに見せかける方便だった。台所は狭くて不便だったので、料理はすべてが生ぬるい状態で出された。宿泊客は、退屈で気取った人ばかりだった。年配の未婚の娘と一緒の老婦人とか、気取った歩き方の風変りな独身の老人など。顔色のよくない初老の会社員夫妻がいて、嫁《とつ》いだ娘と、植民地でとてもよい地位についているという息子の話しかしない。食事の席では、ミス・コレリの最新の小説だとか、画家の話も出た。画家については、アルマ・タディマよりレイトン卿のほうがいいと言う者もいれば、逆の者もいた。ミルドレッドは、女たちにフィリップとのロマンチックな結婚話を吹聴し始めた。フィリップは女性たちの興味の的となった。何でも、フィリップの家系は地方の名門で、まだ学生の身なのにミルドレッドと結婚したというので、なけなしの金を与えられただけで勘当されてしまったのである。一方、ミルドレッドの父親は、デヴォンシアの大地主なのだが、娘がフィリップと結婚したというので、援助してくれないという。そんなわけで、二人はこんな安宿に来ていて、赤ん坊の乳母もいないのだ。貧しくても二部屋を借りているのは、二人とも部屋数の多い屋敷に住み慣れていて、狭い所は我慢できないからだ。こんな作り話だった。

他の客たちも、この安宿に泊っていることについて、それぞれ弁解があった。独身紳士の一人は、いつも休暇にはメトロポールに行くのだが、陽気な同宿者が好きなのに、高級ホテルではそういう人がいないのでね、と話した。中年の娘と一緒の老婦人は、ロンドンの美しい邸を修理中で、娘に「ねえ、おまえ、今年のお休みは節約しなくてはね」と言った。そこでこの宿に来たけれど、いつもはもちろんもっと立派な所に泊るのだそうだ。ミルドレッドは、こういう客たちを立派な人だと言う。彼女は庶民的な、無作法な人間は嫌いだった。紳士には、真の意味での紳士であってもらいたいと思っていた。

「いやしくも紳士、淑女と言われる人ならば、やはりそれらしく行動して頂きたいと思いますわ」ミルドレッドは言っていた。

これは、フィリップにはどうも意味するところがよく分からなかったのだが、いろいろな人に彼女がこの当たり前のことを言っているのを聞いていると、相手は心から賛成するようだった。とすると、意味不明と思うのは、ぼくだけかなと思わざるをえなかった。フィリップとミルドレッドがずっと一緒に生活したのは、これが初めてだった。ロンドンでは一日じゅう顔を突き合わせているのではなかった。帰宅すると、家の雑事や子供のこと、あるいは近所の人の話などをひととおり話すが、それが済めばフィリップは勉強に没頭する。ところが、ブライトンでは、一日じゅう彼女と過ごすのだ。朝食後は海岸に行く。泳いだり、遊歩道を散歩などしているうちに、午前中はすぐ過ぎる。夜も、子供を寝かしつけてから波止場で過ごすのだが、音楽を聴いたり、目の前を通り過ぎてゆく人びとを眺めているうちに、まあ、何とか無難に過ぎる。(通りを行く人びとを、一体どういう人なのかと想像したり、その人たちを作中人物にして物語を作ったりして、フィリップは結構楽しんだ。ミルドレッドがつまらぬことを言っても、口だけで答えるこつをのみこんだので、考え事を邪魔されずに済んだのである。) 問題は午後だった。とても長く、退屈に感じられた。海岸に二人ですわっている。海岸に来ている以上、外気に当たって健康的に過ごさなくてはとミルドレッドは言い張り、フィリップが本を読もうとすると、彼女がひっきりなしに、あれやこれやと話しかけてきた。返事をしないでいようものなら、すぐ文句を言う。

「ねえ、いい加減にそんな下らない古くさい本なんて放っておきなさいよ。いつも読書ばかりしていたら体によくないわ。頭が腐っちゃうわよ、きっと」

「馬鹿なこと言うなよ」

「それに、そんなのって付き合いが悪いわ」

彼女と話をするのは骨の折れることだった。彼女は自分の言ったことさえ覚えていないことがあるし、話している最中に、前を犬が走って行ったり、あるいは、派手なブレザーの男が通り過ぎたりすると、そのことで何か言う。すると、たちまち先刻まで話していたことを忘れてしまうのだ。人の名前を覚えるのが苦手で、何か話しているうちに、急に必死で思い出そうとする。しかし、どうしても思い出せないと、いらいらして、そのため話はどこかに行ってしまう。少し時間が経ってから思い出すことがよくある。フィリップが話しているのに、それをさえぎって言う。

「ああ、コリンズだったわ。いずれ思い出すと思っていたけど。そう、コリンズよ、どうしてさっきは思い出せなかったのかしら」

フィリップの話を聞いていなかったのは明らかなので、腹立たしかった。しかし、彼が黙っていると、無愛想だと非難するのだった。彼女の頭は、抽象的な思考は五分とできないので、たまにフィリップが彼好みの一般論を始めると、たちまち露骨に退屈してしまう。彼女はよく夢を見て、よく覚えているようで、毎日、フィリップにくどくどと細部にわたって語って聞かせるのだった。

ある朝、ソープ・アセルニーから長文の手紙が届いた。それによると、アセルニーは、いかにも彼らしく、芝居がかった休暇の過ごし方をしていた。大いに理にかなった過ごし方だった。もう一〇年間同じことをしてきたという。家族全員をミセス・アセルニーの実家から遠からぬ所にある、ケント州のホップ畑に連れて行く。ここで三週間ホップ摘みをして過ごす。外気に当たり、金を稼ぎ、母なる大地との接触を取り戻すのだ。ミセス・アセルニーは、金が得られるのを喜んだが、アセルニーは大地との触れ合いを強調した。ホップ畑での滞在で新たな力が得られる。魔法の儀式のようなもので、参加すれば若さを取り戻し、足腰は丈夫になり、気分も爽快になる。この点について、アセルニーが誇張し、美辞麗句を用い、空想的に夢中で語るのは、前にも耳にしたことがあった。手紙で、フィリップにも、ぜひ一日やって来てはどうかと招待したのである。最近、シェイクスピアの芝居と、グラスに水を入れて行なう演奏についていろいろ考察したので、きみに話したいし、子供たちがフィリップ小父さんにまた会いたいとせがんでいるのだ。午後、海岸でミルドレッドと並んですわっているときに、フィリップは手紙を読み返した。ミセス・アセルニーのことが頭に浮かんだ。たくさんの子供の明るい母親で、いやな顔一つ見せずに、親切に歓待してくれる。サリーもいい。年の割りにしっかりしていて、長女として母親に代って采配をふるっている。金髪をお下げにしていて、額が広い。他の愛らしい子供たちは、陽気で、騒々しく、健康で、楽しい連中だ。アセルニー一家のことを思うと、思わず幸せな気分がこみ上げてくる。以前から知っている他の家族にはなくて、あの一家にだけある特徴は何だろうか。そう、人柄のよさだ。これまでは気付かなかったが、フィリップを惹きつけているのは、あの一家の心のやさしさに違いない。フィリップは、理屈においては人のよさなどあまり評価していなかった。道徳が便宜上のものに過ぎないとするならば、善も悪も無意味なのだ。彼は理屈に合わぬ考え方はしたくなかったが、一家の人々には、素朴で、ごく自然な善良さがあり、彼にはそれがこの上なく美しいものと感じられるのだった。招待を受けたいが、ミルドレッドを置いて行くわけにいかないし、そうかといって、一緒に行くなどとんでもない。よく考えて、手紙を細かく引き裂いた。

とても暑い日で、空には雲一つない。彼らは仕方なく日陰で休んでいた。赤ん坊は海岸の石で一心に遊んでいたが、時どきフィリップのそばまでよちよちやって来て、石を一つ渡し、それから取り返し、そっと地面に置いた。本人としては、何か謎めいた、複雑なゲームをしているつもりらしい。ミルドレッドは眠っている。頭をそらしぎみにし、口が少し開いている。脚を突き出していて、ブーツがペチコートの下から不格好に出ている。ぼんやりと彼女の姿を眺めていたが、今や改めてよく観察した。この女をどんなに激しく愛したことだろうか、それがはっきり思い出された。ところが、今はまったく無関心になってしまった。なぜこれほど変わってしまったのか、フィリップ自身にも不思議であり、何だかいい気持はしなかった。自分があれほどの苦悩に耐えたのは、まったく無意味であったように思える。あの頃は彼女と手が触れ合っただけで、有頂天になった。彼女の心の奥に分け入り、あらゆる考えや感情を共有したいと、どんなに望んだことであろう。しばしの沈黙の後に、彼女が口にする言葉で彼女と自分の考えがまったく別の方向を向いていたのが分かり、どれほど心を痛めたことか。人と人とを隔てる越え難い壁の存在を憎んだ。あれほど狂気のように愛した女に、今はまったく愛を感じられぬというのは、何か悲劇的だ。今では時おり彼女に憎悪を覚えた。およそ学ぶことは無縁の女で、人生経験から学びもしない。以前と同様、相変らず無作法である。下宿屋でこき使われている女中に対して、彼女が横柄な態度を取るのを見ると、フィリップは胸がむかついた。

やがて彼は、自分の将来の計画を考え始めた。四学年の終わりに産科学の試験を受けられる。その後一年すれば開業資格が得られる。その暁にはスペインへの旅に出よう。写真でしか見たことのない絵画を見たかった。とくにエル・グレコには魅せられていて、独特の重要な秘密が絵画に隠されていると感じた。トレドを訪れれば、それを発見できると夢想していた。ぜいたくをするつもりはないから、一〇〇ポンドもあれば六カ月のスペイン滞在が可能だろう。マカリスターが、また株で儲けさせてくれれば、楽に実現できる。トレドなどの美しい古都や、カスティリア地方の黄褐色の平原を思うと、胸がときめいた。スペインでは、今よりも人生から多くのものが得られるに違いない。とにかく今より力強く生きられるだろう。ひょっとすると、古都の一つで医者として開業できるかもしれない。外国の旅行者や、あるいは住みついている外国人もいるだろうから、暮らしてゆけるくらいは稼げるだろう。だが、これは少し先のことで、まず、一、二のイギリスの病院で働かなくてはならない。経験を積んでからなら、自分の好みに合った仕事も得られよう。不定期大型貨物船の船医になって、貨物の積みおろしの間、のんびりと各地を見物するのも悪くないと思った。東洋に行きたかった。バンコック、上海《シャンハイ》、日本の港風景などで、空想はふくらんだ。ヤシの樹、抜けるように青い空、燃える太陽、肌の黒い人びと、パゴダなどを思い浮かべた。東洋の香りに彼の鼻孔は酔いしれ、心は世界の美と未知なるものへの強い憧れで高鳴った。

ミルドレッドが目を覚ました。

「あたし、眠ってしまったのね。あらまあ、どうしたの、いけない子ね。昨日あんなにきれいだったお洋服をすっかり汚しちゃって！　ねえ、フィリップ、見てごらんなさいよ」

95

ロンドンに帰ると、フィリップは外科病棟で助手の仕事を始めた。しかし、内科のほうが経験科学という面があって、想像力をいろいろ刺激されるのに、外科はそういう点であまり興味が持てなかった。仕事は内科の助手のときより大変だった。九時から一〇時まで講義があり、それが終わると病棟に行く。そこで傷口を消毒して包帯を巻いたり、抜糸したり、包帯の交換をしたりした。フィリップは包帯を巻くのが巧みなのがちょっと得意で、看護婦の誰かにほめられると、くすぐったかった。週のうち何日か、決まった日の午後に手術があった。彼は白い上衣《うわぎ》を着て、階段教室の一番低い所に立ち、担当の外科医に必要な器具を手渡したり、患部が医師によく見えるように、スポンジで血液を拭《ぬぐ》ったりした。珍しい手術の場合には、教室は満員になるが、普段はせいぜい六名ぐらいしか見学の学生はいない。こういう時は、作業に内輪だけの気安さがあって、それをフィリップは楽しんだ。その頃はどういうわけか盲腸炎になる者が多くて、手術を受けに来る患者が少なくなかった。フィリップの直接の上司の外科医は、同僚の医師と腕を競い、どちらがより短時間で盲腸の手術ができるか腕比べをしていたほどだ。

後にフィリップは救急患者係にされた。助手たちはみな交代で受け持つことになっていたのだ。三日間続き、その間は病院で寝泊りし、共通の部屋で食事をした。この部屋は一階の緊急病棟の近くにあり、昼間は戸棚にしまっておくベッドがあった。当番の助手は一日じゅう待機していて、運ばれて来る救急患者の世話をしなくてはならない。昼夜を問わず待機し、夜間も、一、二時間に一回は、頭上のベルが鳴り響き、すぐベッドからとび出さねばならない。土曜日の夜が、当然、一番忙しい日で、バーの閉店時が一番忙しい時間帯になる。泥酔した男が警官によって運びこまれ、急いで胃洗滌《せんじょう》をほどこさねばならない。同じように酔った女たちが、頭に怪我をしたり、鼻血がひどくてとび込んでくる。夫に暴力を振るわれたのだが、警察に夫を訴えるという者もいれば、夫の暴力を恥じて、事故だと偽る者もいる。助手の手で処置できる場合は、手当をするけれど、手に負えぬ場合は、外科医を呼ばねばならない。外科医は五階からたいしたこともない怪我のために引っ張り出されるのを嫌うので、助手はできるだけ自分で処置するように心がける。症状は指の切傷から、喉を掻き切られるというものまで、さまざまある。機械で手を押しつぶされた少年や、馬車に轢《ひ》かれた男や、遊んでいる間に手足を折った子供が運びこまれる。時には自殺未遂者が警察によって運ばれて来る。フィリップが当番のときも、一方の耳からもう一方の耳まで大きな切り傷のある、狂ったような目をした蒼白な顔の男が運ばれた。この男は警官に付き添われて数週間入院していたが、まだ生きているということに腹を立て、黙りこくっていた。解放されたらすぐまた自殺するんだと公言していた。

病棟はとても混んでいて、外科医は患者が警察から運ばれて来ると、入院させるかどうか迷ってしまう。警察署のほうへ送り返し、そこで死亡すると新聞で病院が非難される。しかし、患者が死にかけているのか、それとも酔っ払っているだけなのか、見分けにくい場合も時にはあるのだ。フィリップは、疲れ果てるまではベッドに入らぬことにしていた。ベッドに入っても、一時間も経たぬうちに呼び出されたのではかなわなかった。仕事の合間には、夜勤の看護婦と話しながら救急病棟にいた。この看護婦は白髪の、男性的な人で、この病棟でもう二〇年も働いていた。ここでは自分一人の判断で仕事をし、婦長の指図を受けなくて済むので、ここでの勤務を好んでいた。彼女は一見動きがにぶいようだが、とても有能で、緊急事態の場合、頼りになる存在だった。助手たちは未経験で、たじろぐことも多かったから、彼女は大黒柱のように思えた。彼女はこれまで何千もの助手を見てきたので、こういう青年たちからは何の印象も受けなかった。助手は誰でもミスター・ブラウンと呼ぶ。ブラウンじゃありませんと言って、こちらの名を告げると、一応うなずくが、相変らずミスター・ブラウンと呼び続けるのである。馬《ば》巣《す》織りの寝椅子が二つあり、ガス灯に照らされたがらんとした部屋で、彼女の話を聞くのをフィリップは楽しんだ。彼女は運びこまれる患者を人間と見るのをずっと前にやめていた。患者は、折れた腕、切られた喉、酔っ払いという物体だった。彼女は、世の中の悪徳も悲惨も、残酷も、すべて当然のことと受け止め、人間の行為をほめることもなければ、非難することもなかった。あるがままの姿を受け入れるのである。彼女にはブラック・ユーモアめいたものがあった。ある時、こんな話をした。

「テムズ川にとび込んだ自殺未遂者を覚えているわ。川から引き上げて、ここに運ばれたんだけど、テムズ川の水を飲んだので一〇日後にチブスに罹ったのね」

「死んだのですか？」

「ええ、ちゃんと死んだ。それが自殺だったのかどうなのかよく分からなかったわ。自殺をする人って変わっていると思う。こんな人もいたわ。仕事がなくて、女房も死んだものだから、衣服を質《しち》に入れてピストルを買ったの。ところが撃ち損ねて片目を射ち抜き、それでも死ねなかった。片目がなく、顔の一部も吹き飛んでしまったのだけど、そうなってからこの世も悪くないじゃないかと思うようになったのね。で、その後は幸せに暮らしたのよ。いつも思っているんだけど、人は恋愛なんかで自殺はしないわ。みんな恋愛で自殺するって思っているけど、小説家が勝手に想像しているだけのことよ。

みんな金がなくなったときに自殺するのよ。どうしてかしらねえ?」

「恋愛より金のほうが大事だからじゃないですか」フィリップが言った。

ちょうどこの頃、フィリップはまさに金銭のことで頭がいっぱいだった。ミルドレッドとの生活で費用がかさんでいた。世間では、一人でも二人でも生活費は変わらないと言うし、フィリップ自身もそんなことを言っていた。しかし、経費のことがとても心配になってきた。ミルドレッドは家計のやりくりが下手で、このため食費がまるでレストランで食事したのに匹敵するほどになっていた。それに加えて、子供の衣服を買わねばならず、ミルドレッドはブーツや雨傘や他の小物も、何としても必要だと言っていた。ブライトンから戻ったとき、彼女は仕事を探すと言っていたが、そのために必要な手は何も打たなかった。そうこうしているうちに、彼女は悪性の感冒に罹って二週間床に就いてしまった。よくなってからは、求人募集があると数回出向いたが、実を結ばなかった。面接に遅れたので空きが埋まってしまったり、あるいは仕事内容が彼女には無理であったりした。一度だけ雇ってもらえそうになったが、給料が週給たった一四シリングで、彼女は自分はもっと高給に価すると言った。

「足元を見られないようにしないとね。あまり自分を安く売ると、人に馬鹿にされるもの」

「一四シリングならそう悪くないんじゃないかな」フィリップがそっけなく言った。

それだけ収入があればずいぶん助かるのに、と彼は考えざるをえなかったのだが、ミルドレッドは違った。彼女が面接に失敗するのは、きちんとした服装で行かなかったせいだと言うのだった。そこでフィリップは服を買い与えた。彼女はその服を着て面接に出かけたが、やはりうまく行かない。本気で職を探していないのだとフィリップは考えた。つまり、彼女は働きたくないのだ。彼としては金を作る唯一の方法は株式しかなく、夏の幸運にまためぐりあわぬかと期待した。しかし、南アフリカではトランスヴァールとの戦争が勃発したため、株取引きには動きがない。マカリスターの話では、一カ月後にはイギリスのレドヴァーズ・ブラー将軍が南アフリカのプレトリアに進軍する予定なので、そうなれば好景気になる。辛抱強く待ちさえすればよい、と言っていた。イギリス軍の敗北で今株価が少し下がれば、うんと買っておく。そうしておいて将軍の進軍で勝利したら、値上がりするので、売ればいい。これがマカリスターの教えるところだった。フィリップは愛読している新聞の「株情報」を熱心に読み出した。彼は心配のために苛立つこともあった。一、二度ミルドレッドにきつい口調を遣った。彼女は忍耐心はないし、気転も利かないので、かっとしてフィリップが言い返したため、口論になってしまった。フィリップはいつも言い過ぎたと言って謝るのだが、彼女は絶対に許さず、何日間もふくれっ面で通した。彼女はいろいろな面で彼を苛立たせることがあった。食事の際のマナーだとか、衣類などを居間に散らかしておくだらしなさが不快だった。フィリップは南アフリカの戦争がとても気にかかり、新聞をむさぼり読んだが、彼女は世の中の出来事にまるで関心がない。この町に住む二、三人の人と知り合いになり、中の一人に副牧師に訪ねてもらったらどうかと言われたという。彼女は結婚指輪をはめ、ミセス・ケアリと名乗っていた。フィリップの部屋の壁には、パリ時代に描いた裸体のデッサンが三枚かけてあった。二枚は女性、一枚はミゲル・アフリアがこぶしをにぎりしめ、両脚をふんばって立っているものだった。フィリップの作品としては最上のものであったし、自分の幸せな時期を思い起こさせたので大事にしていたのであった。ミルドレッドは以前から不満だった。

「ねえ、フィリップ、あのデッサンを壁から外してくれるといいんだけど」ようやく彼女が言った。「一三番地のミセス・フォアマンが昨日の午後訪ねて来てね。あたし、目のやり場に困ったのよ。あの人、絵をじろじろ見ていたわ」

「どこか悪いところでもあるのかい?」

「ふしだらよ。裸の人間の絵を人前に出しておくなんて不愉快だわ。それに、子供にもよくないわ。もうそろそろ物ごころがつき出しているのよ」

「きみって、なんて低俗なんだ」

「低俗ですって？　上品って言ってよ。これまで黙っていたけど、一日中あんな裸の絵を見ていなくちゃならないなんて、すごく不快だったわ」

「きみにはユーモアの感覚ってものが全然ないのかい？」冷然と言ってやった。

「ユーモアの感覚がどうして問題になるのよ。よほど自分で外そうかと思ってたの。あたしの意見を知りたければ言うけど、いやらしいわ」

「きみの意見なんか聞きたくない。あの絵に触れたりしたら許さないぞ」

ミルドレッドが腹を立てると、赤ん坊を使って彼に仕返しするのだ。フィリップと赤ん坊は互いに気が合っていて、毎朝、彼の部屋まで這って来て、彼に抱き上げてベッドに入れてもらうのが赤ん坊(といってもそろそろ二歳に近く、かなりうまく歩くようになっていた)は大好きだった。ミルドレッドがこれを禁止すると、子供は悲しそうに泣き出した。

「この子にへんな癖がつくと困るのよ」

彼がさらに文句を言うと、こう言うのだった。

「あたしが自分の子供をどうしようと、あなたに関係ないでしょ。あなたの言い方では、まるであの子のパパみたいじゃないの。いい、あたしはあの子の母親ですからね。

何があの子のためになるかならないか、ちゃんと分かっているのよ」

フィリップは、ミルドレッドの愚かさにうんざりした。でも、今ではもう関心もないので、本当に腹が立つのはたまのことだった。彼女が近くにいるのには慣れてしまっていた。クリスマスになり、それとともにフィリップも数日間の休暇が取れた。彼は柊《ひいらぎ》を室内に持ちこみ、部屋を飾り、クリスマスの当日にはミルドレッドと赤ん坊にそれぞれ贈物をした。家族が少ないので七面鳥は食べなかったが、ミルドレッドがチキンをローストにし、近所の店で買ってきたクリスマス・プディングを温めた。ワインを一本奮発した。この夕食が済むと、フィリップは暖炉のそばのひじ掛け椅子にすわり、パイプをくゆらせた。久し振りにワインを飲んだせいで、最近とても苦にしていた金銭のことは忘れ、幸福な気分に満たされ、すっかりくつろいでいた。やがてミルドレッドが入って来て、赤ん坊がフィリップにおやすみのキスをしてもらいたがっていると告げた。彼は機嫌よくミルドレッドの部屋に行った。それから子供におやすみを言い、ガス灯を消し、赤ん坊が泣き出すといけないので、ドアを半開きにして居間に戻った。

「きみはどこにすわる?」ミルドレッドに尋ねた。

「あなたが椅子にすわったら。あたしは床にすわるわ」

彼が椅子にすわると、彼女は暖炉の前にすわり、彼のひざに頭をもたせかけてきた。

ヴォクスホール橋通りの彼女の部屋で、同じような姿勢ですわっていたのをフィリップはいやでも思い出さざるをえなかった。ただし、同じといっても、立場が逆だった。あの時は彼が床にすわって、椅子にすわったミルドレッドのひざに頭をもたせかけたのだ。あの頃は本当に激しく彼女を愛していたものだ！　急にずっと忘れていたやさしさを彼女に覚えた。赤ん坊が首にやわらかい腕を廻してきた感触がまだ残っていたのだ。

「気分はいい？」彼が言った。

彼女はこちらをちらと見て、にっこりしてうなずいた。二人とも何も言わず、思い出に耽るように暖炉の火を見つめた。とうとう彼女はぐるりと振り向いて、妙な目付きでフィリップを見た。

「あのね、あたしがここに来てから、あなた一度もキスしてないのよ、気付いている？」急に言った。

「キスして欲しいの？」

「前のようにはもう愛してないんでしょう？」

「大好きだよ」

「赤ん坊のほうがずっと好きなんでしょう」

彼は返事をせず、彼女は彼の手に頰を寄せた。

「あたしのこと、もう怒ってないわよね？」目を伏せたまま急に彼女が尋ねた。

「どうして怒るなんてことがあると思うんだい？」

「あたし、今ほどあなたのことが好きになったことはないわ。火をくぐり抜けて初めてあなたを愛することを知ったのよ」

彼女が愛読している安手のロマンスで見つけたせりふを口にしているのを聞いて、フィリップはしらけた。それから、彼女の今言ったことは彼女自身にとって何か意味があるのだろうかと考えた。ひょっとすると、彼女は『家庭画報《ファミリー・ヘラルド》』で用いられている誇張した言葉以外に、自分の本物の感情を表現する方法を知らないのかもしれない。

「こんなふうにして一緒に暮らしているって妙なものね」

フィリップはかなり長い間、口を開かなかった。また沈黙が続いた。彼はようやく口を開いたが、しばらく沈黙していたことに自分では気付いていなかったようだ。

「怒らないでくれ。こういう気持は自分でもどうにもできないのだ。きみがあれやこれやったので、きみを悪い奴だ、残酷な女だと思ったのを覚えている。ぼくは愚かだったよ。きみはぼくを愛してくれなかったけど、そのことできみを恨んだなんて愚かだった。ぼくを愛するように仕向けられると思っていたけど、そんなことは無理だったと今はよく分かる。人に恋心を抱かせるのは何なのか知らないけれど、恋にはそれが一番重要だ。もしそれがないのなら、どんな親切も気前のよさなども、何の役にも立たないんだ」

「もし本気で愛してくれたのなら、今でも愛してもいいはずだって思ったのに」

「うん、ぼくもそう思ったんだけどね。きみへの恋心は永遠に続くものと思っていたのを覚えている。きみに会えなくなるくらいなら死んだほうがましだと思った。きみが年を取り、しわくちゃになって、誰にも振り向かれなくなるときが早く来ないかと望んでいたものさ。そうなれば、ぼくがきみを独占できると思ったからね」

彼女は何も言わなかったが、やがて立ち上がり、もう寝るわと言った。恥ずかしそうに微笑を浮かべた。

「今夜はクリスマスよ。おやすみのキスをしてくれないの?」

彼は笑い声を立て、少し赤面し、彼女にキスした。彼女は自分の寝室に行き、彼は本を読み始めた。

96

破局はその二、三週間後にやって来た。ミルドレッドはフィリップのそっけない態度に接して、これまで経験したことのない激怒にかられたのである。彼女はいろいろな気分に襲われることがあり、ころころと気が変わった。毎日自分ひとりで長い時間を過ごし、自分の今の立場についてよく考えてみた。自分の気持を全部口にしてはいなかったし、そもそも気持を整理できる女ではなかったのだが、それでも一つのことがとても気にかかっていて、何度となく繰り返し考えこんだ。フィリップをよく理解したことはなかったし、あまり好意を持ったこともなかった。でも、フィリップを紳士と思っていたので、彼が自分の近くにいるのは嬉しかった。フィリップの父親が医者で、伯父が牧師だったというのが彼女に感銘を与えていたのだ。あんなにフィリップを馬鹿にしてきただけに、むしろ軽蔑しているはずなのに、その一方で、一緒にいるとどうもくつろげないのだった。行儀作法を見られているような気がするので、自由に振舞えなかったのだ。

ケニントンの下宿に引き取られた当初は、彼女は疲れ果てていたし、恥じてもいた。だから、放っておかれるのをむしろ喜んでいた。部屋代を支払わなくて済むと考えるだけでほっとした。晴雨にかかわらず、外に働きに出なくてはならないということはもうないし、気分が悪ければ、のんびりベッドで横になっていてもいいのだ。夜、街路で客を取っていたのを思い出すと、ぞっとした。いやな客にも愛想よく、卑下しなければならないなんてひどすぎる。今でも、客の男どもの横暴な態度や野卑な言葉遣いを思い出すと、自分が哀れになって泣き出すのだった。しかし、こういうことを思い出すのは稀《まれ》だった。あんな状況の自分を救い出してくれたことで、フィリップに感謝していた。彼が以前とても誠実に自分を愛していたこと、それなのに自分がひどい仕打ちをしてしまったことを思い出すと、申し訳ない気持がした。でも、その埋め合わせをすればいい。あたしにとって骨の折れることではない。ところが彼女のそういう気持を伝えたら、彼が断わったのには驚き、呆然とした。しかし彼女は肩をすくめた。気取りたいのなら、勝手にそうしたらいいわ。あたしは構わない。どうせしばらくすれば、彼のほうからぜひ抱かせて欲しいと迫ってくるに決まっている。その時にはこっちが拒絶してやる番だ。彼に断わられて、あたしが悲しんでいるなんて考えているとしたら、誤解もいいところだわ。

彼を支配する力が自分にはあるという点を、ミルドレッドは少しも疑っていなかった。彼は変わった人だけど、あたしにはよく分かっている。以前、何度も喧嘩して、もう二度と会うものかと言いながら、しばらくすると許して欲しいと頼みに来たじゃないの。自分の前でフィリップがどんなに卑屈になっていたかを思い出していい気分がした。彼女が望めば、彼は地面に這いつくばり、彼女に体の上を歩かせたことだろう。彼が声を出して泣くのも見た。あの男の扱いならよく心得ている。無視し、怒っているのに気付かぬ振りをし、徹底的に放っておけばいい。しばらくすると、許してくれと哀願してくるに決まっている。彼が彼女の前でいかに屈辱に甘んじたかを思い出し、得意になって、忍び笑いをもらした。あたしはもうこれまでやりたい放題のことをやってきたわ。男ってものの正体は充分に分かっているから、もう恋だの何だのということで男とかかわりたくない。今後はフィリップと身を落ち着ければ具合がいいと思うわ。何といっても、あの人はどの点から見ても紳士だもの。紳士というのはやはり大したものだわ。いずれにしても、別に急ぐ必要はないし、少なくともあたしのほうから第一歩を踏み出す必要はない。彼が赤ん坊のことを日増しに好きになっているというのは、何だかおかしいけれど、あたしには好都合だわ。でも、他の男の子供を可愛がるというのも奇妙だわ。やはり変わっているのは確かだわ。

こう考えたのだが、二、三合点のゆかぬこともあった。昔のあの人はあたしに対してとても低姿勢で、あたしはそれに慣れていた。頼めばどんなことでもやってくれた。あたしがいやな顔をすれば、がっかりし、逆に親切な言葉をかければ、すっかり有頂天になっていた。しかし、今はどうも違うみたいだ。あの人この一年間で進歩しなかったのね、などと彼女なりに考えた。フィリップの彼女への気持に何らかの変化がありうるなどという考えは決して頭に浮かばないのだ。彼女の機嫌が悪くても、彼が平気でいるのは、単なる芝居に過ぎないと思いこんでいた。時には、本を読みたいから、いい加減におしゃべりはやめてくれないか、などと言うことさえ最近はある。そういう場合、怒ってやろうか、むっとしてやろうか決めかねた。どうしようか、どうしようかと迷っているうちに、結局、何もしないで終わる。それから、この間の長話で、二人の間柄はプラトニックな関係にしておこうという提案があった。二人の共通の過去に起きた、ある出来事を思い出して、妊娠を恐れているのだ、と思った。そこで、その点は大丈夫なのだと説明してやった。しかし、効き目はなかった。ミルドレッドと男との関係は、これまですべてセックスで結ばれていたのであった。自分はセックスだけで男女関係を考えるけれど、それ以外の考えを持つ男も世の中にいる、ということに考えが及ばなかった。ひょっとしてフィリップは誰か他の女に恋しているのかもしれない。そう思いついたので、彼女は病院の看護婦やその他、彼が会っている女との関係に目を光らせた。しかし、かまをかけるように質問してみても、アセルニー一家には怪しい女はいないと思うしかなかった。また、フィリップは他の医学生と同様に、いつも一緒に働いている看護婦に性的関心を抱かないのだと結論せざるをえなかった。看護婦は医学生の頭の中で、いつも消毒剤の臭《にお》いと結びついてしまうらしい。彼の所には手紙は届いていない。所持品の中に女の写真はない。もし誰かに恋しているとすれば、巧妙に隠しているとしか考えられない。それに、あたしが問いつめると、何でも正直に答え、あるたくらみがあって聞いていることに、どうも気付かないようだ。

「誰かと愛し合っている可能性はないわ」最後にミルドレッドはそう結論を下した。とすれば、彼はまだあたしを愛していることになる、というので気が休まった。しかし、そうだとすると、あの人の態度は不可解だ。あたしのことをこんなふうに扱うつもりだとしたら、どうして自分のアパートに来て一緒に暮らせなんて言うのかしら？　不自然だわ。ミルドレッドは、思いやり、寛大、親切などの可能性には考えの及ばぬ女だった。彼女はフィリップは変わった人だと考えるしかなかった。いろいろ考えて、彼の態度は騎士道精神によるものだと思いこんだ。何しろ、頭の中は三文小説の誇張した描写でいっぱいなので、彼の思いやりについてあらゆる種類のロマンチックな説明を勝手に考え出したのだ。やれ、悲しい誤解とか、火による浄化とか、雪のように白い魂とか、クリスマスの夜の残忍な寒さの中での死とか、想像は留まるところを知らなかった。ブライトンに出かけたときは、フィリップのこういう思い違いすべてに、あたしが終止符を打ってやろうと、彼女は決心していた。ブライトンでは二人だけになれるし、周囲の人たちは二人を夫婦だと思う。埠頭《ふとう》があり、バンドの演奏もあるという環境だ。ところが、ブライトンに行っても、一向に事態は変わらなかった。フィリップは彼女と一緒の部屋に泊るのを拒んだ。しかも、そう主張するフィリップの口のきき方が以前とまったく違った。さすがのミルドレッドも、彼が自分を抱きたがっていないとさとらざるをえなかった。これには心底驚いた。以前の彼がどれほど熱情的に愛の言葉を述べたか、どんなに夢中になって彼女を愛したか、すべて覚えていた。屈辱感を味わわされて腹が立ったけれど、彼女には生まれつき尊大なところがあり、それで何とか持ちこたえた。あの人に、あたしが愛しているなんて考えてもらっては困るわ。だって、愛していないんだもの。それどころか、彼を憎いと思い、得意の鼻をへし折ってやりたいと願った。ところが、妙に無力感を覚えてしまう。どう扱ったものか見当がつかないのだ。彼に少しばかり恐れを感じる。一、二度泣いた。一、二度彼にとてもやさしくしてみた。ところが、夜に海岸近くを散歩していたとき、彼の腕を取ろうとしたところ、まるで彼女に触れるのが不快だとでもいうように、しばらくすると口実を設けて腕を引っこめてしまった。不可解だった。彼女がフィリップを支配するには、赤ん坊を利用するしかなかった。日を追うごとに彼は赤ん坊を可愛がるようになっていった。ミルドレッドが子供をぶったり、押したりしようものなら、フィリップは怒りで蒼白になった。逆に、彼の以前のやさしい微笑が戻ってくるのは、彼女が赤ん坊を胸に抱いて立っているときだけだった。海岸でどこかの男にその姿勢で写真を撮られたことがあって、この時フィリップの反応に気付いたのであった。彼女はその後、時どきそのようにして立ち、彼のやさしさを引き出していた。

　ブライトンからロンドンに戻ったとき、ミルドレッドは仕事を探し始めた。その気になればすぐ見つかると言っていた手前、そうせざるをえなかったのだ。それに、フィリップに頼らずに生活したいという希望がないわけでもなかった。ちょうどいい下宿を見つけたから、赤ん坊を連れて行くわと告げたら、彼がどんな困った顔をするか見てやりたい。とはいっても、いざ現実に返ると、彼女の勇気はくじけた。長時間働くなど、もうしばらくしていないし、上司の顔色をうかがいながら働くのはまっぴらだった。それに、今さら制服を着るなど、品位にかかわるような気がした。数は少ないが、多少知り合った人が近所にいるにはいたが、彼らには自分が金に不自由していないと公言したので、今さら働かねばならぬと言おうものなら面目丸つぶれだ。おまけに、生来の怠け癖が頭をもたげた。フィリップの家から出て行かなくても構わない。あの人があたしと赤ん坊の世話をしたいというのなら、こちらから出て行く必要などない。ここにいれば、あまりゆとりはなくとも、衣食住は保証されている。それに、フィリップはもっと稼ぐようになるかもしれない。あの人の伯父さんは年を取っているから、いずれ亡くなり、そうすれば多分フィリップに少しは遺産が入る。まあ、今のままでも週給数シリングのために朝から晩まで額に汗して働くより、ずっといい。こう考えると、職探しの意欲もにぶった。それでも新聞の求人欄には気をつけていた。自分に適した仕事があれば働く気はあるのだというふりをするためであった。

しかし、急に彼女は恐怖心にとらわれた。フィリップに彼女の面倒を見る気がなくなったらどうしよう。今では、あの人を動かす力があたしにはない。あたしをここに住まわせるのも、赤ん坊が好きだからだけかもしれない。どうしてこんなことになってしまったのかしら、と彼女は考えをめぐらせた。フィリップがあたしに少しも関心がないなんて、どうしても解《げ》せない。そんなことは許せない。けしからぬことだ。いつか後悔させてやるわ。もう一度、惚れさせてみせる。プライドを傷つけられて彼女は怒り、かつ悩んだ。そして、奇妙なことだが、フィリップに抱かれたいと思った。最近の彼が彼女の肉体に異常なほど無関心なのが腹立たしかった。彼と性的に結ばれたいという考えが頭を離れなかった。あの人はあたしを不当にあしらっているけれど、そんな目にあわせられるようなことを、一体あたしがしたとでも言うの？　同じ屋根の下にいながら、体に触れようともしないなんて、人間として異常じゃないかしら。もし事情が変われば、つまり、あたしがあの人の子供を産むことになれば、きっと結婚してくれるんじゃないかしら。彼は変わった人だけれど、紳士なのは確かよ。どの点からも紳士なのは、誰もが認めるところよ。フィリップの冷淡さが気になって気になってどうしようもなくなり、何が何でも二人の関係を変えようと彼女は決心した。今はキスさえしないけれど、あたしはして欲しい。昔はあんなに情熱的にキスさせてくれとせまったのに！　それを思い出すと異様な気がするわ。彼女は何度も彼の唇を眺めた。

二月初めのある夜、フィリップは今夜はローソンの家で食事をしてくると言った。ローソンは誕生祝いに、自分のアトリエでパーティを開くのだった。帰宅は遅くなる。ローソンはビーク街のバーからパンチを二本買ってきて、みんなで楽しくやろうとしていた。女性も来るのかとミルドレッドが尋ねたが、一人も来ない、招待されているのは男だけだ、とフィリップは答えた。すわって、しゃべり、たばこをふかすだけさ。ミルドレッドは、それじゃあ、あまり面白くなさそうね。もし、あたしが画家だったら、五、六人ほどモデルの女の子を招くのに。彼女は寝ようと思ったが、どうも寝つかれない。やがて、いい考えが頭に浮かんだ。立ち上がり、フィリップを締め出そうと踊り場のくぐり戸の錠をおろした。彼は一時頃帰って来て、鍵がかかっているので、畜生と言っているのが聞こえた。彼女はベッドから出て、開けた。

「一体全体どうして鍵などかけたんだい？　起こしてしまって悪かったけど」

「どうしたのかしら、開《あ》けておいたのに、閉まってしまったなんて」

「さあ、急いでベッドに戻りたまえ。さもないと風邪をひくよ」

彼は居間に入り、ガス灯をつけた。彼女は彼に続き、暖炉の所に行った。

「足を少し温めたいわ。氷みたいになってしまったのよ」

彼はすわり、ブーツを脱ぎ出した。彼の目はきらきら輝いているし、頬はほてってった。きっと飲んできたんだわ、と彼女は思った。

「楽しかったの？」彼女はにこやかに言った。

「ああ、とっても楽しかったよ」

フィリップは酔っていなかったが、会話を楽しみ、大いに笑ってきたので、まだ興奮が覚めなかった。今夜のようなパーティに出ると、パリの楽しい日々が思い出された。彼は上機嫌でポケットからパイプを取り出し、たばこを詰めた。

「寝ないの？」彼女が言った。

「まだだ。少しも眠くない。ローソンがすごく上機嫌だった。ぼくが着いてから帰るまで、一人でしゃべり続けていたよ」

「何の話をしたの？」

「神のみぞ知るってところだ。ありとあらゆることをしゃべったね。全員大声で自分の考えを述べ、他人の発言に耳を傾ける者は誰もいなかったよ」

　フィリップは思い出して楽しそうに笑った。ミルドレッドも笑った。フィリップがいつも以上に飲み過ぎたようだ、と彼女は思った。そこがまさに彼女の狙いめだった。男がどういうものか、あたしは知っているのだから。

「ねえ、すわっていいかしら？」

　彼に返事をする間も与えず、彼女は彼のひざの上にすわった。

「すぐベッドに行かないのなら、ガウンを着てきたほうがいいな」

「このままで大丈夫だわ」それから彼の首に両腕を巻きつけ、顔を寄せ、「フィル、どうしてあたしにつれなくするのよ？」と言った。

　彼は立ち上がろうとしたが、彼女がそうさせなかった。

「フィリップ、本気で愛しているのよ」

「さあ、馬鹿なことは言わないで」

「馬鹿なことじゃないわ。本当のことよ。あなたなしでは生きられない。抱いて」

　彼は女の腕を振りほどいた。

「どいてくれないか。きみは馬鹿な真似をしているし、その上、ぼくまで馬鹿になった気分になるよ」

「フィリップ、ねえ、聞いて。あたし愛しているのよ。前にあなたにした仕打ちの埋め合わせをしたいの。こんな関係はもういや。人間として不自然だわ」

彼は椅子からすべり降り、彼女ひとりを残した。

「悪いけど、もう遅いからね」

彼女は悲嘆にくれたようにしくしく泣き出した。

「でも、どうして？　どうしてそんなに冷たくするの？」

「以前にきみを愛し過ぎたからじゃないかな。もう情熱を使い果たしてしまった。きみのいうような関係は考えただけでもぞっとするよ。今では、きみの顔を見るとエミールやグリフィスを思い出してしまう。こういうことは無理強いしても仕方がない。神経のせいだと思うけれど」

彼女は彼の手を取ると、キスの雨を降らせた。

「やめてくれ」彼は声を高めた。

彼女は椅子に戻った。

「こんな生活はもういやよ。もし愛していないのなら、あたし出てゆくわ」

「馬鹿なことを言うなよ。行き場もないくせに。ここに好きなだけいたらいい。ただし、きみとぼくはただの友人で、それ以上のものでないとはっきり心得てもらわないと困るな」

するとは彼女は、急に激情的な態度を改めて、おだやかな、思わせぶりな微笑を浮かべた。彼のそばににじり寄って来ると、両腕を彼の体に廻した。低く甘い声でささやいた。

「何て馬鹿なことを言っているのよ。きっと神経が高ぶっているんでしょうけど。あたしがその気になれば、どんなにやさしくしてあげられるか、あなた、まだ分かっていないのね」

顔を近づけ、頬と頬を軽くすり合わせた。フィリップにとって、彼女の微笑は不快な追従笑いで、艶《なま》めかしい目の輝きには、かえって恐れをなすだけだった。思わず体を引いてしまった。

「やめてくれ」

しかし彼女は放そうとしない。無理やりに唇にキスしようとした。彼は女の両手をつかみ、手荒く左右に開き、突き放した。

「むかつくよ」彼が言った。

「このあたしに?」

彼女は暖炉に手を掛けて体を支えた。一瞬こちらをにらみつけたが、頬に赤味が急に広がった。甲高く、怒ったような笑い声をあげた。

「あんたがあたしにむかつくんですって! 何言うのよ!」

そこで一息つき、深く息を吸いこんだ。それからすごい剣幕で、続けざまに罵声を浴びせた。あらん限りの声でわめいた。思いつく限りの悪態をついたが、それにはフィリップも驚いた。彼女はいつもは上品ぶり、下品な言葉遣いにはことさら驚いてみせるような態度を取っているため、今発しているような下卑た言葉を彼女が知っているとは思ってもみなかったのだ。彼女はすぐそばに近寄り、顔をくっつけた。憤怒でゆがんだ顔だ。わめき立てているうちに、唇につばが泡のように浮かんできた。

「ただの一度だって、あんたが好きだったことなんてないよ。いつだって、あんたを馬鹿にしていたんだ。すごく退屈で、うんざりしたよ。むしずが走る思いをこらえて体に触れさせたのも、いつだって金を貰うためだったのさ。キスさせてやったときなんか、いつもへどが出そうだった。グリフィスとあたしは、あんたがお人好しだと言って、さんざん笑いものにしたんだよ。間抜け！　意気地なし！　大馬鹿野郎！」

少し間を置いてから、またありったけの罵詈雑言《ばりぞうごん》の攻撃が始まった。まるでフィリップひとりが人間の醜い欠点のすべてを持ち合わせているようにけなした。けちん坊で、のろまで、うぬぼれが強く、身勝手だという。彼がもっとも傷つきやすい点を嫌味たっぷりに攻撃した。ようやく部屋を出て行きかけたが、ものすごい形相《ぎょうそう》で踏み留まり、なおも、汚らしい、罵《のの》りの言葉をぶちまけた。ドアまで行って把手をつかむと、乱暴に開いた。それからまた振り向いて、彼がもっとも打ちのめされると分かっている悪口を浴びせた。その悪口には、可能な限りの悪意、軽蔑、憎悪が込められていた。まるでとどめをさすかのように吐き出した。

「びっこのくそ野郎！」

97

翌朝フィリップは寝過ごしてしまったような気がして、はっとして目を覚ました。もう九時になっていた。あわててとび起き、ひげを剃るための湯を沸かそうと台所に行った。ミルドレッドの姿はなく、昨夜、彼女が夕食に使った食器なども流しに汚れたまま放置してある。彼女の部屋のドアをノックした。

「いいかげんに起きたらどうだ。もうこんな時間だぞ」

二度目のノックにも応答がない。ふくれているのだろうと想像した。彼女の気分など気にしている余裕はなかった。湯沸かしをかけてから、冷たさをやわらげるために前夜から水を張ってあるバスタブにとび込んだ。彼が身支度している間に、ミルドレッドが朝食を用意して、居間に置いておくだろうと思った。機嫌の悪いときには、これまでそういうことを二、三回やっていたのだ。ところが、台所で彼女が働いている音がまったく聞こえない。自分で用意するしかないらしい。彼が寝坊した朝に朝食作りをさぼるなんてけしからんと彼は苛立った。着換えが済んでもまだ彼女は姿を見せない。しかし部屋の中で動く音はしていた。起きているのは確かだ。やむをえず、自分でお茶をいれ、パンを焼き、それをブーツをはきながら食べた。それから急いで階下に降り、大通りへ走り、路面馬車に乗った。車中から通りの新聞売場に目を走らせて、戦況を伝える張り紙を読もうとしていたとき、昨夜の出来事が蘇った。騒ぎも一応治まり、一晩眠って考えてみると、ずいぶん見苦しいことだと思わざるをえなかった。ぼくも大人げなかったなと思ったが、感情を抑えられなかったのだ。どうしても感情的になってしまった。あんな愚劣な立場にぼくを追い込むなんて、ミルドレッドの奴には腹が立つ。それにあれほどの剣幕でどなりちらし、あれほど下品な言葉を遣ったのも、思い出すと愕然とする。最後に急所を突くような悪口を言ったのを思い出すと、かっと頭に血がのぼる。しかし、どうせあの程度の女なのだから、と彼は肩をすくめた。昔から人はぼくに腹を立てると決まって不具に触れて恥辱を味わわせようとするのだ。病院関係の者だって、ぼくの歩き方を真似しているのを目撃したことがある。学校の頃はぼくのいる所で真似してひやかしたりしたものだけれど、今はぼくのいないのを確かめてやっている。とくにぼくを不快にさせようというのでもないようで、人間は真似をするのが好きな動物だし、人を笑わせるのに格好な手段だから、仕方がないと思う。それでも、やはり真似されても平気というわけにはいかない。

病院の仕事に打ちこめるのは幸いだった。病棟は、入って行くと何か親しみを覚える、楽しい場所のように感じた。看護婦が事務的な微笑を浮かべて挨拶した。

「ばかに遅いんじゃないかしら?」

「ええ、昨夜は羽目を外しましてね」

「顔にそう書いてあるわ」

「それはどうも」

笑いながらフィリップは最初の患者の診療を開始した。結核性潰瘍《かいよう》に罹っている少年で、まず包帯を取り去った。少年はフィリップに診てもらうのを喜んでいた。フィリップは傷口に新しい包帯を巻いてやりながら、少年をからかった。フィリップは患者の間で人気があった。接し方が親切だし、傷口の手当にもやさしい思いやりがある。助手の中には、少しがさつで、処置もいい加減な者がいたのだ。昼食は仲間と共に休憩室で取った。バター付きスコーンにココアという簡単な食事で、話題はやはり南アフリカでの戦争のことだった。戦地に行こうとする者もいたが、軍当局がやかましいことを言って、病院勤務の経験のない者はすべて採用を断わられた。戦争が長く続けば、そのうちに医師免許を持つ者なら誰でもとるだろうと言う者もいた。しかし、戦争は一カ月もすれば片付くと誰もが思っていた。ロバーツ将軍が出陣したからには、解決は時間の問題だというのが大方の見解だった。マカリスターも同意見で、フィリップに今が金儲けのチャンスだ、平和回復の直前に買うべきだと説いた。その時には必ずブームになるから、誰でもひと儲けできるというのである。フィリップは夏に儲けた三〇ポンドの味が忘れられず、今度は二〇〇ポンドくらい儲けたかった。そこで、機会があったらぜひ株を買っておくように依頼した。

一日の仕事を終えて、ケニントンに戻る路面馬車に乗った。今夜ミルドレッドはどういう態度に出るだろうか？　おそらく、ふくれっ面をしていて、何か尋ねてもろくに返事もしないだろう、そう思うと憂鬱《ゆううつ》だった。その夕方は、季節外れに暖かく、南ロンドンのくすんだ通りにさえ、厳冬とは違う二月のけだるさといった雰囲気があった。長い冬の月日の後で、生物は長い眠りから覚め、自然が永遠の活動を開始していた。大地には春の先駆けを告げる胎動があった。フィリップはできるものなら、もっと先まで路面馬車に乗り続けたかった。今下宿に帰るのは気がすすまぬし、それに、もっと大気を吸いたかった。でも、子供に会いたいという気持が湧いた。彼が帰ると、喜んで嬉しそうに這い這いして来る姿を想像すると、自然に微笑が浮かんだ。

家に着いて、ふと窓を見上げると、明かりがついていないので驚いた。すぐ二階に上がってノックしたのだが、応答がない。ミルドレッドは、外出するときマットの下に鍵を隠しておくので、探すと、やはりあった。室内に入り、居間でマッチをすった。何かあったらしい。すぐには何事か分からず、ガス灯のしんを最長にして火をつけた。部屋は一気に明るくなり、彼は周囲を見渡せた。息をのんだ。部屋全体が廃墟のようになっている。ありとあらゆるものが壊されている。彼は怒りのため頭に血がのぼり、ミルドレッドの部屋に駆けこんだ。暗く、空《から》だった。明かりをつけると、彼女が自分のものと赤ん坊のものを持ち去っていた。(室内に入るとき、乳母車がいつものように踊り場にないのには気付いたが、ミルドレッドが子供を連れて外出していると思ったのだ。)洗面台にあったものはすべて壊され、二つの椅子のシートの部分はナイフで十文字に切り裂かれ、枕も切り裂かれ、敷布と掛ぶとんは大きくえぐり取られており、鏡はハンマーでたたき割ったらしい。フィリップは頭が混乱した。自分の部屋に入ると、ここでもすべてが木端微塵《こつぱみじん》にされていた。洗面器、水差しは割られているし、鏡は粉砕され、敷布はずたずたに引き裂かれていた。枕はミルドレッドが中に手を差し込めるだけの裂け目を作り、中の羽毛を部屋中にばらまいていた。毛布にはあちこちナイフで切り込んだ跡があった。鏡台にはフィリップの母の写真が飾ってあったが、額縁は割られ、ガラスの部分は粉々になっていた。フィリップは小さい台所に入った。グラス、プディング容器、皿など、およそ壊しうるものは、すべて徹底的に壊されていた。

フィリップは呆然とした。ミルドレッドは手紙を残さなかった。自分の怒りをぶちまけるのに、徹底的な破壊の他には何も必要ないというのであろう。壊しているときの、彼女の思いつめた表情が頭に浮かんだ。居間に戻り、周囲を見渡した。驚愕のあまり怒りを忘れてしまった。そこに転がったままの料理用のナイフと、石炭用のハンマーとを興味深そうに眺めた。それから、壊された暖炉の中に放置されている大きな肉切りナイフに目がとまった。これだけの破壊作業には、よほど時間もかかったのだろう。ローソンが描いたフィリップの肖像画はずたずたに切られ、醜く口を開けている。フィリップ自身の描いた絵も、やはり切り裂かれていた。マネの『オランピア』、アングルの『オダリスク』、フランス王フィリップ四世の肖像画の複製はすべて石炭用のハンマーで打ちのめされていた。テーブルクロスにも、カーテンにも、二つのひじ掛け椅子にも、裂け目があった。もう使いものにならない。フィリップが書き物机に使っていたテーブルの上の壁に、クロンショーから貰ったペルシャ絨毯の断片が掛かっていた。ミルドレッドは前からこれを嫌っていた。

「絨毯《じゅうたん》なら床に敷くべきよ。薄汚れた、いやな臭《にお》いのする切れ端じゃないの」彼女はよく言っていた。

ここに世界の謎への解答が秘められているとフィリップが言ったために、彼女は余計に怒りを向けた。自分がからかわれていると思ったのだ。かなり力が要ったと思われるのだが、彼女は三回もナイフで切りつけたらしく、今はぼろぼろになってぶら下がっていた。フィリップは、二、三枚、青と白の絵皿を持っていた。価値はないけれど、入手したときの思い出もあって大切にしていたものだ。それが粉々になって床の上に散らばっていた。書物の背はすっかり切り裂かれ、仮綴じのフランスの本は何ページかをわざわざ破り取ってあった。暖炉の上の小さな装飾品は、粉砕されて炉の中に落ちていた。ナイフかハンマーで壊せるものはすべて壊したのである。

フィリップの所持品など、全部合わせて売ったところで、三〇ポンドにもならなかったであろうが、大部分はいわば旧知の仲間であり、彼は住居を愛する男だったので、自分の所有物だというだけの理由で、そういうがらくたに愛着を持っていた。自分のささやかな住家を誇っていて、僅かな費用で自分の趣味に合ったこぎれいな飾りつけをしていたのだ。それだけに、打ちひしがれてへたへたとその場にすわりこんだ。よくもこんなひどいことができたものだ。急に恐怖にとらわれ、廊下にとび出して行った。服を入れてある戸棚があったのだ。開けて、ほっとした。どうやら彼女はここを忘れていたのであろう。服はすべて無事だった。

居間に戻り、どうしようかと思案した。片付け始めようという気にはなれなかった。家に食物はなく、空腹を覚えた。外出して軽く食事をしてきた。戻ったときには冷静になっていた。赤ん坊のことを思うと、少し心が痛んだ。あの子はぼくを恋しがるかな？ おそらく、しばらくはそうだろうけれど、一週間もすればぼくのことも忘れてしまうだろう。何よりもミルドレッドとこれですっかり縁が切れたのは嬉しかった。彼女にはもう腹も立たなかったが、うんざりした。

「二度と再びあいつと会わなくて済むように」思わず声に出して言った。

今なすべきなのは、ここを出ることだ。明日の朝、家主に出てゆくと伝えよう。ミルドレッドの手による破損部分を修理する金はないし、それに貯金が減っているので、ここより安い下宿を見つけるしかない。ここを出るのはむしろ喜ばしい。部屋代は頭痛の種であったし、さらに今ではミルドレッドの不快な思い出がつきまとうのだから。フィリップは気が短いほうなので、頭に浮かんだ計画をただちに実行に移したくてたまらなかった。そこで、翌日の午後、中古家具業者を呼んで、破損した家具、破損を免れた家具、両方合わせて三ポンドで引き取らせることにした。その二日後に、病院の向かいにある家に引っ越した。ここは医学生になった当初、下宿していた家だった。下宿の女主人はとても親切な人だった。彼は一番上の階の寝室を週六シリングで借りた。非常に狭く、みすぼらしい部屋で、窓からは背中合わせにくっついている家の中庭しか見えなかった。だが、今は服と本箱一つしかない身分なので、それほど安い下宿でありがたかった。

98

フィリップ・ケアリの運命は、元来本人以外には何の意味もないものであったが、祖国のたどる歴史にたまたま影響されるという事態になった。歴史が作られつつあり、その過程は非常に重大なものであったから、名もない一医学生ごときまでその影響を受けるというのは、かえっておかしく思えた。マジェスフォンテーン、コレンソ、スパイオン・コップと、どの戦闘においてもイートン校の運動場で敗北を喫し（ウェリントン将軍がワーテルローでナポレオンを破ったとき、勝利はイートン校の運動場で培ったスポーツ精神のおかげだと述べたのを皮肉ったもの）、英軍は敗走を続け、国の威信は地に落ち、貴族階級と紳士階級は、生まれながらにして統治能力を持つと誇った得意の鼻をへし折られることになり、すっかり面目を失った。古い秩序は崩壊し、新しい歴史が作られつつあった。その後、大国としてのイギリスが力を盛り返し始め、依然として失敗は繰り返しつつも、ようやくどうにか一応の勝利らしきものを手にすることができた。南アフリカのクロンイェ将軍は、パーデルベルクで降伏し、レイディスミスは包囲を解かれた。そして三月初めには、ロバーツ卿がブルームフォンテーンに進軍した。

このニュースがロンドンに届いてから二、三日後、マカリスターがビーク街のいつものバーにやって来て、株式取引場で明るい兆しが見えてきたと、嬉しそうに報告した。まもなく和平が訪れ、ロバーツ卿は数週間以内にプレトリアに進軍するだろうし、当然のこととして、株価はすでに上がりつつある。ブームの到来は必至であると伝えた。

「今が買い時だ。一般の人たちが買い出すのを待っていたら乗り遅れるぜ。今しかない、今を逃すともう二度とこんなチャンスはないな」

マカリスターは内部情報を持っていた。南アフリカの鉱山の支配人が、会社の重役の一人に連絡してきて、工場は戦争で被害はなかったから、できる限り早く仕事を再開できる、と伝えてきた。マカリスターに言わせると、今回は投機というより投資といっていい。その重役がどれほど有利と見ているかを納得させるために、その重役が二人の妹のために五〇〇株買ったとフィリップに話した。この重役は慎重な人で、イングランド銀行のように手堅い株以外には手を出さないそうだ。

「ぼくはあり金を全部かけるよ」マカリスターは言う。

株は二ポンド八分の一から二ポンド四分の一の間を上下していた。彼はフィリップに、欲張り過ぎもよくないから、一〇シリング上がったら、それで満足しろ、と言っていた。自分は三〇〇株買うから、きみも同じくらい買ったらいいだろうと言う。株は預かっておいて、頃合いを見て売る、という。フィリップがマカリスターを信頼していたのは、一つには、スコットランド人だから生まれつき慎重だと思ったのと、もう一つには、以前たっぷり儲けさせてもらったからだ。彼はすぐさま提案に同意した。

「決済日前に売れると思うけれど、万一売れなかったら、次の決済日まで繰り延べするように取り計らおう」マカリスターが言った。

すばらしい取決めだとフィリップは思った。利益が生じるまで待っているだけで金は出さなくていいのだ。新聞の株式相場欄を注意深く見るようになった。翌日は全面高となり、このため、二ポンド四分の一支払わねばならなかったとマカリスターは連絡してきた。彼の話では、市場は堅実だということであった。しかし、一、二日すると、ぶり返しがあった。南アフリカからのニュースは不安なもので、株価が二ポンドに下がったのを知り、心配になった。しかし、マカリスターは楽観的で、ボーア人はこれ以上長く持ちこたえられぬだろうし、ロバーツ卿が四月中葉前にヨハネスブルクに進軍するのは絶対に間違いない、と言った。決済日には四〇ポンド近くの差額を支払わねばならなかった。フィリップはとても不安になったが、このままじっと持ち続けるしかなかった。彼の財政状態では、四〇ポンドの損失は我慢するには大き過ぎた。その後、二、三週間、何の変化もなかった。ボーア人は、もう負けたのだから降伏するしか道はないというのを、どうしても受け入れようとしなかった。事実、彼らは数回、小さな勝利を収めた。このため、フィリップの株はさらに半クラウン値下がりした。戦争がまだ終結していないのは疑う余地もなかった。売りに出る者が多かった。マカリスターも非常に悲観的になっていた。

「なるべく損失を少なくするしかないんじゃないかと思う。差額払いで取引きするのは、そろそろ限界にきているんだ」

フィリップは心配のあまり気分が悪くなった。夜も眠れなかった。今ではバター付きパンとお茶だけにしている朝食を急いで済ませ、読書室に行って新聞を見た。時には戦況の悪いこともあり、時にはまったくニュースのないこともあったが、株価に動きがあれば、決まって下がっていた。もうどうすべきか分からなかった。今売れば、三五〇ポンド近く失うことになる。そうなれば、手元に八〇ポンドしか残らないから、それで生活していくしかない。株などに手を出さなければよかったと心から思ったが後の祭りで、さらに持ち続けるしかなかった。いずれ戦況に何か決定的なことが起これば全面高になるかもしれない。彼はもう儲けることはまったく考えず、損を埋め合わせられれば充分だと思っていた。病院での課程を終了するにはそれしかなかった。五月には夏学期が始まり、その学期の終わりに産科学の試験を受けるつもりだった。そうなれば、あと一年だ。綿密に計算してみると、授業料その他全部含めて一五〇ポンドあれば何とかやっていけるのが分かった。だが、どうしてもその額は必要になる。

マカリスターにぜひ会わなくてはと思って、四月の初めにビーク街のいつものバーに行った。状況を彼と話し合ったり、フィリップ以外にも株の値下がりで困っている人が多数いると聞いたりすれば、少しは気分が晴れるのだった。ところが着いたときには、ヘイウォード以外には誰もいない。フィリップがすわるや否や、ヘイウォードが言った。

「ぼくは日曜日に喜望峰へ出征するのだ」

「きみが？　まさか！」フィリップが言った。

まさかヘイウォードまで従軍するとは予想もしていなかった。病院では出征する者が大勢いた。医師免許さえあれば、当局は喜んで従軍させた。騎兵として出征した者も、医学生だと判明すると、すぐ病院の仕事をやらされるという便りが家族に届いた。愛国心が波のように国全体に広まり、社会の各層の人びとが志願兵となって出陣しつつあった。

「どういう資格で行くんだい?」

「ドーセット州義勇農騎兵だ。一介の騎兵だね」

フィリップはヘイウォードと知り合って八年になる。美術と文学について何でも教えてくれる男への、フィリップの熱烈な賛美から生じた若い頃の親密さは、もう多分に消えていた。しかし、その後も、いわば惰性で交友は続いた。ヘイウォードがロンドンに来ているときは、週に一、二回は会っていた。今でも、彼は書物について細部まで丁寧に論じることができた。フィリップは、まだ人に寛容になる余裕がなく、ヘイウォードの話に苛立つこともあった。今のフィリップは、世の中のいかなるものも芸術以外は無意味だ、というようなことは、全然信じなくなっていた。行動や成功に対するヘイウォードの軽蔑を、フィリップは今ではけしからぬと思っていた。パンチをかき混ぜながら、昔の親交と、ヘイウォードは必ず立派なことをするだろうと熱烈に期待していたのを思い出した。このような幻想を棄ててからもうずいぶんになる。今では、ヘイウォードはしゃべること以外には何もできないのがよく分かった。ヘイウォードは、自分の年三〇〇ポンドの収入を、若い頃と較べて三五歳になった今は遣いでがないと感じていた。その証拠に、服は相変らず有名店で作らせていたけれど、若い頃には考えられなかったほど、長もちさせて着ていた。今は太ってしまったし、金髪をいくら工夫してとかしてみても、薄くなっているのを隠せなかった。青かった目は色が薄くなり、輝きを失っている。酒を飲み過ぎているのは誰の目にも明らかだった。

「一体全体、どうして出征しようなんて思ったんだい?」

「さあね。従軍すべきだと思ったんじゃないかな」

フィリップは何も言わなかった。何だか馬鹿馬鹿しくなった。ヘイウォードは自分でも説明のつかない不安を感じ、そわそわしていたのであろう。そのため、内部にある力につき動かされて、どうしても祖国のために従軍せねばならぬという破目になったのだ。しかし、以前は、愛国心など偏見に過ぎぬと言っていたのだから、おかしな話だった。彼は自分を世界主義者などと称していて、イギリスは亡命の地に過ぎぬと言っていた。イギリスの一般大衆など、自分の繊細な感性を傷つけるだけだというのだ。自分の人生観に反するような行動を取るのは彼だけではないが、一体どうしてそうなるのか? 戦争というのは、野蛮人どもが殺し合っているだけだと冷静な傍観者を決めこむのなら、ヘイウォードらしいと納得できよう。人間は、自分にも分からぬ力に操られるマリオネットのようなもので、われにもあらず何かをやってしまうものなのだろうか。人間は、時には自分の行動を正当化しようとして、理性でもって説明を試みるのだが、それに失敗すると、今度は理性など無視して行動に走ってしまうものなのだ。

「人間とは不思議なものだなあ。きみが騎兵として出陣するなんて、全然予想もしていなかったよ」フィリップが言った。

ヘイウォードは、きまり悪そうににやりとしただけで、何も言わない。

「昨日、身体検査を受けたんだが、体が従軍に差し支えないかどうかを知るのに、あいう不快《ジェーヌ》な思いをするのも意味はあったな」しばらくしてヘイウォードが言った。英語でも言えるのに、気取った発音でフランス語を用いるヘイウォードの態度が気になったが、ちょうどその時、マカリスターが店に入って来た。

「やあ、ケアリ、きみと会いたかったんだよ。実は、うちの社ではもうこれ以上、きみの株券を預かっておけないって言い出したんだ。何しろ市場の状況がかなり悪いからね。で、きみに引き取ってもらいたいというのだ」マカリスターはすぐ言った。

フィリップは落胆した。それが無理なのは分かっていた。それでは自分がすべての損害をかぶってしまうことになるではないか。そう思ったが、プライドのため顔色も変えず、落ち着いて答えた。

「どうかな、そんなことをする意味があるだろうか。むしろ、全部売ってくれたまえ」

「口で言うのはやさしいけれど、売れる自信はないな。市場は停滞していて、買い手などいないのだから」

「でも、一ポンド八分の一という値がついているじゃないか」フィリップが反論した。

「うん、一応そういうことになっているけど、何の意味もない。そんな値段で売るのは不可能なのだよ」

フィリップはしばらく押し黙ったままだった。どうにか冷静さを保とうと努めていた。

「と言うと、もうまったく価値がないというわけ?」

「いや、そんなことはない。いくらか価値はあるよ。ただ、買い手がまったくつかないということだ」

「じゃあ、いくらでも構わないから、売ってくれたまえ」

マカリスターはフィリップの顔をじっと見つめた。

「本当にすまないと思っている。でも、みんな同じ苦境に立たされているのだ。こんなふうにボーア戦争が長引くなんて予想した人は一人もいなかったもの。ぼくが勧めて買わせたのだけど、ぼくだって同じことをしたのだ」

「いや、構わないよ。一か八かやってみるしかないんだから。不運なだけさ」

フィリップは、マカリスターが入って来たときすわっていた席に戻った。絶望のあまり、物が言えない。頭が急に激しく痛み出したが、男らしくないと思われたくなかった。

一時間そこに居続け、周囲の人たちの言うことに面白そうに声を出して笑った。だが、ようやく立ち上がり、帰ることにした。

「冷静に受け止めてくれたね」握手しながらマカリスターが言った。「三〇〇から四〇〇ポンドも損して、嬉しい顔をする奴なんていないからね」

みすぼらしい下宿に帰ると、フィリップはベッドに身を投げ出し、悲嘆にくれた。自分の愚行をひどく後悔した。あのようになったのは、誰にも予測のつかぬ戦争の成り行きなのだから仕方がないと自分に言いきかせ、後悔しても始まらないと思っても、気持は治まらない。完全に打ちのめされてしまった。眠れなかった。この数年間、あらゆることに金を浪費したのを思い出した。頭痛はひどくなるばかりだった。

次の日の夕方、最後の便で精算書が届いた。預金通帳を調べると、全部支払っても七ポンド残金があるのが分かった。たったの七ポンドだ。しかし支払えるのはありがたかった。もしマカリスターに、実は金がないのだと告白しなくてはならなかったら、もっと屈辱を味わっていただろう。夏学期には眼科の助手をすることになっていて、検眼鏡を不要になった学生から譲ってもらった。まだ支払いはしていなかったが、今になって品物を返すわけにもいかない。その上、何冊か医学書を買う必要もあった。だから、結局、残るのは約五ポンドに過ぎない。この金で六週間は食いつないでいける。それから伯父に、われながら事務的だと思えるような便りを出し、戦争のために大損をしてしまい、伯父の援助なしでは医学を続行できぬ旨を述べた。今後一年半の間、月割で一五〇ポンド貸して頂きたいのです。もちろん利子は払うし、元金については、収入があるようになったら徐々に返却するつもりです。遅くとも一年半で免状が取れるだろうから、それによって週給三ポンドの医局員になれるのは確かです。

伯父はすぐ返事をくれたが、何もしてもやれぬ、というのだった。株の市場が最悪の時期に持株を売れというのは無理な相談だ。僅かばかり現金はあるけれど、これは病気などの場合にそなえて取っておく必要がある。手紙の終わりには、ちょっとした説教めいた言葉があった。以前から繰り返しフィリップに金銭について警告していたのに、自分の言葉に少しも注意を払わなかったではないか。今回のことを驚いたとは正直いって言えない。こういうことで、ようやくおまえの浪費と、収支の不均衡も終わるだろう。伯父の手紙を読んで、フィリップは体が熱くなったり、冷たくなったりした。伯父が拒絶するとは思ってもみなかったので、ひどく腹が立った。しかし、やがて頭の中が真っ白になった。伯父からの援助がないとなると、医学生を続けられないのだ。恐怖に襲われ、もうプライドも何も棄てて再びブラックステイブルの伯父に依頼状を出した。今度は困窮状態を熱心に訴えたつもりであったが、こちらの説明不足か、それとも伯父がこちらの絶望的な状態に気が付かなかったのか、とにかく援助しないという気持は変わらないと言ってきた。おまえももう二五歳なのだから、自分で生計を立ててもいいはずだ。私が死んだら、いくらかまとまった金額をおまえに渡すことになろうが、その時までは一ペニーもやれないと言ってきた。伯父の手紙からは、長年にわたってフィリップの生き方に反対だったが、今になって反対したのが正当だったことが証明されて満足している気持が読み取れるように思えた。

99

フィリップは服を質《しち》に入れ始めた。出費を抑えるために、食事は朝食以外は一回とし、バター付きパンとココアだけの食事を四時に取った。翌朝までそれでもたせねばならなかったのだが、夜九時になると、もう空腹になり、仕方なく床に就くことにした。ローソンから借金しようと思ったが、断わられるのがいやで、しばらく頼まなかった。結局、五ポンドの借金を申し込んだ。ローソンは快く貸してくれたが、こう言った。

「一週間くらいで返してもらえるかい？　額縁屋に支払わなくちゃならないのだ。今はぼくもあまり金がないのだ」

フィリップは一週間では返せないと分かっていたので、二、三日で返してしまった。返せなかったら、ローソンがどう思うか考えるだけで屈辱的な気分になったのだ。返しに行くと、ローソンは昼食に行くところで、一緒に行こうと誘ってくれた。しかし、フィリップは食事がほとんど喉を通らなかった。まともな食事をさせてもらって嬉し過ぎたのだ。日曜日にはアセルニーの家で御馳走になれるのは分かっていた。アセルニー一家の人びとには株の損失の話を打ち明けるのがためらわれた。彼のことを比較的裕福だと思っていたから、急に貧乏になったと言ったら、嫌われるのではないかと心配だったのだ。

フィリップはこれまでも豊かだったことはないが、食物に困るというような事態は想像したこともなかった。そういう境遇の人びとは、彼の周囲には一人もいなかった。だから、まるで恥ずべき病気にでも罹ったように面目なかった。これまで一度も経験したことのない種類のことだ。あまりのことに、ただ病院に通い続ける以外になすすべを知らなかった。何か幸運が起きるのではないかと漠然と期待していた。こんなことが自分の身に降りかかるなど、何だか信じられなかった。子供の頃、初めて小学校に通ったときにも、学校での生活は悪夢で、目が覚めればちゃんと家に戻っているような気がしたものだった。しかし、否応なしに一、二週間で金が底をつくのが分かった。すぐに金を稼ぐ手段を考えなくてはならない。もし医師免許があれば、たとええび足であっても出征できたであろう。医者の需要は今はとても多いのだ。また、不具でなければ、義勇農騎兵隊に志願することもできた。義勇軍は次々と現地に送り出されていた。どれも無理なので、医学校の事務長の所に行って、成績不良学生の家庭教師の口はないかと尋ねてみたが、事務長は、そういうのはない、と答えた。医事新聞の求人欄を見て、フラム通りで診療所を開いている医師が無資格の助手を求めているのを知り、面接に行った。医師がフィリップのえび足に目を走らせるのを見た。まだ病院実習の四年生だと聞くと、すぐにそれでは経験不足だという。それが口実なのはすぐに分かった。期待するほど敏捷に働けぬかもしれぬ助手は気に入らなかったのであろう。他の金稼ぎの道を考えねばならなかった。彼はフランス語とドイツ語に堪能なので、商業文を翻訳する仕事ならできるかもしれなかった。気のすすまぬ仕事だったが、他にできることはないので、歯を食いしばった。面接を要する仕事には気後れして応募できなかったが、書面で済むものには応募してみた。書面といっても、これという経験もないし、推薦状もない。それに、自分の知っているドイツ語もフランス語も商業用でないのは分かっていた。ビジネスで用いる専門用語の知識はないし、さらに速記もタイプもできないのだ。採用の見込み薄に気付かざるを得なかった。父親の遺言執行人だった弁護士のニクソン氏に手紙を書こうかとも思ったが、これも気がすすまなかった。というのも、弁護士のあれほどの助言に背いて、遺産を投資してあった抵当を売ってしまったからだ。伯父の話だと、ニクソン氏はフィリップにとても批判的だということだったが、これは例の会計士事務所でのフィリップの振舞いから、怠惰で無能な青年だという烙印《らくいん》を押されたからであった。

「むしろ飢え死にしたほうがましだな」フィリップは思った。

一、二回、自殺も考えぬではなかった。その気になれば、病院の薬局から何か薬を持ち出すのは容易だろう。いよいよとなったら、苦痛なしで死ねる手段もあると考えれば、少しは気が楽になるかもしれない。しかし、フィリップは自殺を本気で考えはしなかった。以前、ミルドレッドがグリフィスと駆落ちしたとき、苦しみから逃れようと自殺を考えたことがあった。今はそういう気にはならない。ふと思い出したのだが、外科外来病棟の看護婦は、人間が自殺するのはまず金を失ったからで、失恋のせいではないと言っていた。どうやら自分は、その点、例外のようだと思って、フィリップは苦笑した。ただ、誰かに自分の苦しみを語りたかったが、誰にも打ち明けられなかった。恥じていたのだ。フィリップは仕事を探し続けた。部屋代はもう三週間たまっていたが、月末には金が入ると下宿の女主人には言っておいた。彼女は何も言わなかったが、口元を引き締めて、厳しい顔をした。月末が来て、よろしかったら一部でもいいですから払ってくれませんか、と言われた。できませんと答えたときには気分が悪くなった。伯父に手紙を出して頼みますから、次の土曜日にはきっと全額支払います、と言った。

「ぜひそうしてくださいね。わたしも地代を払わなくてはならないのですから。いつまでもお待ちするわけにはいきません」別に怒っているふうではなかったが、断固とした口調なのが恐ろしかった。少し間を置いてから、「もし今度の土曜日にお支払いがないようでしたら、病院の事務長さんの所に言いに行かなければなりません」と言った。

「承知しました。今度は大丈夫です」

しばらく彼の顔を見てから家具のない部屋を見渡した。彼女の物言いは、何の誇張もなく、ごく普通のものだった。

「あの、下においしい肉料理が出来てますよ。よかったら、少し召し上がりませんか?」

フィリップは足の裏まで赤くなる気分だった。泣き出しそうで、喉が詰まった。

「どうもありがとうございます。でも、少しもお腹がすいていませんので」

「そうですか」

彼女が部屋を出て行くと、フィリップはベッドに身を投げ出した。何とか泣くまいと、両手のげんこつを固くにぎりしめるしかなかった。

100

土曜日が来た。支払うと約束した日だ。一週間、何かうまいことでも起こるのではないかと期待していたのだが、一つも仕事がなかった。これほどまで追いつめられたことは一度もなかったので、呆然自失状態だった。心の奥では、今起きていることなど、すべて悪い冗談なのだという感情があった。金といえば銅貨数枚しかないし、なくて済む衣類はすべて売り払ってしまった。数冊の書物といくつかのがらくたが残っていて、売れば一シリングか二シリングにはなったかもしれない。しかし、下宿の女主人が彼の出入りを見張っていた。これ以上、部屋から何かを持ち出そうとしたら、止められるかもしれない。残された道は、正直に払えませんと言うことだ。しかし、そんな勇気はない。六月の中葉のことだった。よく晴れた夜で、暖かかった。今夜は外で明かそうと決めた。テムズ川がゆったりと静かに流れていたので、チェルシー河岸に沿ってゆっくりと歩き、疲れるとベンチにすわって、まどろんだ。どれほど眠っていたのか分からない。警官に体をゆすられ、立ち去れと命じられる夢を見て、はっとして目を覚ました。目を開けると、誰もいなかった。また歩き出したが、あてどのない散歩だった。ようやくチジックに着き、ここでまた眠った。まもなく、ベンチの硬さで目が覚めた。夜は永遠に続くように思えた。急に身震いした。わが身のみじめさが、ひしひしと感じられたのだ。一体どうしたらよいのだろう。河岸で寝るなど、これほど屈辱的なことがあろうか。いたたまれぬ気分で暗闇の中で頬を赤らめた。河岸で寝る者のことを前に聞いたのを思い出していた。その中には、元軍人、聖職者、大学出も混じっているという話だった。自分もその仲間入りをして、どこかの慈善団体から一杯のスープを貰うために列に並んで待つのだろうか。それくらいなら自殺したほうがましだ。こんなことは続けられない。ぼくがこれほど逼迫していると知れば、ローソンなら援助してくれるだろう。見栄を張って援助を頼まないのは愚かしい。それにしても、どうしてこれほど失敗ばかりするのだろうか。いつも自分としては最善と思えることをしたつもりなのに、退路を断たれた思いだ。困っている者がいれば援助の手を差し伸べてきた。自分は他人に較べて身勝手な人間だとも思えない。そんな自分がこれほど憂き目を見るなんて、ひどく不当に思えてならない。

しかし、そんなことを考えても何にもならない。どんどん歩き続けた。もう明るくなってきた。テムズ川は音もなく、美しく流れていた。夜明けにはどこか神秘的な雰囲気があった。今日は快晴になるようで、まだ薄い早朝の空には雲一つなかった。歩き疲れ、耐えがたい空腹も感じたが、じっとすわっていることはできなかった。警官に文句を言われそうな恐怖心から逃れられなかったのだ。そういう屈辱を避けたいという気持が強かった。体が不潔になったような気がして、どこかで洗いたかった。歩き続けて、ようやくハンプトン・コート宮殿のある所に来た。ここで何か腹に入れなければ、泣き出すのではないかと思った。安食堂を探して入った。温かい食物の匂いが鼻をつき、胸が悪くなった。その日、体が持つように何か栄養のあるものを食べるつもりだったが、食物を見ると、むかつくばかりだった。結局、お茶とバター付きパンを取った。その時、そうだ、今日は日曜日だから、アセルニー家に行くこともできるのだと気付いた。きっと出してくれるロースト・ビーフとヨークシア・プディングを思い浮かべた。しかし、ひどく疲れていたから、あの幸せそうで、にぎやかな家族と顔を合わせる気がしなかった。それに気分がみじめで、すさんでいる。今は、一人のほうがいい。宮殿の庭園に入り、そこで横になりたいと思った。体の節々がずきずき痛んだ。ひょっとすると、給水ポンプを見つけて、手や顔を洗い、水を飲めるかもしれない。とても喉がかわいた。今は空腹ではないので、庭園の草花や芝生や葉の繁った巨木を快いと思う余裕があった。庭園でじっくりと今後のことを考えられるだろう。中に入り、芝生に体を横たえ、パイプに火をつけた。節約のために、長い間、パイプは一日に二回にしていた。幸い、たばこ入れはいっぱいにしてあった。金がないとき、人は何をするのだろう。そうこうしているうちに眠ってしまった。目を覚ますと、もう昼近くで、そろそろロンドンに帰らなくてはと思った。明日の朝には戻って、新聞の求人広告を調べて、見込みのありそうなものがあれば、すぐ応募しなくてはならない。伯父のことを思い出した。遺産として僅かばかりのものをくれると言っていた。いくらくらいなのか分からないが、せいぜい数百ポンドだろう。この「将来享有すべき権利」をかたにして金を借りられないだろうかと思ったが、伯父の同意が必要になるだろう。とても同意してくれるとは考えられない。

「まあ、伯父さんの亡くなるまで何とか食いつないでゆくしかないだろうな」

フィリップは伯父の年齢を数えてみた。七〇歳はとうに越している。慢性の気管支炎を患《わずら》っているけれど、同じ病気で長生きしている老人も少なくない。そのうちに運が向いてくるのではなかろうか。今の苦境が異常なものだという気持を、フィリップはどうしても棄てられなかった。彼のような階級の人間は飢え死にはしないのが世の常だ。自分が今経験していることとは現実のこととは思えなかったので、まだ完全な絶望状態には陥っていなかった。ローソンから一〇シリング借金しようと決心した。一日中、宮殿の庭園に留まり、空腹をパイプをくゆらしてまぎらわせた。ロンドンに戻るために歩き始めるまでは、何も食べないつもりだった。長い道のりであり、そのためにはどうしても体力を温存しておかねばならない。少し涼しくなってから出発し、疲れるとベンチで寝た。誰にも邪魔されなかった。ヴィクトリア駅で洗面し、身支度を整え、ひげも剃った。お茶とバター付きパンを取り、食事をしながら朝刊の求人欄を見た。見ていると、ある有名なデパートの家具用掛け布売場でセールスマンを求めているのを発見した。中産階級の偏見で、商店で働くのは低級なことと思い、気が重かった。しかし、すぐ肩をすくめ、この期《ご》に及んで気取って何になる、物は試しだ、応募してみよう、と心を決めた。屈辱を次々に受け入れ、さらにわざわざ出向いて屈辱を味わうという悲運にすすんで身を投げ出すような奇妙な気分になった。ひどく気後れしながら、九時にその売場に行ってみると、もう大勢集まっていた。一六歳の少年から四〇歳の男まで、あらゆる年代の人たちで、低い声で話し合っている者もいたが、大半は押し黙っていた。フィリップが行列に並ぶと、周囲の者は意地の悪い目を向けた。こんなことを言う者がいた。

「どうせ断わられるんならよ、他の店の面接に間に合うように、早めにだめだと知らせて欲しいな」

フィリップの次に立っていた男が、じろりと見て「あんた経験はあるのか？」と言った。

「ないんですよ」

相手の男はちょっと間を置き、それから言った。「もっと小さい店でも、昼を過ぎたらあらかじめ約束がない者には会ってくれないんだ」と言った。

フィリップは店員たちの様子を眺めた。更紗やクレトン更紗を家具に掛けている者もいたし、また隣の男の説明によると、郵便による地方からの注文品を整えている者もいた。九時一五分になると、仕入れ担当の主任がやって来た。待っている男たちの一人が別の者にギボンズ氏だ、と言っているのが聞こえた。背の低い、でっぷりした中年男で、黒いあごひげと、つやつやした黒髪をしている。動作はきびきびしていて、いかにも利口そうな顔つきである。シルクハットにフロックコートのいでたちで、コートの返し襟には白いゼラニウムの花と緑の葉がさしてある。執務室に入り、ドアを開けたままなので、中が見えた。小さな部屋で、隅にアメリカ式の回転机があり、他には本棚、戸棚があるだけだ。外で立っている男たちは、彼が無雑作に花をコートから外して、水の入ったインク壺にさすのを眺めた。仕事中に花をつけるのは規則違反らしい。

(この人と仲好くやってゆこうと思う部下たちは、勤務時間中に折に触れてこの花をほめるのだ。

「こんなきれいな花は初めてです。ご自分で栽培されたのですか?」

「ああ、そうだよ」にこやかに答える彼の利口そうな目は、誇らしげに光るのである。)

ギボンズ氏は帽子を脱ぎ、コートを着換えた。手紙をちらと見、それから面接の順番を待っている男たちを眺めた。一本の指で入れと指図をすると、列の最初の男が入室した。一人ずつ列をなして彼のそばに行き、質問に答えるのだ。応募者の顔をじっと見ながら、てきぱきと質問する。

「年は? 経験は? 前の仕事を辞めた理由は?」

返事を聞いても表情を変えない。フィリップの番が来たとき、ギボンズ氏が興味ありげに自分を見ているような気がした。フィリップの服は清潔だし、仕立ても悪くなかったのだ。他の応募者とは少し違うのであろう。

「経験は?」

「それが、まったくないのです」

「それじゃあ、いかんな」

フィリップは部屋から出た。面接は思ったほどつらくなかったし、とくに失望を味わうというほどでもなかった。職探しの一回目でうまく行くはずもなかった。広告の出ていた新聞は取っておいたので、改めて求人欄を眺めた。すると、ホルボーンのある店でもセールスマンを求めていたので、そこへ行ってみた。しかし、もう先着の者が雇われた後だった。その日、食事をしたいなら、ローソンが昼食に外出する前に彼のアトリエを訪ねなければならない。そこで、ブロムトン通りを通って、ヨーマンズ・ロウに歩いて行った。

「実は、月末までまるで金がないんだ。一〇シリングばかり貸してもらえないだろうか?」機会をとらえて頼んだ。

借金を申し込むのがこれほど言い出しにくいとはびっくりした。病院の仲間たちは、フィリップによく僅かばかりの金を気軽に借りて、返しもしなかったのを思い出した。あの連中ときたら、人に頼んでいるのではなく、人に親切でもほどこしているような口調だった。

「ああ、もちろん、いいよ」ローソンは言った。

しかし、ポケットに手を入れると、八シリングしかなかった。フィリップは失望した。

「それじゃあ五シリング貸してくれるかい?」軽い口調で言った。

「はいどうぞ」

フィリップは、ウェストミンスターにある公衆浴場へ行き、入浴代に六ペンス遣った。それから食事をした。午後はどう過ごせばよいか分からなかった。病院に戻れば誰かにうるさく質問されるかもしれないので、戻りたくない。それに、今はもう病院に行ってもすることがないのだ。彼が働いていた二、三の部局で、どうして休んでいるのかと思うだろうけれど、勝手に理由を考えてもらって構わない。何の連絡もないままに、脱落する学生はこれまでに何人もいたのだから。公共図書館に行って、飽きるまで新聞をいくつも読み、それからスティーヴンソンの『新アラビア夜話』を借り出した。しかし、目で活字を追っても、少しも頭に入らない。考えるのは、自分の苦境のことばかりだった。あまり長い間同じことばかり考え続けたので、頭が痛くなった。とうとう新鮮な空気を吸いたくなり、図書館を出て、グリーン公園に行って芝生の上に寝転がった。えび足である不幸を思った。それがなければ、従軍できるのに。うとうとしてしまい、急に足が治って義勇農騎兵隊に入隊して、喜望峰に行く夢を見た。絵入り新聞で見た絵に刺激されたのか、南アフリカの草原で軍服を着て、戦友たちと夜、焚火を囲んですわっている情景を夢に見た。目が覚めると、まだかなり明るかった。まもなくビッグ・ベンが七時を打つのが聞こえた。これから何もせずに一二時間、何とか過ごさねばならない。いつまでもいつまでも続く夜が恐ろしかった。空には雲がかかっており、雨が降りそうだ。ベッドのある宿泊所を探さねばならない。「気持のよいベッド、六ペンス」というような看板がランベス地区の家の外の街灯に出ているのを見たことがあった。一度もそういう所に泊ったことはなく、悪臭やノミ、シラミなどを恐れた。できれば、戸外にいて何とか一夜を過ごそうと思った。閉園になるまで公園にいて、それから歩き始めた。くたくたに疲れてしまった。事故にでもあえば、かえって幸運じゃないかという思いが頭に浮かんだ。そうなれば、病院に運ばれて、清潔なベッドに数週間ぐらい寝ていられるのだ。真夜中になると、ひどい空腹を覚え、何か食べなければ死んでしまうと思って、ハイド・パーク・コーナーのコーヒー店に入って、ポテトを二つ食べ、コーヒーを飲んだ。それから歩いた。気分が落ち着かなくて、眠れなかった。警官にあっちへ行けと命じられはしないかと恐れた。野外で夜を過ごすのは、これで三日目だ。時どきピカデリーのベンチにすわり、夜が明け始めると、テムズ河岸に向かった。そこで一五分ごとに鳴るビッグ・ベンの音を聞いては、市が目を覚ますまでにどれくらいあるかを計算した。朝になると、二、三枚の銅貨を遣って身じまいを正し、新聞を買って求人欄を読み、仕事を探しに歩きまわった。

このようにして数日が過ぎていった。食事を充分に取らないので、体が衰弱してきて、仕事を探しに出かける気力がなくなった。どのみち、いくら探しても仕事は見つからないのだ。今では、万が一にも採用されればというだけで、店の裏手でいつまでもじっと待つことに慣れてしまった。たいてい、そっけなく断わられるだけだった。ロンドンのありとあらゆる場所に出かけて職を求めることになったので、自分と同じく、無駄とは知りつつ職探しをしている男を、見ただけで見分けられるようになった。こういう連中の中には、フィリップと親しくしようと試みる者もいたが、それに応じられぬほど、彼は心身共に疲れ果てていた。ローソンの所には、五シリング借金があるので、もう行けなかった。頭がぼうっとして、はっきり考えることができなくなり、自分がこれからどうなっても構うものか、という捨鉢な気持になった。よく泣いた。最初は泣いたりする自分に腹を立て、恥じたけれど、泣くと気が晴れるし、何となく空腹も治まるのに気付いた。早朝には寒さに苦しんだ。ある夜、下宿の部屋に戻り、下着を換えてきた。深夜三時頃、みんな寝ていると思ってこっそりと忍びこんだ。五時にまた出て来た。久し振りにベッドに横になって、そのやわらかさがありがたかった。体中の節々が痛んだから、やわらかいベッドのありがたみを心ゆくまで味わった。あまりよい気分なので、充分味わうためにそのまま眠りこんでしまわぬよう気を付けねばならなかった。食事を取らぬことには慣れていたので、ひどい空腹に悩まされることはなかったのだが、ただ体全体が非常に弱った。死んでしまおうという気持が、常に心の奥に潜んでいた。だが、残っているすべての力を振りしぼって、死から心を遠ざけるように努めた。いったん死の誘惑に取りつかれたら、自分を抑えられなくなるのは分かっていた。そのうちに棚からぼたもちということもあるだろうから、自殺するなど馬鹿馬鹿しいと自分に言い聞かせた。

彼の現在の状況は、あまりにも異常なものなので、どうしても現実として受け止めることができなかったのである。しばらく耐えねばならぬが、そのうちに回復する病気に似ていた。毎晩、こんな夜はもう耐えられない、絶対にいやだ、明日の朝になったら、伯父なり弁護士のニクソン氏なり、あるいはローソンに手紙を書くぞ、と誓った。しかし、朝になると、自分の完全な敗北を告白するのを恥じて、手紙は書けなかった。例えば、ローソンならぼくの告白をどう受け取るだろうか。二人の間では、従来はローソンは世間知らずで、フィリップは常識に富むということになっていた。告白に際しては、敗北に至るまでの経緯をすべて打ち明けねばならないだろう。そうした場合、ローソンは金を貸してくれるだろうが、それ以後、こちらによそよそしい態度を取るに決まっている。伯父と弁護士はもちろん金を出してくれるだろうけれど、その際、こっぴどく説教されるだろう。誰にも非難などされたくない。歯を食いしばりながら、起こってしまったことはもう仕方がない、と何度も言った。反省などしても、今となっては何の意味もないのだ。

苛酷な日々はいつまでも続いた。ローソンから借りた五シリングは、もう長くはもたない。早く日曜日が来てくれないかな。アセルニー家を訪ねられるから。これまで何とかして自力で立ち直ろうと願っていたからという以外に、どうしてアセルニー家を訪ねなかったのか、自分でも分からなかった。何しろアセルニーは前にひどく貧乏をしたことがあるので、こういう場合に気持よく救いの手を差し伸べてくれる唯一の人だったのだ。アセルニー家で夕食を共にした後、実はとても困っているのです、とうまく切り出せるかもしれない。どういうふうに切り出すか、フィリップは何回も何回も練習した。もしかすると、アセルニーは何か気の利いた言葉で、フィリップの頼みをはぐらかすかもしれない。そうなったら立つ瀬が無いから、アセルニーが実際にどう対応してくれるか試すのをできるだけ先延ばしにしたいと思った。何しろ、フィリップは仲間への信頼心をすべて失ってしまっていたのだ。

土曜日の夜は身を切られるほど寒かった。フィリップはひどく打ちのめされていた。土曜日の昼から、とぼとぼとアセルニーの家に足を引きずって行くまでの間、何一つ口に入れていなかった。日曜日の午前中に、チャリング・クロス駅の洗面所で洗面し、身支度を整えるのに最後の二ペンスを遣った。

101

アセルニー家でベルを鳴らすと、窓から一つ頭が突き出し、すぐに子供たちが彼を出迎えようと、やかましい音を立てながら階段を走り下りるのが聞こえた。子供たちがキスできるように下に向けたフィリップの顔は、青い不安気な、やせたものであった。子供たちの心のこもった歓迎にすっかり嬉しくなって、自分も落ち着きを取り戻そうと思い、階段の所で口実をもうけてぐずぐずしていた。何しろ彼は一種のヒステリー状態にあったので、ほんのささいなことでも泣き出しかねなかった。先週の日曜日にどうして来なかったのと問われて、彼は病気だったと言い訳した。一体どういう病気だったのと追及されると、フィリップはみなを面白がらせようとして、ギリシャ語とラテン語を混ぜた変てこな名前の病名を言った。(医学用語にはこのような奇妙なものが多い。)子供たちはフィリップを応接間に引っぱって行き、その面白い病気の名前をパパにも聞かせてやってよ、とせがんだ。アセルニーは立ち上がり、フィリップと握手した。フィリップをじろりと見たが、丸い、突き出たような目で、いつもじろりと見るのだった。しかし、なぜか今日は見られると恥じ入った。

「この前の日曜日は来てもらえなくて残念でしたよ」

フィリップは嘘をつくのが下手で、日曜日に来られなかった理由を述べ終わると、真っ赤になった。その時、ミセス・アセルニーがやって来て握手をした。

「もうよろしいんでしょう?」

ミセス・アセルニーがどうして彼の体調の悪かったことを知っているのか不思議だった。子供たちと階上に上がって来たとき、台所の戸は閉じていたし、その後、子供たちはずっとフィリップのそばを離れなかったのだから。

「食事までにもう一〇分ぐらいあります。待っている間に、ミルクに卵を泡立てた飲物はいかがかしら?」のんびりした声で彼女が言った。

彼女の顔には気遣っているような表情があり、フィリップは落ち着けなかった。彼は無理に笑い声をあげ、少しもお腹は空いていませんと言った。サリーが食卓の用意をしに入って来た。フィリップは彼女をからかい出した。ミセス・アセルニーの伯母にエリザベスという人がいて、子供たちは会ったことは一度もないのだけれど、醜く太っている人だということになっていた。サリーがこの大伯母さんみたいになるというのが家族のよく言う冗談だった。

「ねえ、サリー、この前会ってから一体どうしたの?」フィリップが言い出した。

「別に、どうもしないわ」

「でも、体重が増えたと思うよ」

「フィリップさん、あなたは絶対に体重が増えてないわね。まるで骸骨みたい」サリーが言い返した。

フィリップは赤くなった。

「買い言葉を言ったな」アセルニーが声高に言った。「罰として、おまえのブロンドの髪を一本だ。ジェイン、はさみを持っておいで」

「でも、パパ、フィリップさんはすごくやせてるわ。骨と皮みたい」サリーは父に抗議して言った。

「そんなことはどうでもいい、サリー。フィリップさんはいくらやせたっていいんだ。でも、おまえのでぶは格好が悪いぞ」

そう言いながら、父は誇らし気に娘の腰に腕を廻し、感心したような目で娘を眺めるのだった。

「パパ、食卓の支度の邪魔をしないで。肉付きがいいのをあたし自身は気にしていないし、それに世間には気にしない人だっているわ」

「生意気言って!」父は手を大げさに振りかざしながら言った。「この子はパパをからかっているぞ。ホルボーンで宝石屋をやっているレヴィという男の息子、ジョウゼフからプロポーズされたというので、いい気になっている」

「で、うんと言ったのかい、サリー?」フィリップが尋ねた。

「まあ、パパがどんな人かもう知っているでしょ? パパの言うことなんて嘘よ。これっぱかりも本当じゃないのよ」

「ジョウゼフがまだ求婚してないとすればな、聖ジョージ様とメリー・イングランドに誓って言うが、あいつの鼻をひっつかまえて、おまえは一体どういうつもりなんだと、即答させてやるぞ」アセルニーは断言した。

「さあ、パパ、すわりなさいな。食事の準備が出来たわ。子供たち、あっちへ行って手を洗っていらっしゃい。ごまかしちゃだめよ。ママがちゃんと見てからでなければ、一口だって食べさせませんから、分かった？」

フィリップは食べ始める前はさぞがつがつ食らいつくことになると予想していたのだが、実際は食物を前にすると胃がむかつき、ほとんど食べられなかった。頭の働きがにぶっていたので、アセルニーがいつもとは違い、ほとんど口をきかないのに気が付かなかった。フィリップは快適な家の中にすわっていて、ほっとした気分であったけれど、時どき窓から外へ視線が行くのを止められなかった。というのも、その日は荒模様で、天気が崩れて寒い日になり、冷たい風が吹いていたのだ。雨まじりの突風が時どき窓に当たった。こんな晩は、どうしたらよいだろうとフィリップは考えざるをえなかった。アセルニー一家は早寝だから、一〇時を過ぎれば帰るしかない。寒々とした暗闇の中に戻ってゆくことを考えると、どうしても心が沈んだ。親しい人たちとしばらく一緒にいた後だけに、外で一人でいたときより、さらに耐えがたく思われた。戸外で夜を過ごす者は、自分以外にも大勢いるのだ、と何回も自分に言い聞かせた。また、会話をすることで自分の気持をそらそうと努めた。しかし、しゃべっている最中にも、窓に当たる雨の音が聞こえると、思わずぎょっとするのだった。

「三月の天気みたいだな。こういう日に英仏海峡を渡りたいと思う者はまずいないでしょうね」アセルニーが言った。

まもなく食事が済んだ。サリーが入って来て後片付けをした。

「安物のシガーですが、どうです?」アセルニーが勧めた。

フィリップは一本受け取って、喜んで一服した。とても気持が休まった。サリーの後片付けが終わると、アセルニーは出て行くときにはドアを閉めていってくれと言った。

「さあ、これで邪魔は入りませんよ」フィリップに言った。「ベティと話し合って、私が呼ぶまで子供が入って来ないようにしてあります」

フィリップは、はっとした表情を見せた。言葉の意味をじっくり考える以前に、アセルニーはいつもの癖で、鼻の上に眼鏡をしっかりと固定しながら言葉を続けた。

「実は、先週の日曜日にどうかしましたかと問い合わせる便りを差し上げましてね。返事がないものですから、水曜日に下宿に行ってみたのです」

フィリップは顔をそむけて返事をしなかった。心臓の鼓動が激しくなった。アセルニーは口を閉ざし、やがて二人の間の沈黙は耐えがたくなってきた。しかし、フィリップはどう答えていいのか、まったく分からず黙りこくっていた。

「下宿の女主人が、あなたは土曜日の夜からずっと戻っていない、と言いましたよ。下宿代がたまっているともね。この一週間、一体どこで寝ていたのです？」

フィリップは返事をしようとして気分が悪くなった。窓の外をじっと見つめた。

「どこにも寝ていません」ようやく答えた。

「あなたを探しましてね」

「どうして？」

「ベティと私は以前とても生活が苦しかったのです。それに、私たちには赤ん坊までいました。どうして、ここにいらっしゃらなかったのですか？」

「とてもできなかったのです」フィリップが答えた。

自分が泣き出すのではないかと思った。とても弱気になっている。何とか気持を整理しようとして、目を閉じ、顔をしかめた。突然アセルニーに怒りを覚えた。余計なお世話だ。しかし、怒りを表わす元気はない。やがて目を閉じたまま、落ち着いて話すためにゆっくりした口調で、過去数週間のいまわしい出来事を正直に話した。話しているうちに、自分の行為の愚劣さに思いが至り、いっそう語りにくくなるのだった。アセルニーがなんて愚かな奴だ、と思うのではないかと心配だった。

「何か仕事が見つかるまで、ここで暮らしてください」フィリップの話が終わると、アセルニーはすぐ言った。

フィリップは自分でもどうしてか分からぬが、真っ赤になった。

「ご親切に。でもそんなことできませんよ」

「なぜです?」

フィリップは答えなかった。迷惑をかけてはいけないという気持が自然に働いて断わったのだし、また、人の好意を素直に受け入れるのを恥じるという性分もあった。その上、アセルニー一家はその日暮らしをしているし、子供も大勢いるから、他人を同居させる余裕などない、ということもあった。

「遠慮は無用ですよ。ぜひここで暮らしてください。長男は弟の一人と一緒のベッドで寝ますから、あの子のベッドを使えばいいのです。あなたが一緒に食事したからって、食費がそうかさむわけじゃありませんよ」

フィリップは何か言うと泣きそうなので口がきけなかった。アセルニーは戸口に行って妻を呼んだ。

「ベティ、ケアリさんはここで暮らすことになったよ」妻がやって来ると言った。

「まあ、それはよかったわ。じゃあ、ベッドの用意をしてくるわ」

彼女は万事心得ているというように、親切な心やさしい口調で話すので、フィリップは感激した。彼は人が自分に親切にしてくれることを期待していないので、たまたま親切に扱われることがあると、驚き、感激するのだった。今はこらえ切れなくなり、大粒の涙が二粒頰を伝って流れた。アセルニー夫妻は、フィリップを同居させることについて相談し、フィリップが心身ともに衰弱しているのに気付かぬふりをしてくれた。ミセス・アセルニーが部屋を出てゆくと、フィリップは椅子に背をもたせかけ、窓の外を眺めながら笑い声をもらした。

「こんな夜に戸外で過ごすのはありがたくないですねえ」

102

アセルニーが言うには、自分の勤めている生地屋のリン・アンド・セドリー商会は大きな会社だから、そこでフィリップも何か仕事を見つけられる、ということだった。従業員の何人かは出征していたが、会社は国のためというので、その人たちの職場を空席にしていた。そして出征者のしていた仕事は、残っていた人たちにやらせていた。それでも給料を上げるわけではなかったので、会社は愛国心を誇示し、同時に経費の節約も図れたのである。しかし戦争は続き、景気も少しは上向きになっていた。休暇が近づいていて、社員は一度に二週間まとめて休暇を取る。社としては、新規に人を雇うしかない。これがアセルニーの説明であった。そういう場合でも、果して社が自分を雇ってくれるかどうか、フィリップはこれまでの職探しの経験から疑念を持った。だが、アセルニーは、自分は社で重要視されているから、支配人は自分が頼めば何とかしてくれるはずだから心配することはない、と言う。それにフィリップはパリで絵の勉強をしているから、社にとって役に立つだろう。少し待ってさえいれば、衣服のデザインやポスター描きの収入のよい仕事につけるようになるだろう。アセルニーがそう言うので、フィリップはサマー・セールのためのポスターを一枚描き、アセルニーが会社に持って行った。二日後、持ち帰り、支配人は感心していたのだが、申し訳ないことに、ポスター係には空席がない、と言っていると伝えた。他に仕事はないのでしょうか、とフィリップが尋ねた。

「どうもないらしいのです」

「本当ですか?」

「実は、売場案内係を明日募集することになっているんだが……」アセルニーは覚束なげにフィリップを眼鏡越しに見やった。

「ぼくがその仕事を貰える可能性はあるでしょうか?」

アセルニーは当惑していた。何しろフィリップによい口がありそうなことを匂わせていたからだ。そうかといって、収入のないフィリップにいつまでも食事と住居を提供することは経済的に無理だった。

「じゃあ、もっとよい仕事が見つかるまでやってみますか。会社の中で働いているほうが、いい仕事を貰うのにも有利ですからね」

「仕事を探すのにプライドなどありませんから、どうかお構いなく」フィリップが笑顔で言った。

「そういうことなら、明日の朝九時一五分前に会社にいらっしゃい」

戦争だというのに、明らかに職探しの難しい時期だった。翌朝フィリップが会社に行くと、もう大勢の人が待っていた。なかには職探しで見覚えがある人も何人かいたし、一人の男は以前公園で日中横になっているのを目撃したことがある。この男は今も宿無しで、夜を戸外で過ごしているらしい。待っている男たちは、老人もいれば若者もいるし、背丈もいろいろで、それこそあらゆる種類の人たちだった。誰も彼も支配人との面接にそなえて可能な限り、身なりを整えていた。注意深く髪を整え、丁寧に手を洗ってきたようだ。待っていたのは廊下で、後で知ったのだが、食堂と仕事部屋に通じていた。廊下は数ヤードの間隔を置いて五、六段の階段に続いていた。店のほうには電灯が来ていたが、廊下にはガス灯しかなくて、危険防止のために金網がかぶせてあり、やかましい音を立てて燃えていた。フィリップは指定の時間通りに来ていたのに、面接の部屋に通されたのは一〇時近くになってからだった。部屋はチーズの一切れを横に置いたように、三角形であった。壁にはコルセット姿の女の絵や、ポスターの試し刷りが二枚、一枚は緑と白の太い縞のパジャマの男、もう一枚は帆いっぱいに風を受けて紺碧《こんぺき》の海を行く船を描いたものだった。船の帆には大きな文字で「シーツ類大売出し」と書かれている。部屋の一番広い壁はショー・ウインドウの裏になっていて、目下、飾りつけ中で、面接の間も作業員が出たり入ったりしていた。支配人は手紙を読んでいた。砂色の髪に大きな砂色の口ひげの血色のいい男だった。時計の鎖の真ん中辺りからフットボールの選手をしていたときに取ったメダルが一束になって下がっている。上着を脱いで大型の机に向かい、そばに電話がある。目の前には、アセルニーの書いた広告文と、新聞の切り抜きを貼りつけた厚紙が置いてある。フィリップが入ったとき、ちらと見たが何も言わなかった。部屋の片隅の小さい机にいる女性のタイピストに手紙を口述し、それが済んでから、ようやくフィリップに、氏名、年齢、これまでの経験を質問した。コックニ訛りで、甲高い声でしゃべり、声の高さをうまく調節できないようだった。上の歯が大きくて突き出ているのに、フィリップは気付いた。上の歯はぐらぐらしていて、ぐいと引っ張れば抜ける、そんな様子であった。

「あの、アセルニーさんがぼくのことをお話ししてくださっていると思うのですが……」フィリップが言った。

「なるほど。あのポスターを描いたのはきみだったのかね」

「はい、そうです」

「うちの社には向かんな。あれじゃだめだ」

支配人はフィリップをじろりと眺めた。フィリップが列に並んでいる他の男たちとどこか違うのに気が付いたらしい。

「フロックコートを一着用意してもらうことになるよ。持ってないだろうな。きみはまともな青年らしい。芸術じゃあ食っていけないと分かったんだろう」

雇ってもらえるかどうか、フィリップには見当がつかなかった。意地の悪い言い方ばかりしているように思えたからだ。

「きみ、家はどこだい？」

「父も母も子供のとき亡くなりました」

「わしは若い者に機会を与えてやるのが好きなんだ。わしがチャンスを与えてやって、今じゃ支配人になっている者も結構いるんだ。わしに恩義を感じているよ、あの連中は。恩を忘れぬというのはいいことだ。下っ端から、少しずつ上がっていけばいいのだ。そうやって初めて仕事を覚えられるというわけさ。一つのことを真面目に続けていれば、どんどん昇進できるものさ。仕事との相性さえよければ、いつの日か、きみだってわしのような地位に届かぬでもない。いいかね、そのことをよく覚えておくことだな」

「最善を尽くす所存でおります」フィリップは答えた。

できるだけ丁寧な言葉で答えなくてはならないのは分かっていたが、何だか不自然な気がするし、やり過ぎになってもまずいと思った。支配人は話好きだった。しゃべっていると自分の偉さに自信が持てるらしかった。それで、フィリップに雇ってやると最終的に伝える前に、ずいぶん一方的にしゃべることになった。

「うん、まあ使ってやることにしよう」ようやくもったいぶった態度で言った。「とにかく試してやろう」

「ありがとうございます」

「すぐ始めてもらっていい。給料は週六シリング、それに食事と住居は会社持ちだ。

何でも社で持つんだから、六シリングは小遣銭みたいなもので、きみの好きなように遣える。給料は月ごとに支払う。月曜日に始めてもらうことにしよう。これで不満はあるまいね？」

「はい、ございません」

「ハリントン街――知っているかね？　シャフツベリ通りから入る。そこの一〇番地が宿舎だ。なんなら日曜日の夜から泊ってもいい。あるいは月曜日に荷物を送り届けても構わない」それから支配人はうなずいて、「では、また」と言った。

103

ミセス・アセルニーは、フィリップが下宿から自分の荷物を持ち出せるだけの金を貸してくれた。五シリングの現金とスーツ一着分の質札《しちふだ》で質流れのフロックコートを買うことができ、これが比較的よくフィリップに似合った。他の服も請け出した。荷物はパタソン運送店に頼んでハリントン街に送り届け、月曜日の朝にはアセルニーと一緒に出社した。アセルニーは彼を衣装部の仕入れ担当の主任に紹介してから行ってしまった。その主任はサンプソンという名で、三〇歳くらいの、感じは悪くないが、こうるさい小男だった。フィリップと握手すると、自分の得意とする知識をひけらかそうとして、きみはフランス語が話せるかと尋ねた。フィリップが話せると言うと、とても驚いた。

「他の外国語は？」

「ドイツ語なら話せます」

「そうかい！　ぼくは時どきパリに出張しているんだ。フランス語話せますか《パルレ・ヴ・フランセ》？　マクシムで食事したことは？」

フィリップは「衣装部」の入口近くに持場を与えられた。仕事内容は、客にいろいろな売場への行き方を教えることだった。サンプソン氏がいろいろな売場の名を矢継ぎ早に並べ立てたところから判断すると、ずいぶん多くの部門に分かれているらしい。ふいに主任はフィリップの足に気付いた。

「足はどうした？」

「えび足なんです。でも歩きまわったりするのに影響はありませんから」

サンプソン氏は疑わしそうに見ている。支配人がこんな奴をどうして採用したのだろうと、考えているようだった。支配人がフィリップの足には全然気が付かなかったのは確かだった。

「初日から部門を全部覚えられるわけはないよ。自信がなかったら、遠慮なく誰か店の女の子に尋ねることだな」

サンプソン氏は立ち去った。フィリップは部の名を頭の中にたたきこみながら、案内を求める客が来るのを熱心に待ち続けた。一時になると昼食のために上がって行った。食堂は巨大なビルの最上階にあり、広い長方形で明るい照明がある。ただ、窓がほこりの入らぬようにとすべて閉じられているため、料理の匂いがひどく充満していた。テーブルクロスを掛けた長いテーブルがあり、あちこちに水の入ったガラス器があり、真ん中に塩入れとビネガーの入った瓶が置いてある。店員たちががやがやと食堂に入って来て、一二時半に食事をした連中のぬくもりがまだ残っているベンチにすわった。

「今日はピクルスがないぞ」フィリップの隣の青年が言った。

この男は背が高くやせていて、かぎ鼻で青白い顔をしている。頭はひょろ長く、あちこち奇妙に押されたようないびつな形をしている。額と首に大きなにきびが吹き出ていて、炎症を起こしている。ハリスという名前だ。やがて分かったのだが、日によってはさまざまなピクルスを山盛りにした大皿があちこちに出ていることもあって大変人気があった。ナイフ、フォークは見当たらなかったが、ほどなく白い上衣を着た大柄の太ったボーイがたくさん運んで来て、がちゃがちゃと音を立ててテーブルの中央に乱暴に置いた。各自で必要なものを取るのだ。ナイフもフォークも汚い湯の中で洗ったばかりで、まだ温かいし、油でべとついていた。肉がグレイヴィーの中で泳いでいるような料理が白ジャケットのボーイたちの手で運ばれて来たが、容器を手品師のような早技でテーブルの上に置くので、グレイヴィーがテーブルクロスの上にはねかえった。次にキャベツとポテトの大皿が運ばれ、これを見ただけでフィリップは胸がむかついた。フィリップが観察していると、店員たちはキャベツとポテトにビネガーをたくさんかけていた。とにかくすさまじい騒音だった。しゃべり、笑い、叫ぶ。ナイフとフォークのぶつかり合う音、それに、食べる際の下品な音など。食事が済んで、持場に戻ると、フィリップはほっとした。各売場の所在は大体頭に入ってきたので、客に尋ねられて、その度に店員の誰かの助けを借りることはなくなった。

「まず右にいらしてください。そこから左側の二番目です」

仕事が暇なとき、店の女の子の中の一、二名がフィリップに話しかけてきた。ぼくがどんな男か吟味しているようだな。五時になると、お茶の時間というので、再び食堂に行った。椅子にすわれるのはありがたかった。バターをたっぷり塗った厚切りのパンが出ていた。社員の中には、自分用に名を記入したジャムの瓶を用意している者も大勢いた。

六時半の退社時刻には、フィリップはすっかり体力を消耗していた。昼食のときに隣にすわっていたハリスが、ハリントン街の宿舎に同行して、どの部屋で寝るのか教えてあげようと言った。ぼくの寝室に空きベッドが一つあり、他の寝室は満杯のはずなので、きみのベッドはそこだと思うと言った。ハリントン街の宿舎は以前は靴屋だったとのことで、店の部分も今は寝室の一つとして使用されていた。しかし、そこは窓の四分の三が板張りになっていてとても暗く、窓が開けられないため空気は部屋の端にある小さな天窓からしか入らなかった。とてもかび臭く、フィリップは自分の寝室がそこでなくて、ほっとした。ハリスは居間に連れて行ってくれたが、これは二階にあった。居間にはまるで虫歯のように見える鍵盤の古ぼけたピアノがあった。テーブルには、ふたの取れた葉巻入れがあり、中にドミノのパイが入っている。『ストランド・マガジン』と『グラフィック』のバックナンバーが辺りに散らばっている。他の部屋は寝室として用いられていた。フィリップが寝ることになっていた寝室は、最上階にあった。ベッドが六つあり、各々のベッドのそばにはトランクか箱が置いてあった。家具といえば引き出しのいくつもついた箪笥が一つあるだけだった。大きな引き出し四つと小さいのが二つあったが、新入りのフィリップは小さい引き出しの一つをあてがわれた。引き出しには鍵があるにはあったが、全部同じ鍵なので無意味だった。ハリスは、大切な品はトランクにしまうのがよい、と教えてくれた。暖炉の上に鏡があった。ハリスは洗面所へ案内してくれた。かなり広い部屋で、洗面台が八つ並んでいた。全員がここで洗顔する。ここから二つのバスタブのある別室に続いている。バスタブは変色していて、木部は石鹼でしみがついている。バスタブの内側には、入浴する者の好みの湯の量を示す黒い跡が何本も残っていた。

ハリスとフィリップが自分たちの寝室に戻ってみると、背の高い男が着換えをしているところだった。また、一六歳ぐらいの少年が髪にブラシをかけながら一心に口笛を吹いていた。背の高い男は、無言のまま部屋を出て行った。ハリスが少年に目で合図すると、少年も口笛を吹きながら合図を返した。出て行った男はプライアと言い、軍隊にいたことがあり、今は絹物部にいる。人付き合いを好まず、毎晩自分の恋人に会うためにろくに挨拶もせずに外出する、という話だった。ハリスも外出したので、フィリップが荷物を解くのを珍しそうに見ていたのは少年だけだった。ベルという名で、小間物部で無給で見習いをしているという。フィリップのフロックコートにとても興味を示した。同室の男たちについて話し、それからフィリップのことを根掘り葉掘り尋ねた。陽気な若者で、会話の間にも、ミュージック・ホールでよくうたう歌の一節をしゃがれ声でうたった。荷物をおさめると、フィリップは外出して、通りを歩き群衆を眺めた。時どきレストランの戸口に立ち止まり、入ってゆく人を眺めた。空腹になったので、菓子パンを買って歩きながら食べた。一一時一五分にガス灯を消す係の舎監から表の鍵を預かっていたが、締め出されるのを恐れて、フィリップは早めに帰って来た。罰金制度のことはもう聞いていて、一一時過ぎに帰ると一シリング、一一時一五分を過ぎると半クラウンの罰金を科され、さらに会社に報告される。これが三回重なると解雇される。フィリップが戻ったとき、プライアを除く全員が帰っていて、二人はもうベッドに入っていた。フィリップは叫び声で迎えられた。

「やあ、クラレンス君！　隅に置けぬ奴め！」

ベルが長枕にフィリップのフロックコートを着せていたのだった。この冗談にベルは大喜びだった。

「クラレンス君、懇親会にはぜひこれを着てゆくんだな」

「気をつけないと、こいつにリン商会一の美女を奪われるぞ」

この懇親会のことはもう聞いていた。給料の中からこの会の積立金を天引きされるのは社員たちの不満の種だった。月にたった二シリングで、その中に医療費と古い小説の類の図書閲覧料も含まれているのだが、それ以外に洗濯代四シリングを取られるので、週給六シリングのうちの四分の一はフィリップの手には渡らないのであった。

部屋の大部分の者は、二つに切ったロールパンの間に厚切りのベーコンをはさんで食べていた。このサンドウィッチが社員のいつもの夜食で、一個二ペンスで近所の小さい店で売っていた。プライアが帰って来た。無言で、さっさと服を脱ぎ、ベッドにもぐりこんだ。一一時一〇分にガス灯の焔《ほのお》が大きくなり、その五分後に消えた。プライアは寝込んでしまったが、他の者たちはパジャマやナイト・ガウン姿で大きな窓のそばに集まり、下の通りを行く女たちにパンの残りを投げながら、大声で冗談を言った。向かいの六階建ての建物はユダヤ人の経営する洋服屋の仕事場で、ここは仕事が一一時に終わった。どの作業場も煌々《こうこう》と明かりがつき、窓にはブラインドがなかった。経営者の娘——一家は父親と母親と二人の男の子と、二〇歳の娘だった——が仕事が終わると明かりを消しに廻ったのだが、時どき縫製職人の誰かにくどかれるのを楽しんでいた。そのため縫製職人たちは何とか自分が一番最後まで居残ろうと張り合っていて、その様子を眺めて、フィリップの同室の店員たちは大いに楽しんだのである。そして、どの職人が功を奏するか、小額の賭などをした。真夜中に、人びとは通りの外れのバー「ハリントン・アームズ」から追い出される。それを合図に、フィリップの部屋の者は全員ベッドに入った。戸口近くのベッドに寝るベルは、人のベッドからベッドへと跳んで部屋を横切って自分のベッドに行った。そこに着いてからもしゃべるのをやめなかった。しかし、まもなくプライアの大いびきが聞こえるだけで部屋中は静まり返り、フィリップも眠りに落ちた。

翌朝七時に、けたたましく鳴り響くベルの音に起こされた。八時一五分前までに全員服を着て、靴下をはいて階下に降り、そこでブーツをはいた。朝食のためにオックスフォード街の会社に急ぐ間に、ブーツのひもを結んだ。一分でも遅れれば食事はないし、また、一度入ると外に出て食物を買ってくることは許されない。時には、間に合わないと分かっている場合、宿舎近くの小さい店に立ち寄ってパンを二つくらい買うこともあった。でも、これには金がかかるので、昼食まで何も口にせずに済ます場合が多かった。フィリップはバター付きパンを少し食べ、お茶を飲み、八時半には持場についた。

「まず右にいらしてください。そこから左側の二番目です」

まもなく客の質問にごく機械的に答えられるようになった。仕事は単調で、とても疲れる。数日すると脚が痛んで、立っているのがやっとになってしまった。厚くてやわらかいカーペットの上に立っていると、脚はかっかとほてる。夜など痛みがひどくて靴下を脱げぬほどだ。同じ仕事をしている者に共通の悩みだった。仲間の案内係が言うには、靴下もブーツも、いつも汗をかいているために変質するのだそうだ。フィリップと同室の者は同じような悩みを抱え、このため寝るときは足を毛布の外に出すのだった。フィリップも最初のうちはほとんど歩行困難に陥り、ハリントン街の居間で足を冷水を満たしたバケツに入れて、幾晩も過ごさねばならなかった。こういう時の話相手は、小間物部のベルで、少年は集めている切手の整理のために、あまり外出しなかったのだ。小さな貼付紙に切手を貼りつけながら単調な調子で口笛を吹いていた。

104

懇親会は隔週の月曜日に催された。フィリップがリン商会で働き出して二週目の初めに、それがあった。同じ職場の女性と一緒に出席することになった。

「会で知り合う人とは適当に付き合うことね。わたしもそうしているわ」その女性は言う。

ミセス・ホッジズという、四五歳の小柄の女で、不快な色に髪を染めている。黄ばんだ顔には無数の静脈が赤く浮き出ている。フィリップを気に入っていて、彼の入社後一週間もせぬうちにフィリップと名前で呼ぶようになった。

「落ちぶれるっていうのがどんなものだか、あなたもわたしもよく知っているんですものね」彼女が言った。

自分の本名はホッジズではないのだと、フィリップに言ったが、いつも「わたしの亭主のミスター・オッジズ」と言っていた。何でも、亭主は弁護士で、彼女をひどい目にあわせたそうだ。それで、自立を重んじる彼女は家をとび出してやったということだった。自家用の馬車に乗ったり、夜、家できちんと正餐を取った経験のある者には、今の暮らしはひど過ぎるじゃないの、ねえ——彼女は誰に対しても馴れ馴れしい口のきき方をした——と言っていた。彼女には大きな銀のブローチのピンで歯をほじる癖があった。ブローチは普通の鞭と狩猟用の鞭とを十字に交差させた形のもので、真ん中に二個の拍車がついていた。

フィリップは新しい環境になかなかなじめず、店の女の子たちに「気取り屋」と呼ばれた。一人がフィルと呼びかけたのだが、自分が呼ばれたとは思わなかったので返事をしなかった。そこで、その娘は「お高くとまっているわね」と言い、つんと頭をそらした。その次には、皮肉をこめて「ミスター・ケアリ」と呼んだ。この娘はミス・ジュエルと言い、医者と結婚することになっていた。他の女の子はそのフィアンセを見たことはなかったが、素敵な贈物を寄こしているのだから、きっと紳士なのでしょうね、と言っていた。

ミセス・ホッジズはフィリップに注意して、「あの娘《こ》たちが何を言っても気にすることはないのよ。わたしもあなたと同じ経験をくぐり抜けてきたわ。上品な暮らしなんて無縁な連中ですからね。あなたもわたしのように少し距離を置いて付き合うといいわ。

そうすれば、あの娘たちも別に文句を言えないしね」

懇親会は地下の食堂で催された。ダンスができるようにテーブルは片側に片付けてあり、一方、カードのゲームをしようという者のために、小テーブルが用意されている。

「主任たちは早めに行っていなくてはならないのよ」ミセス・ホッジズが言った。

彼女はフィリップをミス・ベネットに紹介した。この女性はリン商会一の美女で通っていた。「ペチコート部」の仕入れ担当の主任で、フィリップが会場に着いたときは「男性用下着部」の仕入れ担当の主任と話をしていた。ミス・ベネットは大柄な女で、大きな顔に厚化粧をし、胸はとても豊かだ。亜麻色の髪を手のこんだ形に結っていた。派手過ぎる服装だが、それなりに魅力的だった。襟の高い黒服を着て、つやのある黒の手袋をはめてトランプをしていた。首には何本かの太い金のチェーンネックレスをつけ、手首にはバングル、さらに円形の写真入りのペンダントをしている。その一枚はアレクサンドラ王妃の写真だった。黒いサテンのハンドバッグを持ち、芳香ガムを嚙んでいた。

「初めまして、ケアリさん。懇親会に出るのは今日が初めてなんですって？　少し気後れしているみたいですけど、そんな必要はないわ。もっとくつろぎなさいな」ミス・ベネットが言った。

彼女は誰もがくつろげるようにと努めた。人の肩を軽くたたいたり、声高に笑ったりした。

「あたしって、お転婆でしょう？」フィリップのほうを向いて言った。「変な女だと思うでしょうね。でも、自分を抑えるなんて無理よ」

懇親会に参加しようとする者が次々にやって来た。大部分は若い社員で、ガールフレンドがまだいない青年とか、デートの相手のいない娘などだった。若い男性社員の中には、スーツを着て、夜会用の白のタイをして、赤い絹のポケットチーフを身につけている者もいた。これから何か出し物をやろうというつもりらしく、せわしなさそうに、うわの空といった感じだった。自信家もいるが、気弱な者もいて、周囲の人たちをおずおずと眺めていた。ほどなく豊かな髪の娘がピアノの前にすわり、指はせわしなく鍵盤上を走った。聴衆が注目し出すと、彼女は人びとのほうを向き、演奏する曲名を言った。

「『ロシアの旅』」

拍手が起こり、その間に彼女は手首に鈴を取りつけた。少し微笑み、それからすぐ一気に力強く演奏を始めた。終わると、再び拍手が湧き上がり、再び静かになると、アンコールとして海の音を模したような曲を弾いた。寄せては返す波を表わす短いトリルがあり、次いでペダルを踏んで、荒れた海を表わす雷鳴の轟くような和音があった。この後、一人の男が『さらば別れを』という歌曲を歌い、アンコールとして『歌でわれを眠らせよ』を披露した。聴衆は同僚の芸に対して愛想よく、出来栄えに関係なく拍手を送った。全員が一つずつアンコールを演じてほめられた。だから、拍手の多い少ないで口惜しい思いをすることなどなかったのである。ミス・ベネットがフィリップの近くに寄って来た。

「あなた、演奏するか、歌うか、どっちかできるのでしょう?」彼女はいたずらっぽく言った。「顔にそう書いてあるもの」

「いいえ、できないのです」

「詩の朗読くらいできるでしょう?」

「客間向きのかくし芸ごとはどれもだめです」

「男性用下着部」の仕入れ担当の主任は朗読の名人で、部下たちからぜひ芸を披露してくださいと言われると、得々として悲劇的な長詩を朗読した。目を見開き、胸に手を当て、まるで彼自身が苦痛に喘いでいるような演技をした。ところが、最後の部分になって、苦痛の原因は夕食に食べたキュウリにあったという落ちがついていた。聴衆はこの長詩をよく知っていたので、その落ちを聞いて、いささかしらけたが、お愛想にいつまでも大声で笑った。ミス・ベネットは歌も芝居も朗読もしない。

「でもね、彼女のおはこは別にあるのよ」ミセス・ホッジズが言った。

「みなさん、ひやかしちゃだめよ。あたしはね、手相見と千里眼なら結構腕がいいのよ。誰か見てあげましょうか」ミス・ベネットが言った。

「ミス・ベネット、手相を見てくださいな」彼女の部の女の子たちが歓心を買うように言った。

「本当は手相を見るのは気がすすまないの。だって、これまでずいぶん恐ろしい予言をしたんだけど、それがみんな当たってしまったのよ。だから、あたし何だか恐くなってしまったの」

「ねえ、お願いします、ミス・ベネット、あたしの手相を見てくださいな」

ミス・ベネットの周囲に人の輪が出来た。若い娘たちの照れたような大声や、忍び笑いや赤面や、失望や感嘆の叫び声の中で、彼女は謎めいた語り口を用い、金髪や黒髪の男のことや、手紙からお金が出てきた事件、そして旅行などについて、厚化粧の顔に大粒の汗が吹き出すほど夢中になってしゃべり続けた。

「ごらんなさいな。あたし、汗びっしょりになってしまったわ」

夕食は九時だった。ケーキ、菓子パン、サンドウィッチ、コーヒー、紅茶などすべて無料だった。ただし、ミネラル・ウォーターは自分で支払う。若い男はエチケット上、よかったらジンジャー・エールでもおごりましょうと女たちに勧めるのだが、女たちは慎しみからみんな遠慮する。ミス・ベネットはジンジャー・エールが好きで、一晩に二本、時には三本飲むのだが、絶対に自分で支払うと言って聞かなかった。その点、男たちは彼女を気に入っていた。

「あれは食えない女だ。でもな、悪い人じゃあない。あの人より質《たち》の悪い女がかなりいるもの」男たちは言っていた。

夕食の後、パートナーを交代してゆくホイストのゲームが始まった。とても騒々しいゲームで、人がテーブルを移動するときには笑ったり叫んだりする。ミス・ベネットは次第に興奮してきた。

「あたしを見てよ。汗びっしょりだわ」

しばらくすると若い男たちの中で元気のいいのが、ダンスをするならそろそろ始めようじゃありませんかと発言した。先ほど歌の伴奏をした娘がピアノの前にすわり、力いっぱいペダルを踏み、夢見るようなワルツ曲を弾き出した。ベースで拍子を取り、右手で高低のオクターヴを交互に弾くという演奏だった。変化をつけるために、両手を交差させてベースでメロディーを弾くこともあった。

「あの娘《こ》、ピアノがうまいでしょう?」ミセス・ホッジズがフィリップにささやいた。「感心なのはね、あれで先生について習ったわけじゃなくて、すべて耳で聞いて覚えたのよ」

ミス・ベネットはダンスと詩を何より好んだ。ダンスは上手だが、非常にゆっくり踊り、何かはるか彼方のことでも考えているような目付きをする。息をはずませて、会場の床の具合とか、暑さ、夕食のことなどを話し続ける。ロンドンで一番よい床のあるのはポートマン・ダンスホールで、あたしはあそこで踊るのが大好きだと言う。あそこは限られた客しか来ないからいい。素性《すじよう》も知れぬ男たちとダンスするなんていやだわ。見ず知らずの男に体を許すようなものですもの。ダンスに加わった者は、たいてい巧みに踊り、みな楽しんでいた。顔には汗が流れ、青年の高いカラーは汗でぐにゃりとなった。

フィリップはそういう光景を眺めると、長い間忘れていた深い憂愁に襲われた。耐えがたい孤独感を覚えた。女の子たちと談笑したけれど、会場から出ようとはしなかった。高慢だと思われたくなかったのだ。女の子たちと談笑したけれど、心の奥底では不幸だった。ミス・ベネットが、あなた、ガールフレンドはいるの、と尋ねてきた。

「いません」

「そうなの。だったら、ここにもよい女の子がたくさんいるから、選んだらいいかが？ ここでしばらく働いていれば、きっといい娘《こ》が見つかると思うわ」

そう言って、彼女はいたずらっぽい顔でフィリップを見た。

「ほどほどにしておくことね。あたしは、そう彼に言っているの」ミセス・ホッジズが言った。

もう一一時近くになって、パーティはお開きとなった。フィリップはすぐには寝つかれなかった。他の者と同じく、痛む足をふとんの外に出していた。どうにかして今の生活のことは考えまいと努めた。例のプライアは静かないびきをかいていた。

105

給料は月に一回、会計主任から渡された。給料日に社員たちはいくつかのグループをなして、お茶が終わると廊下に出て、待っている人びとの長い列に加わる。まるで劇場の大衆席の入口で待っている観客のようである。会計主任は机に着き、目の前に金の入った木の容器が置かれている。入って来た者の名を尋ね、こちらをうさんくさそうな目付きでちらと見、さっと帳簿に目を走らせ、給料の額を口に出して言い、容器から金を出し、数えながら手の中に入れてくれる。

「じゃあ、これでいいね。次の人」

「ありがとうございます」社員が答える。

社員は次に副主任の所に行き、洗濯代四シリング、クラブ会員二シリング、それに何か罰金を科せられていたら、それもこのとき払う。差し引きして残った金額を手にして自分の部に戻り、退社時間になるのを待つわけである。フィリップと同室の連中は、ほとんどみんな夜食に食べるサンドウィッチを売っている中年婦人に借金をしていた。ちょっと面白い人物で、すごく肥満していて、大きな赤ら顔で、黒髪がヴィクトリア女王の若い頃の写真でよく見るように、前額の左右にぴったりなでつけられている。いつも黒い小さなボンネットをかぶり、白いエプロンをして、必ず腕まくりをしている。大きな汚れたあぶらじみた手でサンドウィッチを切る。胴着にもエプロンにもスカートにも、すべて油のしみがある。名前はミセス・フレッチャーというのだが、誰もがママさんと呼んでいた。社員を可愛がり、自分の子供と呼んでいた。月末になると平気で掛け売りをしてくれたり、困っている者には数シリング都合してくれるという噂だった。本当に親切な人だった。休暇で帰省するときや、休暇から戻ってきたとき、社員たちは彼女の肉付きのよい赤い頬にキスをした。また、彼女は、くびになって他の仕事が見つからず困っている者には、無料で食事をおごった。こうして助けられた者は何人もいた。彼女の寛大さを知った若者たちは、心から彼女を愛した。こんな話がまことしやかに伝えられていた。貧乏していたときに彼女に助けられた人で、その後ブラッドフォードで成功し、今では自分の店を五つも所有している人が、一五年後に彼女を訪ね、豪華な金時計を贈ったという。

フィリップは一月分の給料として、一八シリングが手元に残った。生まれて初めて、自分で稼いだ金だった。といって、やったぞという誇らしい気持などまったくなく、ただ気が滅入るばかりだった。あまりに少額なのも、今の絶望的に低い身分を物語っていた。一五シリングをミセス・アセルニーの所に持参して、今までの借りを返そうとしたが、一〇シリング以上はどうしても受け取ろうとしない。

「でも、それじゃあ全部お返しするのに八カ月もかかりますよ」フィリップが言った。

「主人が勤めている間は、待てますからいいのですよ。それに、もしかすると、あなたは昇給するんじゃないかしら?」

フィリップのことをいずれ支配人に話しておく、とアセルニーは何回も言った。フィリップの才能を活用しないのは、社として損失だと言っていた。でも、実際には、何も話せなかったようだ。アセルニーはどうやら支配人にあまり高く評価されていないらしい。少なくとも、彼自身の自己評価ほどは尊重されていないようだ。社での彼の姿を、フィリップは目にする機会が時どきあったが、そういう時の彼は、いつもの派手さが影をひそめている。こざっぱりした、ごく普通の、むしろみすぼらしい服を着て、まるで人の注目を避けるかのように、部屋から部屋へとこそこそと急ぎ足で移動していた。

「会社で自分の能力が生かされていないと思うと辞表を出したい気分になるね」アセルニーは家でよく語った。「私ほどの人材の活躍する余地などまったくない。あんな所にいると、せっかくの才能が枯渇してしまう」

ミセス・アセルニーは黙って縫物をしていて、夫の不満を無視していたが、少し口元を引き締めた。

「最近は職探しがとても難しくなっているわ。今の仕事は安定しているでしょう。会社のほうからいやがられない限り、留まって働いてもらいます」

アセルニーがそうすることになるのは明らかだった。とりたてて教育がなく、アセルニーの正式の妻でもない女が、アセルニーのような頭の切れる、しかし、安定性を欠く男をいつの間にか支配してしまうのは興味深かった。ミセス・アセルニーは、フィリップが前とは違った立場になった今、母親のような温かさで接してくれた。彼がまともな食事を取るようにと充分に配慮してくれるのにフィリップは心を打たれた。こういう親切な家を毎週日曜日訪ねられるのは、彼の人生で大きな慰めであった(もっとも、それにも慣れてしまうと、こんな単調な訪問をこれほど喜ぶのかと、われながらいささか愕然とした)。あの立派なスペイン風の椅子にすわって、あらゆるテーマでアセルニーと議論するのは、とても楽しかった。苛酷な毎日であったけれど、アセルニー家からハリントン街の宿舎に戻るときは、常に心は喜びに満たされていた。フィリップは、はじめのうちはせっかく勉強したことを忘れまいと医学書を復習していた。しかし無駄であった。一日会社で働いて疲れ切ってから、集中しようと努めても不可能だと分かった。病院にまた戻れるようになるのかどうか、見当もつかないのに、医学の勉強を続けても無意味だと思った。夢では、よく病院で働いている自分がいた。そういう折には目を覚ますと心が痛んだ。同室に寝ている者がいるという感じは、言いようもなく不快だった。いつも一人でいるのに慣れている身には、必ず周囲に他人がいて、一瞬も自分だけになれないというのは、病院の夢から目覚めたときには、ことさらおぞましく感じられ、そういう瞬間には絶望に打ちひしがれそうになった。「まず右にいらしてください。そこから左側の二番目です」と案内する生活が、一体いつまで続くのだろう。その上、くびにならないだけでも感謝しなければならないのだ。というのも、出征した者はやがて帰国し、会社は復帰させると約束してある。だから、何人かは当然解雇されるに決まっている。今の、不快な仕事でも、奪われないためには熱心に働くしかないのだ。

今の境遇から解放されるには、道は一つしかなく、それは伯父が亡くなることだった。数百ポンドの遺産が入り、そうすれば病院での研修をすべて終了できる。伯父の死を心から願わずにはいられなかった。あとどれほど生きるのだろうかと考えて、指折り数えてみた。もう七〇歳はかなり過ぎている。正確にいくつかは知らないが、少なくとも七五歳にはなっているはずだ。持病の慢性気管支炎があるし、冬には決まってひどい咳をしている。老人が慢性気管支炎に罹るとどうなるか、フィリップは暗記するほど知っていたのだが、念のために医学書で何度もよく調べてみた。寒さが一番こたえるようであり、厳しい冬の到来は老人には危険らしい。寒さと冷たい雨が到来するようにと、フィリップは心から祈った。そのことばかり考えていると、ついに偏執狂のようになった。伯父は酷暑にやられることもありうる。八月には三週間酷暑が続いたので、伯父が急死したという電報が届くのではなかろうかと想像した。そうなればこの苦境から解放されるのに、と思わずにはいられなかった。階段の上に立って、客たちに売場を案内している間も、心の中では遺産が入ったらどうするかを、始終考えていた。どれほどの額になるかは正確には分からなかった。せいぜい五〇〇ポンドぐらいかもしれないのだが、今の彼にはそれで充分だ。ただちに、そう、退職願いも出さずにこの会社を辞めてしまうのだ。荷物をまとめ、誰にも一言も別れを告げずに立ち去る。そしてすぐ病院に戻る。それがまず最初だ。医学のことはもう忘れてしまっているだろうか？　少しはそうかもしれないが、なに、六カ月もやり直せば、すべて思い出せるだろう。そうしたら、できるだけ早く三科目の試験を受ける。産科学、内科、外科だ。突然、伯父が約束を破って、全財産を教会か教区に寄付してしまうのではないかという疑念が頭をもたげてきた。それを思うと気分が悪くなった。まさかあの伯父もそこまでひどいことはすまい。だが、万一そんな事態が生じたら、どうすべきか、きちんと決めてある。今のような生活をいつまでも続ける気は毛頭ない。今の生活に耐えていられるのも、未来によりよい生活を期待できるからに過ぎない。もし前途に希望がないとなれば、もう気に病むことはない。その時は勇気をもって自殺を断行するまでだ。フィリップはそう考えて、苦痛なしに自殺するにはどういう薬品がよいかを子細に検討し、その入手方法まで考えた。事態が耐えがたくなったら、とにかく逃げ道があるのだと考えると、元気が出てくるのだった。

「二番目の角を右に曲がって、階段を下りて頂きます。まず左に行かれて、ずっとまっすぐいらしてください。ミスター・フィリップス、こちらにお願いします」

一カ月に一回、一週間ずつ当番があった。その期間は朝七時に売場に行って掃除人の監督をする。掃除が済むと、今度はフィリップが陳列台とマネキンのカバーを取り外さねばならない。さらに夕方になって、他の社員たちがみな帰った後、マネキンと陳列台にカバーをかけ、掃除人たちを指揮しなくてはならない。ほこりっぽい、汚れる作業だった。その間は本を読むことも、物を書くことも、たばこを吸うことさえもできない。

ただ歩きまわっているだけだから、退屈でたまらない。九時半に解放され、夜食をふるまわれるがこれが唯一の慰めだ。五時にお茶を取るだけで、ずっと働き続けるので空腹になる。会社でパンとチーズを出してくれ、ココアはいくらでもお代りできるので、ありがたかった。

フィリップがリン商会で働き出して三カ月経過したある日のこと、仕入れ担当の主任のサンプソン氏が怒り狂って売場にやって来た。支配人が、出社したとき、たまたま衣装部のショー・ウインドウをのぞいたところ、色遣いがよくないのに気付き、サンプソン氏を呼びつけて嫌味を言ったというのであった。支配人に叱られ、謝るしかなかったので、サンプソン氏は部下たちに当たり散らした。とくに、ショー・ウインドウの飾り付けの係をこっぴどく叱った。

「何事もきちんとやろうと思ったら、ぼく自身でやらなくちゃならないというのかね!」サンプソン氏はがなり立てた。「いつもそう言っていたし、今後もそう言うしかない。何にもきみたちには任せられないんだな。きみたち、一応物を考える人間のつもりだろうが? おい、どうなんだ、物を考える人間なんだろう?」

このように非難するのが一番効果的だといわんばかりに、サンプソン氏は部下たちに激しい口調で言った。

「ショー・ウインドウに青い電気をつけたら、他の青系統の色がみんな死んでしまうのが分からないのか?」

売場全体をにらみつけているうちに、たまたまフィリップが目にとまった。

「そうだ、ケアリ君、次の金曜日の飾り付けはきみがやってくれ。きみがどのように飾れるか、見てみようじゃないか」

そう言うとサンプソン氏は、まだぶつぶつ言いながら主任室に入ってしまった。フィリップは気が滅入った。金曜日になると、ショー・ウインドウの中にこそこそと入って行ったが、むかつくほど気分が悪かった。大通りの人びとの目にさらされていると思うだけで、羞恥心で頬がほてった。通行人に目撃されると思うと慄然《りつぜん》とした。構わないじゃないか、と自分に言い聞かせつつも、通りに背を向けて仕事をするように努めた。病院の学生たちがそんな時間にオックスフォード街を通る可能性はあまりないし、他にロンドンには知り合いは誰もいないのだ。それでもフィリップは飾り付けをしながら、もし振り向けば誰か知っている人の目に出合うのではないかと想像して、動悸がおさまらなかった。赤系統の色は全部まとめるように注意し、また、衣服と衣服の間を普通より離すという飾り方で、とてもよい効果が出た。サンプソン氏は大通りに出て効果を確かめ、明らかに満足した。

「きみにやらせれば間違いないと確信していたよ。こうなんだよ、つまり、きみとぼくは紳士なのだ。いいかね、みんなのいる所では言えないが、きみとぼくは紳士なのだ。紳士かどうかというのは、自然に分かるのだから、きみが否定しても無駄だよ」

こうしてフィリップは定期的にこの仕事を担当するようになった。しかし、人目に身をさらすのがいやなのは変わらない。金曜日の朝、ショー・ウインドウの飾り付けの模様替えをすることになっていて、この朝は心配でたまらず、五時に目が覚め、その後もまんじりともしなかった。こういう羞恥心は店の女の子たちに気付かれ、あの人はいつも背中を通りに向けて立つのよ、と噂された。みんな笑って、彼に「気取り屋」というあだ名をつけた。

「伯母さんが通りをやって来て、あなたを遺産相続から外すのを心配しているんじゃないの？」

こう言う者もいたけれど、概して女の子たちの間での評判は悪くなかった。少し変わっているとは思ったが、えび足なのだから仕方がない、許してあげよう、といったふうだった。やがて彼の人柄のよさが知られてきた。誰にでもすすんで親切にするし、礼儀正しいし、温厚だったからだ。

「あの人が紳士なのはすぐ分かるわ」と女の子たちが言っていた。

「ただ、控え目過ぎない？」ある女の子が言った。芝居が大好きだといって、彼女がその魅力を話すのに対して、フィリップがよい反応を示さなかったのであった。

女の子たちはボーイフレンドのいる者が多かった。いない者も、もてないと思われぬように、いるようなふりをしていた。なかには、フィリップと付き合ってもいいと、それとなく言い寄ってくる者もいた。フィリップはそういう女たちの態度を結構面白く思ったけれど、何しろ色恋沙汰は当分たくさんだった。その上、いつも空腹で疲れていたのであった。

106

フィリップは幸せだった頃に知っていた場所に行くのは避けていた。ビーク街のバーでの小さな集まりはもうなくなっていた。マカリスターは、友人たちを金銭面で失望させたので、姿を見せなくなっていたし、ヘイウォードは喜望峰に行っていた。ローソンだけは残っていたのだが、フィリップはもう彼とは共通の話題がなくなっていると思って、会おうという気にならなかった。ところが、ある日曜日の午後のこと、食事を済ませてからセント・マーチン小路にある公共図書館で午後を過ごすつもりで、服を着換えてリージェント街を歩いていると、ぱったりローソンに会ってしまった。何も言わずに通り過ぎようかと一瞬思ったけれど、相手はその機会を与えなかった。

「一体全体、今までどこにいたんだい？」ローソンは大声で言った。

「ぼくがかい？」

「手紙を出して、アトリエに遊びに来るようにと言ったのに、きみは返事もくれなかったじゃないか」

「手紙は受け取ってないんだ」

「うん、知ってるよ。病院に行ったんだ、きみに会おうと思ってね。そしたら、ぼくの手紙が棚に置きっ放しになっていた。もう医者になるのはやめたのかい？」

フィリップは一瞬ためらった。真相を話すのを恥じたが、恥じることに腹立ちを覚え、思い切って真実を語ることにした。思わず赤面するのを感じた。

「うん、僅かばかりあった金を全部失ってね。医学の勉強を続ける金がなくなったのだ」

「そうか！　それはいけないな。で、今どうしている？」

「案内係をやっている」

言葉が喉に引っかかった。しかし、真実を告げようと心に決めたのだ。ローソンを見ると、余計なことを尋ねてしまったと、きまり悪そうだった。フィリップはやけくそになってにやりとした。

「リン・アンド・セドリー商会に入って、「既製婦人衣装部」に行ってみたまえ。ぼくがフロックコートを着て、軽い足取りで歩きまわり、ペチコートやストッキングを買おうというご婦人方に「まず右にいらしてください。そこから左側の二番目です」と案内している姿を見られるよ」

フィリップが自分を茶化しているのを知り、ローソンは気まずそうに笑った。返答に窮した。フィリップのそんな姿を思い浮かべると、どきりとしたが、同情の言葉も憚られる。

「今までとはずいぶん違う生活だな」

ひどく間の抜けたせりふを口にして、言わなければよかったと思った。フィリップは暗い気分で赤面した。

「そうかもしれないな。ところで、きみに五シリング借りがある」

そう言うとポケットに手をつっこんで、銀貨を取り出した。

「そんなのいいんだよ。すっかり忘れていたくらいだ」ローソンが言った。

「まあいいから、受け取ってくれよ」

ローソンは何も言わずに金を受け取った。二人は歩道の真ん中に立っていたので、人びとが通り過ぎざま、二人にぶつかった。フィリップの目にはどこか冷笑的な輝きがあり、このため、ローソンはとても心をかき乱された。フィリップが絶望に打ちひしがれているのかどうか判断できない。何か援助したいと思うものの、具体的にどうしてよいか分からなかった。

「ねえ、アトリエまで来て、少し話さないか?」

「よしておこう」フィリップが答えた。

「どうして?」

「話すことなどないもの」

ローソンは悲しそうな目をしたけれど、フィリップは自身のことを考えねばならなかった。申し訳ないが仕方ないと思った。今のどん底の状況を人に話すことなどできるものか。断固として考えるのを拒絶することで、何とか耐えていられるのだ。いったん打ち明けようものなら、おろおろと泣き出す恐れがあった。その上、自分がみじめな経験をした場所に対しては、嫌悪の情を禁じえなかった。空腹を抱えてローソンのアトリエを訪ね、ローソンに食事を出してもらうのを待っていたときの屈辱感がまざまざと思い出された。最後に訪ねたのは、五シリングの借金を頼みに行ったときだ。あのみじめな日々を思い出させるので、ローソンの姿まで不快だった。

「じゃあどうだい？　夜に訪ねてくれたまえ、一緒に食事をしよう。きみの都合のいい夜でいいよ」

相手の親切にフィリップは心を打たれた。いろいろな人がぼくに親切にしてくれる、奇妙なものだな、とフィリップは思った。

「本当にきみの親切は嬉しいよ。でも、遠慮しておく」と言って手を差し出した。「じゃ、また」

ローソンは、フィリップの態度が不可解でならなかったが、とにかく相手の手をにぎり返した。フィリップはすぐ足を引きずって立ち去った。気が重かった。もう幾度となく経験したことだが、やってしまったことを後悔した。ローソンが好意で招いてくれたのに断わるなんて、いくらプライドの問題にしても、狂気の沙汰だ。まもなく背後から追いかけて来る足音が聞こえた。ローソンが何か言っているのが聞こえた。立ち止まったが、ローソンへの故なき憎悪がまた頭をもたげたので、冷淡な、硬直した表情の顔を向けた。

「何だい？」

「ヘイウォードのことは聞いているのだろうね？」

「ああ、喜望峰に行ったんだ」

「ところが、上陸後まもなく死んだのだよ」ローソンが言った。

一瞬フィリップは口をつぐんだ。耳を疑った。

「どうして死んでしまったんだい?」そう聞くしかなかった。

「腸チブスだ。不運だったね。きみが知らないのじゃないかと思ったのだ。聞いたときには驚いたよ」

ローソンはそれだけ言うと、軽く頭を下げ、そそくさと立ち去った。フィリップは、心の中を震えが走り過ぎるのを感じた。これまで同年輩の友人を亡くした経験は一度もなかった。ずっと年上のクロンショーの死を看取ったけれど、これは当然のことと思った。ヘイウォードの死の知らせは大変なショックであった。一つには、フィリップに自分もいずれ死ぬのだということを想起させたからである。むろん、人間は誰でもいずれ死ぬというのは承知しているが、フィリップは他の人と同じく、自分も死ぬという実感を持ったことは一度もなかった。ヘイウォードに対して親愛の情を持ったのはもうかなり以前のことになるが、それでもその死は心を揺さぶった。どんなに楽しい会話を二人でしたかを突然思い出し、もう二度とできなくなったと思うと悲しかった。初めて知り合い、ハイデルベルクで楽しい数カ月を共に過ごしたのが思い出された。過ぎ去った歳月を思うと胸が痛んだ。どこを歩いているのか気にもせず、ただ無意識に歩き続け、ふと気が付いてみると、ヘイマーケット通りを行かずに、シャフツベリ通りをどんどん歩いてしまっていた。しまったと思ったが、引き返すのも面倒だった。その上、友人の死を知った今は、読書よりも、一人すわって物思いに耽りたかった。そこで大英博物館に行こうと決めた。孤独になるのが今の彼には唯一のぜいたくであったのだ。

リン商会で働くようになって以来、フィリップはよく博物館に行き、入口近くのアテネから移されたパルテノンの神々の群像の前にすわることがあった。何かを一心に考えるのでなく、神々の群像に乱れた心の鎮静を求めるのだ。しかし、今日の午後ばかりは、神々の群像から慰めを得られない。数分待っても同じことで、苛立ったままこの部屋から出て行った。博物館は人であふれていた。間抜け顔の田舎者や、旅行案内書頼りの外国人観光客などが大勢いて、連中の醜悪さゆえに永遠の傑作が損なわれ、連中のがさつさゆえに神々のとこしえの安息は乱されていた。フィリップは別の部屋に入ったが、ここにはほとんど人がいない。フィリップの神経は高ぶり、疲労困憊して、ようやく身を投げ出すようにすわった。どうしても群衆の存在が忘れられなかった。リン商会でも群衆にはうんざりしていて、自分のそばを通って行く姿を恐れをなして眺めていた。彼らは醜悪で、そのさもしい表情は、見る者をぞっとさせる。表情が低劣な欲望で歪んでいる。連中はいかなる意味でも美とは無関係な存在だ。おびえたような目付きで、意志薄弱の表われとも見える、貧弱なあごをしている。悪をなそうというほどの勇気もなく、ただ下劣でさもしいだけだ。ユーモアの感覚というが、下卑た笑いに過ぎない。群衆を眺めながら、それぞれがどんな動物に似ているかと考えることが時どきあった(癖になってても困るので、できるだけ控えようとしていたのだが)。そうして見ると、羊も馬も狐も山羊《やぎ》もいた。フィリップは人間というものがつくづくうとましくなってきた。

けれども、しばらくすると部屋の雰囲気になじんできた。部屋の四方に置かれている墓石をぼんやりと眺めた。いずれも紀元前四、五世紀のアテネの石工の作であり、素朴なもので、ずば抜けた技能を示す作品ではないものの、まぎれもないアテネのこの上なくすぐれた精神がみなぎっている。時の経過で輪郭がやわらぎ、大理石の肌は蜜の色に変わっていて、思わずイミトス山の蜜蜂を思い出してしまう。墓石の中には、ベンチにすわる裸身像もあれば、死者が愛する者と別れ行く姿や、死者が後に残る者と手をにぎり合っている姿もある。すべての墓石に「別れ」という悲しい文字が記されているが、それ以外には何の文字もない。その簡潔さがかえって心を打つ。友が友と別れ、息子が母親と別れるわけだが、「別れ」という抑制された表現が、残された者の深い悲哀を浮き彫りにしている。すべては大昔のことであり、悲しみの上を一世紀、また一世紀と歳月が過ぎ去っていった。二〇〇〇年も経つうちに、愛する者の死を悲しんでいた者も死者と同じくすべて土に帰したのである。それでいて、悲しみはいまだに生きており、やがてフィリップの心は悲しみにあふれ、同情心があふれてくるのだった。

思わず、「なんと哀れな!」という言葉が口をついて出てきた。

考えてみれば、ぽかんと口をあけている見物人も、案内書ばかり見ているでぶの外国人旅行者も、それからリン商会の売場に群がる、つまらぬ欲や低劣な心配事を抱えた凡庸な連中も、すべていずれ死にゆく運命にあるのだ。昔と同じく、この人たちも人を愛し、そして愛する者と別れねばならない。息子は母親と、妻は夫と別れねばならない。この連中の場合は、この世を美しくするものを何一つとして知らぬまま、醜く、さもしい人生を終わるのであるから、その別離は一段と悲劇的とも言えよう。美しい墓石が一枚あった。二人の青年が手を取り合っている浮き彫りがあり、その控え目で素朴な線は、彫刻家が真摯《しんし》な感情に打たれて作品を刻んだことを思わせた。これは恋愛に次いで貴重な宝である友情へのすばらしい賛辞である。フィリップは眺めているうちに、涙が浮かんでくるのを感じた。ヘイウォードとの友情を思い出した。初めて知り合った頃、どれほど彼を尊敬していたか、やがてどれほど幻滅を覚え、さらに無関心になってしまったか。そして最近は、惰性と過去の思い出以外に二人を結びつけるものは何一つなくなっていた。これらのことが、今まざまざと心に浮かんだ。人生において時どき経験することだが、何カ月も続けてある人と毎日会っていて、非常に親密になり、その人なしの生活など想像もつかなくなる。ところが、その人との別れがやって来てもすべては同じように運んでいき、かつては必要欠くべからざる存在であった人も不必要になってしまう。ついには、多忙な日常にまぎれて、その人を思い出すことすらなくなってしまうのだ。フィリップがハイデルベルクに留学した当初、ヘイウォードはいろいろな分野で輝かしい才能を発揮し、未知の未来に対する、あまたの可能性の夢をどれほど抱えていたことか！　それが、一つまた一つと夢が消え去り、失望の日々が続き、落伍者となったのである。そして今は、ついにあの世の人となっていた。彼の死は生と同じく無意味であった。馬鹿げた病気がもとで悲惨な死を遂げた。人生の最期においてさえも、またもや何事も成就できずにみじめであった。これでは、まるでこの世に生を享《う》けなかったも同然だ。

フィリップは思い悩み、一体全体、人生とは何のためにあり、何の役に立つのか、と自問した。なんだかひどく空虚なものに思える。クロンショーの場合も同様だった。彼が生きていたことなど、今では何の価値もない。彼は死んでしまい、もう忘れられていた。彼の詩集は売れ残り、古本屋で売られているのみだ。彼の人生は、厚かましい批評家に雑誌に評論を書く機会を与える以外には何の役にも立たなかったようだ。ついにフィリップは心の中で叫んだ。

「人生なんて一体何のためにあるんだ！」

努力があまりにも結果と不釣り合いだ。青春時代の明るい希望は、いずれこの上なく苦渋に満ちた幻滅という代価を支払うことになる。努力の結果は苦痛であり、疾病《しっぺい》であり、不幸であって、これではあまりに不均衡だ。一体全体、人生の意味とは何だろうか？　フィリップは自分自身の人生を振り返ってみた。大きな希望をもって人生の荒海に乗り出したこと、肉体の欠陥ゆえにいろいろな制約を受けたこと、友人がとぼしかったこと、幼い頃愛情に恵まれなかったことなどが頭に浮かんだ。自分としては可能な限りの努力をしてきたつもりであったが、何というみじめな失敗の連続であったことか！　自分より機会に恵まれない者が成功したり、そうかと思うと自分より才能豊かな者が失敗している。人生はまったくの運なのだ。聖書にある通り、雨は正しい者にも不正な者にも平等に降りかかり、人生には、なぜとか、何のために、というようなことはまるでないのだ。

クロンショーを思いながら、フィリップはペルシャ絨毯の話を思い出した。人生の意味は何かというフィリップの問いの答えが絨毯に秘められているというのであった。今になって突然、答えが分かった。彼は忍び笑いをもらした。正解にたどり着くまでは相当頭を悩ませるが、いざ答えが分かってみると、どうして今まで分からなかったのかと不思議に思う、ああいうパズルに似ていた。答えは明瞭だ。人生に意味はない——それが答えだったのだ。宇宙を突進する太陽の衛星である地球上で、地球の歴史の一部である、ある条件の結果として、突然生物が誕生した。地球上に生命が誕生したのと同様に、他の条件のもとでは死もあろう。人類は、他の生物と較べてとくに重要ということもなく、創造の頂点として現れたのでもない。単に環境への物理的反応として生じたに過ぎない。フィリップはある東方の王様の話を思い出した。人類の歴史を知りたいと望み、ある賢者に五〇〇巻の書物を運ばせた。だが国事で多忙な王は、賢者に要約するように命じた。二〇年後、賢者は王の元に歴史を僅か五〇巻にまとめて持参した。だが王は、五〇巻のような大部なものを読破するには既に年を取り過ぎていたので、賢者にさらに縮めるように命じた。二〇年後に白髪の老人となった賢者は、王の求める知識の詰まった一冊の書物を持参した。だが、王は既に死の床にあり、一冊すら読むのが困難であったため、賢者は人間の歩みを一行にまとめて王に伝えた。人は生まれ、苦しみ、そして死ぬ。人生には意味などなく、人は生きることで何らかの目的を達成することはない。生まれようと生まれまいと大した意味はないし、生きようが死を迎えようが意味はない。生は無意味であり、死もまた然《しか》り。フィリップは、子供時代に信仰の重荷が肩から取り除かれたときに有頂天になったが、今また勝ち誇った気分を存分に味わった。責任の最後の重荷が取り除かれたように感じ、生まれて初めて完全な自由を味わった。自分の存在の無意味さゆえに、かえって力を得たようであった。これまで自分を迫害していたと思われる残酷な運命と対等の力を所有しているような気が突然した。というのも、もし人生が無意味であるのなら、この世界には残酷さがすべて存在しなくなるからである。彼が何事かを達成しようと達成できなかろうと、問題ではない。失敗しても問題なく、成功してもこれまた何にもならぬ。地球の表面にごく短期間存在している人類の群れの中でも、フィリップはもっとも取るに足らぬ小さな存在に過ぎない。しかし、その彼が混沌の中から人間も人生も無に過ぎぬという秘密をつかみ取ったのだ。その点では彼は全能者に等しいのだ。フィリップの興奮した頭に次から次へと想念が湧き起こり、大いなる満足を覚え、長い吐息をもらした。とび上がって歌いたかった。これほどの幸せを味わったのは何カ月ぶりであったろう。

「ああ、人生よ、ああ、人生よ、汝《なんじ》の刺《とげ》はどこにあるのか」心の中で叫んだ。聖書の「死よ」をもじって「人生よ」と言ってみたのだ。

というのは、数学の証明のようなしっかりした論理で彼に人生の無意味さを教えた想像力が、さらにもう一つの想念をもたらしたのだ。だからこそクロンショーは自分にぺルシャ絨毯をくれたのであろう。絨毯の織匠が精巧な模様を織り上げてゆく際に意図するのは、単に自らの審美眼を満足させるだけであるのと同じように、人もまたみずからの人生を生きればよいのだ。仮に自分の人生は自分以外の何かによって決められてしまうと考えざるをえないというのであれば、その人生を一つの模様として眺めたらいいのだ。自分の人生を模様として考える義務もないし、そう考えたからといって何の役に立つわけでもない。ただ、自分自身の楽しみのために、人生を模様に仕立ててもよいだろう。つまり、一生の多種多様な出来事や、行為や感情の起伏や、さまざまな想念などを材料として、自身の模様を織り出したらよいのだ。模様は整然としたものであれ精巧なものであれ、複雑なものであれ美しいものであれ、一向に構わない。人に選択力があるなどというのは、幻想に過ぎない、言いかえれば外観が月光の力で違って見えるだけの気まぐれなごまかしに過ぎないとしても、それで構わないではないか。たとえ錯覚であれ、自分にとっては真実なのだ。人生はいずこの泉とも知れぬ地点に発し、いずこともなれぬ海に向かってたゆまず流れゆく川のようなものである。人生という巨大な縦糸を前にして、人生は無意味、いかなる行為も重要ではないという認識を背景に用いつつ、人はさまざまな横糸を選んで好みの人生模様を織りこんでもよいではないか。人生模様には、人が生まれ、成人し、結婚し、子供を作り、パンのために苦労し、死ぬという、もっとも明快で完璧な美しい意匠がある。だが、他にも、複雑でみごとな意匠もありうる。つまり、幸福とは無縁で、世俗的成功など意図すらされていないような意匠もありうるわけで、そういうものに人の心をとらえる優美さが見出されるかもしれない。ヘイウォードの一生がよい例だが、意匠がまだ完成せぬうちに、冷淡な運命によって打ち切られることもある。しかし、そういう場合すら、意匠が未完成であっても構わぬと知れば、心は癒やされる。クロンショーの一生に、模様の意味を探るのは困難だ。そのような人生にも正当性があるのだと理解するには、物の見方を変え、従来の規準を棄てなくてはならない。

フィリップは、幸福になりたいという願望を棄て去ることで、最後まで持ち続けた幻想からようやく脱却できたと感じた。幸福という尺度で計ると、これまでの人生は悲惨であったが、他の尺度で計って構わぬと気付くと、勇気が湧き起こるように感じた。幸福は苦悩と同じく、大して問題ではない。幸福も苦悩も、生涯の他の事柄と同じく、彼の人生模様を彩るのに役立つのみだ。一瞬、フィリップは、自分がこれまでのすべての人生の偶発事より上に立ち、これを支配しているような感慨を覚えた。つまり、身に降りかかった不運にも影響されずにいられるように感じた。今後は、いかなる苛酷な試練に遭遇しようとも、すべては複雑な模様の完成に寄与するだけなのだ。人生の終わりに近づいたときに、模様の完成に満足するのみだ。一生は一個の芸術作品となり、その存在を知るのは自分のみで、しかも死と共に消滅するからといって、作品の美しさが減ずるわけではない。

そう確信できてフィリップは幸せであった。

107

仕入れ担当の主任のサンプソン氏は、フィリップをすっかり気に入ってしまった。とてもスマートな人で、彼の部の女の子たちは、主任が金持の女性客の誰かと結婚しても驚かないわね、などと言っていた。郊外に住み、主任室で夜会服を着て社員を感服させることがよくあった。時には、夜会服のまま翌朝戻って来て、作業中の掃除人に目撃されることもあった。掃除人が互いに意味ありげに目配せする間に、彼はさっさと主任室に入ってフロックコートに着換えるのであった。こういう朝は、そそくさと朝食を取りに社を抜け出し、戻って来て階段を上がりながらフィリップに目配せし、両手をすり合わせながら言うのだった。

「すばらしい夜だったよ！　われながら驚いたよ！」

彼はフィリップに、自分が社で唯一の紳士だなどと言い、きみとぼくだけが人生の機微に通じているな、とも言っていた。それほど打ち解けたかと思うと、急に態度を改め、「なあ、きみ」でなく「ケアリ君」と呼び方まで変え、仕入れ担当の主任にふさわしい威厳で、フィリップを案内係の持場に戻らせた。

リン・アンド・セドリー商会は、週に一度パリからファッション誌を取り寄せ、そこに載っている婦人服を客の好みに手直ししていた。ここの顧客は一風変わっていた。大部分は中小工業都市の女で、彼女たちは、地方都市で服を作らせるのを好まぬほどには洗練されているのだが、そうかといって専門店で作らせるほど裕福ではなく、ロンドン事情にも通じていなかった。この他に、変わり種として、ミュージック・ホールのダンサーや歌手が大勢いた。これはサンプソン氏が自力で開発した客層で、彼はそれをとても誇っていた。ダンサーたちは、最初は舞台衣装をリン商会に注文するだけだったが、サンプソン氏が普通の衣服もここで作るように勧めたのである。

「パリのパカン並みの服が半値で入手できますからね」彼は言っていた。

サンプソン氏は、愛想のよい、口先のうまい男だったから、こういう客には受けがよかった。

「リン商会では、上等のコートやスカートが格安で買えるし、誰にもパリ直輸入でないなんて分からないんですもの、これはいい買物だわ」とそれらの客たちは話し合っていた。

こうして服を注文する客たちとの交友を彼は自慢していた。有名なミス・ヴィクトリア・ヴァーゴに招かれて、タルズ・ヒルにある彼女の美しい家に日曜日の二時の昼食に出かけたときなど、翌日にその時の様子をこと細かに伝えて、部の者を楽しませた。いわく、「あの人はうちで作った例の深青色の服を着ていたがね、誓っていいが、誰にもうちで作らせたとは言っていないようだな。この私も、私のデザインでなかったら、パリ製に違いないと判断したところです、と言ったんだよ」

フィリップはこれまで女の服装にあまり注意を払ったことがなかったけれど、次第にデザインする立場から関心を持つようになった。そういう自分を面白がった。何しろ彼の色彩感覚は、パリでの教育のおかげで社の誰よりもすぐれ、造形の知識もパリ留学以来身についていたのだ。サンプソン氏は、自分の無能力はよく分かっていたが、他人の意見を巧みに取り入れる才覚はあったので、新しいデザインを決めるに際して、部下たちに意見を出すよう強く促した。フィリップの見解の有用性を見抜くのにやぶさかではなかった。しかし、嫉妬心から他人の意見をそのまま受け入れたとは認めたがらなかった。だから、フィリップの助言でデザインを修正した場合に、必ず最後にこんなことを言う。

「結局、ぼくが最初に考えていたところに落ち着いたな」

フィリップがここで働き出して五カ月ほど経ったある日、真面目さと滑稽味が混じった芝居を演じる有名な女優、ミス・アリス・アントニアがサンプソン氏を訪ねて来た。亜麻色の髪の大柄な女で、化粧は濃く、甲高い声の、地方のミュージック・ホールの男性の客と親しくするのに慣れた喜劇女優らしい陽気な態度をしていた。新しい歌が出来たので、それにふさわしい衣装をという注文だった。

「うんと人目を引くのが欲しいの。平凡なのはいやよ。他の人と全然違うのがいいわ」

サンプソン氏は、愛想よく、くだけた態度で相手をし、お望み通りのものを用意致しましょうと受け合った。そして何枚かのスケッチを見せた。

「これではお気に召さないでしょうけれど、わが社でお作りできるところを大体知って頂こうというのです」

「こんなのだめだわ!」スケッチにさっと目を通すと、彼女は苛立って言った。「あたしが欲しいのはね、見る人のあごをぶん殴り、前歯をがたがたにするような、あっと驚かせるようなものなのよ!」

「ミス・アントニア、よく分かります」おだやかに微笑しながらサンプソン氏は答えたが、その目は途方に暮れたようだった。

「結局、パリまで探しに行かなきゃならないのかしら」

「いえ、私どもでお探ししますよ。パリで入手可能なものでしたら、私どもでも用意させて頂けます」

彼女が仕方がないというように、立ち去ってしまってから、サンプソン氏は困って、ミセス・ホッジズに相談した。

「あの人はたしかに変り者ですね」ミセス・ホッジズが言った。

「アリス、汝いずくにありや?」サンプソン氏は、いらいらして、はやり言葉をもじって言った。それだけで彼女に対して一矢《いっし》報いた気になった。

主任の考えるミュージック・ホールの舞台衣装なるものは、短いスカート、華やかなレース、きらきら輝くスパンコールという域を出なかった。しかし、これに対して、ミス・アントニアは誤解の余地のない言葉で自分の好みを述べた。

「いい加減にしてよ!」

スパンコールなんて、胸くそが悪くなるとまでは言わなかったものの、彼女の口振りからして、そんな平凡な衣装は絶対にいやだと断言したのである。それでもサンプソン氏は、いくつか案らしいものを口にした。だが、ミセス・ホッジズは率直に、それではだめに決まっています、と言い切った。彼女がフィリップに案を出させてみたらと言い出した。

「ねえ、フィリップ、あなたデッサンできるでしょ？　ミス・アントニアの気に入るようなものを思いつかない？」

フィリップは安物の水彩絵具一式を買ってきて、夜、あの騒々しい一六歳のベル君が口笛を吹きながら趣味の切手整理をやっている間に、服のデザインを二、三枚描いた。昔パリで見た舞台衣装を思い出し、それに修正を加え、さらにあまり遣わない強烈な色彩を混ぜ合わせて効果を出してみた。出来栄えが気に入ったので、翌日ミセス・ホッジズに見せた。彼女は少し驚いたようだったが、サンプソン氏の所に持って行った。

「これは変わっているな。確かに」

彼はフィリップのデザインを見て迷ったが、これまでの経験で勘が働き、これなら大丈夫だろうと思った。面子《メンツ》を保つためにあれこれと変更するよう提案したが、ミセス・ホッジズが、フィリップの描いたままをミス・アントニアに見せるのがよいと適切な意見を述べた。

「あの方の場合は、一か八かやってみなければ分かりませんけど、ひょっとすると惚れこむかもしれませんよ」

「だめと言われる可能性もずいぶん高いと思うがね」大きくくった襟《デコルタージュ》ぐりを眺めながらサンプソン氏が言った。「うん、なかなかうまく描くじゃないか。これまで才能を隠していたなんて！」

ミス・アントニアが来たと知らされると、主任は、彼女が入室したらすぐ目につくような場所にフィリップのデザインを置いた。事実、彼女はすぐさまそれに飛びついた。

「あら、これ何？　これあたしのため？」

「はい、そのつもりですけど、気に入られましたか？」主任はすました様子で言った。

「気に入るかですって？　決まってるじゃないの。さあ、みんな祝盃をあげましょう」

「ほら、ごらんなさい。パリまでいらっしゃらなくても済んだでしょう？　はっきりご希望をおっしゃって頂ければ、私どもでちゃんとご用達できるのです」

デザインはすぐ製作にかかることになった。衣装が完成すると、フィリップは満足し、胸が高鳴った。サンプソン氏とミセス・ホッジズがすべて自分たちの手柄にしてしまったが、そんなことはどうでもよかった。二人と一緒にチボリ座に行き、ミス・アントニアが初めてその衣装を着て舞台に立つのを見たときは有頂天になった。ミセス・ホッジズにしつこく尋ねられ、フィリップは絵が描けるわけを話した。同僚たちに気取っていると思われるのがいやで、これまでは自分の過去にはいっさい触れないでいたのだった。

彼女はすぐにそれをサンプソン氏に伝えた。主任はフィリップには何も言わなかったが、前より少しは敬意を払うようになり、まもなく地方の顧客の衣装デザインを二つ任せた。結果は、二つとも大成功であった。それ以後、主任は上客に向かって、「パリで絵を勉強して来た、腕のいい若いのがいましてね」などとよく話した。やがてフィリップは衝立の後ろに陣取って、朝から晩までワイシャツ姿でデザインばかりするようになった。あまり忙しくて、昼食を三時に「食べはぐれ連中」と共に取ることもあった。でも、これは不快ではなかった。当然、同席する者の数はごく少数で、みな疲れているので口をきかなくて済む。その上、食事の内容も、仕入れ担当の主任たちの食卓で残ったものも加えてあるので、いつもより上等であった。フィリップが案内係から衣装デザイナーに昇格したことは、仲間たちの間で羨望の的となった。あのハリスという、頭の格好のおかしい社員なども、フィリップと最初に知り合い、好意を持ってくれたのだが、出世を不快に思ったらしい。

「運のいい奴もいるなあ！　フィリップ、きみはいずれ仕入れ担当の主任に昇格するぜ。そうなったら、ぼくたちはみんなきみにお追従を言うのだろうな」

仕事が難しくなったにもかかわらず、フィリップの給料は入社当初の週六シリングのままだった。これについてハリスは、値上げを要求しろと助言した。しかし、値上げ要求というのは微妙なことだった。支配人は値上げを要求する者に対して冷笑的な態度を取るのが常だったのだ。

「なるほど、きみは自分がもっと高い給料を貰うに価する人間だというのだな？　いくらならいいのだ？」

すっかり驚いた社員は、週にもう二シリング欲しいという。

「いいだろう、きみがそれに価すると思うのなら。渡してやろう」それから間を置き、冷やかな目で「ついでに解雇通知も渡してやろう」と付け加えることが時にあったのだ。

こうなったら、要求を撤回しても無駄で、辞めざるをえなくなる。支配人の考えはこうだった。給料に不満を持つ者はまともに働かなくなり、昇給の必要のない場合は、即座にくびにするのがよい、というのだ。この結果、辞める覚悟でない限り、昇格を要求する者はいなかった。フィリップはためらった。きみがいなくてはサンプソンさんが困るに決まっているよ、と言ってくれる同室の仲間も、本心はどうなのか少し疑っていた。みんないい人たちではあるが、彼らが何を面白がるかという段になると、荒っぽいとしか言いようがなかった。だから、もしフィリップがみんなに説得されて賃上げ要求を出し、その結果、くびになったりしたら面白いぞ、と思われるだけであろう。職探しの日々の、言い知れぬ苦労をフィリップは決して忘れられなかった。あれだけは二度と体験したくないし、それにデザイナーの職が簡単に他で見つかるとも思えない。彼と同等の絵の才能のある人間なら他にいくらだっている。しかし、金が欲しいのも事実で、今着ている服はすり切れてきたし、粗いカーペットのせいで靴もソックスも痛んでいる。思い切って昇給を願い出てみるかと決意を固めかけたある朝のこと、朝食を終えて地下の食堂から支配人室に至る廊下を通ると、求人に応募して面接の順を待っている人たちの長い列が見えた。一〇〇名ほどいた。この中で僅かな者が職を得て、食事と週給六シリングを与えられる。列にいる者の中には、すでに職を得ているフィリップを羨ましそうに見る者もいた。その目を見てフィリップはぎくりとした。昇給を願い出る勇気は霧散した。

108

冬が過ぎていった。フィリップは、自分宛の手紙が来ているかどうかを見るため、知り合いに合う可能性のない遅い時刻を選んで、時どき病院に行った。復活祭のとき、伯父から手紙が来ていた。読んで驚いた。何しろ伯父はこれまで全部でせいぜい六通ぐらいしか手紙を寄こさず、それも事務的な用件についての連絡だけだったのだ。

親愛なるフィリップ

近日中に休暇を取ってこちらに帰って来ようと思っているのなら、喜んで会おうと思う。冬は気管支炎に罹り、とてもつらかった。ウィグラム医師は、もう助からぬと思ったらしいが、私は強健な体なので、ありがたいことに何とか切り抜けた。その後も大丈夫だ。

愛情をこめて　伯父より

手紙を読んで、フィリップは腹が立った。ぼくが今どうやって暮らしていると思っているのか。どうしているかと尋ねもしないではないか。伯父の知らぬ間に、こちらが死んでいることだってありうるのに。だが、家に戻って行く途中で、あることに気付いた。電柱の下に立ち止まり、手紙を読み返した。筆蹟が以前のように事務上の連絡にふさわしいきちんとしたものではなくなっていて、書体が大きいし、震えてもいた。もしかすると、本人は認めたがらないが、病気で弱っているのかもしれない。堅苦しい文面の奥に、この世でただ一人の肉親に会いたがっている気持が隠れているようにも思える。返事を書き、七月に二週間ブラックステイブルに帰ると伝えた。帰省しろと勧められたのは、実は好都合だった。短い休暇をどう過ごそうか迷っていたところであった。アセルニー一家が九月にホップ摘みに行くことになっていたが、その時には秋用の服のデザインで忙しくて、同行できなかった。会社の方針で、社員は望むと望まざるとにかかわらず、二週間の休暇を取らなくてはならなかった。どこにも行き場所のない者は宿舎に寝泊りしてもよいけれど、その期間の食事は自分持ちになる。店員の中には、ロンドン近郊に友人のいない者もいて、こういう連中にとっては、休暇はただ持てあますばかりであった。僅かな給料から食費を出さねばならず、なすべきことが何もないので、無為に過ごすしかなかった。フィリップは、もう二年ほど前にミルドレッドとブライトンに行ったとき以来、ロンドンから外へ出たことがなく、新鮮な空気と海の静けさに焦がれた。五月、六月とずっと帰省のことばかり熱心に考え続けていた。そのためか七月になっていよいよ出発する段になって、すっかり熱が冷めてしまった。

出発の前の晩に、やり残して行く一、二の仕事のことでサンプソン氏と打ち合わせをしていると、急に彼が言った。

「ところできみは給料をいくら貰っている?」

「六シリングです」

「それは少ないな。戻って来たら週給一二シリングになるように取計らってあげよう」

「それはありがとうございます。そろそろ新しい服が必要だと考えていたところです」

フィリップはにっこりして言った。

「真面目に仕事に精を出し、人の真似をして女の子の尻を追いかけるようなことをしなければ、きみの面倒は見てあげるよ。いいかい、まだまだ覚えることはあるんだ。きみは見込みがある、それは間違いない。いずれ、立派にやっていれば、週給一ポンド取れるようにしてやる」

それだけの週給になるには、あとどのくらい待たねばならないのかな？　二年くらいだろうか。

帰省して伯父を見て、フィリップは愕然とした。この前会ったときには、姿勢がよく、がっちりしていて、ひげもきちんと剃り、丸い肉感的な顔をしていた。それがどうだろう、ひどくやつれてしまい、肌の色も黄ばんでいる。目の下はまるで袋のようにたるみ、背は曲がり、老人くさい。この前の病気以来あごひげを生やすようになり、のろのろと歩いている。

「今日はあまり調子がよくないのだ」着いたばかりのフィリップが、食堂で伯父の隣にすわると、すぐ言った。「暑さで参っているのだ」

フィリップは教区の出来事をあれこれ尋ねてから、伯父を眺め、あとどれくらい生きられるだろうか、と考えた。夏の暑さにやられるかもしれない。手がとてもやせ細り、小きざみに震えていた。伯父の寿命はフィリップの未来と大いに関係があった。もしこの夏に亡くなれば、冬学期のはじめに病院に戻れるのだ。リン商会にもう戻らなくてよいと思っただけで心がはずんだ。夕食のとき、伯父は椅子に背を丸くしてすわった。伯母の死以来ずっと世話している家政婦が言った。

「フィリップ様に肉を切り分けて頂いたらどうでしょうか?」

体が弱っているのを白状するのがいやで、無理してでも切り分けようとしていた伯父は、義務から解放されるのを喜んだようだった。

「伯父さん、なかなか食欲があるようじゃないですか」フィリップが言った。

「ああ、そうだとも。いつもよく食べるよ。でも、この前おまえが来たときよりもやせただろう? やせてよかったよ。太っているのはいやだったからね。ウィグラム先生は、私が前よりやせて、かえって健康によいと言っている」

食事が済むと、家政婦が伯父の所に薬を持って来た。

「処方箋をフィリップに見せなさい」伯父が言った。「この子も医者なんだからな。ちゃんとした薬を貰っているか確かめて欲しい。ウィグラム先生に言ってやったよ、甥が医者の修業をしているのだから、診察代を安くしてくれるべきなのだ、とね。いやあ、あの医者はずいぶん高く取るのだ。二カ月間毎日往診してきたんだが、一回の往診に五シリング取る。高いと思わんかね。今でも週に二回来る。もう来なくていい、用があればこちらから連絡する、と言ってやろうと思っているのだ」

フィリップが処方箋を読んでいる間、伯父はじっと見つめていた。痛み止めだった。二種類あり、伯父の説明では、神経痛がどうしても我慢できなくなったときに飲めと言われているとのことだった。

「阿片常用者になるといけないから、充分気をつけているがね」

伯父はフィリップが今どうしているかというようなことは、いっさい話題にしない。金をせびられるのを警戒してのことなのか、伯父は自分にかかる経費のことを強調した。やれ医者の診察代、やれ薬屋への支払いなど、数字をあげて語る。病気の間は寝室に常時ストーヴを焚いていたとか、日曜日に教会に行くのに、朝も夕方も馬車を雇わねばならない、というようなことを、くどくど述べる。フィリップは腹を立て、伯父さん、ご心配無用です、金を貸してくれなんて頼みませんからね、と言ってやろうかと思った。でも黙っていた。この老人に残っているのは二つだけなのだ。食べる喜びと、金にしがみついていようという欲望だけだ。老醜以外の何ものでもない。

午後になると、ウィグラム医師が往診に来た。診察の後、フィリップは門まで同行した。

「伯父の具合はどうなのでしょうか？」

ウィグラム医師は、まともなことをしようというより、誤りのないようにと気をつけることに熱心な人だった。追いつめられぬ限り、はっきりした見解を思い切って述べるようなことは決してしない。三五年間ブラックステイブルで開業してきた。あの先生は安全だという評判を得た。患者の大多数は医者は腕がよいよりも、安全であるほうがよいと思っていた。ブラックステイブルにはもう一人新人——といっても、もう一〇年になるのだが、今でももぐりのように見られている医師がいた。この医師はとても腕がよいということだったが、中流および上流の患者はいなかった。この医師のことは誰もよく知らないから、というのが理由だった。

「お年を考えれば、まあまあというところじゃないですかな」

「どこか、とくに問題はないでしょうか？」フィリップが尋ねた。

「もう若くはありませんからね」用心深そうに微笑を浮かべてウィグラム医師は答えた。この答え方だと、伯父は老人でもないと取れる曖昧さがあった。

「伯父自身は、心臓の具合がよくないと思っているようですが」

「ええ、私も心臓は問題だと思っています。充分に用心されたほうがいいですよ」

フィリップはもう少しで、どれくらいもちますか、と尋ねようかと思った。しかし、相手にショックを与えそうだった。こういう事柄には礼節上、露骨な表現は避けることになっているのだ。代りに別の質問をしたが、その時、頭に浮かんだのは、医師は病人の家族の苛立ちを知っているに違いないということだった。病人を心配しているような家族の言葉の奥にある本心を見抜いているに違いない。フィリップは、自分の偽善者ぶりに苦笑しつつ、下を見て言った。

「今すぐ危ないということはないでしょうね?」

これは医者のいやがる質問であった。もし、もう一カ月ももちませんと答えると、家族は別れのための準備をするが、もし病人が生き続けると、家族を必要もないのに苦しめたと医師を責めるのだ。他方、一年は生きますと答えて、それから一週間で死亡すると、医者としての知識に欠けると言われる。すぐ死ぬと分かれば、たっぷり愛情もそそいで看病できたのにと家族は思ってしまう。ウィグラム医師は、問いつめられても答えようがない、というような態度を取った。

「そうですな。今のままの状態であれば、大きな危険はないと思いますよ」ようやく言った。「しかし、伯父様ももう若くはないということを忘れてはなりません。まあ、どの器官もくたびれてきていますから。暑い季節を何とか乗り切れば、冬までずっと元気でいらっしゃるとしても不思議はありません。それから、冬も何とか乗り切れば、危険はないんじゃないかと思いますがね」

フィリップは、伯父の待つ食堂に戻った。頭に頭巾をかぶり、肩にクローシェ編みの肩掛けを掛けた姿は醜かった。ずっと床に目を落としていたが、フィリップが戻ると、じっとこちらを見すえた。ぼくが戻って来るのを待ち構えていたのだな。

「私の病状を何と言っていた?」

伯父さんは死ぬのをこわがっている、それが今はっきり分かった。それを知ると、何だか気恥ずかしくなって、フィリップは自然と顔をそむけてしまった。人間の弱さに接すると、いつもどぎまぎしてしまうのだ。

「ずっとよくなった、とおっしゃってましたよ」

途端に老人の目に喜びの光が差した。

「私は立派な体をしておるからな。で、他に何と言っていた?」伯父は心配そうに尋ねた。

フィリップはにやりとした。

「よく気をつけていれば、一〇〇歳まで生きても不思議はないそうです」

「一〇〇まではいくら何でも無理だろうがね。だが、八〇までなら何とか生きられそうだ。母は八四まで生きたんだ」

伯父の椅子のそばに小さなテーブルがあり、ここに聖書と大きな祈禱書《きとうしょ》があった。家族用にずっと長い間使ってきたものだ。伯父は震える手を伸ばして聖書を取った。

「昔の族長たちはずいぶん長生きしたものだね、え?」伯父は奇妙に少し笑いながら言った。気弱そうに、訴えているように感じた。

伯父はあくまで生に執着している。だが、その一方、キリスト教の説くことを無条件に信じている。つまり、魂の不滅に何の疑いも抱いていない。死んで天国へ行けるのにふさわしく身を慎しんだ生き方を自分なりに努力してきたと思っている。牧師としての長い経験で、何度となく死にゆく信徒たちに宗教の慰めを与えてきたのだ。医者が自分の書いた処方箋から何も得られないことがあるのと同じかもしれない。伯父がこれほど地上の生に強い執着心を持っているのにフィリップは当惑し、ショックを受けた。伯父の心の奥に、一体どんな人知れぬ恐怖がひそんでいるのだろうか。ひょっとすると未知なるものに対しての不安と恐怖を抱いているのかもしれない。もしそうだとしたら、伯父の魂の中にメスを入れ、恐怖の赤裸々の姿を見たいものだと思った。

二週間はあっという間に過ぎ、フィリップはロンドンに戻った。八月の猛暑の中を、衣装部の衝立の後ろで上衣を脱いで、デザインを描いて過ごした。社員は交代で休暇を過ごしに出かけた。夜にはたいていハイド・パークに行ってバンドの演奏を聞いた。仕事に慣れたため、楽になり、心はようやく停滞状態を脱して新しい活動を始めた。伯父が亡くなればあれもこれもできると、今はそのことばかり考えた。毎夜同じ夢ばかり見ていた。ある朝早く、伯父の急死を知らせる電報を受け取り、これで自由が得られたと思った。目が覚めて夢に過ぎなかったと知ると、気が滅入り、腹も立った。しかし、いつ亡くなってもおかしくないと分かっていたので、遺産が入ったらどうするか、あれこれ詳しい計画を立てることに熱中した。そういう時は、医師免許が得られる前に一年過ごさねばならぬことなど忘れたかのように、憧れのスペインに旅する計画ばかり立てた。公共図書館から借り出した書物を読み、スペインについては、訪問予定の都市の様子などを写真を通してよく知っていた。コルドバでは、グワダルキビル川にかかる橋の上でたたずむ自分の姿を想像した。トレドでは、曲がりくねった通りをさまよい、エル・グレコの絵のある教会ですわりこんで、この神秘的な画家がなぜ人の心をこれほどとらえるのかその秘密を探り出そうとした。アセルニーもフィリップの計画に加わって、日曜日の午後など二人して旅行の予定表を作り、スペインで見るべきものをフィリップが何一つ見逃さぬようにと配慮した。はやる気持を抑えるために、フィリップはスペイン語を勉強し始め、ハリントン街の宿舎の誰もいない談話室で、毎晩一時間を割いてスペイン語の問題集をひもとき、『ドン・キホーテ』の重々しい文章を、英訳本を片手に何とか読み解こうと頑張った。アセルニーが週に一回、会話のレッスンをしてくれ、フィリップは旅行で役立ちそうな表現をいくつか身につけた。ミセス・アセルニーは二人のことを笑った。

「あなたたち二人とも、スペイン語にそんなにも熱中しちゃって！　いいかげんになさいな！　何か、もっと役に立つことができないのかしら」

しかしサリーは(段々と大人になってきて、このクリスマスには美容院で髪を結うことになっていた)、時どき二人のそばに立ち、父とフィリップが自分に分からぬ言語で話し合っているのに真面目な表情で耳を傾けていた。サリーは父をこの世の中で最高の人だと思って尊敬していた。フィリップについての見解は、父のほめ言葉を紹介するにとどめた。

「お父さんはね、フィリップ小父さんのことをすごく高く買っているのよ」サリーは弟や妹たちによく言っていた。

長男のソープはすっかり大きくなり、練習艦アレシューザ号に乗り組むことになっていた。アセルニーは、ソープが休日に制服を着て戻るとき、どんなに見事な姿かを大げさな口調で話し、みんなを喜ばせる。サリーは一七歳になったらすぐに婦人服専門店に見習いとして入ることになっている。アセルニーは巧みに比喩を用いて、子供たちを小鳥にたとえ、もう一人前になったので、親の巣から飛び立ってゆくと言った。それから目に涙を浮かべて、戻りたくなったらいつでも巣に帰っておいで、寝る所と食事はいつだって用意してあるし、何か悩みがあれば、父親の心はいつも子供たちのために開かれている、としゃべり続けた。

「あなた、口が達者ね。でも、子供たちは、ちゃんと仕事をしている限り、悩みなんか関係ないわよ。誠実に生きて、働くのをいやがらなければ、失業する心配はないのよ。それからね、子供たちが次々に職を得て家から出て行ってしまっても、わたしは寂しくなんかありませんからね」

子供を産み、大変な仕事をこなし、いつも周囲に心を配っている、そういう生活でミセス・アセルニーは少し疲れてきた。夜など背中が痛み、すわって休まねばならぬこともあった。彼女の理想とする幸せな生活というのは、つらい仕事をしてもらえる女の子を雇い、自分は七時前に起きなくても済むことだった。アセルニーはきれいな白い手を左右に振って言った。

「なあ、ベティ、おまえも私も国から表彰される資格がある。九人の健康な子供を育てた。男の子は国王に御奉公するし、女の子たちは料理や裁縫をして、いずれ丈夫な子供を産むのだ」それからサリーのほうを向いて、これでは男女で差があり過ぎていけないと思ったのか、ミルトンの詩句を厳かに口ずさんだ。

「ただ立ちて待つ者も、神のお役に立つことに変わりなし」

アセルニーは最近、熱烈に信じている他の相互に矛盾する説に加えて、社会主義を熱心に奉じるようになっていたので、こんなことを言った。

「社会主義国家なら、われわれ夫婦は充分な年金を貰っているはずだよ、なあ、ベティ」

「社会主義者の話なんて聞きたくもないわ。あの連中には我慢がならないんだもの」ミセス・アセルニーは大声で言った。「結局、ああいう怠け者で、いい加減な連中は、労働者を食いものにするんだから！　わたしのモットーはね、放っておいてよ、誰にも干渉されたくない、というの。つらい人生でも何とかやっていくけど、他人のことなど構っていられない」

「おまえは人生をつらいというのか？」アセルニーが言った。「そんなことはないぞ！　そりゃあ浮き沈みはあったさ。苦しいことも多かったし、ずっと貧しかった。でも、生きていてよかったじゃないか。子供たちを見ると、生きてきた甲斐があったとつくづく思うよ」

「あなた、よく言うわね」彼女は怒った様子はなかったが、冷静な皮肉な目で夫を見た。「子供のことでは、あなたは楽しいところだけ味わっているのよ。わたしは子供たちを産んだんだし、手のかかる育児は全部やったんですからね。子供も大きくなってみれば、いたほうがいいとは思うけれど、もう一度若くなれたら、二度と結婚はしないつもりよ。もし独身を通せば、今頃は自分の店を持って、銀行には四、五百ポンドの預金もあるところよ。つらい仕事はお手伝いの女の子に任せる。ああ、今までと同じ人生をもう一度なんてごめんだわ。絶対にいやだわ」

フィリップはこれを聞いて考えた。無数の人びとにとって、人生とは終わることのない苦労の連続で、美しくも醜くもなく、季節の移り変わりと同じように文句を言わずに受け入れるしかないものなのだ。これに気付くと、フィリップは無性に腹が立った。そんなに無意味なものでよいのだろうか。人生は無意味だという考え方に、フィリップはどうしても納得できなかったのだが、見るものすべて、考えることのすべてが、人生無意味説の正しさを裏付けているように思える。だが、怒りを感じたけれど、それはいわば喜ばしい怒りであった。というのは、もし無意味だとすれば、人生はそれほどひどいものではなくなり、人生に対して余裕をもって立ち向かうことができるからだ。

109

秋が過ぎ、冬になった。伯父の家政婦の所に、何かあったらということで、今の住所を知らせてあったけれど、万一手紙が来ているかもしれぬので、一週間に一度は病院に行くことにしていた。ある夕べのこと、もう二度と再びその筆蹟を見たくない者から手紙が届いていた。何かいやな予感がして、しばらくの間どうしても手にする気がしなかった。不快な思い出を次から次へと呼びさまさせるのだ。けれども、ぐずぐずしている自分自身に苛立ち、とうとう封を切った。

フィッツロイ・スクエア、ウィリアム通り七番地

親愛なるフィル

一、二分でいいからすぐに会ってもらえないかしら? すごく困っていて、どうしていいか分からないのよ。お金のことじゃないわ。

かしこ。　ミルドレッド

彼は手紙を小さく引き裂き、通りに出て、暗闇の中でまき散らした。

「ふん、勝手にしろだ」と呟いた。

また彼女と顔を合わせるなど、思っただけでも胸くそが悪かった。勝手に困ればいい、知ったことじゃない。いい気味だ。彼女のことを思うと、憎しみが湧いた。以前あの女を愛したと思うと、ぞっとした。彼女とのことを思い出すと胸が悪くなり、テムズ川を渡りながらも、彼女の思い出から逃れようとするように、本能的にわきのほうに身を寄せて歩いた。ベッドに入ったけれど、眠れない。一体どうしたのだろうと考えた。どうせ病気で食う物がないとでもいうのだろう。絶望的な状態でもない限り、ぼくに手紙を寄こすはずはない。自分のお人好しにうんざりしつつも、結局彼女に会わぬ限り、気になってどうしようもないと思った。翌朝、葉書を書き、店に行く途中に投函した。できるだけよそよそしく、困っているのは気の毒だから、今夜七時に記されていた住所にこちらから行く、と書いた。

みすぼらしい地域の薄汚い下宿家だった。彼女と顔を合わせると思うと、不快になりながら、ミセス・ミラーはいますかと尋ねたとき、もうこの下宿を立ち去っていてくれればよいのにという突飛な願いが彼をとらえた。住人の出入りの激しい所のようだった。彼女の封筒の消印を見ていなかったから、手紙がどれくらい郵便受けに置き去りになっていたのかは知らなかった。呼鈴に応じた女は、いるともいないとも言わず、ただ黙って廊下を先に立って歩き、裏手の部屋をノックした。

「ミセス・ミラー、お客様ですよ」

ドアが僅かに開けられ、ミルドレッドが用心深そうに外を見た。

「まあ、あなたなの。中へどうぞ」

フィリップは中に入り、彼女がドアを閉めた。とても狭い寝室で、彼女の住いはいつも同じだが、ひどく散らかっていた。床に一足の靴がばらばらに転がっているが、手入れされていない。帽子が箪笥《たんす》の上に置かれ、つけ巻き毛がそばにある。テーブルの上にブラウスがある。フィリップは自分の帽子を置く所を探した。ドアの裏のコート掛けにはスカートが何枚も掛かっている。しかも、スカートの裾には泥がついたままだ。

「どう、すわらない?」そう言ってから少しきまり悪そうに、「あたしから手紙が届いて驚いたでしょう?」と言う。

「すごいしゃがれ声だね。喉が痛むのかい?」

「そう、しばらく前からこうなのよ」

彼は黙っていた。彼女のほうから会いたがった理由を言うのを待った。部屋の様子から見れば、彼が救い出してやった生活にまた戻っているのは明らかだった。赤ん坊はどうなったのかな、と思った。暖炉の上に写真があるけれど、ここに赤ん坊が住んでいる形跡は何もない。ミルドレッドはハンカチをぎゅっとにぎりしめている。小さく丸めて、右手と左手とで交互に持ち替えている。神経が張りつめているようだ。暖炉の火をじっと見ているので、こちらは視線を合わせずに眺められた。この前フィリップの前から姿をくらましたときと較べると、ずいぶんやせている。黄ばんで、かさかさした皮膚が頬骨に張りついたようになっている。以前も髪は染めていたが、今は亜麻色になっていた。髪の色でずいぶん印象が変わり、今は下品な感じがした。

「あなたの手紙を貰って、ほっとしたわ」ようやく口を開いた。「ひょっとすると、もう病院にいないかもしれないと思っていたから」

フィリップはなお黙ったままだった。

「もう医師の資格は取ったんでしょう?」

「いや」

「え、どうして?」

「もう病院にはいないんだ。一年半前に医者になるのをあきらめなくてはならなかったのだ」

「あなたって気の変わりやすい人ね。一つのことをやり続けることができないみたい」

フィリップはまた一瞬沈黙して、口を開いたときには冷淡な口調だった。「投機に失敗して、僅かばかりの金を全部失ったので、医学は続けられなかったのだ。自分で食っていくために、何とか稼がなくてはならなかったんだよ」

「じゃあ、今は何をしているの？」

「店員だよ」

「あら！」

彼女はこちらをちらと見ると、視線をそらした。赤面しているように思えた。落ち着かぬ様子でハンカチで手のひらを軽くたたいた。

「でも医学のこと、全部忘れちゃったわけじゃないでしょう？　どうなの？」やや唐突に言いにくそうに言った。

「全部は忘れてないよ」

「だって、そのことで会いたかったんだから」声が低いしゃがれ声になった。「何の病気か分かんないのよ」

「じゃあ、どうして病院に行かないんだい？」

「行きたくないのよ。学生たちにじろじろ見られるのがいやだし、それに入院しろって言われると困るから」

「どこが悪いの?」フィリップは外来患者を診るときの決まり文句を用いて、そっけなく尋ねた。

「吹き出ものが出来て、ちっとも治らないのよ」

フィリップはぎくりとして胸が痛むほどだった。額に汗が吹き出した。

「喉を見せてごらん」

窓辺に連れて行って、できるだけよく診察した。突然、彼女の視線と合った。目は恐怖でひきつっている。見るに堪えなかった。すっかりおびえ切っている。大丈夫だと言って欲しいと、目で訴えていた。はっきり言ってと頼む勇気はないけれど、全神経を張りつめて慰めの言葉を一言でも聞こうと、待ち受けていた。だが、彼には言う言葉がない。

「残念だけど、きみ、相当重症だよ」

「病気は何なの?」

彼が病名を口にすると、彼女の顔からさっと血の気が失せ、唇は黄色にまでなった。絶望のあまり泣き出した。はじめはしくしく泣いていたが、やがてむせび泣きを始めた。

「とても気の毒だと思うよ。でも正直に話すしかない」

「死んでしまったほうがましだわ」

彼はその脅しにはもう乗らなかった。

「金はあるのかい？」フィリップが尋ねた。

「六ポンドか七ポンドくらいなら」

「いいかい、今の生活はもうやめるんだ。何か他に仕事はできないのかい？　援助はしてあげられないのだ。何しろ、ぼくの稼ぎは週給一二シリングだからね」

「今さらあたしに何ができるっていうのよ」彼女はいらいらして言った。

「そんなこと言ったって、きみ！　何か仕事を探さなくちゃだめだ」

彼は真面目な口調で諭した。彼女自身が危険であること、それから彼女が客に与える危険について話した。彼女はむっとして聞いていた。フィリップは何とかして慰めてやろうとし、ようやく彼女は不承不承ではあるが、彼の助言のすべてを行なうと約束した。彼は処方箋を書き、近くの薬局に預けておくと言った。薬は言われた通りに必ずきちんと飲むことが必要だと、はっきりと言い渡した。フィリップは引きあげようと立ち上がり、手を差し出した。

「そんなにしょげるなよ。喉はすぐ治ると思う」

しかし、フィリップが出て行こうとすると、彼女の顔が急にゆがみ、彼のコートをつかんだ。

「後生だから、あたしを一人にしないで」しゃがれ声で叫んだ。「お願いだから。あなた以外に頼れる人が誰もいないのよ。ねえ、フィル、見棄てないで！」

彼には彼女の心の奥の恐怖心がまざまざと感じられた。奇妙なことに、伯父が死を恐れたときに見せたのと同じ恐怖感だった。彼はうつむいた。この女はこれまでぼくの人生に二度登場し、そのつどみじめな思いを味わわせたのだ。こちらはどんなに頼まれたって、それに応じる責任はまったくない。だが、わけは分からぬが、心の深い所に不思議なうずきがあった。同じうずきのせいで、彼女から手紙が来たとき、頼みを聞き入れるまで落ち着かなかったのだ。

「どうやらこの女への気持を完全に清算するのは不可能のようだな」と思わざるをえなかった。

しかし、具合の悪いことに、彼女に肉体的な嫌悪感を覚え、そのため、近くにいるのが不快でならなかった。

「ぼくにどうして欲しいというんだい？」

「ねえ、一緒に出て、どこかで食事しましょうよ。あたしが払うから」

フィリップはためらった。完全に自分の前から消え去ったと思っていたのに、この女は今また自分の人生に忍びこもうとしているではないか。彼女はためらっている彼を心配で心配でたまらないというような態度で観察していた。

「ええ、分かっているわ。あなたをひどい目にあわせたのは。でも今はあたしを見棄てないで、ね。もうあたしに復讐《ふくしゆう》したじゃない。あたしを今ひとりにしたら、何をしでかすか自分でも分かんないわ」

「よし分かった。では食事に出よう。でも安い所じゃなくちゃいけない。今は無駄に遣える金なんてないんだから」

彼女はすわって靴をはき、スカートを換え、帽子をかぶった。二人は外出して、トッテナム・コート通りにレストランを見つけて入った。フィリップはこんな時間に食事をする習慣からずっと遠ざかっていたし、ミルドレッドは喉の痛みのため、ものをのみこめない。冷製のハムを少し注文し、フィリップはビールを飲んだ。互いに向き合ってすわった。以前何度となくこうしてすわったものだった。彼女は覚えているのだろうか。話し合うべきことは何もなく、もしフィリップが無理に口をきくように努めなかったならば、ずっと沈黙したままだったであろう。照明の明るいレストランで、俗悪な鏡がいくつもあるので、客の姿はあちこちに映る。鏡に映ったミルドレッドの姿は老けて、すさんで見えた。フィリップは赤ん坊がどうしたか知りたいと思ったが、こちらから切り出す勇気はない。そんなことを考えていると、彼女が言った。

「ねえ、赤ちゃん、この夏に死んだわ」

「ああそうなの」

「可哀想にとか言ってもいいんじゃない」

「でも可哀想だとは思わない。むしろ、あの子のためにはよかったと思うよ」

そう言う彼に視線を走らせた彼女は、言う意味は分かったというように、目をそらせた。

「あの子をとっても可愛がっていたわね。他人の子供なのに、あんなに可愛がるのっておかしいといつも思っていたわ」

食事が済むと、フィリップが依頼しておいた薬を受け取りに薬屋に立ち寄った。みすぼらしい下宿に戻ると、彼女に一服すぐ飲ませた。それから、フィリップが自分の宿舎に戻るまで一緒にすわっていた。彼は一緒に居て、ひどく退屈した。

それでも毎日彼女を訪ねた。彼の処方した薬をきちんと飲み、与えた指示をちゃんと守ったせいか、やがて、よい結果が出てきた。彼女はフィリップの医師としての腕前に全幅の信頼を寄せた。病状がよくなるにつれて、失意落胆の様子は消えた。口数も多くなった。

「これで仕事が見つかれば、もう大丈夫だわ。今度のことで懲《こ》りたから、同じ過ちは二度としないつもりよ。だらしない生活とはきれいさっぱりおさらばするわ」

会う度にフィリップは何か仕事があったかどうか尋ねた。心配しなくても大丈夫よ、コネもあるし、何かいい仕事はきっとあるから。それにここ一、二週間は体のためにも何もしないでいるほうがいいんじゃない？　そう言うので、フィリップも反対はできなかった。しかし、一、二週間経つと、彼はまたしつこく尋ねた。すると、彼女は陽気な口調で彼を笑い、あなたって口やかましい老人みたい、と言った。彼女としては、どこかのレストランで職を得たいと思っていたので、女支配人の何人かと面接したという。その女支配人の言ったことや、彼女が答えたことなどを彼にくどくどと話した。今は何も確定していないけれど、来週の初めには必ず一つは決まる、ということだった。でも、あたしにふさわしくない仕事に就くのはよくないから、急ぐ必要はないと思わない？

「そんなのんびりしたことを言っている場合じゃないよ」いらいらしてフィリップは言った。「何でも仕事があれば、それをすることだ。ぼくは援助してあげられないし、きみのお金も長くはもたないのだから」

「そうね、でも一か八かとにかくやる、というところまでまだ行ってないわ。お金も残っているし」

彼は鋭い目でミルドレッドを見た。彼が初めて訪ねてから三週間になっており、三週間前にはせいぜい七ポンドしか持っていなかったはずだ。どうも怪しい。彼女が言っていたことを思い出してみた。いろいろ考え合わせてみると、ますます怪しい。本当に仕事を探してみたのかどうか。もしや、ずっと嘘をついていたのかもしれない。こんなに金が続くなんておかしい。

「ここの部屋代はいくらだい?」

「下宿の女主人がとってもいい人なのよ。そこら辺の女主人とは違うの。都合がいい時に払えばいいって言ってくれているの」

彼はもう口を閉じた。彼が怪しんでいることはあまりに恐ろしいので、ためらった。彼女に問い質《ただ》しても無駄だ。否定するに決まっている。真相を知りたければ、自分で探るしかない。毎夜八時に辞去することにしていたので、その夜も時計が鳴ると家を出た。宿舎にすぐ戻らずにフィッツロイ広場の角に立ち、ウィリアム通りから来る人を見逃さぬようにした。ひたすら待ち続けて、自分の推察は誤っていたのかと思って、帰ろうとしたその瞬間、七番地の戸口が開いてミルドレッドが出て来た。彼は影の中に隠れて、彼女が近づくのを眺めていた。彼女は、部屋の中で見かけた羽のたくさんついた帽子をかぶり、見覚えのある服を着ていた。この通りの辺りでは派手過ぎるし、今の季節には不似合いな服だった。ゆっくり後をつけてゆくと、トッテナム・コート通りまで来て、歩みをゆるめた。オックスフォード街の角に来ると止まり、辺りを見渡し、それからミユージック・ホールに向かって道を横切った。フィリップは近寄って、腕に触れた。彼女は頬にルージュをさし、唇には口紅が濃く塗られていた。

「ミルドレッド、どこへ行くんだい?」

彼の声を聞くと彼女ははっとし、赤くなった。嘘が見破られるといつも赤面する癖があった。それから、これも彼がよく知っている、あのすごい怒りの焰が目に燃え上がった。相手を罵ることで身を守ろうとしたのだ。だが、口まで出かかった悪口はのみこんでしまった。

「ミュージック・ホールでショーを見ようと思っただけよ。毎晩たった一人でいると憂鬱になるもの」

彼女の言うことを信じるそぶりなど見せずに、フィリップは言った。

「いけないよ。どんなに危険なことか、さんざん言ったじゃないか! すぐにやめなくちゃいけない」

「余計なお世話よ」急に乱暴な口調になった。「あたしがどうやって食っていったらいいか、あんたなんかに分かるもんかい!」

彼はミルドレッドの腕をつかまえて、自分のしていることをよく考える余裕もなく、引きずって行こうとした。

「さあ、行こう。家に帰ろう。きみは自分の行為の意味が分かっていないのだ。これは犯罪行為だぞ」

「知っちゃいないよ。あたしはね、男どもによくしてもらったことなんかない。奴らのことを心配なんかしてやるもんか！　危険かどうか、そんなこと、こっちの知ったことじゃないよ」

彼女はフィリップを押しのけて、切符売場に行って金を出した。フィリップはポケットに三ペンスしかなかった。彼女の後に続くのは無理だ。向きを変えて、ゆっくりとオックスフォード街を歩いて帰った。

「これ以上もう打つ手はないな」ひとりごとを言った。

これが最後で、二度と再び彼女と会うことはなかった。

110

その年のクリスマスは木曜日に当たったので、リン商会は四日間休みだった。伯父に手紙を出し、この休みを牧師館で過ごしたいのですが、都合はどうでしょうと問い合わせた。ミセス・フォースターからすぐ返事が来た。伯父は体調が悪くて自分で返事は書けないけれど、甥にはぜひ会いたいので帰省を歓迎するとのことだった。家政婦はフィリップを出迎えると、握手しながらすぐ言った。

「この前お帰りのときと較べて、伯父様がすっかり変わってしまったと思われるでしょう。でも、全然気付かぬふりをなさってくださいね。伯父様、とっても自分の病気のことを気にしていらっしゃるんです」

フィリップはうなずいた。家政婦の後に続いて食堂に入った。

「フィリップ様がお帰りですよ」

伯父はいつ亡くなるとも知れぬ状態だった。落ちくぼんだ頬としなびた体を見れば、間違いなかった。安楽椅子に体を丸めてすわっていたが、頭だけは奇妙にそらせ、肩にはショールを掛けている。今ではステッキなしでは歩行できず、手には震えが来ているため、自分で食事を取るのが困難になっている。

「もう長くはないだろうな」フィリップは伯父の様子を眺めながら思った。

「私の容態をどう思うかね？　この前の帰省以来、変わったかい？」

「夏の頃よりお元気そうですよ」

「暑さには参ったよ。いつだって暑さには弱いのだ」

ここ数カ月、伯父がどう暮らしていたかといえば、上の寝室で過ごしたのが何週間で、下の居間で過ごしたのが何週間だったか、というようなことしかなかった。話しながら伯父はそばにある呼鈴を鳴らして、隣室で用事があればと控えているミセス・フォースターを呼んだ。そして、伯父は、二階の寝室から最初に起き出したのは何月の何日だったかね、と尋ねた。

「二月七日でございます」

伯父はそう聞いて、フィリップがどう反応するかを観察した。

「それでも、私の食欲は意外に衰えないのだ。ねえ、そうだね？」

「はい、その通りです。とてもよく召し上がりますよ」

「だが、どうも肉がつかんようだがね」

伯父には、もう自分の健康状態しか関心がなかった。毎日がひどく退屈だし、始終痛みがひどくてモルヒネの力なしでは眠れないという状態なのに、まだ生に執着している。

「医者への支払いがひどくかさむのだよ」伯父はまた呼鈴を鳴らした。「フォースターさん、フィリップに医者の請求書を見せてやってくれ」

彼女は言われるままに暖炉の上から取って、フィリップに渡した。

「一カ月分でそんなになるんだ。おまえも医者なんだから、薬をもっと安く手に入れられないかと思っていたんだ。薬屋から直接購入しようかと思ったんだが、送料がかかるからな」

フィリップのことなど、伯父にはほとんど関心がなく、今どうしているかを尋ねようともしないくせに、彼に会えたのは一応喜んでいるようだった。何日ぐらい居られるのかを尋ね、フィリップの答えを聞くと、もっと長く居られればいいのにと言う。伯父は自分の病状をこと細く話し、医者が自分に話したことを何度も繰り返し語った。話を中断して、また呼鈴を鳴らし、ミセス・フォースターが入って来ると言った。

「そこにいてくれるのかどうか、不安になったので呼んだだけだ。もういい」

彼女が出て行くと、ミセス・フォースターがそばにいるかどうか分からないと、とても不安になるのだと、フィリップに説明した。何か起きたとき、あの人ならどうすればよいか分かっているからね、とも言う。フィリップの観察したところでは、家政婦はどうも過労のようだし、睡眠不足のために目が腫《は》れているので、伯父に、少し休ませたほうがよいのではないかと言ってみた。

「何を馬鹿なこと言うのだ。あの人はぴんぴんしているよ。心配いらない」と伯父は答えた。まもなく彼女が薬を飲ませにやって来ると、彼は言った。

「フィリップがな、あんたは働き過ぎじゃないかと言っている。でも、私の面倒を見るのはいやじゃないんだよね？」

「ええ、大丈夫ですよ。わたしにできることは何でもして差し上げます」

まもなく薬が効いてきて、伯父は眠った。フィリップは台所に行き、ミセス・フォースターに、仕事が大変ではないのかと尋ねた。何しろ、彼女はこの数カ月ほとんど休んでいないようだったのだ。

「でも仕方がありませんわ。牧師様はすっかりわたしを頼りにしていらっしゃるでしょ。時どきやっかいなこともありますけど、でも誰だって親切にしてあげたくなる人ですわ。違います？　わたしはずっと長いことお仕えしてきたので、あの方が亡くなったら、どうしたらよいか分かりませんわ」

家政婦は本当に伯父が好きなのだ、とフィリップは理解した。病人の体を洗ってやり、服を着せてやり、食事の世話をする。しかも夜間も少なくとも五、六回は起きて様子を見るのだ。何しろ隣の部屋に寝ていて、伯父は夜でも目が覚めると、彼女が現れるまで呼鈴を鳴らし続けるのだった。伯父はいつ亡くなっても不思議はないし、一方、何カ月も生き続けるのかもしれない。ミセス・フォースターがこんなにも辛抱強く、しかもやさしく他人の世話をするなんてすばらしいことだ。ただ、伯父の世話をするのが、この世で彼女だけというのは悲劇的で哀れを催す。

伯父が一生人びとに説いてきたキリスト教が、今ではもう形だけしか重要性を持たなくなっているようであった。毎週日曜日に副牧師がやって来て、聖餐《せいさん》式を行ない、伯父自身も聖書をよく読んでいた。けれども、伯父が死を恐れているのは明白だった。永遠なる生への入口として死をとらえてはいるのだが、永遠なる生に参入するのをいやがっているのである。ひっきりなしに痛みに襲われ、椅子から一歩も立てず、金で雇っている女に頼るしかない子供のようであり、二度と再び外出もできない状態にありながら、いまだにこの世に執着するのは何故か？

フィリップの頭には一つしてみたい質問があった。しかし、どうせ伯父はありきたりの答えでごまかすに決まっているので口には出さなかった。つまり、肉体が完全に消耗してもはや動けなくなったこの最後の時期に及んで、牧師がまだ魂の不滅を信じているのかどうか、本当のところを知りたかった。神は存在しないし、死後の生など存在しないという確信が、もしかすると心の奥にあるのかもしれない。もっとも、取り返しがつかなくなると困るので、はっきり言葉にはできずにいるのかもしれないが。

クリスマスの翌日の夕方に、フィリップは伯父と食堂にすわっていた。朝九時までにリン商会に戻らねばならぬので、今夜のうちに伯父に別れを告げておこうと思った。伯父はうとうとしていた。フィリップは窓辺のソファに横になり、読みかけの本をひざにのせ、ぼんやりと部屋のあちこちを見渡した。ここの家具を売るとしたら、いくらになるかな。家中を歩いて、子供の頃から見慣れているものを、あれこれ値踏みしてみた。結構いい値で売れそうな陶器が何点かあり、ロンドンまで運ぶ価値があるだろうかと考えた。しかし、家具のほうはいずれもマホガニー製で、ヴィクトリア朝のもので堅牢ではあるが、美しさに欠けているので、オークションに出しても安値しか付かないだろう。本が三、四千冊あるけれど、周知のように、あまり値が出ないものだ。全部でも一〇〇ポンド以上にはならないのではなかろうか。遺産として伯父がいくら残してくれるのかははっきりしない。一方、病院に戻り、医学校の全課程を終え、学士号を受け、病院で定職を得るまでの研修期間に必要な生活費、これらを合計して最低限でいくらになるか、もう何度も胸算用した。

　伯父を見ると、落ち着かぬようではあるが、うとうとしている。しなびた顔には人間らしさがなく、何か奇妙な動物の顔のようだ。この無用な命を絶つのは、簡単だと思った。ミセス・フォースターが毎晩熟睡できるように薬を飲ませているのを眺めながら、これまでも、すぐ死なせることはできるな、と幾度思ったことだろう。薬は二種類あり、一方はいつも決まって飲む薬、もう一方は激痛が襲ってきたときに飲むアヘン剤だった。アヘン剤は適量を容器に注《つ》いで枕元に置く。伯父は午前三、四時にそれを飲む。適量の二倍にすれば、夜の間に死亡するだろう。露見の恐れはない。ウィグラム医師も眠っているうちに死ぬといつも言っているのだ。苦痛のない死に方だ。逼迫した経済状況を思い、両手をにぎりしめた。こんなみじめな形で数カ月生き続けても、伯父には無益なだけだ。だが、フィリップにとっては、この数カ月が重大問題なのだ。もう忍耐の限界に来ている。翌朝また社に戻るのだと思うと、怖気《おじけ》づいた。伯父の死を早める作戦を思い浮かべると動悸が高まる。忘れようとしても、どうしても頭から離れない。わけはない、本当に雑作なく実行に移せるのだ。伯父に対して愛情はない。昔から伯父のことは嫌いだった。昔から身勝手な人で、やさしい妻にもわがままに振舞ったし、世話をすることになった甥に対しても冷淡だった。冷酷な男というのではなく、間抜けで、頑《かたく》なな男で、結構官能的なものにも心を惹かれている。やるのはわけない。しかし、フィリップには勇気がなかった。後悔するのがいやだった。生涯、罪の意識に苛《さいな》まれねばならないなら、金を手に入れても意味がない。後悔など無意味だと自分に言い聞かせてはいるが、時どき頭をもたげて、彼を悩ませるようなことがやはりあるのだ。良心の呵責《かしやく》をいつまでも感じるなどまっぴらだった。

伯父が目を開いた。少しは人間らしく見えたのでよかった。フィリップは、正直言って右のような考えに取りつかれていることに、われながら愕然とした。殺人を考えているのと変わりがないからだ。誰でもこんなことを考えるものなのか、それとも自分だけが異常なのだろうか。いざとなれば実行できないだろうとは分かっていたが、やろうという気は常に頭を占めている。実行に移さないのは、ただ恐れているからに過ぎない。

伯父が口を開いた。

「おまえ、私の死を待ち望んでいるわけじゃなかろうな?」

フィリップは、ぎくりとして心臓が早鐘のように打った。

「まさか、とんでもありませんよ」

「それなら結構。そんなことはしてもらいたくないからな。私が死ねば、僅かばかりのものがおまえのものになる。しかし、待ち望んだりしてはいかん。そんなことは、おまえのためにならないからな」

伯父の声はか細かった。口調に心配しているようなところがあった。フィリップは胸をつかれた。妙な欲望がフィリップの心に浮かんだのをどのような不思議な直観で推察できたのだろうか。

「あと二〇年くらいはお元気だと思いますよ」

「まあ、そこまでは無理だろうが、よく気をつければ、あと三年か四年は生きられるだろう」

それからしばらく沈黙があった。フィリップはもう言うべきことがなかった。すると、伯父は、前から考えていたかのように言った。

「人はみな、望むだけ生きる権利を持つものだ」

フィリップは伯父の気持を他に向けようとした。

「ところで、伯父さん、ミス・ウィルキンソンからはその後連絡はないんでしょうか?」

「それがな、今年のいつだったか、手紙を寄こしたのだ。結婚しているらしいよ」

「本当ですか?」

「ああ。妻を亡くした人と結婚したんだそうだ。結構幸せにしているようだ」

111

翌日、フィリップは仕事に戻った。数週間のうちに危篤の知らせが来るものと思っていたのに、一向に来ない。週が月になり、冬が去り、公園の木々は芽吹き、新緑の季節となった。フィリップはひどい無力感に襲われた。時は重い足取りでではあるが、やはり過ぎていくので、フィリップの青春時代もどんどん過ぎ去り、やがて終わりを告げ、何一つ成し遂げなかったことになってしまう。今の仕事はいずれ辞めるのは確実だと分かっていたので、これまで以上に無意味に思えた。衣装デザインの腕が上がり、独創性はないが、フランスの流行をイギリスのファッション市場に改変する巧妙さを身につけた。自分の考え出したデザインが結構気に入ることもあったが、縫製部の者が必ず失敗してデザイン通りの服に仕上がらなかった。せっかくの着想がうまく生かされない場合など、自分がばかに苛立つのに気付いて、面白かった。仕事にはよほどの気配りが必要だった。というのも、フィリップが何か多少とも変わったデザインを提案すると、サンプソン氏が必ず反対するからだった。うちの客は極端《ウトレ》なデザインはいやがる。商人階級の立派な婦人たちだから、こういう客を相手にする以上、好みに逆らうようなことはすべきでない。これが彼の言い分だった。一、二度彼はフィリップを叱りつけた。フィリップの着想が彼のと必ずしも合致するとは限らないので、フィリップが少し生意気になったと思ったらしい。

「ご立派な若者よ、気をつけろよ。さもないと路頭に迷うぞ」

フィリップはよほど鼻面を殴りつけてやろうかと思ったが、ぐっと抑えた。どうせまもなく辞めるのだし、そうすれば、ここの連中とも永久におさらばだ。フィリップは絶望のあまり、ふざけて、伯父さんは鉄で出来ているに違いないと大声で言ってみた。何という頑丈な体なんだ！　あの病気なら、常人ならもう一年前には死んでいるのに。

ようやく牧師が危篤だという知らせが入ったとき、他のことを考えていたので驚いた。七月のことで、あと二週間したら休暇で帰省するところだった。ミセス・フォースターが、医者がそう長くないと言っているので、生前に伯父様に会いたいのでしたら、すぐに帰って来られることだという手紙を寄こした。フィリップはすぐ主任の所に行き、社を辞めたいと述べた。サンプソン氏は聞き分けのよい人で、事情が分かると、何一つ反対しなかった。部の仲間に別れを告げたが、辞める理由は誇張して噂されていて、たっぷり財産が転げこんだのだろうと、みな思っていた。ミセス・ホッジズは握手しながら目に涙を浮かべていた。

「もうこれからは会えなくなるのね」

「ぼくとしては、この社から出てゆけるのは嬉しいのです」彼は答えた。

不思議なことに、こうは言ったものの、いやな連中だと思っていた者でも、いざ別れるとなると残念な気がした。ハリントン街の宿舎から引きあげたときも、あまり嬉しい気分ではなかった。リン商会を辞めるときのことをいろいろ想像して、いわば先取りをしてしまっていたために、今となると嬉しい気分も半減してしまった。待ちに待った時の到来というのに、二、三日伯父の家に帰省するときと同様に何の感慨も湧かなかった。

「ぼくは損な性分だな」フィリップは思った。「何かを熱望し続けながら、いざ実現の段になると、いつも失望するんだから」

午後早めにブラックステイブルに着いた。ミセス・フォースターが戸口で迎えてくれた。伯父がまだ生きていることは、彼女の表情ですぐ分かった。

「今日はお加減が少しはいいようです。本当にお丈夫でいらっしゃいます」

彼女は伯父が寝ている寝室へと案内した。伯父はフィリップを見ると少しにっこりした。敵をもう一度負かしたという皮肉な満足感もあったようだ。

「昨日は私自身、もうだめだと思っていたよ」憔悴《しょうすい》した声で言った。「みんなあきらめていた。なあ、フォースターさん、そうだったね?」

「旦那様はすばらしく頑丈でいらっしゃいますからね。その点は間違いなしですわ」

「老犬いまだ健在なりか」伯父が言った。

疲れますから、お話しになってはいけません、と家政婦が言った。子供を扱うように、やさしくはあっても有無を言わさぬ態度だった。実際、病人は周囲の人びとの予想をくつがえしたことで、子供のように有頂天になっていた。フィリップが連絡を受けて帰って来たことをすぐに察した。そして、甥が無駄骨を折ったのを、してやったりと面白がった。心臓発作をうまく避けられさえすれば、一、二週間で回復するだろう。これまで何回も心臓発作に襲われていて、その度に今度こそだめかと思ったが、いつも助かっている。私の体が丈夫とか何とか言っているけれど、実際にどれほど頑強だか、本当のところは誰も分かってなんかいるものか。伯父はそう考えているらしい。

「一日二日いるのかね?」フィリップが休暇で帰省したと信じているかのように言った。

「ええ、そのつもりです」こちらも明朗に言った。

「海風に当たると体にいいぞ」

まもなくウィグラム医師がやって来た。診察の後、フィリップと話し合った。いかにも医者らしい態度だった。

「今度はもうだめなようですよ。この教区全体の損失ですね。私個人はもう三五年ものお付き合いになります」

「今は元気なようですけど」

「薬で何とか保っているだけです。いつまでも続きません。この二日間は危なかったのですよ。六回くらい、もうだめだと思いましたからね」

医者は一、二分口を閉ざしていたが、門の所で急に話し出した。

「フォースターさんから聞きましたか?」

「どういうことですか?」フィリップが尋ねた。

「この土地の人は迷信深いのです。牧師様が何か心にわだかまりを持っていて、それを追い払わぬ限りは死ねない。本人はどうしてもそれを告白する気になれないでいる。こういうことを家政婦は信じているのです」

フィリップは何も言わなかった。医師はさらに続けた。

「もちろん、そんなのは馬鹿げた話ですよ。伯父様はとても正しい生涯を過ごされた。きちんと義務を果され、よき教区牧師であられた。村人はみんな別れを悲しむでしょう。そんなわけで、自責の念など何一つないはずです。伯父様の次に教区牧師になる人が、半分でもふさわしいかどうか怪しいものです。誰も伯父様にはかなわないでしょうから」

数日間、牧師はこれといった変化もなく過ごした。ただ、あんなに旺盛だった食欲が急に衰え、ほとんど食べなくなった。神経炎の痛みが出ると、ウィグラム医師はいくらでも鎮痛剤を与えた。麻痺した手足をひっきりなしにゆすっていたのと、アヘン剤のせいで、次第に体が衰弱していった。ただ、頭ははっきりしていた。フィリップとミセス・フォースターが交代で看病した。彼女は何カ月もの間、伯父の面倒を見続けてきたので、疲労し切っていた。少しでも彼女を夜休ませようと、フィリップは夜中は病人のそばにすわっていることにした。夜の長い時間、彼は眠りこまぬように安楽椅子にすわって過ごした。そしてシェードで覆われた燭台の光で『千一夜物語』を読んだ。子供のとき以来ずっと読んでいなかったので、読むうちに子供時代が思い出された。時には、ただすわって、夜の静けさに耳を傾けた。アヘン剤の効果が薄れると、伯父は目を覚まし、何かと用を言いつけた。

とうとうある朝早く、小鳥が梢でやかましくさえずっている頃、フィリップは名を呼ばれた。すぐベッドの所に行った。伯父が仰向けに寝て、じっと天井を見つめていた。フィリップを見ようとしない。額に汗が吹き出していたので、タオルを取って、拭った。

「フィリップかね?」

その声が急に変わっていたので、はっとした。しゃがれた細い声だった。何かにおびえている声だ。

「ええ、何かご用ですか?」

間があり、見えない目はじっと天井をにらんだままである。それから顔が引きつった。

「どうやらもうだめだ」

「何をおっしゃいます! まだ何年も生きられますよ」

老人の目から二粒の涙が流れた。それを見てフィリップは胸をつかれた。伯父は人生のどんな場面でもとりたてて感情をあらわにすることのない人だった。この期《ご》に及んで涙を見せるのは、口に出して言えぬ死への恐怖を物語っていた。

「シモンズ君を呼んでくれ。聖餐を受けたい」

シモンズは副牧師だった。

「今すぐですか？」

「早くしてくれ。さもないと間に合わなくなる」

フィリップはミセス・フォースターを起こしに行った。だが、思ったより朝も遅い時間になっていたので、もう起きていた。庭師をすぐ使いに出すように頼み、寝室に戻った。

「シモンズ君を呼びに行かせたかね？」

「はい」

沈黙があった。フィリップはベッドのそばにすわり、時おり額の汗を拭った。

「フィリップ、おまえの手をにぎらせてくれ」老人はようやく言った。

フィリップが手を預けると、伯父は死に際して慰めを求め、命にしがみつくように甥の手にしがみついた。伯父は生涯誰をも本当に愛したことはなかったのかもしれないが、今になって、本能的に人間に助けを求める気になったのであろう。伯父の手は湿っていて冷たかった。あらん限りの力をふりしぼって甥の手をにぎった。死の恐怖と戦っているのだ。人間は誰しもこの恐怖を体験せねばならぬのか！　何とむごいことだ。自分の創造した人間をこれほどむごい目にあわせる神を、それでも信じられるというのか？フィリップはこれまで伯父を愛したことは一度もなかったし、この二年間というもの、毎日その死を願っていた。しかし、今は同情の念でいっぱいになった。人間たるもの、動物でないという証《あかし》のために、何と高い代償を払わねばならないのであろうか。

伯父と甥は沈黙したままで、ただ時折、伯父のか細い声が沈黙を破った。

「シモンズ君はまだ来ないのか？」

ようやくミセス・フォースターが入って来て、低い声でシモンズ氏の到着を伝えた。副牧師は法衣と頭巾の入った鞄を持っていた。家政婦が聖餐用の皿を持って来た。副牧師は無言でフィリップと握手し、それから、重々しい態度で病人に近づいた。フィリップと家政婦は部屋の外に出た。

外に出ると庭はすがすがしく、木の葉は朝露に濡れていた。小鳥たちは明るくさえずっていた。空は青く、潮風を含んだ大気はひんやりとして気持がいい。バラは満開だった。木の葉も芝生も新鮮な緑色で生き生きとしている。フィリップは庭を歩き、そして歩きながら伯父の寝室で執り行なわれている儀式のことを思った。不思議な気分だった。

まもなくミセス・フォースターが出て来て、伯父様が会いたがっていますと告げた。寝室では、副牧師が法衣などを黒い鞄にしまっていた。病人は甥のほうを向き、にっこりした。それを見てフィリップは驚いた。伯父に変化が起きていた、驚くべき変化が。目にはもう死に対するおびえはなく、顔の引きつった表情も消えているではないか！　幸せな晴れ晴れとした顔つきになっている。

「いよいよ心の準備が出来た」という声も今までとは違う。「神がお召しになろうと思《おぼ》し召すのなら、いつでも私の魂を御許《みもと》にお任せできる」

フィリップは何も言わなかった。伯父が正直に心のうちを述べているのが分かった。これは奇跡に近い。儀式でキリストの血と肉を受けた結果、闇の世界に入る避けがたい定めを恐れぬだけの力が湧いたのだ。自分が死に行く身であるのをはっきり認識し、悟りの境地に達している。さらに一言いった。

「愛する妻と再会するんだ」

これにはフィリップも、はっとした。伯母に対して、伯父がいかに身勝手で冷淡に接していたか、伯母の献身的で控え目な愛に対して、いかに鈍感だったか、それを思い出したからである。副牧師は感動の面持でその場を離れ、ミセス・フォースターは泣きながら副牧師を戸口まで見送った。伯父は、話し疲れたのか、うとうとし始めた。フィリップはベッドのそばにすわって、臨終を待った。午前は過ぎていき、病人の呼吸はいびきに変わった。ウィグラム医師が来て、もうまもなくだと言った。既に意識はなくなっているが、シーツを弱々しくたたくような動作をする。もじもじと動き、大きな声を出すこともある。医師は皮下注射をした。

「あまり効き目はないでしょう。いつ亡くなられるとも知れません」

医師は時計を見、それから病人を見た。一時になっていた。医師は自分の昼食のことを考えているらしい。

「先生にもうお待ち頂くことはありません」フィリップが言った。

「ええ、もう私にできることはありませんからね」

医師が帰ってしまうと、家政婦がフィリップに、葬儀屋兼業の大工の所に行って頂けませんか、湯灌をする女を寄こすように頼んで頂きたいのです、と言った。

「少し外の空気に当たられたほうがよろしいですし」と言う。

葬儀屋は半マイルほど離れた所に住んでいた。フィリップが用件を言うと、葬儀屋が尋ねた。

「ご病人はいつ亡くなられたのですか?」

フィリップはためらった。伯父がまだ生きているのに、湯灌する女を寄こしてくれと頼むというのは不人情と思われよう。ミセス・フォースターはなぜぼくに使いを頼んだんだろう？　これでは、ぼくが伯父を死へ追いやろうとしているように思われるではないか。葬儀屋は妙な目でこちらを見ているようだ。また同じ質問をした。フィリップは苛立った。死亡時刻など関係ないじゃないか。

「牧師様はいつお亡くなりで？」

フィリップは、今亡くなったばかりなんだと言おうかと一瞬思ったが、もし伯父が数時間生きのびたら嘘をついたことになる。赤面し、言いにくそうに言った。

「それがね、まだ亡くなったわけではないのです」

葬儀屋は困惑したようにこちらを見るので、あわてて説明した。

「フォースターさんしかいないので、女の人を寄こすようにと頼まれたんです。分かるでしょう？　今ではもう亡くなっているかもしれないんですよ」

葬儀屋はうなずいた。

「ええ、分かりました。すぐ女をやりましょう」

フィリップは牧師館に戻ると、すぐ寝室に行った。ミセス・フォースターはベッドのそばの椅子から立ち上がった。

「さっきお出かけのときと同じ容態です」

彼女は何か食べに階下に行った。フィリップは死の過程を好奇心をもって見守った。弱々しくもがく無意識の存在には、もう人間らしさはない。だらりと開いた口元からは、時どき何か低い呟きがもれる。雲一つない空に太陽が暖かく照っているが、庭の木はひんやりとして快適である。爽快な日であった。青蠅が窓ガラスに当たってぶんぶん音を立てている。突然、ゴロゴロと喉が鳴る大きな音がして、はっとした。とても恐ろしかった。病人の手足がぴくりと動いたと思うと、息絶えた。機械はついに力尽きた。青蠅が窓ガラスに当たっていつまでもぶんぶん音を立てていた。

112

葬儀に関しては、ジョザイア・グレイヴズがすべてうまく取り仕切ってくれた。費用を節約しながらも、体裁を整えてくれたのだ。そして式が終わると、フィリップと共に牧師館に戻った。遺言状を任されていて、これを早めのお茶の時間に、それなりにもったいつけてフィリップに読んで聞かせた。半枚ほどの用紙に書かれていて、内容は、全財産をフィリップに与える、というものだった。家具、銀行預金約八〇ポンド、A・B・C商会の二〇株、オールソップ酒造会社数株、オックスフォードのミュージック・

ホールの数株、さらにロンドンのあるレストランの数株など。株式はすべて伯父がグレイヴズに言われて購入したものばかりで、氏は得意気に言った。

「いいかね、人間って奴は、飲み、食い、媚薬を求める。大衆の愛するものに投資しておけば、常に安全なのだ」

氏の言葉は、氏がけなしつつも受け入れている大衆の低俗さと、エリートのよい趣味との間における微妙なバランス感覚をよく示していた。株をすべて合わせると、およそ五〇〇〇ポンドになり、これに銀行預金、家具の売り値を加えることになる。これはフィリップにとっては一財産だった。幸せというほどではないにしても、口では言い表わせぬほど安堵感を覚えた。

グレイヴズ氏は、家具の競売は早くしたほうがよいと言って、大体の打ち合わせを済ませると、帰って行った。一人になったフィリップは故人の書類を見ておこうとすわりこんだ。伯父は何一つ捨てないで取っておくのを得意がっていただけあって、五〇年におよぶ書簡が山積しており、きちんと付箋をつけた勘定書の束がいくつも重ねて置いてあった。手紙に関しては、自分宛のものだけでなく、自分が出したものまで取ってあった。もう紙が黄ばんでしまった一束の手紙があり、なんと伯父が一八四〇年代に父親に出したもので、当時オックスフォードの学生だった伯父は長い休暇を利用してドイツに旅行したのであった。フィリップは、さして興味もなかったが、ざっと目を通した。自分の知っている伯父とはまるで別人の観がある人の書いたものであったが、よく注意すれば、大人になってからの伯父と同じ部分も発見できる。手紙は格式ばったもので、堅苦しい感じだ。見る価値のあるほどのものはすべて見てやろうと意気ごんでいるようで、ライン川沿いの城のみごとさを熱をこめて語っている。シャッフハウゼンの滝を見物して、「このような美しく驚嘆すべきものを創造された全能の神に対し、敬意をこめて感謝致したく存じます」と述べ、さらに、「このような造物主の御業《みわざ》を毎日目にして暮らす人びとは、必ずや清らかで聖なる人生を送るべく導かれるに違いないと考えざるをえません」とも記している。勘定書に混じって、伯父が聖職者になってまもない頃に描かれたらしい小さな肖像画があった。ほっそりした青年副牧師で、長い髪が自然のウェーヴをなして額に垂れ下がり、夢見がちな黒い目は大きくて、顔は青白く禁欲的である。そう言えば、婦人たちに人気があって、手製のスリッパを何ダースも貰ったものだと、伯父がよく笑いながら話していたものだ。

午後遅くから夜中にかけて、無数にある手紙の整理に骨を折った。住所氏名を一瞥《いちべつ》し、二つにちぎり、そばのくず入れに放りこみ続けていたが、ヘレンと署名のある手紙がひょっこり現れた。筆蹟に見覚えはなかった。細い、角ばった古風な筆蹟である。「ウィリアム兄上様」で始まり、「愛をこめて、妹より」で終わっていた。眺めているうちに、フィリップ自身の母からのものだと急にさとった。母の書いた手紙など一通も見たことがないので、筆蹟が分からなくとも当然だった。手紙の中身は、フィリップのことだった。

ウィリアム兄上様

息子の誕生についてのお祝いと、わたくしへのご親切なご配慮ありがとうございます。おかげさまで坊やもわたくしも元気にしております。それにしても、神様のご加護には心から感謝しています。主人がお礼状を差し上げておりますが、その後順調でペンを持てるようになった今、わたくし自身からお兄様とルイザお姉様にお礼申し上げたいと思いました。今度のことを含めて、わたくしどもの結婚以来、お兄様方が示されたご親切に、何とお礼を申してよいか分からぬほどです。今日はまた、一つお願いがございます。新しく誕生した子供の名付け親になってくださいませんか。主人と共にぜひお願いします。簡単なお願いとは存じません。お兄様は、こういうことをいい加減になさる方ではありませんもの。でも、お兄様は子供の伯父様というだけでなく、牧師でいらっしゃいます。わたくしは子供の健康と幸福を願っており、善良で誠実なキリスト教徒になってくれるように、日夜、神に祈っています。お兄様を助言者に持てば、この子はキリスト教信仰の戦士となり、生涯神を恐れる謙虚で信心深い者として生きられましょう。それがわたくしの望みです。

愛をこめて、妹より

フィリップは手紙を押しやり、かがみこんで両手に顔をうずめた。深く感動し、同時に驚きもした。とくに、信仰の篤《あつ》さに驚いた。信心深いといっても、女々《めめ》しくもなければ、感傷的でもない。母についてフィリップの知っていたことと言えば、何しろもう二〇年近く前に亡くなっていたので、美人だったということぐらいだった。今、素直で信心深い人だったのを知り、不思議な気がした。母のそういう面について、考えたこともなかった。母が息子についてどう書いているか、何を期待しているか、もう一度読んでみた。ぼくは期待された者とほど遠い人間になったものだな。一瞬、今の自分がどういう人間かを考えた。これでは、母は死んでしまってよかったのかもしれない。急に衝動的に母の手紙を破った。やさしさと素朴さゆえに、公開されるべきでないもののように思われた。母のやさしい心を剝き出しにするような手紙を読んでしまったのは、何か好ましくないことをしたような気がした。そしてまた伯父の退屈な手紙の整理を再開した。

数日後ロンドンに出て、二年ぶりに昼間に聖ロカ病院の玄関に入って行った。医学校の事務長に会いに行った。相手はフィリップに会って驚き、これまでどうしていたのかと好奇の目で尋ねた。フィリップはここ数年さまざまな経験を積み、自分に自信がついたし、いろいろなことを違った観点から見られるようになっていた。事務長の質問に以前の彼ならさぞうろたえたことだろうが、今は平然としていた。個人的な事情で学業を中断せねばならなかったことなどを、くどくど尋ねられぬように、わざと曖昧に答えた。今はとにかくできるだけ速やかに資格を取りたい一心だった。最初に受験できるのは、産科学と婦人科学だと言われたので、婦人病の病棟の助手志願のリストに登録した。休暇中であったため、産科助手の職を得るのは容易であった。この仕事には、八月の最後の一週間と九月初めの二週間に就くという取り決めができた。事務室でこの手続きが済むと、彼は医学校の中を歩いた。夏の終わりの試験はすべて終わっていたので、ほとんど人影はなかった。川沿いのテラスをぶらついていると、去来する想念で胸がいっぱいになった。これで新生活に入れるのだ。過去のあらゆる過ち、愚劣な行為、屈辱的な体験は忘れてしまおう。流れゆく川は、あらゆるものは流れ去り、常に過ぎ去ってゆき、重大な事柄など何もないと教えている。多くの可能性を秘めた将来がこれから開けてゆくのだ。

こういう思いを胸にしてブラックステイブルに戻った。伯父の遺産の処理に没頭した。競売は八月の中頃に決まった。夏の休暇で訪問客が多く、比較的高値が付くのを期待できそうだった。本の目録も作り、ターカンベリ、メイドストン、アッシュフォードの古本屋に送った。

ある午後、フィリップは、ターカンベリに出かけて自分の小学校を見てこようという気になった。これからは独立して自分の好きなようにできると思い、ほっとして学校をやめて以来、一度も訪ねたことがなかった。長い年月にわたってよく知っていたターカンベリの狭い通りをぶらつくのは不思議な気分だった。前と同じ場所にあり、同じものを売っている古い店を見て歩いた。一方の窓に教科書や宗教書や最新の小説を、もう一方の窓に大聖堂とこの町の写真を置いた本屋。クリケットのバットや釣道具やテニスのラケットやフットボールを置いた運動具店。少年時代を通して作らせていた洋服屋。伯父がターカンベリに出てくる度に魚を買っていた魚屋など。薄汚い通りを進むと、高い壁の向こうに赤煉瓦の建物があり、これがキングズ・スクール付属の小学校だった。さらに進むとキングズ・スクールの校門があった。フィリップは、さまざまな建物に囲まれた中庭に立った。時刻は四時で、生徒たちが校舎から走り出て来た。ガウンに角帽の教師たちの姿もあったが、フィリップの知った顔はなかった。学校を出てから一〇年以上になり、変化があっても当然だった。校長の姿が目に入った。校舎から自宅へとゆっくりと歩いていて、六年生らしい大柄の少年と何か話している。昔と較べてそれほど変わっていない。背が高く、青ざめ、ロマンチックな感じ、すべてフィリップの覚えている通りだ。昔と同じ熱狂的な目付きをしているが、さすがに黒いあごひげには白いものが混じり、浅黒い血色の悪い顔には深いしわが刻まれている。一瞬、近寄って話しかけようという衝動にかられたが、自分のことなど忘れてしまっているかもしれず、その場合に、ぼくはこういう者ですと説明せねばならぬと思うと、面倒になった。

　生徒たちの中には、立ち話をしているのもいたが、やがて、急いで運動着に着換えに行っていた者が出て来て、ファイヴズ（ハンドボールのような球技）をやり出した。二、三人がかたまって校門を出て行った。クリケット場に行くにちがいないとフィリップには分かっていた。また、構内に戻ってネットに向かって球打ちの練習を始める者もいた。フィリップは生徒たちの中で、よそ者として立っていた。生徒の一人、二人が無雑作に彼に視線を投げかけた。しかし、ノルマン式の階段が観光名所となっているので、訪問者は珍しくもなく、あまり注意を引くこともない。フィリップのほうは生徒たちを関心を持って眺めていた。自分とこの生徒たちとの間の距離を思って気が重かった。彼らと同い年だった頃の自分は、いかに大きな夢を持っていたか、だが、そのほとんどが実現しなかったことを苦々しく思った。もう取り戻せぬ過去の歳月をすべて徒費してしまった気さえした。元気いっぱいの少年たちは、フィリップの昔の姿を思わせる。学校を出てからまだ一日も過ぎていないようにも思えるのだが、昔はここでは少なくとも名前だけはすべての人を知っていたのに、今は知り合いが誰一人いない。数年後には、この少年たちにしても他の者に取って代られてしまって、今のフィリップ同様、よそ者の気分でここに立つことになるのだ。しかし、そう考えたところで慰めにはならなかった。ただ、人間の存在のむなしさばかりが深く印象づけられるのみであった。どの世代も、前の世代と同様に、ただいたずらに繰り返すだけだ。あの頃の同級生たちは、今どうしているだろうか、とフィリップは考えた。今ではみんな三〇歳くらいにはなっていよう。もう死んだ者もいるだろうが、結婚して子供を持っている者もいるだろう。軍人、牧師、または医者になった者も、弁護士になった者もいよう。いずれも、もう若いとは言えぬ、落ち着いた人間になっているであろう。自分のように、人生を台無しにした者もいるだろうか。彼が昔大好きだった少年のことを思い出した。おかしなことに、その名を思い出せない。ただ、その子の様子は正確に覚えている――ともかく無二の親友だったから。ところが、名前だけは思い出せない。この子のために、ずいぶん嫉妬したことも思い出して、おかしくなった。名前をどうしても思い出せないのには苛立った。中庭でぶらぶらしている少年たちのように、あの頃に戻れたらどんなにいいだろう？　そうなれば同じ誤りを犯さぬように気をつけ、新しい気持で人生を踏み出して、今度は充実した人生を送れるかもしれない。急にやりきれぬ孤独感を覚えた。二年間の貧乏暮らしに多少の懐かしささえ感じた。ただ食べるためだけに必死になって働いていた頃は、生の苦しみなど感じる余裕がなかったからだ。聖書の「汝は額に汗して日々のパンを食べるべし」という教えは、人類への呪いではなく、人類に生を受け入れさせる慰めなのだ。

だが、フィリップは自分自身に対して苛立ちを覚えていた。人生絵模様説を思い起こした。彼の経験した不幸は、精巧で美しい模様の装飾の一部と考えればよいのだ。人生におけるあらゆるもの、苦痛も歓喜も、人生模様を豊かに彩るのに役立つのだから、嬉々として受け入れねばならないのだ。自分は意識的に美を追い求めていると思い、少年時代も、学校の構内から見たゴチック様式の大聖堂をしみじみと美しいと思ったのを思い出した。すぐ構内に入ると、雲に覆われた空の下で灰色に見える巨大な建造物が見え、中央の高い塔は人間の神への称賛を表わすように空に向かってそびえていた。だが、そこでは少年たちがネットに向かって球打ちの練習をしており、すばしっこく元気いっぱいに動いていた。その叫び声や笑い声はどうしても耳に入ってくる。青春の叫びは騒々し過ぎて、目の前の美しいものを表面的に目でなぞることしかできなかった。

113

八月最後の週の初めに、フィリップは貧民街で任務についた。相当過酷な仕事であった。何しろ日に平均三回の出産に立ち合わなくてはならなかったのだ。産婦はあらかじめ病院から券を割り当ててもらっておき、陣痛が始まると使いの者、たいていは少女が、券を門衛の所へ持参する。それを見て門衛は、少女に道路の向こうの、フィリップが寝泊りしている建物に行くように言う。夜間だと、鍵を持つ門衛自身がやって来て、フィリップを起こすことになる。そういう折には深夜に起き出して、テムズ川の南側の人影のない通りを歩いて行くわけだが、これが何だか奇妙な感じがするのだった。こういう時間だと、券を持って来るのはたいていは産婦の夫だった。何人か既に子供のいる場合は、妻の出産に何の関心も示さなかったが、新婚の場合は、夫は緊張し切っていて、何とか落ち着こうとして酔っ払ってしまうこともよくあった。家まで一マイルかもっと遠いこともよくあり、歩いている間、フィリップと使いの者は労働条件や生活費のことを話した。川の南側でどんな商売が行なわれているかを、フィリップはこうしていろいろ知ることになった。こうして接する人びとにフィリップは信頼感を与え、むさ苦しい部屋で長時間出産を待つ間、部屋の半分を占めている大きなベッドの産婦も、その母親も、助産婦もみな仲間のように彼と話した。この二年間の生活環境のせいで、彼は貧しい人びとの生活についてある程度の知識を得たが、そのことを知ると、女たちは面白がった。とくに、彼が女たちのちょっとした嘘を見破るのにはとても感心した。彼は親切で、物腰はおだやかで、決して怒ることがなかった。女たちと一緒に気軽にお茶を飲むことも喜ばれた。夜明けになっても、まだ生まれぬときなど、パンに肉汁をかけた軽食を勧められた。彼はあまり神経質にならず、出されたものはたいていおいしく食べられた。往診する家の中には、みすぼらしい通りから入った不潔な袋小路に重なり合うように立っている、陽光も入らず空気もよどんでいる、むさ苦しいだけの所もあった。その一方、床は虫に食われ、屋根は雨漏りがするというように荒れてはいるものの、意外に風格のある家もあった。みごとな彫刻のある樫《かし》の欄干や鏡板を使った壁もあるのだ。こういう家には、驚くほど大勢の人が住んでいる。各部屋に一家族がいて、昼間は外で遊ぶ子供たちの声がひっきりなしに聞こえる。古い壁はシラミやノミ、ナンキン虫などの巣窟《そうくつ》で、空気はよどんでいて、フィリップは胸が悪くなり、パイプに火をつけねばならぬことがよくあった。

ここの住人たちはその日暮らしで、赤ん坊を歓迎しない。赤ん坊の誕生を夫は不機嫌に腹立たしそうに迎えるし、母親は絶望をもって受け入れるのだ。既にいる子供さえ充分食べさせてやれぬのに、また口が増えるのは困るのだ。子供が死産であればいい、あるいは、すぐ死んでくれればいいと望んでいるのを、それとなく感じることがよくあった。双生児の場合もある。双生児は、面白がる人には笑いの種にもなるのだが、この地域では悲劇以外の何ものでもない。双生児だと知ったある産婦は、さめざめと泣き出し、産婦の母親は露骨に言う。

「一体どうやって食わせていくのかね」

「きっと神様がお慈悲で御許《みもと》に引き取ってくださるよ」助産婦が言った。

父親が二人並んで横たわっている双生児を眺める表情に、フィリップははっとした。ひどく腹立たしげなのだ。そこに集まっている家族全員の間に、望まれもせずこの世に出現した者へのあらわな怒りがあった。フィリップが警告しておかなければ、「事故」が起こりうる。「事故」はこの辺りでは日常茶飯事だった。母親が誤って赤ん坊に覆いかぶさって窒息死させることがあるのだ。食事の与え方の誤りも、必ずしも不注意のせいではなかった。

「毎日来ますからね。この子たちに何かあったりしたら、検死があるんですよ、いいですね」フィリップは言った。

父親は返事をしなかったが、フィリップをすごい剣幕でにらみつけた。心の奥にはもう殺意が芽生えていたのだ。

「ああ可哀想に。この子たちどうなるんだろうね」祖母が言った。

病院が助手たちに一〇日間の休養を産婦に与えるように指示するのだが、それは不可能だった。一〇日間は最低限と言われているのだが、とうてい無理だった。家族の面倒はどうするか、無料で子供たちの世話をしてくれる人はいないし、夫からも、空腹で疲れて仕事から帰ってもお茶の支度もしていないというのでは文句が出る。貧しい者は相互に助け合うものだとフィリップは聞いていたが、実状は違っていた。掃除をしたり子供の食事の世話をしてくれる知人はいない。金を出せばするだろうが、そんな金はないという苦情を、幾度となく聞かされた。女たちの言い分や、ふと洩《も》らした言葉から、貧民層と上の階級との間には、ほとんど共通点などないことにフィリップは気付いた。貧しい者は生活が違い過ぎるので、中産階級の者を羨むことはない。連中には気楽な生活が理想で、中産階級の暮らしは堅苦し過ぎるのである。それに、中産階級の者はひ弱で、肉体労働ができないというので、少し軽蔑していたのだ。貧民階級にも誇り高い者もいて、援助を受けるのを嫌っていた。しかし大多数は、富裕階級を利用すべきものとみなしている。慈善家が役立つものを持って来れば、受け取るにはどういう言葉を遣えばよいか、よく心得ていた。与えられる利益を当然の権利として受け取った。それを上の階級の愚かさと自分らの機智とによって獲得したと考えたのである。副牧師がこの地域に訪ねて来ると、軽蔑しつつも無関心な態度を取ったが、地域担当の慈善団体の上流婦人が訪ねて来ると、露骨な嫌悪感を示した。

「ああいう金持の女はね、「失礼します」とも、「ごめんなさい」とも言わずに、ずかずかと人の家に入って来るんだよ！　いいかい、あたしなんぞ、気管支炎を患っているんだ。断わりもしないで窓なんか開けてさ、こっちに風邪をひかせて死ねっていうつもりかね。部屋の隅なんか調べて、汚いなんて言わなくても、顔を見れば、どう思ったかくらいちゃんと分かるさ。あの人たちには召使いがいるんだろ！　子供が四人もいて、食事の支度、服の繕《つくろ》いから洗濯まで一人でやらなけりゃならないとしたら、部屋が汚れたって当たり前じゃないかね！　まったく」

フィリップは、こういう地域の人びとにとっての最大の悲劇は、別離でも死でもなく——そういうものは涙で我慢できる——職を失うことだと知った。妻の出産の三日後に、ある男が午後帰宅して、解雇されたと妻に告げる場面に居合わせたことがあった。建築関係の仕事をしていたが、不景気だったのだ。夫はくびになったと言って、お茶の席に着いた。

「まあ、ジム」妻は言った。

男は自分のために用意してあった鍋の中のものを、虚《うつ》ろな様子で食べ始めた。皿をじっと見つめるだけだった。妻は二、三度夫を驚いたような目で見て、しくしく泣き出した。夫は風雨にさらされた顔の、無骨《ぶこつ》な小男で、額に長い白い傷があった。やがて、どうしても食う気になれぬというように皿を押しやり、窓の外を放心したように眺めていた。部屋は最上階の裏手にあり、窓からはどんよりした空しか見えない。絶望に満ちた沈黙は重苦しかった。フィリップは、慰めの言葉もなく、その場を離れるしかなかった。徹夜して働いたので、疲れ果てて引きあげながら、心は世の非情に対する激しい憤りでいっぱいになった。職探しのむなしさも、空腹以上に耐えがたいわびしさも、フィリップはよく知っていた。神の存在を信じなくて済むのがありがたかった。というのは、神が存在するのならこういう非情は耐えがたいものとなる。人生が無意味というのなら、どうにか苛酷な人生も甘受できるのだ。

貧民階級を救おうと時間を費やしている者は過ちを犯しているとフィリップは思った。彼らは自分なら耐えられぬ事態を改善しようとしているが、実際には、貧民自身はもう慣れっこになっていて、改善の必要など少しも感じていない。例えば、貧民は大きな風通しのいい部屋など望まない。彼らは栄養価が低い食事をしているし、血行もよくないので、寒さが苦手なのだ。広ければ寒さを感じるが、石炭は極力節約したいのだ。さらに、何人もが一部屋に寝るのを、嫌うどころか望ましいと思っている。連中は、生まれてから死ぬまで、一分たりとも一人きりになったことはなく、孤独だと気が滅入るのだ。みんなで一緒に暮らすのが好きで、常に周囲に騒音があろうと、彼らはまったく気にかけない。風呂も同様で、始終入る必要などまったく感じない。入院する際に無理やり入浴させられると言ってひどく立腹する連中の話を、フィリップはよく聞かされた。入浴しろと言われるのは、彼らには屈辱的で不愉快なことなのだ。要するに、放っておいてくれ、というのである。職さえあれば人生はすべて安泰で、適当に楽しめるのだ。好きなだけ人の噂話ができるし、仕事の後で一杯のビールも飲めるし、通りには面白いものがたくさんあるのだ。読みたければ『レノルズ』紙や『世界ニュース』がある。読書についていて、ある女が言った。「でもね、今じゃ時間がないのよ。あたしは若い頃は大の本好きなんて言われていたのよ。でも、あれやこれやで、今じゃ新聞を読む時間だってないからね」

助手は産婦を、出産後三回往診することになっていた。ある日曜日の昼時にフィリップが訪ねると、産婦は今日から床を離れたと言った。

「もうこれ以上寝てろと言われても無理よ。本当にさ。大体あたしは怠けるのは嫌い。

ベッドにいて一日じゅう何もしないなんて、気分が悪いよ。だもんで、うちの人に言ったのよ、あたしもう起きて、あなたにお昼を作ってあげるってさ」

彼女の夫は、もうナイフとフォークをにぎってテーブルに着いていた。率直そうな顔をしていて、目の青い青年だった。収入がいいようで、ここの基準では裕福と言ってもよかった。まだ結婚して数カ月で、ベッドの端に置かれたゆりかごにいるバラ色の頬の赤ん坊が生まれたのを喜んでいる。部屋にはビフテキのうまそうな匂いが充満しているので、フィリップはレンジのほうを見た。

「ちょうど食事を出すところなんですよ」女が言った。

「どうぞ始めていいですよ。ぼくはお宅の跡取り息子の様子を見て、すぐ引きあげるから」

フィリップの言い方が面白いといって若夫婦は笑った。夫は立ち上がってフィリップと共にゆりかごに近寄った。赤ん坊を誇らしげに見た。

「この子には何の問題もない。そう思うでしょう?」フィリップが言った。

フィリップは帽子を手にした。その頃には、妻はビフテキを出し、さらにグリンピースを盛った皿を食卓に置いていた。

「今日はごちそうですね」にっこりしてフィリップが言った。

「この人は日曜日しか家でお昼を食べられないんですよ。だから、おいしいものを出して、外にいるとき、いつも家が恋しくなるようにするんですよ」

「ねえ、先生、いかがですか、ご一緒に食事して行きませんか？　私たちなんかとじゃいやですか？」夫が言った。

「まあ、あなたったら」妻は驚いた様子だった。

「お誘いとあれば喜んで頂きますよ」フィリップは愛想よく微笑を浮かべて言った。

「そういうのをいい感じって言うんでしょうね。ポリー、この先生ならいやがらないって分かってたんだ。さあ、もう一枚皿を出して」

ポリーはあわてた。夫を少し変わっていると思っていた。何かすぐおかしなことを思いつくんだから。とは思ったが皿を出し、エプロンでさっと拭った。それから、彼女の晴着のしまってある引き出しから、客用の新しいナイフ、フォークを取り出した。食卓に黒ビールが置いてあり、男はフィリップのために一杯注《つ》いだ。ビフテキは客に大きいのを渡そうとしたが、フィリップは平等に分けてくれと頑張った。床までの大きさの窓が二つある、日当たりのよい部屋だった。ここは昔は、上流とはいかなくとも、少なくとも中流の家の居間だったのであろう。五〇年前に裕福な商人か、退役軍人が住んでいたのだろう。夫は結婚前はフットボールの選手だったので、いろいろなチームの写真が壁に貼ってある。選手たちは、中央の誇らしげにカップを持ってすわっている主将を囲み、頭をきれいになでつけ、照れた様子で立っている。他にも裕福さのしるしがあった。晴着を着た夫と妻それぞれの家族の写真があるし、暖炉の上の小さな岩石に貝殻を格好よく貼りつけた置物や、その両側にある、埠頭と遊歩道の絵にゴチック文字で「サウスエンド土産」と刻んであるジョッキなどが目を引いた。夫は非組合員で、組合が自分を無理に加入させようとするのに腹を立てているようだった。組合なんて、おれには要らない。おれは職に困ったことなどないのだ。肩の上にまともな頭を持ち、仕事の選り好みをしない者は、いつでも立派に給料が貰えるんだ、と言う。ポリーはというと臆病だった。あたしが夫なら、すぐ組合に入るわ。この前のストライキのとき、この人がみんなに殴られて、救急車で帰って来るんじゃないかしらって、とっても心配したのよ、と言う。

「ねえ、先生、この人とっても頑固なんです。とても手に負えないわ」

「ここは自由な国なんだ。人にあれこれ指図されるなんて、おれはごめんだぞ」夫が反論した。

「自由な国だなんて言ったってだめよ。そう言い張ったからって、組合の人たちに頭を殴られるのを防いじゃくれないわ。機会があればやられちゃう」

食事が終わると、フィリップは自分のたばこ入れを夫に渡し、二人でパイプをくゆらせた。それから、フィリップは席を立ち、別の往診に出かけなくてはならないかもしれないと言って、別れを告げた。一緒に食事したことがこの夫婦を喜ばせたのはよく分かった。一方、フィリップがすっかり楽しんだのも、夫婦には分かった。

「では、さようなら、先生。また子供が出来ちゃったら、こういう先生に診てもらいたいなあ」

「馬鹿なこと言わないで。この次まただなんて、何言ってんのよ！」妻が言った。

114

助手としての実習の三週間は終わりに近づいた。フィリップは全部で六二人の患者の世話をしたので、疲れ果てていた。最後の日、夜一〇時頃に帰って来たときには、今夜はもう呼び出されませんようにと心から祈った。この一〇日間というもの、一晩でも邪魔が入らずに通して寝られたことがない。今診て来た患者もひどかった。大柄のがさつな男が酔っ払った状態で券を持って来た。この男に同行して行った部屋は、すえた臭《にお》いのする袋小路にあったが、そこはこれまで見た中でも一番不潔だった。小さな屋根裏部屋で、部屋の大部分は、汚れた赤いカーテンの覆いのついた木製のベッドが占めていた。天井は手を伸ばせば指先で触れられるほど低かった。明かりはキャンドル一本で、フィリップはキャンドルを持ち、それで辺りを這っているナンキン虫を焼き殺しながらベッドに近づいた。産婦は中年のだらしない女で、何度も死産していた。フィリップにとって珍しい話ではなかった。つまり、夫がインド派遣の兵隊で、現地で性病に罹って帰国したのだ。イギリス社会の偽善性ゆえにインドに不合理な法律を押しつけた結果で、結局ひどい目にあうのは罪もない者ということになる。

フィリップは戻ってまもなく、あくびをしながら服を脱ぎ、風呂に入った。脱いだ服を湯の上で振ってみると、虫どもが体をくねらせながら落ちていった。ベッドに入ろうとしたとき、ドアにノックがあり、門衛が券を持って来た。

「やれやれ、今夜はきみの顔だけは見たくなかったのになあ。券は誰が持って来たんだい?」

「さしずめどこかの亭主だと思いますよ、先生。待てと言いましょうか?」

フィリップが住所を見ると、よく知っている地域なので、門衛に案内がなくても行けると言った。服を着て、五分間ぐらいで黒鞄を手にして通りに出た。すると、暗くてよく見えなかったのだが、男が一人出て来て、自分は産婦の夫だと名乗った。

「先生、待っていたほうがいいと思ったんですよ。何しろかなり物騒な所ですし、あそこの連中は、先生が誰なのか分かっちゃいないんで」

フィリップは笑った。

「それはどうも。でも医者なら大丈夫なんだ。もっと物騒な所にも行ってるよ」

これは本当だった。医者の黒鞄は、警官でも恐れて一人では決して入って行かない裏通りや、いやな臭いの袋小路などでも、通行証となったのだ。集まっている人相の悪い男どもが、通って行くフィリップをじろじろ見ることもあった。小声で何やらささやいているのを耳にしたが、中の一人が、「あ、病院の医者だぞ」と言うのが聞こえた。これでけりがついた。

中には、通り過ぎる彼に向かって、「こんばんは、先生」と挨拶する者も何人かいた。

「実は、少し急いで欲しいんですが。すいませんが、一刻の猶予も許されないなんて言われたので」同行している男が言った。

「それなら、どうしてそんなになるまで放っておいたのだ?」足を速めて言った。

街灯のそばを通ったとき、フィリップは連れの男を眺めた。

「きみはとっても若く見えるね」

「一八になったばかりです、先生」

色が白く、顔にはひげがまったく生えていない。まるでまだ少年という感じで、背が低く、ずんぐりしている。

「結婚するにはまだ若いね」

「やむをえぬ事情があって……」

「いくら稼いでいるの？」

「週一六シリングです」

これでは妻子を養うには不十分だ。この夫婦の住む部屋は、極貧状況を物語っていた。広さは普通なのだが、家具と言えるものが何一つないので、だだっ広く見えた。床に敷物はないし、壁には絵もない。こういう地域でも、普通なら、絵入り新聞のクリスマス号から切り取った写真とか付録を安い額に入れて飾ってあるものだ。産婦は一番安い種類の小さい鉄製のベッドに横になっていた。あまりの若さにフィリップは驚いた。

「これは驚いた、この娘《こ》は一六にもなってないぞ」フィリップは折しも着いたばかりの助産婦に言った。

券には一八歳と記されていたが、非常に若い場合には、よく一、二歳ごまかすことがある。それに彼女は非常に美しかった。この辺りでは、ひどい食事、汚れた空気、不健康な仕事などによって体が損なわれているため、美人は非常に稀だった。上品な顔立ちで、大きな青い目をしており、豊かな黒髪を物売り娘のよくするような手のこんだ髪型に結っている。彼女も夫もひどく落ち着かない様子だった。

「必要なら呼ぶから、それまでは外にいたまえ」フィリップは夫に命じた。

この夫をよく見て分かったが、まだ少年みたいな感じであり、自分の子供の誕生を不安そうに待っているよりも、通りで仲間の少年たちとふざけ合っているほうがよっぽど似合いそうだ。時間が経過し、ようやく午前二時近くになって赤ん坊が生まれた。すべては順調のようだった。夫を呼び入れた。妻にキスするぎこちない照れたような態度にフィリップは心を打たれた。引きあげようと鞄に道具を入れ、念のためもう一度産婦の脈を取った。

「おや！」と叫んでしまった。

産婦の様子をあわてて見た。何か異常があるらしい。緊急事態の生じた場合は、産科主任医師に連絡してすぐ来てもらうことになっている。正式な免許のある医師でこの地区担当が決まっているのだ。フィリップはノートに走り書きし、夫に渡して、急いで病院に届けるように言った。産婦は重態だから、うんと急ぐようにと言った。夫はすぐ出かけ、フィリップは気をもみながら待った。彼女が出血で瀕死の状態なのは分かっていた。主任医師の着く前に死んでしまうのではないかと心配だった。必要最低限の処置はした。主任医師が別の場所に呼び出されていないようにと切に祈った。まだかまだかと待つうちに、ようやく主任医師がやって来た。すぐに患者を診察し、低い声でフィリップにあれこれ尋ねた。主任医師がきわめて重態だと思っているのは、表情で分かった。彼はチャンドラーといった。口数の少ない長身の人で、鼻が長く、年齢の割りにしわの多いやせ顔だった。主任医師は頭を横に振った。

「これはどうも最初から無理だったたな。亭主はどこ?」

「階段の所に待たせてあります」

「連れて来たほうがいい」

フィリップがドアを開き、若い夫を呼んだ。明かりのない所で、次の階に行く踊り場にすわっていた。夫はベッドに近寄って来た。

「どこが悪いんですか?」

「いや、内出血があってね、これを止められないのだ」主任医師は少しためらった。とても言いにくいので、かえってぶっきらぼうに言ってしまった。「もう手遅れだ」

夫は何も言わず、じっと妻を見つめながら、動かない。妻はもう意識がなく、青ざめてベッドに横たわっていた。口を開いたのは助産婦だった。

「先生たちは、やれるだけのことはやってくださったんだよ。わたしは、こうなるって端《はな》から分かってたんだ」

「うるさい」主任医師が言った。

窓にはカーテンがなく、空が次第に明るくなってきているのが分かった。まだ夜明けにはならないが、間近だった。チャンドラーは手を尽くして患者を生かしておいたけれど、命が刻々と失われて行くのは明らかで、遂に突然息絶えた。夫である少年は安い鉄製のベッドの端に、手すりを両手でにぎって立っていた。何も言わない。青ざめているので、チャンドラーは気絶するのではないかと心配して、少年をちらちらと見た。少年の唇は血の気がなく、助産婦がすすり泣いているのにも気が付きもしない。亡き妻を見つめる目は虚ろだった。自分では何も悪いことをしたつもりはないのに、鞭で殴られた犬を思わせた。チャンドラーとフィリップがそれぞれの道具を鞄にしまってから、チャンドラーが少年に言った。

「少し休んだほうがいいよ。すっかり参っているようだな」

「それがその、おれ、寝る所がないんです、先生」彼の声にはとても哀れなほどおどおどしたところがあった。

「この家に知り合いかなんかいないのかね？　ちょっと休ませてもらえるような？」

「いないんです」

「この夫婦は先週引っ越して来たばかりなんですよ。まだ知り合いはいないでしょう」助産婦が言った。

チャンドラーは気まずそうに少しためらっていたが、それから若い夫の所に行き、言った。

「こんなことになってしまい、本当に気の毒だと思う」

握手のために手を差し出した。少年は自分の手がきれいかどうかを本能的に確かめてから、手をにぎった。

「ありがとうございます、先生」

フィリップもこの少年と握手した。チャンドラーは助産婦に、朝になってからでいいから、死亡診断書を取りに来るよう指示した。二人は外に出てから、しばらく何も言わずに歩いた。

「こういうのは、初めてだと神経にこたえるだろう?」チャンドラーが言った。

「はい、少し」フィリップが答えた。

「よかったら門衛に言っておこうか? 今夜はきみの所にもう券を持って行くなって?」

「今朝の八時で当番は終わるんです」

「何人の患者を診たことになる？」

「今度のを入れて六三人です」

「よし。それじゃあ免許は貰えるな」

二人は病院に着いた。チャンドラーはすぐに、用事がないかどうかを見に行った。フィリップは歩き続けた。昨日は一日中とても暖かかったので、早朝の今でもまだ少し暖かさが残っていた。通りはとても静かだった。早く床に就きたいとは思わなかった。これでもう仕事は済んだので、急ぐ必要はないのだ。うららかな大気と静けさが快く、どんどん歩いた。橋まで行って、テムズ川の夜明けを眺めることにした。町角に警官がいて、彼に挨拶した。

「先生、昨夜は遅かったようですね」

フィリップはうなずいて通り過ぎた。欄干にもたれて、夜が明ける方向を眺めた。この時間のロンドンは、まるで死者の町だった。空には雲がなかったが、夜明けが近いので星は薄くしか見えない。川には明るい靄《もや》が立ちこめ、北側の大きな建物は魔法の島の宮殿のようだ。中流にひとかたまりになって平底船が係留されていた。辺り一面、この世のものとは思えないようなスミレ色をしていて、何となく落ち着かぬ気分になり、畏敬の念すら覚える。しかし、突然すべては冷やかな灰色に変わってしまう。次の瞬間、日が昇り、黄金色の光線が空を横切り、空全体が虹色に変わる。フィリップの頭には、あの亡くなった少女の蒼白の美しい顔と、傷ついた動物のように少女のベッドの端に立ちつくしていた少年の姿が、焼きついて離れなかった。家具一つない粗末な部屋での悲劇で、哀れさもひとしおであった。愚かしい偶然によって、まさにこれから本当の人生が始まろうとした時点で、少女の生が絶たれてしまったのは残酷である。しかし、残酷と言った瞬間に、生き続けた場合の少女の運命が頭に浮かんだ。子供を何人も産み、貧困と苛酷な戦いを続けるうちに、若さも奪われ、だらしのない中年女に変貌する。愛らしい顔はやつれて血色を失い、髪は抜け、きれいな手は労働で荒れ、遂に年老いた動物のかぎ爪のようになってしまう。夫のほうも、いずれ盛りを過ぎて、仕事も少なくなり、貰えても僅かな給料となり、最後には悲惨な貧窮を避けえない。妻がどんなに働き、節約し、努力を重ねたところで、何の救いにもならない。最後には、救貧院行きか、子供たちに頼って何とか食べていくのが精いっぱいであろう。未来の人生に何も期待できるものがないのであれば、今死んだからといって、哀れむ必要はないのではないか。

結局、こういう連中を憐れむのは意味がないということになる。彼らが求めているのも、憐憫ではないのだ。彼ら自身、みずからを憐れんでなどいない。そういう運命を甘受している。それが人生なのだ、と考えている。さもなければ、一体どうなることか！

さもなければ、彼らは大挙してテムズ川を渡り、立派な建物が堂々と立ち並んでいる地域に群がり、略奪し、放火するだろう。だが、今や夜はやさしく、青白く明け、霧がうっすらと立ちこめ、やわらかい光の中に万物を包みこんでいる。テムズ川は灰色でもあり、バラ色でもあり、緑色でもある。灰色は真珠の内側のような灰色であり、緑色は黄色いバラの花の芯《しん》のような緑色である。南岸のサリー・サイドの倉庫や埠頭は雑然と、しかし美しくかたまっている。夜明けの光景はえもいわれぬ微妙な美しさを呈しているので、フィリップの心は高鳴った。この世の美しさに圧倒される思いだった。それに較べれば、他のことなど何一つとして問題ではないような気がした。

115

冬学期開始までに数週間あり、フィリップはこの期間、外来患者部に勤めた。一〇月になって正規の学業に戻れた。長期間病院を離れていたため、周囲の学生たちの中に知り合いはほとんどいなかった。年度の違う者の間には交流がない。フィリップと同期の者はほぼ全員がもう資格を取っていて、地方の病院や診療所に職を得た者もいるし、聖ロカ病院に残って働いている者もいた。二年間休んだせいで、かえって学問に対して新鮮な気分が持てて、精力的に勉学にいそしめた。

アセルニー家の人びとは、彼の命運の変化を喜んでくれた。伯父の財産を処分して得た金の中から少額を取っておいて、家族全員にプレゼントした。サリーには、伯母のものであった金のネックレスを進呈した。サリーもすっかり成人して、ある婦人服専門店の見習いになり、毎朝八時にリージェント街の店に出て一日じゅう働いていた。サリーは物おじせぬ青い目で、額は広く、つややかな髪は豊かだ。腰も胸もふくよかである。娘の外見についてあれこれ言うのが好きな父親は、太らぬように気をつけるんだよ、といつも注意していた。ぴちぴちして、動物のようで、女らしく、魅力があった。サリーに好意を寄せる青年たちは多数いたのだが、彼女のほうはその誰にもあまり関心を持っていない。男女交際などナンセンスだと思っているような感じなのだ。それで、青年たちが彼女のことを近寄りがたい存在だと思ったのも無理はなかった。サリーは年の割に大人びて見えた。いつも母親の家事を手伝ったり、弟や妹の世話にも慣れていたから、自分が指図して物事を運ぶ癖がついていた。母親はよく、サリーは何でも自分流にやりたがると言っていた。口数は少ないが、年とともにおだやかなユーモア感覚を身につけるようになり、何食わぬ顔をしていても、心の中では他の人たちのことをおかしそうに笑っているのではないかと時どき思わせるような物言いをした。フィリップはアセルニー家の他の者たちとは打ち解けられたのだが、サリーとはいつまで経ってもよそよそしさが残り、時には、その点で少し腹立たしく思うことさえあった。どうも彼女には、謎めいた部分があるようだ。

フィリップが一家へのプレゼントとして、彼女にネックレスを贈ったとき、父親はお礼にフィリップにキスをしなさいと言ったが、娘は赤くなって一歩さがってしまった。

「いやよ、そんなこと」

「恩知らずだなあ！　どうしていやなんだ？」アセルニーが言った。

「男の人にキスされるの好きじゃないのよ」

彼女が照れくさがっているのを見て、フィリップは面白く思い、アセルニーの注意を他のことにそらさせた。どんな話題にでもすぐとびつく質《たち》なので、それは容易だった。しかし、ミセス・アセルニーが後でその出来事を話題にしたらしかった。というのは、次にフィリップが一家を訪ねたとき、サリーと数分間二人だけになる機会があり、彼女のほうからこんなことを言い出したのだ。

「先週あなたにキスしなかったからって別に不快だって思わないでしょう？」

「うん、ちっとも」笑いながらフィリップが答えた。

「感謝しなかったわけじゃないのよ」それから、少し赤面しながら、あらかじめ用意しておいた型にはまったお礼の言葉を口にした。「頂いたネックレス、ずっと大事にします。どうもありがとうございました」

サリーと話すのはなかなか難しいな、とフィリップはいつも思った。彼女は何事もうまくこなしたのだが、会話の必要性は感じていないようであった。といって、人と交わるのが嫌いというのでもない。ある日曜日の午後、たまたまアセルニー夫妻が二人で出かけていたとき、フィリップはもう家族同様なので、居間で一人で読書していると、サリーがやって来て、窓のそばで縫物を始めた。女の子の服はすべて家で作っていたから、サリーも日曜日だからといって、のんびり遊んではいられなかったのだ。ぼくに話すことがあるのだなと思って、フィリップは読書の手を休めた。

「どうぞそのまま読んでいて。お一人なので、ここに来て、ご一緒しようと思っただけだから」

「きみって、本当に口数の少ない人だねえ」

「この家じゃ、さらにもう一人おしゃべりは要らないわ」

そういうサリーの口調に嫌味はなかった。ただ事実を述べている、という感じだった。それでも、彼女が子供時代に憧れていた父親を、今ではとくに尊敬していないのは明白だった。例えば、父親の人を笑わせる社交性と、収入が少ないため一家が常に直面している経済的苦境を合わせて考えたり、父親の雄弁と母の実際的な常識とを比較したりしているらしい。父親の快活さを面白がってはいたものの、それに苛立つことも時にはあるのかもしれなかった。縫物に身をかがめている彼女の姿を、フィリップは観察した。健康で、頑丈で、まともだ。彼女の勤めている店の他の女の子たちは、胸が平らで貧血気味の顔をしているだろうから、その中でサリーはずいぶん際立って見えるだろうな。そういえば、ミルドレッドも貧血気味だった。

しばらくすると、サリーに求婚者が現れた。店で出来た友人たちと時どき外出したが、そういう折に、よい職場で働いている電気技師の青年と知り合ったのである。青年は結婚相手として申し分なかった。ある日、娘は母親にその青年に求婚されたと話した。

「で、何と答えたの?」

「今のところ結婚しようとは思っていないと言ったの」それから、彼女の話すときの癖で、ちょっと間を置き、「彼とても熱心だから、日曜日のお茶のとき、うちに来てもいいって言っておいたわ」

アセルニーはこれを聞いてすっかり喜んだ。父親としていいところを見せてやろうというので、青年に対して娘の厳しい父親の役をどう演じるべきかを午後の間ずっと練習するアセルニーの様子に、子供たちは思わず吹き出してしまった。青年の到着する時間の直前になって、急にエジプト帽を取り出して来て、かぶると言って聞かなかった。

「馬鹿なことやめなさいよ、あなた」ミセス・アセルニーが言った。彼女は晴着を着ていた。黒ビロードの服であったが、年々肉がついてきた彼女には、かなり窮屈になっていた。「そんなことしたら、サリーのせっかくのチャンスを台無しにしてしまうわ」

妻は帽子を脱がせようとしたけれど、夫はそれをかわして逃げてしまった。

「手を出しなさんな！　絶対に脱がんよ。その青年が仲間入りしようとしているのが、平凡な一家じゃないということを早めに教えてやらんとな」

「母さん、放っておくしかないわ」サリーが落ち着いた、少し冷淡な口調で言った。「もしドナルドソンさんが父さんの期待通りに受け取らなければ引きあげてゆくでしょう。あたしとしては、追い払えればちょうどいいわ」

こんな目にあわされるなど、無邪気な電気技師にとってはなかなか厳しい試練だな、とフィリップは思わざるをえなかった。何しろ、アセルニーは茶色のビロードの上衣、大きい黒タイ、赤いエジプト帽といういでたちなのだから、それだけでも仰天したに違いない。訪ねて来たとき、主人にはスペイン貴族のばか丁寧な礼節で迎えられ、女主人には平凡きわまる自然な挨拶をされたのだから、戸惑うしかない。一同は古いアイロン用テーブルを囲み、高い背もたれの僧院風の椅子にすわった。ミセス・アセルニーはつやのある陶器のティー・ポットから茶を注《つ》いだが、この容器のおかげで今日のパーティにイギリスの田園風の雰囲気がかもし出された。彼女は自家製の小さなケーキとジャムをテーブルに並べた。農家風のお茶という感じで、一七世紀風の家とちぐはぐで、それなりに魅力的だとフィリップは思った。アセルニーは例によって奇想天外な理由から、ビザンチン史について長広舌をふるおうと思い立ったらしい。たまたまギボンの『ローマ帝国衰亡史』の終わりのほうの何巻かを読んでいるところだったので、芝居がかった態度で人差指を伸ばして、テオドラとイレーネというビザンチンの二人の好色な王妃についての醜聞を、途方に暮れている青年の耳にそそぎこんだのであった。いつもの大言壮語で客に面と向かってまくし立てるものだから、何も言えずに、ただ恥ずかしそうにしている青年は、興味深く拝聴しております、というように時折うなずくばかりだった。ミセス・アセルニーのほうは、夫の会話にまったく注意を払わず、時どき話をさえぎっては、ケーキとジャムを勧めたり、お茶を注いでやったりしていた。フィリップはサリーの様子を眺めていた。下を向いて、何も言わず落ち着き払い、耳を傾けてすわっているだけだった。長い睫毛《まつげ》が頬に愛らしい影を落としている。この場の様子を面白がっているのかどうか、青年を愛しているのかどうか、まったく分からない。本心をつかみにくい娘だ。しかし確かなことがあった。青年は色白で、ひげはなく、感じのよい整った目鼻立ちをしている。率直そうな顔だ。背が高く、がっちりしている。サリーにとって申し分ない夫になると思わざるをえない。この青年とサリーがいずれ幸福な夫婦になると思うと、羨望の痛みを感じずにはいられなかった。

しばらくすると、客はもうおいとましなくては、と言った。サリーが何も言わずに立ち上がり、ドアまで見送った。娘が戻って来ると、アセルニーは待ってましたと言わんばかりに、一気にまくしたてた。

「サリー、とてもいい青年じゃないか。喜んで家族に迎え入れようと思うよ。教会で結婚予告を出してもらって、父さんは婚礼祝いの歌を作るよ」

サリーはお茶の道具を片付け始めた。父親に返事をしない。突然フィリップに素早い視線を投げかけた。

「フィリップさんのご感想は?」

他の子供たちのように、フィル小父さんという呼び方を彼女だけはしていなかったし、両親のようにフィリップと呼ぶこともなかったのだ。

「あの青年となら、似合いの夫婦になるんじゃないかな」

彼女はもう一度フィリップに視線を投げかけ、それから少し赤くなりながら仕事を続けた。

「母さんはね、とてもいい人だし、物言いもしっかりしていると思ったよ」ミセス・アセルニーが言った。「どんな娘でも、あの人とならば幸せになれると思うわ」

サリーは一、二分返事をせず、フィリップは興味津々で彼女を眺めた。母親の言葉を噛みしめているのかもしれないし、あるいはあの青年を理想の夫と考えているのかもしれない。

「サリーったら、人に尋ねられたら、ちゃんと返事をしなさい」少しいらいらした口調で母親が言った。

「あの人、馬鹿だと思ったわ」

「じゃあ、断わる気なのかい？」

「ええ、そうよ」

「一体他に何を望むのよ？」明らかに気を悪くした母親が言った。「まともな青年だし、恵まれた生活を送らせてくれるのは間違いないよ。家にはおまえがいなくなっても、まだ食べさせてやらなくてはいけない子がたくさんいるんですからね。こんないいチャンスに恵まれたのに、断わるなんて悪いことだよ。それに、あの青年と家庭を持てば、大変な仕事をしてくれる手伝いの女の子を雇うことだってできるんじゃないかしら」

生活の苦しさについて、ミセス・アセルニーがこのように直接語るのを聞いたのは、これが初めてだった。子供たちすべてが、ちゃんと食べてゆけるというのが、この母にとってどんなに大切なのかがよく分かった。

「母さん、怒ったって無駄よ。あたし、あの人とは結婚する気はないの」サリーは落ち着いた口調で言った。

「何て頑なで、身勝手で、意地悪な子なのかしら」

「自分で食べていけるだけのものは稼げというのなら、いつだって家を出て働くわよ」

「馬鹿なこと言うもんじゃありません。父さんが反対するに決まっているじゃないの」

フィリップはサリーの視線をとらえた。ほんの少しからかっているように感じられた。母親との会話のどこが面白いのだろうか。やはり、ちょっと変わった娘だ。

116

聖ロカ病院での最後の一年間、フィリップは猛勉強しなければならなかった。でも生活に不満はなかった。気持の面で束縛感もなく、経済面でも必要なものは何でも買えるのは嬉しかった。金銭をさも軽蔑したように語る者がいるのは知っていたが、そういう連中が果して経済的苦境を経験したことがあるのかどうか、怪しい。金が不足すると人はけちになり、心も卑しくなり、貪欲になる。性格が歪み、世の中を次元の低い観点から眺めるようになる。一ペニー単位で安いかどうかなど考えていると、金銭というものが不当に重要に思われてくる。金銭が人間にとってどれほど重要であるか、冷静に客観的に判断する能力を失うのは危険だ。

フィリップは、アセルニー一家以外にはあまり交友もない生活を送っていたが、寂しいということはなかった。未来の計画に没頭していたからだ。時には過去を振り返ることもあった。過去に交友のあった友人たちを時どき思い出したが、再会のための連絡をするような努力はまったく払わなかった。ノラ・ネスビットのその後をできれば知りたかった。今は姓が変わっているだろうが、結婚相手の男の姓は思い出せない。ノラと親しくしたのは今でも楽しい思い出だ。善良で勇気のある女だった。他の友人では、ある夜の一一時半頃、ピカデリー通りを歩いているローソンを見かけた。燕尾服を着ていて、どこかの劇場からの帰りらしかった。フィリップは、急に会うのは避けたい気分になり、わき道にそれてしまった。もう二年も会っていない。今さら途絶えていた友情を復活させようとしても無理だ。今さら二人の間には語り合うこともないだろう。今のフィリップは絵画に関心を失っていた。少年の頃に較べて、美をより深く鑑賞できるようになっていたが、絵画をとくに重要とは思えなくなった。複雑で混沌とした人生から一つの模様を織り出すほうが有意義だと思った。模様を形成するのに用いる人生の素材のほうが、色彩や言語よりはるかに重要だと感じた。ローソンはフィリップの人生の中で一つの役割を演じてくれた。フィリップがいま作り上げようとしている模様において、ローソンとの友情は一つのモチーフであった。彼はもう興味の持てぬ存在であり、その事実を無視するのは、感傷に過ぎない。

時にはミルドレッドのことを思い出した。彼女と出会いそうな可能性のある通りには、心して足を踏み入れぬようにした。だが、時にはある感情が働き――好奇心かもしれぬし、自分でも認めたがらぬもっと心の奥にひそむ何かが働き、ピカデリーやリージェント街を、彼女が姿を見せそうな時刻にぶらつくこともあった。会いたいのか、会うのを恐れているのか、フィリップ自身にも分からなかった。一度、ミルドレッドらしい後ろ姿を見かけ、一瞬、きっと彼女だと思った。奇妙な心のときめきを覚えた。心の中に不可解な鋭い痛みが走り、恐れもあり、胸の悪くなるような狼狽もあった。足を速めて、その女に追いつき、彼女でないと分かったときに感じたのが、安堵なのか失望なのか、これまた本人にも分からなかった。

八月の初め、フィリップは最終試験である外科学に合格し、医師免許を取得した。聖ロカ病院に入ってから七年経過していた。年齢も三〇歳に近かった。開業免許を手にして王立外科医師会の階段を下ってゆくと、次第に心が喜びにあふれてきた。

「これで本格的に人生が始まるのだ」と思った。

翌日、事務室に行って、病院勤務希望者のリストに名前を記入してきた。事務長は黒ひげを生やした感じのよい小男で、フィリップは以前から好感を抱いていた。事務長はフィリップにおめでとうと言ってから、こんな話をした。

「ところで一カ月間、南の海岸地方に行って、臨時をやる気はないかねえ？　食事と住居付きで一週三ギニーなんだが」

「やりましょう」

「診療所のあるのは、ドーセット州のファーンリという所だ、サウス医師という人がやっている。すぐ発《た》たなくてはならないのだよ。代診がおたふく風邪で倒れたそうだ。とても楽しい所だと思うよ」

事務長の態度にやや不可解なものを感じた。どこか確信がなさそうだった。

「何か問題でもあるんですか？」

事務長は少しためらってから、とりなすような口調で笑いながら言った。

「いやなに、その医師が一風変わった人物のようなんだよ。斡旋所《あっせんじょ》ではもう誰も紹介しなくなっている。思ったことを歯に衣着《きぬ》せずに言うので、人に嫌われるのだな」

「そんな人が、ぼくみたいに免許取り立ての者でいいと言うでしょうか？　何といっても、全然経験がないんですから」

「いやあ、きみが行けば喜ぶよ」事務長は愛想よく言った。

フィリップは一瞬考えた。これからの数週間、他に予定はないし、僅かでも金銭を得られる機会があればありがたかった。スペインでの休暇用に貯金できる。聖ロカ病院か、あるいはそこに口がなければ、どこか他の病院で研修期間を済ませ、ぜひスペインに行こうと前からもくろんでいた。

「結構です。行きます」

「ただ問題は、今日の午後に発ってもらわねばならないということだ。それでも都合はいいかな？　よかったら、すぐ電報を打っておこう」

できれば数日間のんびりしたかった。でも、アセルニー一家には昨夜(免許の取れたことをすぐに知らせるために)会っていたし、すぐ発って都合の悪いことは何一つない。荷造りだってすぐできる。こうして、その日の夕方七時過ぎに、ファーンリの駅を出て、サウス医師の所まで馬車で行った。横長の漆喰《しっくい》の建物で、アメリカヅタを一面に這わせてあった。すぐ診察室に通された。老人が机で何か書いていた。メイドがフィリップを案内すると、顔を上げた。立ち上がりもせず、口も開かない。ただじろりとこちらを眺めた。フィリップはどぎまぎした。

「あのう、待っていてくださったのでしょう？　聖ロカの事務長が今朝連絡してくれたはずですが」

「わざわざ三〇分夕食を遅らせて待っていたよ。手や顔を洗いたいかな？」

「ええ」

サウス医師は様子が変わっていて、フィリップには面白かった。立ち上がったのを見ると、中背でやせている。白髪をとても短く切り、長い口元をぎゅっと結んでいるため、まるで唇がないような感じだ。ひげはないが、ただ僅かに白い頰ひげは生やしており、いかついあごのせいもあって、顔がとても角張って見える。服装は茶色のツイードのスーツに白の長いソックスをはいている。もっと大柄の人用に仕立てた服を着ているという感じで、ばかにぶかぶかしている。一九世紀中頃の立派な農場経営者のように見える。ドアを開けた。そして向かいのドアを指さしながら言った。

「あれが食堂だ。きみの寝室は二階の踊り場の隣のドアの所だ。支度が出来たら、すぐ降りて来たまえ」

夕食の間、医師がこちらを値踏みするように見ているのが分かったが、ほとんど口を開かない。代診が話すことなど聞きたくないのだろう。

「免許はいつ取ったのかね?」急に質問した。

「昨日です」

「大学には行ったのかね?」

「いいえ」

「去年のことだが、代診が休暇を取ったとき、大学出の男を派遣してきたのだ。それだけはやめて欲しい、と言ってやった。あんな紳士然とした連中は、気にくわん」

また沈黙があった。食事は簡素であったが、味はよかった。フィリップは外面は冷静を装っていたが、心中ひどく興奮していた。臨時医師として雇われたことでとても嬉しかった。何だか一人前になったという気分を味わった。わけもなく笑い出したくてたまらなくなった。医師として世間から尊敬される立場になったと考えると、ますます笑いがこみ上げてきた。

しかしサウス医師は、フィリップの思考に割りこんできた。

「きみはいくつだね?」

「もうすぐ三〇です」

「しかし、資格はつい昨日取得したばかりなのだろう?」

「二三歳近くまで医学をやらなかったのです。その上、中途で二年間勉学をやめざるをえなかったのです」

「どうして？」

「金がなかったのです」

サウス医師はフィリップを怪訝《けげん》そうな目付きで眺め、それから再び沈黙してしまった。夕食が済むと食卓から立ち上がった。

「ここでの仕事がどんなものか分かるかね？」

「いえ」

「患者は大方、漁民とその家族だ。ここは海員組合病院になっている。以前は、わしがこの土地でただ一人の医者だったのだが、ここが高級海水浴場になったものだから、崖の上に医院が出来たのだ。金持の患者はみんなそこへ行く。医療費など払えない者だけがここへ来るというわけだ」

崖上の医院との競争というのが、サウス医師の頭痛の種らしかった。

「ぼくはまったく経験がないのですけど」

「きみだけじゃない。みんな何も分かっちゃいないのさ」

それ以上言わずに、医師は部屋を出て行き、フィリップは一人になった。後片付けするために入って来たメイドの話では、先生は患者を六時から七時まで診るということだった。とすれば、もう夜の診療は終わっている。フィリップは自分の部屋から書物を一冊取って来て、パイプに火をつけ、腰を落ち着けて読書を始めた。この数カ月間というもの、医学書以外は何も読んでいなかったので、いい気分だった。一〇時にサウス医師が入って来て、こちらをじろりと見た。フィリップは足を上げないとくつろげないので、椅子を引き寄せ、その上に足をのせていた。

「楽な姿勢をよく知っているようだね」サウス医師が言った。嫌味たっぷりだったので、今ほど上機嫌でないときのフィリップなら、よほどこたえたであろう。

しかし、「いけませんか」と応じるフィリップの目は、少し笑っていた。

サウス医師は、ちらとこちらを見たが、直接には答えなかった。

「何を読んでいるのだね?」と尋ねた。

「『ペリグリン・ピクル』という小説で、作者はスモレットです」

「スモレットが『ペリグリン・ピクル』の作者だというぐらい知ってるよ」

「失礼しました。医学関係の方はあまり文学に興味をお持ちでないでしょう?」

フィリップが机に置いていた小説を、サウス医師が取り上げた。ブラックステイブルの牧師館にあったもので、色あせたモロッコ革で装幀した、銅版刷の口絵のある薄い本だった。本文の紙は古くなり、かび臭いし、しみが出ている。サウス医師が本を手に取ったとき、フィリップは思わず少し体を乗り出し、目に薄笑いを浮かべた。この老医師は何事も見逃さない。

「わしは何かおかしいかね?」冷たい口調で言った。

「本が好きなのですね。書物を手に取る様子で分かりますよ」

サウス医師はすぐに本を下に置いた。

「朝食は八時半だ」そう言うと部屋を出て行った。

「何て変り者の老人なんだろう!」フィリップは思った。

これまで代診たちがどうしてサウス医師とうまくやって行けなかったか、その理由がまもなく判明した。第一に、この医師は過去三〇年の新しい発見に対して、頑固に背を向けていた。流行の薬で、目ざましい効果で一時的に評判となり、数年のうちに忘れられてしまうような新薬には我慢がならなかった。それで自分が聖ロカ医学校の学生だった頃から使用しているお気に入りの薬だけをずっと使ってきた。その後開発された新薬と較べて、何ら遜色ない、と言っていた。彼が無菌法にまで疑念を抱いているのに、フィリップはびっくりした。医学界全般の見解を尊重して、一応容認してはいたものの、フィリップが医学生として、あれほど徹底的に教えこまれた衛生上の予防法をあまり重視していなかった。ちょうど子供相手に兵隊ごっこをするときのように、冗談めかして、形式だけは一応守ろうというふうであった。

「防腐剤が登場して、もてはやされていた時期もあった。今度は無菌法がそれに代って現れたというわけだ。馬鹿馬鹿しくてついてゆけんよ」

代診として派遣される若者は大病院での診療しか知らない。しかも、彼らは病院でいつの間にか身につけた開業医蔑視を隠そうともしない。大病院に持ちこまれる複雑な病気しか経験がない。副腎の難しい病気には対処できるかもしれないが、風邪で頭痛がするという患者を相手にすると何もできないのだ。代診たちの知識は理論的なもので、おまけにうぬぼれだけは強い。代診たちのすることを、サウス医師は唇を一文字にして観察していた。そして、彼らの救いがたい無知や彼らのゆえなきうぬぼれを指摘することに残忍な喜びを見出した。患者の大部分は漁民で、診療所の収入は微々たるものであった。腹痛を訴える漁民に五、六種類の高価な薬を混合したものを投与などしたら、収支を相償うことなどできるのかね、と代診たちによく尋ねた。そして、彼自身の処方薬を与えていた。若い医者どもの無教養にも不満であった。読むものと言えば、『スポーツ新聞』と『イギリス医学雑誌』がせいぜいで、字は汚いし、綴りも間違えてばかりいる。二、三日間、サウス医師はフィリップをじっくり観察して、もし何かミスがあれば皮肉たっぷりに批判してやろうと構えていた。これを意識しつつも、フィリップは心中ひそかに笑いながら仕事を進めた。まず、これまでと違う仕事を持てたのに満足していたし、独立して、自分の責任で事を処理できるのが何よりだった。あらゆる種類の人が診療所に現れた。患者たちがフィリップに信頼を寄せているようなので、とても嬉しかった。それに、病気の治癒の過程をつぶさに観察できるのも楽しかった。病院では、当然のこととして、観察のほうは間遠になってしまう。往診のために、屋根の低い漁師の家に行くと、漁の道具や帆があり、あちこちに遠洋航海の記念品が置かれていた。日本の漆器、メラネシアの槍《やり》とオール、イスタンブールのバザールで買った短剣などもあった。狭い小さな部屋ではあるが、ロマンの香りが漂い、さらに海の潮風に当たって、引きしまった新鮮さがあった。フィリップは船乗りと話すのを楽しみ、患者たちも威張らぬ医者だと分かると、若い頃の遠い国への旅などの思い出話をいくらでも聞かせてくれるのだった。

一、二度、誤診したこともあった。それまで麻疹《はしか》の患者を診たことがなかったため、発疹《ほっしん》に出くわして原因不明の皮膚病だと勘違いした。また、治療法に関して一、二回サウス医師と意見が違ったことがあった。こういうことが起きたとき、最初医師は嫌味たっぷりで攻撃してきたが、フィリップは聞き流した。彼が当意即妙に答えられたので、医師は話をやめて、感心してフィリップを見やるほどだった。フィリップの顔付きは真面目であったが、目は笑っていた。この若造め、わしをからかっているな、という印象を医師は持たざるをえなかった。今まで代診に嫌われ、恐れられるのには慣れていたので、今回は新しい経験だった。よほど癇癪を起こして、次の列車で追い返してやろうとも思った。事実、これまでにそうしたことが何度もあったのである。ところが、もしそんなことをしたら、フィリップにただ大笑いされるだけだろうという不安もあったのだ。突然、医師は、この青年は面白い奴だと気付いた。意に反して、医師の口元はほころび、そのまま立ち去った。ほどなく、フィリップが医師をだしにして、いつも楽しんでいるのに気付いた。はじめは驚いたが、やがてそれもいいだろうと思うようになった。

「生意気な奴め！　図々しいったらありゃしない！」

サウス医師は、そうひとりごとを言いながらも笑っていた。

117

フィリップはアセルニーに手紙を書き、目下ドーセット州で臨時医師をやっていると知らせた。まもなく返事が来た。例によって、宝石をちりばめたペルシャの王冠のように、大仰な形容詞でいっぱいの形式ばった手紙で、筆蹟も、得意の亀の子文字を用いた、判読しにくいが見た目に美しいものであった。手紙の趣旨は、アセルニー一家は例年と同じく、ケント州のホップ畑に行くので、フィリップも参加したらどうか、というものだった。フィリップの気をそそるようにフィリップの内面生活について、あるいはホップのつるについてなど、幅広い話題を美しい手のこんだ文章で論じていた。フィリップは、契約の期間が過ぎたら、ただちに行きますと、すぐに伝えた。フィリップは、サネット島に対して、そこの生まれでもないのに一種独特の親しみを抱いており、土と親しめる二週間をそこで過ごすと考えるだけで胸が熱くなった。サネット島では、晴天に恵まれさえすれば、昔のアルカディアのオリーヴの林のように牧歌的な生活が楽しめるはずだった。

ファーンリでの契約期間の四週間はあっという間に終わった。崖上には新しい町が出来つつあり、ゴルフ場の周囲には赤煉瓦の別荘が建ち、大型ホテルが夏の観光客目当てに最近出来たばかりだった。しかし、フィリップがそこに行くことはまずなかった。崖下の港の辺りでは、前世紀からの小さな石造りの家屋群がのんびりと無秩序に点在し、狭い通路は、急な坂になっていたが、いかにも昔風という雰囲気が漂っていて、想像力に訴えた。水辺には、よく手入れされた小さい庭が前面にある、小ぎれいな家が立ち並んでいた。ここには、引退した商船の船長や、海で活躍した男たちの母親や未亡人が住んでいた。これらの家は一風変わっているが、心のなごむような外観を呈していた。小さな港には、スペインや近東から小型の不定期船が入港したり、時には、大型の商用帆船がロマンの風に運ばれて来ることもある。石炭船も出入りしていた、薄汚れたブラックステイブルの小さな港が思い出された。フィリップにとって、今では固定観念にさえなっている、東方の国々や熱帯の海の太陽に照らされた小島への憧れが、最初に育《はぐく》まれたのは、あの小さい港だったのだ。だが、ここ南部の港にいると、あの北海の海岸の閉鎖的な狭苦しさと違って、広々とした深い海が身近に感じられる。茫洋とした平らな大海原を目のあたりにすると、ゆっくりと深呼吸したくなる。イギリスのやわらかで気分のよい海風が西から吹き、心は昂揚し、同時におだやかな落ち着いた気分に浸れるのである。

サウス医師の所で働く最後の週のある夜のこと、老医師とフィリップが薬を調合していると、子供が一人医院にやって来た。顔の汚れた、裸足のみすぼらしい女の子だった。フィリップが戸を開けた。

「お願い、先生。アイヴィ・レインのミセス・フレッチャーの家にすぐ来てちょうだい」

「ミセス・フレッチャーがどうしたんだね？」サウス医師がどなるように言った。

子供は医師には知らん顔で、またフィリップに向かって言った。

「ねえ、先生。小さい男の子が事故にあったの。すぐに来て」

「ミセス・フレッチャーに、わしがすぐ行くと言ってやりなさい」医師が大声で奥から言った。

少女は少しためらっていた。汚い指をよごれた口に突っこみ、そこにじっと立ったまま、フィリップを見ていた。

「どうしたの？」フィリップが笑顔で言った。

「ねえ、ミセス・フレッチャーは、新しい先生にして欲しいと言うの」

薬局で音がして、医師が廊下に出て来た。

「ミセス・フレッチャーはわしじゃいやだと言うのかね？　わしは、ミセス・フレッチャーが生まれたときから診てやっているんだ。あの女の汚らしいがきを診てやるのに、わしじゃあ、不足だとでも言うのか！」医師はがなり立てた。

少女は一瞬泣き出しそうになったけれど、思いとどまり、医師に向かってあかんべえをした。そして医師があっけに取られている間に、さっさと走って行ってしまった。医師が気を悪くしているのをフィリップは見た。

「先生は疲れておられるようですよ。アイヴィ・レインまでは結構遠い道のりですしね」医師自身が往診しないで済む口実を与えようとして、フィリップが言った。

サウス医師は低い声でうなった。

「足が一本半の奴よりは、二本足の者のほうが早く行ける」

フィリップは赤面し、何も言わずにしばらく立ちつくした。

「ぼくが行きましょうか？　それとも先生が行かれますか？」とうとう無表情に尋ねるしかなかった。

「わしが行っても仕方がない。きみに来てくれっていうのだから」

フィリップは帽子をかぶり、患者を診に行った。戻って来ると、八時近かった。サウス医師は食堂で暖炉を背にして立っていた。

「遅いじゃないか」

「すみません。どうして先に食事を始められなかったのです？」

「待とうと思ったのだ。ずっとミセス・フレッチャーの家にいたのかね？」

「いいえ、そうではありません。帰り道に立ちつくして日が沈むのを眺めていたのです。時間の経つのに気付きませんでした」

医師は返事をしなかった。やがてメイドが焼いたニシンを運んで来た。フィリップはうまそうに食べた。突然、医師が質問した。

「なぜ日が沈むのなんか眺めていたのだね?」

フィリップは口にものを入れたままで答えた。「幸せだったからです」

医師は怪訝そうな目付きで見たが、まもなく疲れた老人の顔に微笑が浮かんだ。二人はあとは食事の間じゅう黙りこくっていた。しかし、メイドがポートワインを持って来て、部屋を出て行くと、老人は椅子に背をそらせ、フィリップを見すえた。

「さっき、きみの不自由な足のことを言ったけど、それで気にさわったんだろう?」

「ぼくに腹を立てると、人は必ず直接か遠まわしに、足のことに触れますよ」

「きみの弱点だと知ってるからだろう」

フィリップは老人の顔をきっと見すえた。

「人の弱点を突いてご満足ですか?」

医師は苦笑したが、愉快そうだった。しばらく二人は互いにじっと見合ってすわっていた。それから医師はフィリップをひどく驚かせることを言い出した。

「どうだね、ここにしばらくいたら? あのおたふく風邪に罹っている馬鹿野郎はくびにするよ」

「ありがとうございます。でも、秋には病院のほうで口があると思います。そのほうが将来の就職に役立つでしょう」

「この診療所を協同でやっていこうと申し出ているんだよ」サウス医師はむっとして言った。

「それはまたなぜです?」驚いてフィリップが尋ねた。

「きみはここの患者たちに好かれているようだ」

「それは先生にとってはあまり歓迎すべきことではないと思いますけど……」フィリップは冷静に言った。

「ここで四〇年も開業しているんだから、患者がわしよりも代診のほうが好きだからといって、今さら気にしたりすると思うかね? まったく気にならんよ。患者とわしとは心が通っていないし、感謝されることなど期待していない。金さえ払えばそれでいい。さあ、わしの提案をどう思うかね?」

フィリップは返事をしなかった。といって、提案について考えていたのではなく、あまりにも驚いたからであった。誰であれ、免許を取りたての青年に協同経営を申し出るなど、非常に珍しい話である。サウス医師にどうやら気に入られたらしいと気付き——そのことを口に出して言う大胆さはないけれど——不思議でならなかった。聖ロカ医学校の事務長に話したら、さぞ面白がるだろうな、と思った。

「診療所の利潤はね、一年七〇〇ポンドぐらいだ。きみの出資額がいくらになるか計算すれば分かる。もちろん、時間をかけて少額ずつわしに払っていけばいい。そしてわしの死後は、全部引き継いでもらう。二年か三年の間、あちこちの病院をうろつきまわり、それから代診としてあちこちで勤め、ようやく開業に至る、というのより、ましだと思うがね」

たいていの同業者なら、すぐ飛びつきそうなよい機会だと分かっていた。何しろ医者は過剰気味で、彼の知人の半分くらいは、この診療所ほどのささやかなものであっても、大喜びで飛びつくと思われた。

「大変に申し訳ないのですが、お受けできかねます。もう何年も前からの計画をすべてあきらめなければならないからです。これまで苦難の道を歩いて来たのです。しかし、医師免許を取ったら旅に出るという希望だけはいつも捨てなかったのです。今も朝に目が覚めると、旅に出たくて体がうずうずするのです。どこでもいいから、未知の土地を旅したいという念にかられるのです」

今や、目標の実現は目の前にせまっていた。来年の中頃までに聖ロカ病院での研修期間が終わるだろう。それからスペインに行くのだ。彼にとってずっと以前から、ロマンそのものであった憧れの国で数カ月間放浪の旅をするのだ。それから船に乗って東方へ行く。人生は長いし、時間は問題でない。気が向けば、何年もさまよい続け、人の行かぬ土地を訪ね、珍しい民族の中に入りこみ、風変りな暮らしを見るのだ。自分が何を求めているのかも、旅で何が得られるのかも、フィリップは知らなかった。ただ、旅をすれば人生について何か新しいことを学び、人生の謎への糸口が得られるかもしれぬという気はしていた。人生の謎の解答を見出したのではあったが、その結果、さらに多くの謎が生じるばかりだった。そして、たとえ何も発見できなくとも、心に深く食いこんでいる不安を少しはやわらげることができよう。それにしても、サウス医師は本当に親切な申し出をしてくれたものだ。はっきり納得のいく理由なしに断わるのは恩知らずというものだ。そう思ったので、できるだけ感情を混じえずに、これまで長年にわたって大事に温めてきた計画を実行するのがどれほど自分にとって大切であるかを、彼らしく遠慮がちに説明しようとしたのであった。

医師は静かに耳を傾けていたが、いつもは鋭い目にやさしさが浮かんできた。承諾するように執拗にせまられないのも、とてもありがたかった。親切をほどこそうという場合、しばしば命令的になるものなのに。医師は、フィリップの説明を納得のゆくものとして受け入れたらしい。提案の件はもう打ち切り、自分の若い頃の話を始めた。海軍に勤めていて、退官してファーンリに居を定めたのも、長い海とのつながりのせいであった。サウス医師は昔の太平洋のことや、中国での興味深い冒険のことなどを語った。ボルネオの首狩族討伐に加わったこともあり、まだ独立国だった頃のサモアも知っていた。珊瑚《さんご》島に寄港したこともあったという。フィリップはうっとりして、老人の話に聞き惚れた。個人的なことも少しずつ語り始めた。妻はもう三〇年前に亡くなり、一人娘はローデシアの農場経営者と結婚していた。老人は娘の夫と喧嘩をし、娘はもう一〇年もイギリスに戻っていない。これでは結婚したことも子供を持ったこともないも同然だ。とても孤独な境遇であった。あれほど無愛想なのは、人生への底知れぬ幻滅を隠すための単なる強がりなのであろう。彼は死を待つのみだが、そうかといって死を切望しているというわけでもなく、むしろ死を憎んでいる。老齢に反発し、その限界を素直に受け入れられずにいるのだが、その一方、自分の人生の苦悩を終わらせるには死しかない、と思っている。これは悲劇的だと思った。フィリップが彼の人生に突如として現れ、娘との長い別離で忘れていた自然の情がフィリップに向けられたのであった。娘は父親と夫とのいさかいに際して夫の味方をし、子供たちを父親に会わせたこともなかった。フィリップに好意を感じた当初、医師は、これは老いの証拠だと思って自分に腹を立てた。しかし、フィリップには老人の心を魅了する何かがあり、なぜか分からぬが、どうしても笑顔を見せずにはいられない。とにかく、フィリップは老人を決して退屈させないのだ。一、二度、老人の肩に手を置いたことがあった。これは娘がだいぶ前にイギリスを離れて以来、初めて接した愛情表現と言えた。フィリップがいよいよ発つとき、医師は駅まで見送りに来た。ひどく気落ちしていた。

「ここではとても楽しかったです。本当に親切にして頂きました」

「でも、きみは帰るのが嬉しいのだろう」

「ここでも、おかげさまでとても楽しい毎日でした」フィリップが言った。

「しかし、きみは広い世間に出たがっている。それも無理はない。きみには若さがあるのだから」それから少しためらってから、「もし気が変わったらね、いいかい、あの申し出はそのままにしておくからな」

「ご親切に感謝いたします」

フィリップは車窓から手を差し伸べて握手をした。列車は駅を出た。ホップ畑でこれから二週間過ごすことを考えた。また親しい人びとと会えると思うと幸せだった。その日は晴天で心がはずんだ。だが、サウス医師はゆっくりと誰もいない家へと歩いて行った。急に老けこんだような気がして、とても寂しかった。

118

フィリップがファーンに着いたのは、夕方近くだった。ミセス・アセルニーの生まれ故郷で、彼女は子供のときからここのホップ畑で働くのになじんでいた。今でも毎年、夫と子供たちを伴ってホップ摘みに来ていたのだ。多くのケント州の人びとと同じく、彼女の一家が定期的にここに来るというのは、少しばかり金になるからでもあるが、年に一度の家族旅行ということで、もう何カ月も前から楽しい休暇を首を長くして待ち焦がれているのだ。ホップ摘みは大変ではないし、戸外での協同作業で、子供たちにとっては楽しい長期のピクニックであった。また青年たちはここでガールフレンドを見付けるのだった。仕事が済んでからの夜長に、若い男女は小道をそぞろ歩きし、愛の言葉をささやいた。ホップ摘みの季節の後には結婚式がよくある。人びとは、車にベッド、鍋、椅子、テーブルなどを積んで出かける。ホップ摘みの間、ファーンの町には人がいない。土地の人たちは排他的で、ロンドンから来る者をよそ者と言って、やって来るのをとても嫌っていた。よそ者を軽蔑し、同時に恐れてもいた。ロンドン子は乱暴だから、まともな村人はそういう連中とは付き合いたくないのだ。昔はホップ摘みの人たちは納屋に寝ていたが、一〇年前にひと続きの宿舎が畑の脇に建てられた。アセルニー一家は、他の人びとと同じく、毎年同じ宿舎に泊っていた。

アセルニーは、バーで車を借りて、フィリップを出迎えてくれた。同じバーの一室をフィリップのために取ってあった。ホップ畑から四分の一マイルほどの所だった。二人はフィリップの鞄を部屋に置いて、宿舎のある畑まで歩いた。宿舎は長くて低い小屋を、それぞれ一二フィート平方の広さの小部屋に分割したものに過ぎなかった。それぞれの部屋の前で、木片で焚き火をしていて、それを囲んで家族が夕食の出来るのを熱心に眺めていた。アセルニー家の子供たちは、海風と太陽のせいで、既に日焼けしていた。ミセス・アセルニーは日除帽をかぶっていると別人に見えた。長年の都会生活も、本質的な変化を彼女にもたらしてはいない。根っからの田舎生まれの田舎育ちの女なのだ。田舎にいると、水を得た魚のようだ。ベーコンを炒めながら、小さい子供たちに気を配っていた。忙しい中で、フィリップと心のこもった握手をし、笑顔で再会を喜んだ。アセルニーは田園生活を絶賛した。

「都会に住む者は太陽の光に飢えている。あれは本当の生活とは言えない。長い監獄生活だ。なあ、ベティ、家財道具をすべて売り払って、田舎に農場を買おうじゃないか！」

「田舎に行ったらどうなるか、ちゃんと分かっていますよ」からかうように、しかし、楽しそうに言った。「冬になって雨降りの日が来ようものなら、あなたはロンドンに戻りたいと騒ぎ出すわ」それからフィリップのほうを向いて、「主人はここに来ると、いつもああなんです。田舎がいいなんて、よく言うわ！　あの人ったら、カブと飼料用テンサイの区別も知らないのよ」

「パパは今日あまり働かなかったわ」ジェインが持前の率直さで言った。「一籠も摘まなかったんだもの」

「徐々に慣らしているところなんだ。明日は、おまえたち全部が集めたよりもたくさんの籠をいっぱいにしてみせるぞ」

「さあ、子供たち、食事になさい。あら、サリーはどこかしら？」ミセス・アセルニーが言った。

「ここよ、母さん」

サリーが小さな小屋から出て来た。焚き火の焔が燃え上がって彼女の顔を赤く染めた。婦人服専門店で働くようになってから、彼女は小ざっぱりしたワンピースを着るようになり、フィリップはそれを見慣れていた。ところが今日の彼女は、仕事がしやすいように、ゆったりしたプリント地の服を着ている。袖をたくしあげ、丸い頑丈そうな腕を剥き出しにして、母親と同じく日除帽をかぶっている。こういうふうにいつもと違ったサリーの姿にフィリップは魅了された。

「おとぎ話の乳しぼりの娘みたいだね」握手しながらフィリップが言った。

「ホップ畑の花さ」アセルニーが言った。「いや本当にさ、もし大地主の息子がおまえを見たら、あっという間にプロポーズするぞ！」

「大地主に息子はいないわ、父さん」娘が言った。

サリーは自分のすわる場所を探していたので、フィリップが自分の隣をあけてやった。焚き火に照らされた姿は夜目《よめ》にも美しかった。田園の女神のようで、サリーを見ていると、詩人へリックが美しい抒情詩の中でほめたたえた、溌剌《はつらつ》とした健康美の娘たちを思い出す。夕食は簡単なもので、バター付きパン、カリカリのベーコン、子供たちにはお茶、大人にはビールだけであった。アセルニーは、旺盛な食欲で食べ、食べ物すべてを大声でほめた。威勢よく、美食をもって鳴るルクルスを軽蔑し、食通のブリヤ＝サヴァランを罵った。

「あなたのいいところが一つだけあるわ。食事を心の底から楽しめること、これは絶対に確かよ」妻が言った。

「わが妻ベティの手料理をな」夫は料理を満足そうに指さした。

フィリップは幸福感でいっぱいだった。ずっと一列に焚き火が並び、それぞれの家族がその周りに集まっているのを楽しそうに眺めた。焔が夜空に映えるのに見とれた。畑のはずれに大きな楡の木が一列に続き、空には星がまたたいている。子供たちはにぎやかにしゃべり、元気に笑った。アセルニーも子供たちに混じり、子供に戻ったように面白いことをしたり、奇抜な話をしたりして、みんなを爆笑へと誘った。

「ここでは主人はすごい人気者なんですよ」ミセス・アセルニーが言った。「ブリッジズさんが言ったんですけど、アセルニーさんなしでは、どうしていいか分からないわ、ですって。いつも何かをやらかして、一家の主《あるじ》というより小学生みたいなんです」

サリーは何も言わずにすわっていたが、フィリップに何かと気を配り、フィリップはますます彼女が気に入った。こういう娘と一緒にすわっているのは、とても楽しかった。時どき彼女の日焼けした、健康そうな顔をちらと見た。一度視線が合い、彼女はおだやかに微笑した。夕食が終わると、ジェインと小さい弟たちは、食器を洗うための水をバケツ一杯汲みに、畑の端の小川に行ってくるよう命じられた。

「さあ、子供たち、フィリップ小父さんにみんながどこに泊っているか見せてあげなさい。もうおまえたちの寝る時間だから、いいね」アセルニーが言った。

小さな手がいくつもフィリップをつかみ、彼は小屋のほうに連れて行かれた。中に入り、マッチをすった。家具らしいものはまったくない。衣類をしまってあるブリキ箱の他には、ベッドしかない。三つあるベッドは、それぞれ壁面につけて置かれている。フィリップの後からアセルニーがついて来ていて、ベッドのことを自慢げに語った。

「これが本物のベッドというものなんだ。ばねの入ったマットレスだの、羽ぶとんなどとはまったく違う。こういうベッドのほうが、私はぐっすりと眠れる。フィリップ、きみは普通のベッドで寝ているね。あれはよくない。本当に気の毒だな」アセルニーは声高に言った。

そこのベッドは、ホップのつるを厚く重ね、その上に藁を敷き、さらに全体を毛布で覆ってあった。戸外での一日の労働の後、ホップの快い香りに包まれて、ホップ摘みたちはぐっすり休めるというわけだ。九時までに畑は静かになり、全員が就寝した。例外的に、まだバーに残っていて、店の閉まる一〇時まで戻って来ない者も僅かにいた。アセルニーはフィリップとバーへ歩いて行った。二人が出てゆく前に、ミセス・アセルニーが言った。

「ねえ、フィリップ、朝食は六時一五分前ですよ。でも、そんな早起きはいやかしら。何しろ、六時には仕事を始めなくてはならないんですから」

「フィリップも早起きしなくちゃ」アセルニーが大声で言った。「みんなと一緒に汗を流すんだ。自分の食べる分だけは稼がなくちゃ。働かざる者食うべからずだ」

「子供たちは朝食の前に水浴びに行きます。だから、よかったら、水浴びの帰りに「陽気な水夫」に寄って、あなたを起こすように言いましょうか？　通り道になっているから」ミセス・アセルニーが言った。

「もし起こしてくれれば、ぼくも子供たちと一緒に水浴びに行きますよ」フィリップが答えた。

ジェイン、ハロルド、エドワードの三人は、それを聞いてとび上がって喜んだ。翌朝フィリップは、子供たちがどやどやと寝室に入りこんで来たので、ぐっすり寝ていたところを起こされてしまった。男の子たちはベッドの上にとび乗り、フィリップは彼らをスリッパで追い払わねばならなかった。すぐに上衣とズボンを着て階下に行った。夜が明けたばかりで、空気はまだひんやりと冷たい。空には雲一つなく、太陽が明るく輝き出した。サリーがコニーの手をにぎって、タオルと水着を腕にかけて、道の真ん中に立っていた。今、分かったのだが、彼女の日除帽はラヴェンダーの色で、それをかぶっていると、赤い頬に日焼けした肌のせいで、顔がリンゴのようだ。やさしい微笑を浮かべて、ゆっくりした口調で、フィリップに「おはよう」と言った。口を開いたときにのぞいた彼女の歯が、小さく、きれいに並んで、真っ白なのに気が付いた。なぜ今まで気が付かなかったのだろう。

「あたしはね、寝させておいてあげようとしたんですよ。でもあの子たちが、どうしても起こしに行くって聞かないの。あなたは、本当は水浴びなんか嫌いよって言ったんですけど」サリーが言った。

「いや、ぼくは本当に行きたいんだよ」

一行は道を下り、沼地を横切った。海までは一マイルもなかった。水は冷たそうで灰色をしているので、フィリップは一目見て身震いしたけれど、子供たちはすぐ服を脱ぎ捨て、歓声を上げて水の中に入って行った。サリーは何をするにもゆっくりで、他の者がフィリップの周りで水しぶきをあげるようになって、ようやく水に入って来た。フィリップにとって、水泳が唯一得意な運動であった。水に入ると、くつろげた。やがて、水の中で、イルカや、おぼれている男や、髪を濡らさぬようにしている太った女の真似をしてみせ、子供たちがフィリップを真似して遊んだ。水浴びは大騒ぎになり、すっかり楽しんだ子供たちは、いつまでも遊びたがって水から出て来ない。サリーは、もう帰らなくてはと、きつい言葉で叱らねばならなかった。

「あなたが一番いけないのよ」彼女はフィリップに言った。真面目な母親のような口調なので、おかしくもあれば、感心もした。「あなたがいないときには、こんなに騒いだりしないのに！」

ようやく帰路についた。サリーはきらきら光る髪を片方の肩に波だたせ、手に日除帽を持っていた。帰ると、もうミセス・アセルニーはホップ畑に出ていた。アセルニーは相当古ぼけたズボンをはいており、下にワイシャツを着ていないため全部ボタンをかけたジャケット、それに鍔《つば》広のソフト帽というういでたちで、焚き火でニシンをフライにしていた。どこから見ても山賊だろうと、すっかり悦に入っている。一行が戻って来るのを見ると、例の『マクベス』の魔女の歌を香りのよいニシンを調理しながら大声でうたい出した。

「おまえたち、朝食をぐずぐず食べていると、ママに叱られるぞ」

それから数分すると、ハロルドとジェインはまだ手にバター付きパンを持ったまま牧場を通ってホップ畑のほうに向かった。フィリップたちが一番後になった。ホップ畑は、フィリップにとって子供時代と結びついている光景で、ホップの乾燥室は、ケント州の典型的な風物であった。こうして今サリーの後からどこまでも続くホップのつるの間を歩いていても、別に珍しいとは思わず、むしろ故郷に戻ったような気分がした。もうこの時間には日差しは強くなり、濃い影を作っている。フィリップは、緑の葉の豊かさに目を楽しませた。ホップの実は黄色く色づき始めていて、かのシチリア島の詩人たちが紫のブドウに見出した美と情熱を見るように彼には思えた。歩いてゆくうちに、フィリップはその豊饒《ほうじょう》さに圧倒される思いがした。ケント州の豊かな土壌から甘美な香りが立ち昇り、気まぐれな九月の涼風がホップの快い香りをたっぷり運んできた。アセルスタンは自然にうきうきした気分に酔ってしまったらしく、急に声を張り上げて歌い出した。一五歳の少年のしゃがれ声で、サリーはぐるりと振り向いた。

「アセルスタン、やめてよ。さもないと嵐が来るわよ」とからかった。

まもなくにぎやかな声が耳に届き、しばらくすると、ホップ摘みの群れが見えてきた。ホップを摘みながら、しゃべったり笑ったりし、とにかくみんな夢中で手を動かしている。籠を脇に置いて、椅子や簡単な腰掛けや箱などにすわって作業する者もいれば、大袋のそばに立って摘んだホップを直接そこに投げ入れる者もいる。子供たちも大勢働いている。赤ん坊もいて、間に合わせのゆりかごにいるのもいれば、やわらかな茶色の乾いた地面にぼろにくるまれているのもいる。もちろん、子供たちは働きもするが、よく遊んだ。女たちは忙しく働いていた。子供の頃からホップ摘みをしてきたので、ロンドンからやって来るよそ者の二倍のスピードで摘むことができた。一日に何ブッシェルも摘めるというのを誇りにしていたのだが、今では以前ほど稼げないとこぼすのであった。昔は五ブッシェルで一シリング貰っていたのに、今は一シリング貰うには、八ないし九ブッシェルも摘まねばならないという。昔は、腕のよい摘み手ならこの季節に働くだけで、一年の残りは食べていけたそうだ。しかし、今ではとても無理で、まあ、ただで休暇を楽しめたということだけで、金は残らない。摘んで稼いだお金でピアノを買ったというミセス・ヒルという人がいた。ただ、この女は大変な締まり屋で、あんなに倹約するのはいやだとみんな言っていた。その上、ピアノがホップ摘みで買えたというけれど、実のところは、預金通帳から引き出した金も遣っていたらしい。

ホップの摘み手は、子供を除いて、一〇人ずつの班に分かれ、各班ごとに大袋を一つ引き受ける。アセルニーは、いつの日か自分の家族だけで一班を構成できると威張っていた。それぞれの班には班長がいて、その役目は大袋のそばにいてホップのつるを袋に入れることであった。大袋は木の枠に大きな布を張った、七フィートの高さのもので、ホップ畑に並べて置かれていた。アセルニーとしては、家族がみんな大人になったら、一つ班長を務めてやろうという気でいた。今のところアセルニーは、自分はあまり働かず、他の者に精を出せと、はっぱをかけるのに熱中していた。妻の近くに寄って行ったが、妻は三〇分ほどで既に一籠摘んで、大袋に移したところだった。夫は口にたばこをくわえたまま作業に入った。今日は母さん以外の誰よりもたくさん摘むぞ。何しろ母さんほどの腕前の人は絶対にいないからな、と言っていた。その話から、彼はアフロディテが、好奇心の強いプシュケにいろいろ試練を与えたのを思い出し、子供たちにギリシャ神話のプシュケのエロスへの愛の物語を語り始めた。とても巧みな語り方だった。この恋物語は今の情景によく合致するな、と笑顔で聞いていたフィリップは思った。空は今や紺碧《こんぺき》に澄み渡り、ギリシャでもこれほど美しい青空はあるまいと思った。金髪にバラ色の頬の子供たちが、健康でたくましく、元気いっぱいに走りまわっている。ホップは形に品があり、エメラルドの葉はトランペットの響きのように、はっと驚かせるほど刺激的だ。日除帽をかぶって働く摘み手たちが大勢群がるホップ畑のはるか遠くまで目で追うと、美しい緑の道が遂に一点に収斂してゆく。ここに古代ギリシャの精神がみなぎっていることといったら、学者先生の書物や博物館も、とてもかなわない。イギリスがこれほど美しいとは、すばらしい。フィリップはさらに曲がりくねる白い道や生け垣や、楡の木のある緑の牧草地、山の優美な峰と頂上の雑木林、起伏のない沼地、憂愁にとざされた北海にも思いを馳せた。自分がイギリスの美しさを存分に感得できるのが嬉しかった。だが、やがてアセルニーがそわそわして、ロバート・ケンプの母親の体調を尋ねに行くつもりだと言い出した。畑にいるあらゆる人と彼は知り合い、クリスチャン・ネームで呼んでいた。家族の過去とか、誕生以来起こった出来事など、すべてに精通していた。彼は無邪気な見栄から、ここでは立派な紳士のように振舞っていたが、親しさの中に僅かながら相手を見下しているふうが感じられる。それもあって、フィリップは彼と行くのを断わった。

「ぼくは自分の食事代を稼ぎますよ」

「結構だよ」アセルニーは歩き出し、手を振った。「働かざる者食うべからずだ」

119

フィリップは自分用の籠を持たなかったが、サリーのそばにすわった。ジェインは、あたしを手伝ってくれないで、おねえちゃんのだけ手伝うなんてずるいわ、と言った。そこで彼は、サリーの籠がいっぱいになったらジェインを手伝うと約束しなくてはならなかった。サリーは母親にせまるほどの名人だった。

「ホップ摘みで手を痛めて、裁縫に差し支えるんじゃないの?」フィリップが尋ねた。

「いいえ、うまく摘めば、荒れないわ。やわらかい手の女のほうがうまくいくのよ。手が荒れたり、指が労働で堅くなっていると、うまく摘めないわ」

彼女の巧みな手さばきを眺めているのは楽しかった。彼女のほうも、フィリップの摘み方を注意してくれたが、母親然としていて、面白くもあり、また、とても愛らしかった。彼は最初のうちはうまく行かず、彼女に笑われた。彼女がかがみこんで、つる全体をどうにぎるのかを教えてくれたとき、二人の手が触れ合った。彼女が顔を赤らめるのを見て、彼は驚いた。これまでは彼女がもう一人前の女だとはどうしても思えなかったのだ。何しろ、お転婆娘の頃からずっと知っているので、今でも子供に見える。でも、考えてみれば、大勢の男に言い寄られているのだから、もう子供のはずがない。まだこちらに来てほんの数日なのに、サリーのいとこがもうかなり熱をあげていたので、彼女はみんなから、ひやかされていた。青年の名はピーター・ガンで、ミセス・アセルニーの姉で、ファーン近くの百姓と結婚した人の息子だった。この青年が毎日ホップ畑を通り抜ける理由を誰もが知っていた。

八時に角笛が鳴って朝食休みとなる。ミセス・アセルニーは、みんな朝食を取っていいだけの仕事をしていないと言うけれど、みんな心おきなくたっぷり食べた。その後一二時に再び昼食の角笛が鳴るまで働き続けた。時どき計量係が記録係と共に大袋から大袋へと回って歩く。記録係は、まず自分の帳面に、それから摘み手の帳面に、摘んだブッシェル数を書きこんでゆく。大袋がいっぱいになると、中身をブッシェル籠で計量しながらポークという巨大な袋へと移してゆく。これを計量係と棒引き係とでよいしょとばかりに引っぱり、荷馬車に積みこむ。アセルニーは時おり一行の所にやって来ては、ミセス・ヒースなり、ミセス・ジョーンズなりがどれほど摘んだかを伝え、一家の者に負けるなと励ますのだった。彼はいつも記録破りをしたくて、熱心さのあまり一時間通して働くこともあった。といっても、ホップ摘みでの彼の一番の楽しみは、自慢の手の美しさを見せびらかすことだったのだ。マニキュアにずいぶん時間をかけていた。ほっそりした指を広げて見せながら、フィリップに向かって、スペインの昔の貴族は指の白さを保つために、夜寝るときは油を塗った手袋をいつもしていたのだと話した。ヨーロッパの喉を絞めあげていたスペイン貴族の手はな、実は女の手のようにきゃしゃなものだったんだ、と大げさに語った。それから、ホップを巧みに摘みながら、自分の手を見て、さも満足げに吐息を洩らした。これに飽きると、自分用にたばこを巻き、フィリップ相手に絵画と文学の話をした。午後になると、かなり暑くなった。仕事はやや速度が落ち、会話もとぎれがちになった。午前中は立て板に水のごとく話していたのが、ぽつりぽつりと発言する状態になった。サリーの鼻の下には小粒の汗が吹き出て、働いている彼女の唇はわずかに開いていた。彼女はまさにほころびかけているバラのつぼみを思わせた。

休み時間は乾燥室の状況次第であった。時には早めにいっぱいになってしまい、三時か四時頃までに、夜の間に乾燥できる分のホップが集まってしまう。そうなると、仕事は終わりになる。しかし、たいていは、一日の最後の計量は五時頃に始まる。それぞれの班が大袋を計量してもらうと、道具をまとめ、もう仕事が済んだので再びしゃべりつつ、ゆっくり畑から引きあげてゆく。女たちは小屋に戻って、掃除をしたり、夕食の支度をする。男たちの大半は、道を下り、バーに向かう。一日の労働の後には、一杯のビールがとてもうまい。

アセルニーたちの大袋は、一番最後に計量された。計量係が来ると、ミセス・アセルニーは、ほっとしたように立ち上がり、伸びをした。何時間も同じ姿勢ですわり続けていたので、肩がすっかり凝っていた。

「さあ、「陽気な水夫」に行こう」アセルニーが言った。「一日の儀式はきちんと執り行なわねばならんからな。バーに行くことこそ、もっとも聖なる行事だ」

「あなた、ジョッキを持って行ってね」妻が言った。「夕食用にビールを一パイント半持ち帰ってくださいね」

妻は夫に銅貨を数えて渡した。バーはもう混んでいた。砂を敷いた床の周りにベンチがあり、壁にはヴィクトリア朝時代のボクシングの選手の黄ばんだ写真が掛かっている。店主は客全員の名を知っていて、カウンターから体を乗り出し、床に立っている棒に向かって輪投げをしている二人の青年を、やさしい笑顔で見ていた。二人が失敗すると、客から威勢のよいからかいの声があがった。店に入って来る者には、すぐ席をつくった。フィリップは、ひざの下をひもで結んだコーデュロイのズボンをはいた老いた労働者と、紅潮した額に巻き毛をなでつけた、てかてかした顔の一七歳の若者との間に割りこませてもらった。アセルニーは、自分も輪投げをやると言って聞かなかった。ビールを半パイント賭けて、勝ってしまった。賭けに負けた者の健康を祝して飲みながら言った。

「ダービーで競馬に勝つよりも、このゲームで勝つほうが、私は嬉しいよ」

アセルニーは、鍔広の帽子をかぶり、あごひげをまとめて先端をとがらせていて、田舎の人たちの間ではまるで外国人のようで、周囲のみんなに奇妙な奴だと思われているのは明白だった。それでも、彼は意気軒昂としていたし、その熱意は伝染性があって、みんな彼を気に入ってしまった。会話はよどみなく流れた。サネット島特有の間のびした、強い訛りで冗談が飛びかい、土地のしゃれ者が駄洒落をとばすと、みんなどっと笑った。楽しい集《つど》いだった。こういう場でほのぼのとした気分にならぬ者がいるとしたら、よっぽどひねくれ者だろう。フィリップは視線を窓から外へ向けたが、外はまだ明るく、太陽が輝いていた。店の窓には、田舎家の窓と同じく、赤いリボンで結んだ白い小さなカーテンが掛かっており、窓際にはゼラニウムの鉢が並べてあった。やがて一人また一人と、のんびりくつろいでいた者も立ち上がり、ゆっくり牧草地へと戻って行った。夕食の準備は既に整っていた。

「もう床に就きたいんじゃないの」ミセス・アセルニーがフィリップに言った。「だって、あなたは、朝五時起きで一日じゅう戸外にいるなんて、めったにないことでしょう?」

「フィル小父さん、明日も一緒に泳ぎに行くでしょう?」男の子たちが大声で言った。

「もちろんさ」

フィリップは、体は疲れていたけれど、満ち足りた気分だった。夕食後、背もたれのない椅子にすわり、小屋の壁にもたれて、パイプをくゆらせ、夜の景色を眺めていた。サリーは小屋から出たり入ったり忙しくしていた。彼はきびきびした彼女の動きをぼんやり見ていた。彼女の歩き方に注目せざるをえなかった。優雅ではないが、ゆったりとした自信のある足取りだ。腰から脚を元気よく繰り出し、足は地面をしっかりと踏む。アセルニーは近所の人とよもやま話をしに出かけた。しばらくすると、ミセス・アセルニーが大声でひとりごとのように言っているのが聞こえてきた。

「あら、お茶がもうないわ。うちの人にブラックさんの店に行って買って来てって頼んでおいたのに」ここで一息入れて、また一段と声を高めて、「サリー、ブラックさんの所まで行って、半ポンドお茶を買って来てくれない? すっかりなくなってしまったのよ」

「いいわよ、母さん」

ミセス・ブラックは道沿いに半マイル行った所に店を構えていて、郵便局とよろず屋を兼ねていた。袖を下ろしながら、サリーが小屋から出て来た。

「一緒に行こうか?」フィリップが言った。

「わざわざ来てくれなくても大丈夫よ。一人でも恐くないわ」

「恐がるなんて思ったわけじゃないよ。そろそろ寝る時間だから、その前にちょっと散歩しようと思っただけさ」

サリーは何も言わず、二人は出た。道は白っぽく、静まり返っていた。夏の夜で物音一つしなかった。二人は口数が少なかった。

「この時間でも結構暑いね」フィリップが言った。

「季節の割りにはいいほうじゃないかしら」

二人は黙っていても少しも気まずくなかった。一緒に歩いているだけで楽しく、言葉など必要なかった。突然、生け垣の踏段《スタイル》の辺りで低い声が聞こえ、暗い中で人影が二つ見えた。お互いぴったりと体を寄せ合っていて、フィリップとサリーがそばを通っても身動き一つしない。

「あれ、誰だったのかしら」

「とっても幸せそうだったね」フィリップが言った。

「あの人たち、あたしたちも恋人同士だと思ったでしょうね」

二人の目の前に店の明かりが見えてきて、まもなく店内に入った。一瞬、明かりがまぶしく感じられた。

「遅いわね。もう閉めるところだったのよ」柱時計に目をやりながらミセス・ブラックが言った。「そろそろ九時だわ」

サリーがお茶を半ポンド欲しいと言った。ミセス・アセルニーは一度に半ポンド以上は買おうとしなかったのだ。二人は買物が済むと、また道に出た。時どき夜行性の動物が短く鋭い声を出したが、それでかえって夜の静寂が深まるようだった。

「じっと立っていると、海の音が聞こえるはずよ」サリーが言った。

二人は耳を澄ませた。すると、気のせいもあるのだろうが、小さな波が砂浜に寄せては返す音がかすかに聞こえてきた。先刻の踏段の所を通ると、恋人たちはまだそこにいたが、今は押し黙っていた。お互いにしっかりと抱き合い、男の唇は娘の唇にぴったり重ねられていた。

「あの人たち、もう夢中ね」サリーが言った。

二人は角を廻った。暖かい風が頬に当たり、地面から何か新鮮な香りが立ち昇った。気分が浮き立つような夜には何か神秘的な雰囲気があり、判然としない期待感があるようだ。沈黙が急に深い意味をはらんでいるように思えた。フィリップは心の中に奇妙な感覚を覚えた。心が満たされ、やわらいでゆくのを感じた。幸福感と不安と期待で胸がはちきれそうになった。頭の中に、ジェシカとロレンゾのささやき合った愛の詩句が浮かんだ（『ヴェニスの商人』に登場する若い恋人たち）。ジェシカとロレンゾは言葉遊びで、気のきいた表現を競い合っているようだが、互いへの熱のこもった恋心が鮮明にきらめいているのが読み取れる。なぜ異常なほど感覚が鋭敏になるのか、大気の中に何かひそんでいるのか、フィリップには分からなかった。ただ、自分が大地の香り、音、味を満喫できる純粋な魂であるかのように感じられた。美に対するこれほどまでに鋭敏な感覚を味わったことはなかった。もしサリーが何か言えば、この魔法が破られるのではないかと心配したが、彼女は沈黙したままだ。妙なもので、急に彼女の声の響きを聞きたくなった。彼女の低い豊かな声は田園の夜そのものなのだ。

二人はホップ畑までやって来た。サリーはここを通って小屋に戻らねばならない。フィリップは畑に入り、彼女が通れるように門を開けておいた。

「じゃあ、ここでおやすみを言うよ」フィリップが言った。

「一緒に来てくれてありがとう」

彼女はフィリップに手を差し出した。握手しながら彼が言った。「きみがうんと親切な娘だったら、他の子供と同じように、ぼくにおやすみのキスをしてくれるところだな」

「いいわよ。してあげるわ」

フィリップは冗談で言っただけだった。満ち足りた気分で、彼女に好感を持っているし、すばらしい夜だから、サリーとキスしたかっただけだ。

「じゃ、おやすみ」小声で笑いながら、彼女を引き寄せて言った。

彼女は唇を与えた。温かく、やわらかく、ふっくらしている。まるで花のようであり、彼はしばらくキスを続けた。それから、両腕を廻して、ひしと彼女を抱きしめた。そうするつもりもなかったのに、われ知らず、思わずそうしてしまった。彼女は何の抵抗もせず身をゆだねた。ひきしまった、むっちりした体だった。彼女の心臓の鼓動がこちらの胸に伝わってきた。その時、彼は理性を失った。官能が洪水のように押し寄せ、彼を圧倒した。サリーを生け垣の暗い陰の中へと引っぱって行った。

120

フィリップはぐっすりと眠り、はっとして目を覚ますと、ハロルドが羽根で顔をくすぐっていた。彼が目をあけると、わっと歓声があがった。眠りこけていたのだ。

「さあ、お寝坊さん」ジェインが言った。「急がないと待っててあげないって、おねえちゃんが言ってるわよ」

そう言われて、昨夜起こったことを思い出した。心が沈んだ。もう半分ベッドから起き出していたけれど、急に動きをとめた。どういう顔でサリーと会ったらよいのか分からなかった。自責の念にかられ、自分の行為を申し訳なく思う気持でいっぱいになった。今朝になって、彼女は自分に何と言うだろうか？　彼女の顔を見るのを恐れた。ぼくは何と愚かだったのだろう、と考えた。しかし、子供たちが余裕を与えてくれない。エドワードはフィリップの水着とタオルを持つし、アセルスタンはふとんを片付けた。三分もしないうちに、全員元気よく階段を駆け下りて道に出た。サリーはこちらに向かって、にっこり笑いかけた。前と同様のやさしい、無邪気な微笑だった。

「着換えるのにずいぶん時間がかかる人ねえ。もう来ないのかと思ったわ」

彼女の態度には何の変化もなかった。微妙なものであれ、急激なものであれ、何らかの変化があるものと予想していた。自分に対する態度に、恥ずかしさか怒りか、あるいは馴れ馴れしさが増すとか、何かそういうものがあるだろうと想像していた。ところが、何一つ変化はない。前と少しも変わらぬサリーなのだ。みんなでしゃべったり、笑ったりしながら海に向かった。サリーは黙っていたけれど、いつだってそうだ。今も控え目だが、そうでなかったことは一度もないのだ。いつもと変わらず、やさしかった。フィリップと話そうともしないし、そうかといって、話すのを避けるのでもない。フィリップはただもう驚くばかりだった。昨夜の出来事が彼女に何か変化をもたらしたに違いないと思っていた。ところが、何も起こらなかったかのようなのだ。まるで夢の中の出来事と同じではないか。フィリップは、片一方の手を女の子に、もう一方の手を男の子に預けて歩きながら、何食わぬ顔で話していたけれど、心の中では必死に理由を探していた。サリーはあの出来事を忘れてしまおうとしているのだろうか？　彼女の理性も、フィリップの場合と同じく、どこかに消えてしまったせいであんなことになったと考えているのかもしれない。そういう異常な状況下で生じたことなのだから、忘れてしまったほうがいい、と冷静に判断したのかもしれない。だが、そのような判断があるとしたら、彼女の年齢にも、性格にも不釣り合いな、大人の知恵なり思考力なりが彼女にあると想定せねばならぬことになる。だが、考えてみれば、自分はサリーのことを何も知ってはいない。以前から、彼女には不可解な部分があったのだ。

海に入って一同は蛙飛びをした。水浴びは昨日と同じく騒々しいものとなった。サリーは母親役として、全員をいつも見守り、遠くに行き過ぎる者がいれば、必ず声を掛けた。弟や妹たちがふざけている間、彼女は堂々とした泳ぎっぷりで前や後ろを泳いでいたし、時には、あお向けになって浮いていることもあった。やがて彼女は水から出て、体を拭き始めた。子供たちに命令口調でもう上がっていらっしゃいと呼びかけ、とうとうまだ上がっていないのはフィリップだけとなった。この機会に彼は本気になって泳いだ。二回目の朝なので、水の冷たさに慣れ、海水の快い刺激を楽しむことができた。手足を自由に動かすだけでも嬉しく、しっかりと長いストロークでぐんぐん泳いだ。けれども、やがて体にタオルを巻いたサリーが、水際までやって来た。

「フィリップ、すぐ水から出なさいよ」まるで彼が彼女の監督下にある子供のような言い方だった。

彼女の威張ったような口調を面白く思いながら、水際に近寄ると、サリーは叱るように言った。

「そんなにいつまでも水の中にいたらだめだわ。唇が真っ青よ。それから歯をごらんなさい！　ガタガタ鳴ってるじゃないの！」

「分かった、分かった。出るよ」

彼女がこんな態度を彼に示したことはない。昨夜のことが彼女に、彼を支配する権利のようなものを与え、彼を世話を焼くべき子供と考えるようになったかのようであった。数分で着換えを済ませ、一同小屋へと戻った。サリーはフィリップの手を見た。

「まあ、真っ青じゃないの！」

「なに大丈夫。血の循環が悪いだけさ。すぐよくなるよ」

「あたしに手を貸してごらんなさい」

彼女は手を取ると、片方ずつ自分の手でこすり出した。ようやく色が元に戻った。フィリップは感心したり、困惑したりしつつ、そういうサリーの姿を眺めた。子供たちがそばにいるので何も言えなかったし、彼女と目を合わせることもできなかった。彼女が故意に彼の目を避けようとしていないのは確実だ。たまたま目が合わなかっただけだ。そして日中は、昨夜の出来事を暗示するようなものは、彼女の態度には一つも見当たらなかった。何だかいつもより少し口数が多いような気もした。ホップ畑でみんながすわっているときにも、朝フィリップがいけないことにいつまでも水に入っていて、唇が真っ青になってしまったと母親にこと細かに話した。昨夜の出来事から生じた唯一の変化は、サリーにフィリップへの母性本能を呼びさましたことぐらいのようだ。信じがたいが、どうもそのようだ。妹や弟たちに対してと同じく、フィリップも守ってやろうと本能的に感じ始めたのであった。

彼女と二人きりになれたのは夕方になってからだった。彼女は夕食の準備中で、フィリップは草原で焚き火のそばにすわっていた。ミセス・アセルニーは村に買物に出かけていたし、子供たちはそれぞれ好き勝手なことをして、どこかに行っていた。フィリップは口を開くのをためらった。落ち着かなかった。サリーはてきぱきと仕事を進め、二人とも口をきかないのをとくに気にする様子もなかった。しかし、フィリップのほうは困惑し、何か言わなくてはと悩んでいた。サリーは話しかけられたときとか、何かとくに言いたいことがあるとき以外、めったに自分からものを言わない。とうとう沈黙に耐えられず、フィリップが口火を切った。

「ぼくのこと怒っていない?」

サリーは静かに目をあげ、驚いた様子もなく彼を見た。

「あたしが?　どうして?」

彼はただ驚くばかりで、何も言えなかった。彼女は鍋のふたをあけて、中身をかき廻し、またふたをした。おいしそうな匂いが一面に漂った。かすかに唇をほころばせて、おだやかに微笑しながら、またフィリップのほうを見た。目が笑っているという感じだった。

「あたし、あなたのこと前から好きだったの」

彼の心臓がとび上がって肋骨にぶつかったように感じた。血が頰に昇って、真っ赤になった。ようやく無理に少し笑い声を立てた。

「それは知らなかったな」

「気が付かないなんて、あなたがお馬鹿さんだからだわ」

「どうして好かれたのか分からないんだよ」フィリップが言った。

「あたしも分からないの」そう言いながら、焚き火に薪《まき》を足した。

「あなたが野宿して、お腹をすかして家に来た、あの日に、あなたが好きなんだって気が付いたのよ。あの日のこと覚えている？　あたしと母さんで、ソープのベッドにあなたが寝られるようにしてあげたわ」

あの時のことを彼女が知っているとは思ってもいなかったので、彼はまた赤面した。あの時のことを思い出すと、恐怖と屈辱感でいっぱいになる。

「だから他の男の人と付き合いたくなかったの。例えば、母さんが結婚すればいいのにと言っていた青年のこと覚えているでしょ？　うるさくつきまとうので、お茶に招いたけど、もちろん断わる気でいたのよ」

フィリップは驚きのあまり何も言えなかった。心の中に奇妙な感情があり、それが幸福感でないとすれば、他の何であったろう。サリーはまた鍋の中をかき廻した。

「子供たちが早く来るといいのだけど。一体どこへ行ってしまったのかしら。もう食事が出来たのに」

「ぼくが探してこようか?」

表面的な話にほっとした。

「それがいいかも……。あ、母さんが来るわ」

それから、彼が立ち上がったとき、きまり悪そうな態度を少しも見せずに言った。

「今夜、子供たちを寝かしつけてから、一緒に散歩する?」

「うん」

「だったら、生け垣の踏段の所で待ってて。用事が済んだら行くわ」

踏段にすわり、夜空の星を眺めながら待っていた。熟しつつある黒イチゴの生け垣が彼の両側に高く立っていた。大地からは馥郁《ふくいく》とした夜の香りが立ち昇り、大気はおだやかで静かだった。フィリップの心臓は激しく打っていた。自分の身に何が起きているのか理解できなかった。恋といえば、哀願するとか、涙を流すとか、興奮するとかいうことと結びつけて考えてきた。ところが、サリーには、そういうところはまったくない。しかし、ぼくを愛してくれたのでなければ、あのように体を許すはずがないではないか！　もし彼女があのいとこのピーター・ガンのことを恋したというのなら、別に驚きはしなかったであろう。あの青年なら、背が高く、すらりとし、日焼けした顔で、大またでさっそうと歩く。だが、サリーは一体ぼくのどこに惚れたというのだろうか。彼が考えるような意味で、彼女が自分を愛してくれているのかどうかは分からない。だが、彼女がみだらな女であるはずはない。彼女の純潔さは疑いない。いろいろな要因が結びついて、ああなったのかもしれない。つまり、大気とホップと夜に酔っていたことに加え、気取らぬ女性の健康な欲求、あふれるようなやさしさ、どこか母性的な、あるいは姉のような愛情などが結びついて、あのように振舞ったような気がする。慈愛の気持に満ちていたので、自分が男に与えうるすべてを惜し気もなく、彼に与えたのであろうか？　漠然と想像するばかりではあるが、多少分かってきたように思えた。

道に足音がし、暗闇から人影が現れた。

「サリー」彼が小声で呼んだ。

彼女は立ち止まり、踏段の所に来た。彼女と共に、田園の甘い、清潔な香りもやって来た。彼女は刈られたばかりの乾草、熟したホップの匂い、新緑の草の新鮮さなどを、いつも持ち運んでいるようだった。彼女の唇はやわらかく、ふっくらとしていたし、美しく健康な体は彼が抱きしめると、引きしまっている。

「乳と蜜だ。きみは乳と蜜のようだ」

彼は彼女に目を閉じさせ、両まぶたに交互にキスを浴びせた。たくましく筋肉質の腕は、ひじまで出ていた。彼は手で撫でて、その美しさに驚嘆した。闇の中でほのかに光っていた。まさにルーベンスの描いたような、驚くほど美しく、透明感のある肌をしている。腕の片側にはブロンドの産毛《うぶげ》があった。サクソン人の女神の腕のようであったが、女神にはこれほど優美で気取らぬ魅力はありえない。彼女を見てフィリップは、すべての男の心に咲く美しい花の咲き乱れる田舎家の庭園に思いを馳せた。タチアオイ、ヨークとかランカスターと呼ばれる赤と白のバラ、クロタネ草、アメリカナデシコ、スイカズラ、ヒエン草、ユキノシタなど、次々に頭に浮かんだ。

「どうしてぼくなんかを好きになれるのかなあ？　取るに足らぬ人間で、足が不自由だし、平凡で醜いのに」

彼女は両手で彼の顔を挟み、唇にキスした。

「あなたって、可愛いお馬鹿さんねえ。本当にそうだわ」

121

ホップ摘みが終わった頃、フィリップは聖ロカ病院で医局助手として採用されたという通知を受け取った。この通知をポケットに入れて、アセルニー一家と共にロンドンに戻った。ウェストミンスターにささやかな部屋を借り、一〇月初めに勤務を始めた。仕事は興味深いし、変化があった。毎日何か新しいことを学べた。自分が多少とも有用な人間だと感じられるようになった。サリーとは頻繁に会った。人生がこれまでになく楽しいものだと感じられた。外来担当の日を除けば、だいたい六時に解放されるので、それからサリーの働いている店に行った。彼女が仕事を終えて出て来るのを待つわけだが、彼の他にも、店の女の子が出て来るのを待つ何人かの若者たちが、「店員出入口」の向かい側とか、少し先の街角にたむろしていた。店の女の子たちは二人あるいは数人まとまって出て来て、男たちに気付くと互いに突つき合ったり、笑ったりした。黒無地の服を着たサリーは、並んでホップ摘みをしていた田舎娘とはずいぶん違って見えた。店からは早足で出て来るが、彼と目が合うと歩調をゆるめ、おだやかな微笑で挨拶した。人通りの多い通りを一緒に歩いた。フィリップは病院での仕事のことを話し、彼女はその日に店であったことを話した。彼女と一緒に働いている女の子たちの名前も分かってきた。サリーには、控え目ながら鋭いユーモア感覚があるのが分かった。彼女が仲間の女の子や上司の男たちについて述べる批評が予想外に面白いので、フィリップは大いに楽しんだ。とくに面白くもないというように、ひどく真面目な顔をして語る癖が彼女にはあったが、実のところ、かなり鋭く観察しているので、フィリップは吹き出してしまうのだった。大笑いする彼をちらと見る、彼女の笑っている目で、彼女自身もおかしさに充分気付いているのが分かった。二人は出会うと握手をし、別れるときも同じく礼儀正しい仕方だった。フィリップが一度、自分の部屋でお茶を飲まないかと誘ったことがあった。しかし彼女は断わった。

「ううん、行かないわ。そういうのって変でしょ?」

二人の間で愛の言葉が交わされることはなかった。一緒に散歩するときの心の交流以上のものを彼女は望まぬようだった。それでも、彼女が自分と一緒にいるのを楽しんでいるのは疑いようがない。最初の頃と同じく、今でも彼女のことはよく分からない。彼女の行動を理解するのは無理だ。それでも、親しくなればなるほど、彼女が好きになった。才能があるし、自制心があり、魅力的な率直さがある。どのような環境の下でも、この女なら頼れるという気持にさせてくれる。

「きみは本当にいい女だな」と、フィリップが出し抜けに言った。

「そうかしら。他の人と少しも変わらないと思うけど」彼女は答えた。

彼女を恋しているのでないのは分かっていた。深い愛情を抱き、彼女と一緒にいるのを好んだ。一緒にいると不思議に落ち着く。それから、彼女に敬意を抱いていた。一九歳の女店員に対して敬意を抱くのは滑稽な気もするけれど、事実なのだ。さらに、彼女の輝くような健康美もとても気に入った。何一つ欠陥のない、みごとな生物であり、肉体面の完璧さは彼に常に畏敬の念を起こさせた。彼女と較べて、自分など、とうてい劣った人間だという気がするのだ。

ロンドンに戻って来て三週間ほど経ったある日のこと、一緒に歩いていて、彼女がばかに口数が少ないのに気付いた。いつもの晴れやかな表情が、眉間に寄せたかすかなしわのために損なわれている。しかめっ面になりそうでさえあった。

「どうしたの、サリー?」

こちらを向かず、前方をじっと見ている。顔色が曇った。

「自分でも分からないの」

一瞬にして、何のことか了解できた。分かると彼の心臓は急に早鐘のように打ち出し、顔が真っ青になった。

「どういうこと？　心配しているのは……」

全部言えなかった。その種のことがサリーの肉体に起こりうるとは、まったく思いもよらなかったのだ。その時、彼女の唇がわなないているのに気付いた。泣き出さぬよう、必死でこらえている。

「まだ確かではないの。もしかすると、何でもないかもしれないわ」

二人は何も言わずに歩き続け、いつもさよならを言う、チャンセリ・レインの角まで来た。彼女は握手の手を差し出し、にっこりした。

「まだ心配することはないわ。大丈夫だって思うことにしましょうよ」

彼は心がひどく乱れたまま、彼女と別れた。自分は、何という愚かなことをしたもんだ。思慮のないみじめな馬鹿者だとの思いが、まず頭に浮かんだ。自己嫌悪に陥り、一〇回ばかりも、馬鹿者、馬鹿者と自己を罵った。自分にうんざりした。なぜこんな不名誉な失策をしでかしたのか。だが、それと同時に、今後いかにすべきかということも完全に忘れてはいなかった。頭の中に次から次へとさまざまな考えが浮かんでは消えていたが、それでも、悪夢の中で見るジグソー・パズルの断片のように、ひどく混乱してはいるものの、所々まとまった考えが形成されてきたからである。今の自分の状況がはっきりしてきた。長年にわたって思い描いてきた夢がようやく手の届きそうな所まで来たのに、自分の愚かな行為のために、またもや新しい障害が生じたのだ。

落ち着いた生活を送っていこうと堅く決意しているにもかかわらず、いつも失敗するのは、自分にはどこか欠陥があって、それを克服できないからだとフィリップは気付いていた。それは未来志向というか、現在よりも未来を熱をこめて思い描く傾向だ。今回も、ようやく病院勤務を始めるや否や、旅行計画に熱中していた。過去には、未来の計画をあまり詳細に至るまでは立てぬように気を付けていた。実現しない場合、失望が大きかったからだ。けれども、目標に近づいた今なら、抵抗しがたい夢に耽っても害はないように思えた。まず第一にスペインに行きたいと思った。憧れの国であった。今では、スペインの精神、スペインのロマンや色彩や歴史や栄光などが、彼の肉体の一部にさえなっていた。他のどの国も与えられぬような、特別のメッセージを自分に与えてくれるような気がする。コルドバ、セビリア、トレド、レオン、タラゴーナ、ブルゴスなど、スペインのすばらしい古都の曲がりくねった道について、子供の頃からずっと歩きまわっているかのように、精通していた。スペインの画家たちは、憧れの的であり、スペインに行って、その絵画の前に立つことを思うと、もう胸が高鳴る。これらの絵画は、彼自身の悩み多き不安な魂にとっては、全世界でもっとも重要なものであるように思えた。スペインの偉大な詩人たちの作品も読んだが、他の国の詩人たちより自らの国民の特質を鮮明に浮き彫りにしているようであった。というのも、スペインの詩人は霊感を、世界文学の一般的な流れなどからでなく、スペインのかぐわしい暑熱の平野や、荒涼たる山から直接得ているようであったからだ。数カ月後には、魂と情熱のすばらしさを表現するのに最適のスペイン語が自分の周囲で話されるのを直接耳にすることになる。フィリップの趣味は洗練されていたので、スペインといっても、アンダルシアは自分の熱情を満たすには軟弱で、感覚的で、やや通俗的過ぎるような気がした。彼の思いは、風の吹きすさぶカスティリアの辺境地帯やアラゴンやレオンの荒々しい広大な土地に向けられた。こういう未知の土地との接触が自分に何をもたらすのかは不明であったが、スペインよりさらに遠く離れた、もっと異質な国々の多様性に富む不思議な事物と接し、理解するのに役立つような力と積極性とを与えてくれそうな気がした。

スペインを手始めとして、世界中を旅したいと思っていたのだ。船医を雇う会社と連絡を取り、それぞれの船会社がどういう土地を訪れるか知っていた。また、船に乗っていた人からそれぞれの航路の長所と短所を聞いていた。そして東洋汽船とマレー半島東洋汽船の二つは避けようと思った。何よりもこれらの会社では船医のポストを得るのが難しいからだが、さらに、客船航路であるため船医にはあまり自由時間がない。しかし他の船会社で、東洋行きの大きな不定期貨物船を出している所があった。これらは時間に余裕があり、ありとあらゆる港にさまざまな目的で停泊し、一、二日のときもあるが、二週間泊ることもある。したがって船医もたっぷり自由を与えられ、港から内陸に旅する可能性も少なくないのだ。もちろん給料は悪いし、食事も美味とは行かないので、こういう条件で船医になろうという者は少なく、ロンドンで医師免許を取った者なら、まず職に就けるだろう。船客としては、たまに人里離れた港から港へと商売で移動する客がいるくらいなので、船上の生活は友好的で楽しい。こういう船の寄港する地名をフィリップはもう記憶していた。どの地名も熱帯の太陽、魔法のような色彩、あるいは、混雑した、神秘的な、強烈な生活をまざまざと頭の中に浮かび上がらせた。なまの生こそ、フィリップの望むものである。ようやく実人生を間近に見る機会が来たのだ。ひょっとすると、東京か上海から、他の航路に乗り換えて、南太平洋の小島へと足を伸ばすこともできよう。医者はどこの土地でも重宝がられよう。ビルマの内陸に入りこんだり、スマトラやボルネオの奥深いジャングルも訪れる機会があろう。自分はまだ若いから、時間を気にする必要は少しもない。イギリスには親類もいないし、友人もいない。何年もかけて世界中を廻ってもいい。人生の美しさと不思議と多様性を学ぶのだ。

ところが、そこへこのことが起こってしまった。サリーが勘違いしているという可能性は、とりあえず忘れることにした。むしろ、彼女の恐れている通りなのだと確信した。

何といっても、充分にありうることなのだから。造化の神が、子供たちの母となるように彼女の体を造ったというのは誰の目にも明らかだ。どうすべきか、彼には分かっていた。この出来事のために、これまでの将来計画を少しも変更してはならないのだ。グリフィスのことを思い起こした。あの男なら、このようなことを女から聞かされたとき、無関心な顔をするさまが、容易に想像できた。グリフィスなら、面倒なことに巻きこまれるのを避けて、知恵を働かせて、さっさとどこかに逃げてしまったことだろう。残された娘には、自分で事の後始末をさせようというのだ。フィリップは、もし子供が出来たとすれば、それは不可抗力だったと思った。しかし、サリーにも責任はないけれど、ぼくにも責任はない。彼女は一人前の女で、性の事実も知っている。危険を承知の上で、ぼくに身を任せたのだ。こんな出来事のために一生を棒に振るなど狂気の沙汰だ。人生のはかなさを意識することにかけては、ぼくは誰にも負けないし、だからこそ、生きている間に人生を最大限に活用したいと思っているのだ。サリーにできるだけのことはしてやろう。今なら充分な金を与える余裕はある。意志の強い男なら、絶対に自分の目標達成を断念してはならぬはずだ。

フィリップは自分にこう言い聞かせたけれど、自分にはそれができないことが分かっていた。とてもできるものではない。自分自身をよく知っているのだ。

「なにしろぼくはひどく気弱な男だからなあ」あきらめたように彼は言った。

彼女はぼくを信頼し、親切にしてくれたのだ。いろいろ理屈はあるにせよ、非情と思うことをサリーに対してするなどとてもできない。彼女が不幸だという考えが頭のどこかにつきまとったりしたら、どこを旅したところで心の平和はない。その上、サリーの両親のこともある。常にぼくに対してとても親切にしてくれたのに、恩を仇《あだ》で返すようなことは絶対に不可能だ。サリーとできるだけ早く結婚する以外に道はない。サウス医師に手紙を書き、近日中に結婚すると述べ、もしこの間の申し出がまだ有効なら、お受けしたい、と伝えるのだ。ああいう貧しい人たちの間で医者をするのが、フィリップには適している。あの土地でなら、彼の不具は問題にならぬし、サリーの素朴な生活習慣も物笑いの種にはならぬだろう。彼女を自分の妻として考えるのは妙な気分だ。不思議な、温かい気持になる。自分の子供がやがて生まれてくると考えると、ある感情の波が彼を包んだ。サウス医師が手紙に色よい返事をくれるのは間違いないので、あの漁村でサリーと共に送るであろう人生を頭に思い浮かべてみた。海の見える所に小さい家を持ち、巨大な船が叶えられぬ夢の国々に向かうのを眺めることになる。しかし、これが一番賢い道かもしれない。クロンショーが言ったように、空想の力で空間と時間の二つの領域を支配している者にとっては、人生の現実がどうであれ、少しも問題ではないのだ。

クロンショーの言う通りだ。「永遠に汝は彼女を愛し、彼女は常に美しからん」とキーツの歌っている通りだ。

妻への結婚の贈物としては、彼の抱いていた高い理想をすべて差し出せばよい。自己犠牲を差し出すのだ。自己犠牲の美しさにフィリップは酔い、その夜はずっとそればかり考え続けた。あまり興奮して読書はとても無理だった。部屋から戸外へと自然に押し出されていくような感じで、彼は胸を高鳴らせつつ、バードケイジ・ウォーク通りを何度か行ったり来たりした。考えたことを自分の胸の中に秘めておくのに堪えられなかった。サリーにプロポーズしたときの、彼女の幸せそうな顔がぜひ早く見たかった。時間がこれほど遅くなければ、すぐに会いに行くところだった。頭の中で、サリーと快適な居間で過ごす夜の時間を思い描いた。海が見えるように、カーテンは開けておく。彼は読書をし、彼女はうつむいて縫物か何かをする。ランプのシェードで彼女の顔は一段と美しく見える。成長してゆく子供のことをいろいろ相談するとき、こちらに向けた彼女の目には愛情に満ちた輝きがある。漁民やその女房たちが彼の患者になるわけだが、この人びとはきっと自分とサリーに深い愛情を持つであろう。こちらも、そういう素朴な人びとの喜びや悲しみに共感することになる。だが、フィリップの思いは、二人のものとなる息子に戻った。その子への愛情を、既に自分の中に感じた。子供の小さな手足を自分が撫でている場面を思った。きっと美しい子供だろう。豊かで多様な人生の夢の実現は、その子の代になってからでもよい。過去の長い遍歴を思い返し、今はそれを喜んで受け入れようと思った。人生をあれほどに屈辱的にした不具も受け入れた。不具のせいで性格が歪んだのは分かっているが、不具のおかげで、多くの喜びの源となった自省力が身についたのだ。自省力がなかったら、美に対する鋭敏な鑑賞力や絵画や芸術への情熱、豊かな人生模様への興味も自分のものとはならなかったであろう。人から浴びせられた嘲笑や軽蔑は、彼の心を内へ向けさせ、永遠に失われることのない芳香を放つ花を開かせたのだ。それから、正常など世にも稀であるのが分かった。誰にだって、肉体あるいは精神に何らかの欠陥がある。これまで知り合ったすべての人のことを考えてみた。(世の中全体が病院のようなものであり、わけもへちまもない所なのだ。)すると病人の長い列が見える。体を病んでいる者、心の悩みを抱えている者、心臓や肺を患っている者もいれば、心の病として、意志薄弱、アルコール依存症の者などもいる。この瞬間、フィリップはそのすべての人に聖なる共感を覚えた。すべてみな、定めなき運命にもてあそばれたのだ。グリフィスの裏切りも、ミルドレッドがあれほど自分を苦しめたことも、今では許せた。あの連中にしてもあれ以外にどうしようもなかったのだ。唯一分別ある態度は、人間の善い部分は受け入れ、悪い部分は大目に見てやるということであろう。死に臨んだイエスの言葉がふと頭をよぎった。

「彼らを赦《ゆる》したまえ。その為すことを知らざればなり」

122

土曜日に国立美術館でサリーに会うことに決めてあった。店の仕事が済んだら、すぐやって来て、一緒に昼食を取ることになっていた。この前会った時から二日経ち、喜ばしい気分は一瞬も消えなかった。この感情を喜んでいたので、あえて彼女と会おうとしなかったくらいだ。彼女に会ったら、何をどういうふうに言うか、何度も練習した。一刻も早くプロポーズしたくてたまらなかった。サウス医師にもう連絡してあり、それへの電報——「オタフクカゼノヤツハクビニシタ　イックルカ」——も今朝受け取っていた。この電報をポケットに入れ、フィリップは議会通りを歩いた。よい天気で、明るい、ひんやりした太陽のせいで、通りには光が踊って見える。人通りは多かった。はるか遠くには薄い靄《もや》がかかっていて、建物のいかめしい輪郭をみごとにやわらげていた。トラファルガー・スクエアを横切った。そのとき突然、心臓がねじれて痛んだ。ミルドレッドらしい女性が前を歩いていたのだ。ミルドレッドと同じような姿で、見覚えのある、少し足を引きずるような歩き方だ。よく考えもせず、胸を高鳴らせたまま女のそばまで足を速めた。その時、女がこちらを振り向き、別人だと分かった。ミルドレッドよりずっと年長で、しわの多い黄ばんだ肌をしている。足をゆるめた。言葉にならぬほど安堵したが、ほっとしただけでなく、失望もしたのだ。そういう自分に愕然とした。あの恋から、自分は永久に解放されないのであろうか？　心の奥には、あんなことがあったにもかかわらず、あの女に対する不思議な、どうにもならぬ欲望がいつも埋《うず》み火《び》のように残っているようだ。あの恋がさんざん彼を苦しめたために、これからも完全には解放されることはないと思わざるをえない。死のみがこの欲望に終止符を打つのであろう。

だが、今はきっぱりとあの女への思いを断ち切った。やさしい青い目のサリーを思った。すると彼の口元が自然とほころんできた。国立美術館の入口への階段をのぼり、サリーがやって来たらすぐ気付くように、入ってすぐの部屋にすわって待った。絵画に囲まれると、いつでも気分がやわらいだ。とくにどの作品を眺めたいというのではないが、色彩のみごとさ、線の美しさが、心を浄化するのに任せた。サリーとの将来を、あれこれ考えていた。ロンドンにいる彼女は華やかなランやアゼリアの並ぶ花屋にある一輪の素朴なヤグルマ草に似て、何か不釣り合いに見えるので、他の土地に連れて行ったらさぞ楽しいだろう。彼女が都会の女でないことは、ケント州のホップ畑でよく分かっていた。サウス医師の住むドーセット州のおだやかな空の下で、彼女はより輝かしい美人として開花するに違いない。彼女が現れ、フィリップはすぐ立ち上がって出迎えた。黒い服で、手首に白いカフスと、首の周りに紗《ローン》のカラーをつけている。二人は握手をした。

「ずいぶん待った?」

「いや、一〇分ぐらいかな。お腹すいている?」

「それほどでも」

「それじゃあ、少しここにすわっていようか?」

「あなたさえよかったら」

二人は何も言わずに、並んでじっとすわっていた。サリーがすぐそばにいるのが嬉しかった。輝くような健康美に、こちらまで体が温まるような気がした。生命の輝きがまるで後光の差すように彼女の周囲を照らしていた。

「さてと、どうだった?」微笑を浮かべて彼が言った。

「ああ、大丈夫よ。あれ、やっぱり勘違いだったわ」

「ああ、そうなの」

「あら、嬉しくないの?」

予想もしていなかった感情が彼を包んだ。サリーの不安は当たっていたと分かるとばかり思っていた。勘違いの可能性があるとはまったく思ってもみなかった。昔からの将来計画はすべてご破算となり、あれこれ細部に至るまで思い描いていた世界旅行のことは、実現不可能な夢と化したはずであった。ところが、今また自由の身になれたのだ。自由なのだ。ということは、あの計画は断念しなくてよいのだ。これからの人生、彼の好むままに送っても差し支えないのだ。ところが、そう考えても心は躍らず、逆に沈んでしまった。暗い気分になった。未来は索漠とした空虚なものと化した。何年もの間、大海原を危険を冒し苦しみを味わいつつさまよったあげく、ようやく良港にたどり着けたにもかかわらず、いよいよ入港しようとする段になると、突然、逆風が吹き出して再び大海原へと引き戻された。そんな気分に襲われた。陸地ののどかな牧草地や緑豊かな森林のことを思い描いていたので、荒涼とした海原に出るのはもうたくさんであった。再び孤独や嵐に立ち向かうのはいやだった。サリーは澄んだ目でこちらを見た。

「本当に嬉しくないの?」また同じことを尋ねた。「大喜びするだろうって思っていたのに」

彼は悄然《しょうぜん》として彼女の目を見返した。

「さあ、どうかな」小声で言った。

「あなたって変な人ね。たいていの男なら喜ぶところなのに」

どうやらぼくは自分を偽っていたようだ。結婚しようと思ったのは自己犠牲からなどではない。妻と家庭と愛情が欲しかったからなのだ。今、それが指の間を抜けて全部消え去ってしまったので絶望しているのだ。ぼくが望んでいるのは、まさにそういうものなのだ。スペインのコルドバ、トレド、レオンといった都市など、本当はどうでもよいのだ。ビルマの仏塔だの、南洋の島々の珊瑚礁にも用はない。理想の土地は今ここにある。考えてみると、これまでのぼくは、他人が言った言葉、書いた文章に教えられた理想を追い求めてきたのであって、自分自身の心底からの願望をないがしろにしてきた。こうも言えよう。こうすべきだと考えたことに支配されたのであって、自分が心の底からぜひ成し遂げたいと願ったことは、せずじまいだった。自分の真実の欲求以外のものを、今やもう不要と言わんばかりに、すべて頭から払拭した。これまでは常に未来にばかり生きていて、現在は指の間からこぼれてしまっていた。自分の理想は一体どういうものだろうか？　人生の無数の無意味な事実を材料にして、複雑で美しい意匠を紡ぎ出したいという願望を思い出した。だが、人が生まれ、働き、結婚し、子供を作り、死ぬという、もっとも単純な意匠であれ、他のものと遜色なく、もっとも完璧な意匠だと言ってもよいのではなかろうか？　人によっては、幸福な暮らしを目ざすことなど、敗北の承認だと思うかもしれぬが、その敗北は多くの勝利などよりは立派な敗北かもしれないではないか。

サリーのほうに視線を走らせ、何を考えているのかなと思った。それからまた視線を転じた。

「ぼくはきみにプロポーズするつもりだったんだ」

「もしかするとそうかもしれないと思ったけれど、あなたの邪魔になっちゃいけないと思ったのよ」

「邪魔になんかなるもんか」

「でも、旅行はどうするの？　スペインとかは？」

「ぼくが旅行したがっているって、どうして分かるんだい？」

「だって少しは分かるわ。何しろ、父さんとあなたが、夢中になって話しているのをよく聞かされたもの」

「もう旅行なんてどうでもいいのさ」そこでちょっと間を置き、それから低い、かすれ声で言った。「きみを一人にしておきたくないのだよ。そんなこと、ぼくにはできない」

彼女は返事をしない。何を考えているのか、彼には分からなかった。

「ぼくと結婚してくれないか？」

彼女はじっとしたままで、顔には表情の変化はまるでない。それでも目を伏せたまま答えた。

「あなたさえよければ」

「きみは望まないの？」

「もちろん、自分の家庭を持ちたいし、そろそろ身を固めてもいいって思うわ」

彼は少し微笑んだ。今ではもうサリーのことはかなりよく分かっていたので、こういう態度に驚くことはなかった。

「じゃあ、ぼくと結婚したいのではないの？」

「あなた以外に結婚しようと思う人はいないわ」

「じゃあ、それで決まった」

「母さんと父さん、驚くでしょうね？」

「ぼく、とても幸せだ」

「あたしはお昼が食べたいわ」

「おや、おや！」

彼はにっこりして彼女の手を取って、しっかりにぎった。二人は立ち上がり、国立美術館を出た。階段を下りる途中、欄干の所で立ち止まり、トラファルガー・スクエアを眺めた。馬車や乗合馬車がせわしなく行きかい、群衆が、思い思いの方向に向かって急ぎ足で歩いていた。空には太陽がさんさんと輝いていた。

あとがき（一九三四年執筆）

ただでさえかなり長い小説に序文を加えるというのは、いささか馬鹿げているように思えた。しかし、何年も前に執筆された書物を再版する場合、再読しようという意欲をかきたてるために、読者はその種のものを要求するようである。それゆえ、私は、一体何を書こうかと一週間ばかり考えこんできたのである。最初この小説を今よりずっと短い形で書いたのは、一八九七年末と、一八九八年前半の六カ月のことだった。この作品は『スティーヴン・ケアリの芸術的資質』という、いささか大げさな題名がつけられていた。執筆を終えたとき、私は二四歳で、小説の主人公も二四歳までしか描いてなかった。主人公はルーアンに留学したが、私自身はここは観光の目的で数回訪れたことしかなかった。『人間の絆』の主人公は、私のよく知っているハイデルベルクに留学する。また、前作の主人公は音楽を学ぶのだが、当時の私は音楽には無知——今でも私は音楽に精通しているとは言えないが——であった。『人間の絆』の主人公は、その後私が少し学んだ絵画の勉強をするのである。前作の原稿を読み返す勇気が私にはないので、小説作品として、どれほど価値があるものかどうか判断がつかない。とにかく、二、三の出版社に拒否されてしまった。一つには、ミス・ウィルキンソンと主人公の関係が有力貸本業のミューディ社に歓迎されぬという判断があったからであった。ようやく、一八かで出版してもよいという出版社が一社見つかった。ところが、私は原稿料として最低一〇〇ポンド要求した。もちろん、話はこれで終わりになった。やむをえず出版は断念し、そのことは忘れてしまった。

ところが、不思議なことに、何かを頭から追い払いたい場合、それを作品に書くだけではまだ足りず、出版されねばならないのだ。だから、前作執筆の後、そこで扱った人物も出来事も感情も、どうしても忘れられなかったのである。それからの一〇年の間に、他の経験もしたし、他の人たちとの出会いもあった。こうして、私の頭の中で本は書き続けられていった。過去の思い出の中には、執拗に私につきまとい、寝ても覚めても、逃れられないものもあった。当時、私は評判の劇作家になっていた。当時としてはかなりの額の金を稼いでおり、劇場の支配人は、私が新作の最終幕を書き終えるか終えぬうちに、もう忙しく配役を決めようとしたほどであった。ところが、思い出が私をとらえて離さない。ひどく私を苦しめるので、遂に劇場とは縁を切り、自分を思い出から解放してしまおうと決意したのであった。新しい本は執筆に二年を要した。書き進めるうちに、次第に長くなり、手に負えぬほどの長さになってしまったので、われながら困惑した。だが、読者を楽しませるために書いているのではなかった。耐え難い思い出から、みずからを解放するために書いていたのだ。遂に目的は達成された。校正刷に手を入れた後、そういう亡霊どもをすべて退却させることができた。小説の登場人物たちも、彼らが関係した出来事も、すべて忘却の彼方へ押しやったのだ。その後、この小説を一〇行ほども読み返したことがないので、記憶でしか言えないが、作品中のどこが創作で、どこが事実であるか自分でも分からない。つまり、作品のどの部分が、私の実際の体験を正確に、あるいは、ある配慮から多少歪曲《わいきょく》して描いてあるのか、どの部分が願望として描かれたのか、今では判然としない。

私が最初に選んだ題名は、イザヤ書からの引用である「灰より生まれ出し美」というものであったが、少し前に既に使われているのが分かり、他の題名を探すことになった。たまたま私は、その頃スピノザを読んでいた。彼の偉大な書『エチカ』の「人間の絆〔束縛〕について」(*Of Human Bondage*)と題された章まで読み進んだとき、これこそわが意を得たりと思われる題名だと思った。出版社では、小説の題名にはいかめし過ぎると反対したが、私は頑として譲らなかった。それは一九一五年に世に出た。第一次世界大戦が勃発して既に一年経過し、従軍記者の報告書や、戦争は数週間で終わると予言する、その道の専門家たちの記事などを読まされてうんざりしている一般読者が、気分転換に小説作品を喜んで受け入れるのではなかろうかという期待があった。事実、ある程度の成功は収めた。記憶しているところでは、一流の雑誌がよい書評を載せてくれたのだが、ほどほどのほめ方であって、絶賛などとはとても言えなかった。軽喜劇作家として私が一般大衆の間で大成功を収めていたのが仇となり、私の筆に成る真面目な小説をうさん臭く思ったのであった。大衆作家が純文学の良質な作品を生み出せるものかと批評家は疑っていたのである。その上、こんな事情も介在した。当時、バトラーの『人みなの道』が作者の死後に出版されて好評を博したのが刺激になってのことと思うが、自伝的小説の長篇が次々に刊行され、その中の二点などは、大変な好評を得ていた。『人間の絆』は、こういう流行の終わりかけた頃、遅れて出現したのである。ただ、作品のどこもあまり非難されることもなかったが、例外的に、多少とも厳しい批判を浴びたのは結末であった。私がこの小説を幸福な結婚で終わらせることを、多くの人は月並み過ぎると考えた。苦難の道を歩んできて、今なお変化を求めてやまぬ主人公が、どう見ても凡庸としか思われぬ女と結婚して幸せになれると私が想像するなど、人びとには理解できなかったのだ。フィリップが、ただ一人で広い世の中に出て行き、彼に敵意を抱く環境と争い続けたほうが、読者に納得され、歓迎されたであろう。この辺りのことについては、私は経験に依るのでなく、創作するしかなかった。こうあれかしと望むことを書くしかなかった。とかく女性というものは、男が自分と知的関心を共有できるような妻と生涯を共にしたいと望んでいると考えがちである。男が妻に鼓舞されて、より高貴な目標へ、より高い野心へと向かうものと考える。妻は男に精神的な感化力を及ぼすと女性は思う。だから、男は重大な問題を対等な立場で妻と議論することを望み、夫婦間に類似の能力を持つ二人の独立した知識人同士のギブ・アンド・テイクの関係があるのを当然と考える。男が妻の優れた直観にすすんで譲歩するのも悪くないと彼女たちは思うのだ。ところで、これは女性だけでなく、多くの男性が妻について抱く理想であることに、私は疑いを持たぬ。しかしながら、大多数の作家の抱く理想ではないと思う。作家の望むのは、平和であり、愛であり、平和であり、慰めであり、平和であり、気晴らしであり、平和であり、思いやりなのだ。作家がこういうものを欲するので、作家の好きな女主人公はこういうものを与えてくれる存在となる。確かに、彼女たちは第三者には少々退屈で、愚かしく見えるであろう。ディケンズやサッカレーやアントニー・トロロプの小説に登場する、おとなしく物分かりのよい女主人公に対して、不愉快だと思わぬ女性はいないだろう。しかし作家はこういう女主人公を尊重するのだ。『虚栄の市』に登場する知的なベッキー・シャープはとても面白いかもしれないが、共に暮らす相手には、あの心やさしいアミーリアのほうがよい。ツルゲーネフの『父と子』に登場するフェニチカほど愛らしい女性がいるだろうか？

『人間の絆』は、ある程度の成功を収めたけれど、テムズ川を燃え立たせるようなことはなく、大多数の小説と同じ運命をたどり、やがて忘れ去られるように思えた。ところが、アメリカに渡ると運が向いてきた。セオドア・ドライサーが『ネイション』誌（モームの勘違いで、正しくは『ニュー・リパブリック』誌）に非常に長い、実に好意的な書評を書いてくれ、他の一流の批評家たちもこれに倣い、幅広い読者の注目するところとなった。当時としてはかなり多数の読者を獲得し、その後も年を追うごとに売れ行きを伸ばし、現在までに驚異的な発行部数になった。時どき、著名な作家が、この作品に注目することもあり、その称賛によってさらに多くの新しい読者を引きつけた。このようにしてアメリカで確立した評判が、大西洋を渡り、イギリス作家も次第に価値を認め始めたのである。この新版が出ることになったのも、作家たちが頻繁にこの作品を話題にしたことで、一般読者からの需要が増したからに他ならない。この本がこのように成功を収めたのが、まったく英米両国の同業の作家たちの賛辞のおかげであることを感謝と誇りをもって認めたい。

　右に述べたような形で、依頼された序文を書くという任を果そうかと思ったが、何を述べても私以外の誰にもあまり興味がなさそうだと気になった。また、何を書いても、これは傑作だと考えるべきだと、思いあがった作者が主張しているという印象を消し得ないと思った。この作品の細部までは覚えていないが、重大な欠点がいくつもあるのは確かである。執筆当時の私自身を表現しているわけだが、今の私は、あの頃と較べて、より賢明で、より寛大で、より社交的になっていると思う。小説技法に関しても、当時よりもはるかに多くを学び、少しはましな英語が書けるようになっている。もし読み返したならば、訂正したり、非難したりする点が多いに違いない。とつおいつ思案し、ともかく少しでもよい序文を書き始めようと決心する前日に、幸運にもアメリカから、序文の代りをみごとに務めてくれそうな手紙を受け取った。次に示すものがそれである。謙虚な気持からすると、二、三箇所、ほめ過ぎと思えるのだが、あえて原文のままここに写させて頂きたい。この手紙によって私がのぼせ上がっていないことを、やさしい読者のみなさんに信じて頂きたい。手紙の差出人の姓以外は何も伏せていない。

親愛なるモーム様

ぼくは一六歳の少年で、あなたの申し分のない、すばらしい小説をいくつも読みました。こういう形容詞を用いて、偉大な作家と認められているあなたにお世辞を言っているのではありません。ぼくが本当に思ったことを、正直に記しただけです。

読んだ中で、『人間の絆』がもっとも魅力的で、思考の糧《かて》をもっとも多く与えてくれると思いました。何日かかけて読んでいる間、授業が終わるのが待てないほど、この本に心を奪われました。学校から急いで家に帰り、また本を開き、述べられていること、語られていることすべてを、しっかりと読み進みたかったのです。ぼくの年頃の少年が消化できる限りの多くの事柄を——もしかすると消化するのが難しかったことまで——この本から学びました。読むのにあまりに夢中になっていたので、夕食の支度が出来た、という母の声を聞き損なったことが何回かありました。たとえ聞こえたとしても無視したかもしれません。その結果、母にこっぴどく叱られましたが、別にぶたれたわけでなく、母の怒った声にぼくの心が痛んだだけです。読んでいて、フィリップが足が不自由であったり、劣等感に悩んだり、異性の扱いが下手だったりするために、不幸な生活を送っているのをはっきり頭に思い浮かべることができました。苛酷な一撃でフィリップが傷ついたとき、ぼくは彼と同じように痛みを覚え、それゆえ、深い同情を覚えました。(とくに、えび足を見せるように強要された場面とか、ミルドレッドの魅力の虜《とりこ》になっていたときに耐えた多くの屈辱的な出来事です。)

この本を読んだおかげで、人生について多くのことを有能な先生によって——モームさんのことです——教えて頂くことができました。また、この本はすばらしい比喩や表現でいっぱいです。だから、本書ほど教育的で、しかも興味深い書物はないという結論に達しました。小説中の最高傑作だとぼくは思いますが、ぼくと同じようにこの作品を味わった人は無数にいると信じています。ぼくが考えるには、この本は人生で考え得る、ほとんどあらゆる面に触れているので、そこがぼくの好む最大の理由です。将来ぼくの未知の人生の終わる日まで、この本を大事にしてゆくと確信しています。

モームさんはさぞかしお忙しい方なのに、こんな退屈な手紙で大事な時間を取り、申し訳ありませんでした。

本書はぼくの心に入りきれないほどの多くの喜びをもたらしました。そこで、この機会を借りて、心からのお礼を述べさせて頂きたいと思います。

J――・S――より

エル・グレコ「トレドの眺めと市街地図」
グレコ晩年の作であり，本訳書88章(60-62頁)で，フィリップは自分がとらえた，この絵の不思議な魅力について語っている．

『人間の絆』について

あるエピソード

一九一四年八月に勃発した第一次世界大戦は「地球上から戦争を追放するための戦争」と当時は考えられており、イギリスからもみずから志願して従軍する作家が少なくなかった。新進気鋭の文芸批評家デズモンド・マッカーシー（一八七八―一九五二）もその一人であり、赤十字野線病院に配属され、フランス戦線で戦傷者を前線から病院へ運ぶ任務を与えられていた。ダンケルク近くのマロの宿舎にいたが、同じ班で同じ作業をしている者の中に作家がいるのを知って喜んだ。戦線で文学を語り合えると思ったのだ。ところが、それが流行劇作家のモームだと分かると、やや気落ちした。純文学を論じたい者としては、商業的に大成功を収めているような作家では話が合わないだろうと思ったからだ。そう思ってモームの様子を観察していたところ、ある日モーム宛に本国からぶ厚い校正刷が届いたのである。どうやら長篇小説のものだったらしいのだが、モームはあまり赤字を入れていないようだ。マッカーシー自身は推敲に推敲を重ねるほうなので、思い切ってその点をモームに尋ねた。なに、原稿の段階でよく手を入れているのでもう必要ないのだ、というのが答えであった。マッカーシーは、流行作家というのは芸術への精進が欠けていると考えて、ひどく失望したという。

このエピソードはマッカーシーがその後発表した『モーム論』(一九三四年)の中で告白しているものである。あの校正刷は『人間の絆』として出版されたものだったと分かり、作品に感動したマッカーシーはフランス戦線での若き日の自分の不明を恥じたというわけである。この『モーム論』では、この作品が二〇世紀イギリス小説の最高傑作の一つであり、後世に残るのは確実だとしている。彼は後に個人的にもモームと親しい友人になった。

執筆の動機

右のエピソードは本書が数多いモームの作品の中でも異色作であるのを印象づけるに充分であるが、まず著者自身の語る執筆の経緯を確かめてみよう。意外と思われるかもしれないが、実はモームは自作についてあまり語っていない。『世界の十大小説』『読書案内』『視点』など、文学一般、他の作家たちの人柄や作品について論じた著作はいくつもあるのだが、自作については口数が少ない。それゆえ、『サミング・アップ』やその他の場所で、本書についてかなりつっこんで語っているということ自体、作者本人にとっても本書が特異なものである証拠と考えてよい。本書を執筆し始めたのは一九一二年であるが、中巻に付した年譜からも明らかなように、当時のモームは劇作家として人気の絶頂にあった。絵入り諷刺週刊誌『パンチ』に彼の四つの芝居がロンドンの大劇場で同時に上演されているとき、その宣伝のポスターを横目で羨ましそうに眺めているシェイクスピアの絵が出たほどであった。本人の口から語らせよう。

「人気のある劇作家としての地位がちょうど確立した頃から、過去の生活のあふれんばかりの思い出に取りつかれるようになった。母との死別、一家の離散、フランスで育ったのと吃音《きつおん》だったためにとても惨めだった小学校低学年時代、初めて知的生活を経験したハイデルベルクでののんびりとして楽しかった日々、医学生時代のわずらわしさ、ロンドン生活のスリル——こういうものすべての思い出が、寝ていても歩いていても、舞台稽古の途中でもパーティの最中でも、ひしひしと押し寄せてきて、耐えがたい重荷となった。すべてを小説の形で書いてしまわなければ心の平静は取り戻せないと腹を決めた。」(『サミング・アップ』五一章)

そして当然長い小説になると見当がついていたので、契約を求める劇場主に不義理をし、一時的にせよ芝居とは縁を絶ったのである。一九一二年のことだった。一九一四年にはようやく脱稿し、一九一五年初めに校正刷が出て、これに手を入れている場面をマッカーシーに目撃されたのであった。右の引用にあるようにみずからの心の平和のために、是が非でも書かざるをえないという状況であったわけだが、考えてみると、本来、芸術家というものは、ぜひ表現したいという欲求につき動かされて創作するのではないだろうか。それがモームの場合には、どうして珍しいことだと言われるのであろうか。

中巻に付した年譜にあるように、医学生時代の見聞に基づいて写実的な手法で貧民街の若い娘の恋を描いた『ランベスのライザ』(一八九七年)が多少注目を浴びた後、長篇小説、短篇小説、旅行記なども発表したが、芽が出ず、経済的な成功を求めて演劇に転じたのであった。大衆の好みを研究し工夫をこらして、ようやく商業劇場で大成功を得、「それなくしては他の感覚も働かない、第六感のようなもの」と彼の定義するところの金銭は入るし、社交界入りも可能となったわけである。他の作家と違って、恥じる様子もなく、自分は世俗的成功を求めるのだと公言していただけに、ようやくそれを自分のものとして、数年にして手放したので、モームの決意が注目を浴びるわけである。

『人間の絆』の内容

右の執筆事情を説明した文の少し後で、「これは自伝でなく自伝的小説である。事実と創作とが分かちがたく混ざり合っている。感情は私自身のものだが、作中の事件のすべてが実際あった通りに語られているわけではないし、親しい友人の経験を主人公に移している場合もある」と述べている通り、本書はモームの半生の体験に基づきながらも、小説作品として読みうるものとするため、事実の潤色や創作が加えられている。一体どこまでが事実なのか、どこからが創作なのか、モームの没後三六年も経つ今日でも判然としていない。他の現代作家の場合、書簡集、日記、詳細な伝記などが多数出ている。有名人のプライヴァシーが守られない現代のことであるから、本人や関係者の亡くなった頃には、露骨なほど私生活が公にされてしまうのが通例である。しかしながら、二〇世紀の作家でモームほど私生活の発掘されていない人は数少ない。晩年になって、人から受け取った手紙をすべて処分しただけでなく、日頃から友人、知己に自分からの手紙を処分して欲しいと熱心に頼んでいたのだ。生前に伝記を執筆しようという試みがあっても、極力これを抑えようとしたらしい。そして本人が長命であったため、死後に伝記を書いた人たちは、モームを直接知っていた人たちから取材するのが困難であった。これらの事情のために、モームの死後出た、かなりぶ厚い二冊の伝記(テッド・モーガン『モーム』一九八〇年と、ロバート・コールダー『ウィリー』一九八九年)に当たっても、事実と創作の関係を確定するのは難しい。

ハイネマン社版の初版のカバー（パリ時代のフィリップが描かれている）

事実と創作

むろん、ある程度の伝記的事実は判明しているので、母親の死、父方の子供のない親族に引き取られたこと、小学校時代のいじめの話、キリスト教への信仰とそこからの脱却、ドイツ遊学などまでは、ほぼ事実と見られる。ただし、母親の亡くなったとき、父親はまだ存命であったし、父親の職業も医師ではなかったというような違いはある。フィリップの哀れさを強調するための潤色であろう。フィリップの兄のことは出ていないが、これも同じ理由からであろう。一方、中巻に付した年譜ではモームは末っ子となっているが、フィリップと同じく、生まれてすぐ死んだ弟がいたのであった。

フィリップはえび足のためにいじめられるなど、ずいぶん苦しむが、モームの足は正常であった。ただ、フランスからイギリスの牧師館に移った頃から吃音になり、一生治らなかった。吃音の苦しみは本人にしか分からぬので、一見して分かるような不具に変えた、というのが通説である。ただ、吃音以上にモームにとって重大な問題であった同性愛をえび足であらわしたとする説もある。断定はできないが、幼いときからモームは他者との違いを強く意識していたから、それを外形的なものに置き換えたものと思われる。なお、前頁に初版のカバーの絵を掲げておいたが、挿絵画家の不注意で、左足ではなく右足が不自由であるかのように描かれており(本訳書、上巻の八頁にあるように、不自由なのは実際は左足)、話題になったものである。フィリップは当時の画学生の間で流行した黒マントをはおっている。

小説では主人公のフランスでの画学生としての生活が二年近くにわたり詳細に描かれているが、実際にはモームが画家を志したことはなかったらしい。またパリに長期滞在したのは、一九〇四年から一九〇五年にかけてのことで、時期をずらして、ドイツ留学の少し後というように設定したのである。

ミルドレッドのモデル

ドイツでフィリップが多大な影響を受けたヘイウォードとウィークスのモデルが誰であったかは判明している。同じくパリで交友のあったローソン、クラトン、ミス・チャリスについても分かっている。例えば、クラトンは生涯にわたってモームと親交があった、英国美術家協会《ロイヤル・アカデミー》の会長ジェラルド・ケリー卿が原型であった。しかし、ミス・プライスとかクロンショーについてはモデルは特定できていない。

モデル探しで本書の読者の関心の的となるのは、ミルドレッドとの関係が、どこまで作者の実体験に基づくのかという点であろう。何しろ本書の三分の一以上を占めているのである。作品の映画化はこれまで二度されているが、いずれの場合も、主人公の精神的成長を映画では表現しにくいからという事情があるにせよ、もっぱらフィリップとミルドレッドのくされ縁が中心となっているのも無理からぬことだ。何よりも、作者が、つきまとういまわしい過去の思い出から逃れるために執筆したのだと聞いたら、それがミルドレッドのことだと思わぬ読者がいるだろうか。

ところが奇妙なことだが、はっきりとは分からないのである。モーム自身の女性関係で分かっていることは、右に述べた事情で、僅かであり、十代、二十代のことはまったく不明である。三二歳のとき、スーという明るく自由闊達な若い女優と知り合い、深い関係が八年間続く。しかし、この女性はミルドレッドとは正反対のタイプの、のびのびとした屈託のない人だった。三九歳のときに彼女に求婚するが断わられる。この前後に知り合うのが、当時離婚訴訟中の社交界の花形だったシリーである。シリーと親密な関係になったのは、まさに『人間の絆』を脱稿した一九一四年、モーム四〇歳のときであった。その三年後に正式に結婚するのであるが、その時よりずっと早く両者の関係は冷め切っており、結婚はモームの同性愛を隠すための偽装であったという説があり、私は大体それが正しいと思う。

スーもシリーもミルドレッドとは、ほとんど重ならないと思われる(強いて言えば、執筆当時すでにシリーと不仲になっていた作者が、彼女の不快な面をミルドレッドの欠点と重ね合わせたと考えられなくもない)。二十代のモームが恋愛をしなかったわけでは決してないだろうが、果して相手が異性であったかどうか疑わしい。ミルドレッドの体型的特徴が男性的だと主張する評者もいる。確証はないものの、モームは何人かの男性と深い関係にあったと思われる。憶測であるが、愛の対象が同性であったために、今日でも事実がまったく判明していないのであろう。

ここでモームの同性愛について述べると、彼がドイツ遊学中に同性との楽しい交友の思い出を秘めて帰国してから三年後、一八九五年にオスカー・ワイルドが男色の罪で投獄されるという世間を震撼させる事件が起きた。この事件は当時二一歳だったモームにとって大きな衝撃であり、自分の同性愛的傾向は絶対に世間に知られてはならない、という決意をさせたにちがいない。その後、同性愛に対する寛容度が増した時代が到来しても、彼の恐怖心は変わらなかったらしい。

繰り返しになるが、主人公のミルドレッドとの関係が医学生時代のどのような相手とのことであったか、恐らく、今後とも発見される可能性は低い。だが、モームが深く愛した一人いや多分複数の相手との、泥沼のような愛欲関係に基づいているのは確実である。相手の容貌の美しさと性的魅力によって愛するようになり、その相手が自分の愛に価しないと知りつつも、恋心を忘れられぬという隷属状態に作者があったことも、本書の題名の由来の一つであろう。フィリップはミルドレッドに何度も煮え湯を飲まされ、とくに、金を出して彼女を男と旅行に行かせるような自虐的行為にまで走る。彼女への恋は「苦しみでしかなく、恋ゆえにみじめに隷属させられている自分に怒りを覚えた。囚人である自分の解放を願った」のであった。みじめな状況を余すところなく描き出す作者の誠実さと、それを可能にする筆力には驚嘆しないではいられない。

「絆」の意味

ミルドレッドへの隷属ということを述べたが、ここで本書の題名 *Of Human Bondage* との関連を考えてみよう。モームが述べているように、この題名は一七世紀のオランダの哲学者スピノザの主著『エチカ』第四部の章名から取っている。章の冒頭に「感情を統御し抑制する上の人間の無能力を、私は隷属と呼ぶ。なぜなら、感情に支配される人間は自己の権利のもとにはなくて運命の権利のもとにあり、自らより善きものを見ながらより悪しきものに従うようにしばしば強制されるほど運命の力に左右されるからである」(畠中尚志訳、岩波文庫、一九七五年)とある。ここの「隷属」(servitus)は、英語ではbondage である。右の状態がミルドレッドに取りつかれたフィリップのそれであるのは明らかである(さらに、グリフィスへの欲望を抑え切れないミルドレッドについてもあてはまるし、性とは無関係だが、画業への過度の執着のため自殺に追い込まれるミス・プライスも隷属状態にある。人間誰しも一時的にせよ同様の状態になりうるわけである)。母親の死に始まる過去の不幸な思い出が作者につきまとって、心の平和を奪ったわけだが、思い出の中でミルドレッドへの隷属がもっとも重きをなしていたのは、すでに見た通りである。したがって文字通り「人間の隷属について」あるいは「人間の束縛について」という題名に訳すのがふさわしいのであろうが、「人間の絆」という題名がすでに日本では定着しているので、誤解を避けるためにも、本訳書でもこれまでの訳名を踏襲した。なお、「絆」という語は、今日ではふつう「連帯」の意味で用いられているが、元来は「束縛」の意味もあるのはいうまでもない。

「ペルシャ絨毯」の哲学

フィリップのミルドレッドをはじめとする何人かの女性との関係に劣らず力をこめて語られているのが、主人公が自分で納得できる人生観に達する過程である。フィリップは牧師館で育てられたこともあり、少年の頃はキリスト教信仰を当然のこととして受け入れていたのだが、伯父が日曜日に行なう説教と身近に見る伯父のキリスト教の理想とは遠い生活態度に裏切られたり、あるいは、えび足を治して欲しいという必死の祈りがかなえられなかったのに失望したりしているうちに、信仰心が薄れていった。キングズ・スクールの校長の影響下で信仰心を取り戻すが、それも長くは続かず、ドイツ遊学の頃には、すでにキリスト教から心は離れていた。ドイツでの他の国の留学生たちとの自由な議論や、ハイデルベルクの大学で学んだショーペンハウアーの思想の影響などによって、一八歳で帰国したときには、かなりキリスト教から自由になっていた。

自由の喜びの一方では、人生とは何か、人生をいかに生きるべきか、という以前からの問いの答えを自分で探さねばならないという必要が生じた。フィリップはこの問いをとくにフランス留学中に考え続けた。パリの画学生たちに多大の感化を与えていた老詩人クロンショーとの交友でフィリップも精神的成長を遂げる。人間と人生について、主人公は素朴かつきれいごと過ぎる見解を述べ、クロンショーに徹底的に批判される。詩人は意図的に露悪趣味的な言辞を弄して、フィリップに他人の言説にとらわれず自分の頭と心で人生の意義を考えさせようとする。

その過程で、ペルシャ絨毯に人生とは何かという問いへの答えが秘められていると言う。その後、フィリップは岐路に立つ度にこれを思い出し、読者も思いをめぐらせることになる。医学生時代にクロンショーの贈物としてペルシャ絨毯の断片が送られてくる。その答えがようやく得られるのは、一〇六章になってからで、旧友へイウォードのむなしい死を知らされた直後であった。

「人生に意味はない――それが答えだったのだ……人は生きることで何らかの目的を達成することはない。生まれようと生まれまいと大して意味はないし、生きようが死を迎えようが意味はない」ということであり、ペルシャ絨毯の織匠が精巧な模様を織り上げてゆくように、人も人生を一つの模様に織り上げたらよいのだ、とクロンショーは教えたかったのだ。フィリップはそれまで、人はある目標に向かって生きるべきだ――これも束縛の一つである――と思い込み、努力を重ね、挫折を繰り返してきたが、ペルシャ絨毯の謎を解いた途端に、義務の意識から解放されたのである。

新境地

絨毯の謎を解いた後も主人公の精神的成長は続き、全篇のほぼ終わりで(一二一章)次のような境地に達する。

「過去の長い遍歴を思い返し、今はそれを喜んで受け入れようと思った。……不具のせいで性格が歪んだのは分かっているが、不具のおかげで、多くの喜びの源となった自省力が身についたのだ。自省力がなかったら、美に対する鋭敏な鑑賞力や絵画や芸術への情熱、豊かな人生模様への興味も自分のものとはならなかったであろう」

これは単なるあきらめではなく、より高次元の「諦念」とでもいうべきものであろう。自己の満足のために好きな人生模様を織るという段階では、とても他者への思いやりの余裕はなかったのだが、今や周囲の人びとを人生という旅の同伴者として眺めるようになった。そして遂には、グリフィスやミルドレッドさえも許す心境に至る。そして次のような結論に達する。

「唯一分別ある態度は、人間の善い部分は受け入れ、悪い部分は大目に見てやるということであろう。死に臨んだイエスの言葉がふと頭をよぎった。「彼らを赦《ゆる》したまえ。その為すことを知らざればなり」」

このように、フィリップはキリスト教を否定し人生無意味なりという結論に達したものの、その結論に絶対の自信があると傲岸な態度を取ったのではない。一〇六章以後でも自分の結論の正当性を何度も繰り返し吟味している。謎が解けた時点で、人生、人間についての問いかけをいっさい停止してしまったのではないのだ。人生無意味説は、考えあぐねたときの逃げ場というか、拠り所として保持してはいたものの、絶対視したのではない。もしそこに安住していたならば、謎なるものとして人間、人生を探究する(上巻の解説を参照されたい)という作家本来の使命を断念することになってしまう。つまり『人間の絆』以後のモームは作家として存在しえなかったことになってしまう。「ペルシャ絨毯」の哲学について、短絡的な受け取り方をしないようにすべきだと思う。

教養小説

ここまで本書を精神形成史として見てきたが、一般に、若い主人公の生い立ちから成人するまでの、さまざまな挫折や成功を経る過程、魂の彷徨のあとをたどる小説は、ドイツ語で教養小説《ビルドゥングス・ロマーン》と言い、ゲーテの『ヴィルヘルム・マイスターの修業時代』をはじめ、元来ドイツに多かった。しかし二〇世紀の初頭にはイギリスでも数多くこの名に価する名作が出た。バトラーの『人みなの道』(一九〇三年)、ゴスの『父と子』(一九〇七年)、デイヴィーズの『超放浪人の自伝』(一九〇八年)、D・H・ロレンスの『息子と恋人』(一九一三年)などがそれである。『人間の絆』は個人的なやむにやまれぬ動機で執筆したと作者は述べているのだが、右の諸作を当然読んでいたモームは、間接的にせよ刺激を受けたにちがいない。もちろん、今では本書がこのジャンルの代表作と考えられているのは言うまでもない。

多数の登場人物

本書はかなりの大作であるから、下宿の女主人などまで入れれば登場人物は六〇名を越しているだろう。扱われている問題も多岐にわたる。読者の関心によって印象を受ける出来事や人物もさまざまであろう。ハイデルベルクで主人公と同じ下宿にいた中国人の留学生が周囲の非難を平然と聞き流し、遂にドイツ娘と駆落ちするエピソードを鮮明に覚えている人もいよう。また、見習いの医師としての主人公がスラム街で立ち会う、美しくまだ少女のような産婦の哀れな死や、クロンショーの死を自分の文壇での名声を得るのに利用する新進批評家の厚かましさ、フィリップの渡すフランス語のレッスンの謝礼がなければ餓死寸前まできていた元革命家の敗残の姿などを覚えている人もあろう。あるいは、絵画に興味のある読者なら、パリでの一九世紀末から二〇世紀初頭の芸術談義を面白く思うことだろう。印象派がようやく画学生の間でのみ認められた頃で、若い画学生たちが、画家は自然をそのまま写すのではなく、世間の人が画家が独自の見方で描いた作品を通して自然の見方を発見するのだ、というような主張をしているのを読み、印象派受容史の一場面に立ち合う気がするであろう。エル・グレコがまだ一般には知られていない時期で、アセルニーとフィリップが、グレコの描いたトレドの町の絵(本訳書、四二六頁参照)を見ながら、その写実主義を越える神秘性に心打たれる場面に、グレコが巨匠として通用している今日と較べ、感慨を覚えるのではなかろうか。あるいは、クラトンがブルターニュで会った、元株式仲買人だった狂気じみた画家が無名時代のゴーギャンであるらしいのも興味深い。

出版当時の反応

今でこそ高い評価を得ているけれど、一九一五年に出版されたときの世間の反応は冷やかであった。モームの「あとがき」には「ほどほどの成功を収めた」と記されているが、かなり厳しい批判にさらされたというのが真相である。いわく、「喜劇で笑わせていた作者が、悲惨な、長過ぎる話を書いて、人の気を滅入らせる」、「下らぬ愚者の束縛の物語」、「健全なものでないので、病的な趣味の者以外は楽しめない」などなど。これらは英米の書評の一部である。作者の言う通り、第一次世界大戦中の気分の昂揚した読者、批評家とは相性が悪かったのである。その中で、アメリカ小説界の大物セオドア・ドライサーが『ニュー・リパブリック』誌で、最大級の讃辞を呈した。「非難すべきところは、まったくない。作品はまるで歌をうたい、色彩を発しているようだ。読者を喜ばせ恍惚とさせる。創作に際して作者がどれほど愛情をそそぎ、辛抱強く心を配ったかに感動する」と述べた。

この激賞により多少注目を浴びたが、大勢《たいせい》は変わらなかった。戦後の一九一九年に『月と六ペンス』がベストセラーになると、ようやく本書も見直され、一気に人気が出て、英米のみならず各国で翻訳出版されて広い読者層を獲得するに至った。出版五〇年後の一九六五年には一〇〇〇万部を越えたという。

結末の問題

「多少とも厳しい批判を浴びたのは結末であった」と作者の「あとがき」(本訳書四二〇頁)に述べられている通り、結末部、とくに主人公がさまざまな人生遍歴の末に健康美だけが取柄の平凡な娘と結婚し、めでたしめでたしで終わることに対して、出版当初から批判があった。作品全体を絶賛したドライサーでさえ、フィリップとサリーの関係が表面的にしか描かれていないのは不可解だと述べている。今日でも、「読者を楽しませるために書く」ことを忘れて執筆していたはずなのに、どうして結末に来てハッピーエンドという形で読者へのサービスを図ったのかと疑問を呈する研究者がいる。多くの英米の読者の不満は、哲学、文学、絵画、宗教などについて人並み以上の知識を蓄えた知性人のフィリップが、教養にとぼしいサリーと夫婦として共に今後の人生を歩んで行けるはずがない、という点にあるようだ。そこでモームは、一般人と違い、作家というものには、心の平和を与える世話女房型の女が適しているのだと弁明しているのである。

これまでの日本の批評家や読者の反応はどうであろうか。結末部への不満はほとんど聞かれないと思う。モームについて多数の注目すべき解説や批評・研究を残している中野好夫氏を中心とする世代の人びとは、明治・大正の生まれであり、昔の女性観のもとに育ったのであった。結婚の相手としては、やさしい世話女房型がよいとする考え方になじんでいたのであろう。それゆえサリーがフィリップの結婚相手であることをすんなり受け入れたのだと想像される。男女平等を当然のこととして育ってきた今日の読者はどう思われるのであろうか。

モーム自身は、いつまで経っても書き終わらぬ小説をとりあえず終わらせるためと、疲れ果てていた当時の自分の願望充足のために、サリーを登場させたようである。だから、結末部の記述はややそっけなく、他の部分の濃密さと較べて物足りないと感じられるのである。たしかに、フィリップとサリーはごく短い間に親密な関係に入る。そして、後で誤解と分かる、サリーの妊娠の知らせを契機として、フィリップはそれまで抱いていた将来の夢をすべてあきらめ、彼女と結婚して漁村の医師になろうと決意を固める。すべて数章の間の出来事であり、詳しく語っていたら、小説はずっと長くなっていたはずである。モームはそれを望まなかったのだ。結末部を考える場合、考慮すべき重要なことがある。すなわち、この部分が作品執筆の主要な動機となった例の「ついて離れぬ過去のいまわしい思い出」の一部ではないという点だ。主人公とミルドレッドの関係を描いた際の、執拗さ、熱意、迫力をここにまで期待しても、ないものねだりに等しいと言えよう。

心のもだえを洗いざらい描き切ったモームが、自分の分身であるフィリップに、最後に至って、ささやかな家庭の温かさを味わわせようとしたのは理解できる。月並みなハッピーエンドであるのも大目に見てよいだろう。ミルドレッドとのすさまじい愛憎関係に疲れ果てた主人公がようやく休息を得たのを見て、ずっと彼に付き合ってきた読者もほっとするのではなかろうか。何しろ、サリーには、幼くして母親を亡くしたフィリップの求めてやまない母性的な愛情がたっぷりそなわっている。このように考えると結末部は納得できると思う。

今日の評価

モームの作品はどれも面白い。話が面白くてつい引き込まれてしまうのだが、もちろん「人間とは何か」という謎が作品の中核に秘められているのもその魅力である。『人間の絆』がモームの全作品の中でもっとも多数の読者を獲得したそうであり、文学史上の評価も他の作品を圧倒している。モーム自身は『お菓子とビール』をもっとも愛しているが、確かに『お菓子とビール』での、現在の話に過去のエピソードを少しも無理なく織り込みながら話を進める語り口は絶妙である。人間、人生、文壇、世間などの美点も欠点もすべて知りつくした円熟期の作者が、一定の距離を置いてゆったりと語る話にはうっとりさせられる。けれども読書中に感動することはほとんどない。その点、本書はやはりモームの作ではユニークである。私も作者のひたむきな誠実さに心を打たれながら訳筆を進めた箇所が少なくない。

ストーリー・テラーとして、伏線を設けるとか、冗漫さを避けるとか、一本調子でなく強調すべき点と注目しなくてよい点を区別して読者の緊張をゆるめるとか、ユーモアの感覚を少し用いるとか、いつものモームなら用いうる技法が『人間の絆』では活用されていない。内面のもだえを吐き出すのを優先させ、読者への配慮の余裕がなかったのであろう。「全篇を貫く作者の誠実さは、読者に一種の鬼気をすら感じさせるものがある」と上田勤氏は言い、「さぞ食えない親爺」とモームを呼ぶ朱牟田《しゅむた》夏雄氏も「極めて真剣な、少し誇張して言えば襟を正して読む思いをさせる作品」と評している。作者が読者を意識せずに書いた作品が、もっとも多くの読者を引きつけたというのは皮肉であるが、自然なことのようにも感じられる。

ここで、この小説の最近の内外の批評の中で、私がもっとも共鳴を覚えた、進化生物学者の長谷川眞理子氏の言葉を引用したい。

「モームは世俗的だという批評はよく聞く。そうかもしれないが、『人間の絆』は名作だと思う。主人公の成長の過程を読者がともに一喜一憂し、その泥沼のような生活にしっかりせいと声援を送り、最後に職を得て結婚を申し込むところでのハッピーエンドのクライマックスを素直に喜べる。だから世俗的なのだろうが、本当の俗の恋愛小説なんかとはまるで違う。人生について学ぶ、深いものがいくつもある。

そうなっているのは、真実味、迫力があるからであり、そこに、人生を見る透徹した目があるからだろう。こういう小説は、読者が自分の人生とは違う人生を味わい、そこから、この世の理不尽さや不合理さとともに、人情のすばらしさ、美しさを学ぶものである。近ごろ嫌われる教養小説の伝統だろうが、教養小説にも意味はある。嫌

味がなく感動できればさらによい。」(「図書」二〇〇〇年三月号)

私としてはここに述べられているように、今日の読者が本書を通して、自分や周囲の仲間だけでなく、自分とは性質の違う人間の喜びや悲しみを理解する習慣をつけて欲しいと思う。親しい人のことでも、フィリップの心の中を隅々まで知ったほどには、分からないのではなかろうか。時代も国も違い、さらに言語も違う主人公に対して、読者が違和感を持たずに身近に接して、同じ人間だと感じられるように、訳文の面で工夫をしてみたつもりである。数箇所で原文にない改行を行なったのも読みやすさへの配慮からである。同じ配慮から固有名詞に注を付けることも極力避けてある。ただし必要最低限の情報は訳文中にこっそり忍ばせるように工夫をこらした。また、「えび足」「びっこ」「不具」などの身体上の差別にかかわると思われる表現を用いて訳出したところがあるが、文脈上、他の訳語には変えようがなかったためであることを申し添え、読者のご理解を頂きたく思う。

モームのあとがき

モームは本書に二種類の序文を書いている。初版は本文だけであり、その形で版を重ねた後、一九三四年に活字を組み直して新版を出す際に「序に代えて」(Instead of a

Preface)がついた。この序のままで版を重ねた後、おそらく一九五〇年頃(確認できなかった)になって前のものを書き改めた「まえがき」(Foreword)がつくこととなった。二〇〇一年現在、一般に流布しているハイネマン社版の原書についているのはこれである。本訳書では前者を選んで訳出した。これが入手困難であり、また内容的にも後者より詳しいからである。ただ、これを本訳書の上巻の冒頭にのせると、結末が分かってしまい読者の興をそぐ恐れがあるので、「あとがき」として下巻の末尾にのせることにしたのをお断わりしておく。

カバーカット

本訳書の上巻のカバーには聖ジュリオット教会付属の牧師館の写真を用いた。モームが子供時代を過ごしたケント州ウィットステイブルの牧師館は一九七二年に取り壊されてしまったが、外観は共によく似ている。ちなみに『お菓子とビール』の主人公のモデルかと一時見られたトマス・ハーディはこの教会で牧師夫人の妹エマと会い、結婚している。

中巻のカバーにはエル・グレコの作品『聖マルティヌスと貧者』(一五九七―一五九九)を用いた。モームのスペインの文化、歴史、風物への傾倒ぶりは『ドン・フェルナンド』や『カタリーナ』などにも出ているが、本書のアセルニーのスペインへの熱愛とその影響を受けたフィリップの礼賛にも如実に示されている。なかでもエル・グレコへのモームの関心は素人の域を出ている。

下巻のカバーにはペルシャ絨毯(部分)の写真を用いたが、これが人生の意味を暗示するものとして、何度となくフィリップの脳裏に浮かぶわけで、フィリップの精神形成史のシンボルにふさわしいカットと考えたのである。

『人間の絆』の初訳は一九五〇年、五一年、五二年(上、中、下と三巻に分かれていた)に中野好夫氏の訳で三笠書房から出た。それ以後、世界文学全集や文庫本が隆盛をきわめ、数多くの全集や文庫に本書が収められた。中野氏の他にも、守屋陽一、大橋健三郎、北川悌二、厨川圭子の諸氏が全訳を出した。この中で中野、大橋、北川の三氏は面識もあり、私にとって大先輩であるので、影響されぬように、訳業の最中は参照せず、校正段階で参考にさせて頂いた。スウェーデン大使館の元副領事でモーム研究家でもある田中一郎氏は、貴重な文献を惜し気もなく貸してくださった(四三二頁に掲げた初版のカバーの絵も田中氏のご提供による)。上巻のカバーに使った牧師館の写真は、英文学者でカメラの名手でもある深沢俊氏による。

岩波書店編集部の平田賢一氏はこの仕事をすすめてくださり、平田氏に代って担当された市こうた氏はあらゆる面で私を支えてくださった。妻の恵美子は、訳文に関して、「てにをは」に至るまで徹底的に検討し、批判し、代案を作ってくれた。以上の人びとのおかげで気持よく仕事をすすめ、このような大長篇を訳し終えることができた。深い感謝の言葉を捧げたい。

二〇〇一年一一月

行方昭夫

人間《にんげん》の絆《きずな》（下）〔全3冊〕
モーム作

2001年12月14日　第1刷発行
2009年5月7日　第6刷発行

訳　者　行方昭夫《なめかたあきお》

発行者　山口昭男

発行所　株式会社 岩波書店
〒101-8002 東京都千代田区一ツ橋2-5-5
案内 03-5210-4000　販売部 03-5210-4111
文庫編集部 03-5210-4051
http://www.iwanami.co.jp/

印刷・三陽社　カバー・精興社　製本・桂川製本

ISBN 4-00-322548-1　　Printed in Japan

読書子に寄す

――岩波文庫発刊に際して――

岩波茂雄

真理は万人によって求められることを自ら欲し、芸術は万人によって愛されることを自ら望む。かつては民を愚昧ならしめるために学芸が最も狭き堂宇に閉鎖されたことがあった。今や知識と美とを特権階級の独占より奪い返すことはつねに進取的なる民衆の切実なる要求である。岩波文庫はこの要求に応じそれに励まされて生まれた。それは生命ある不朽の書を少数者の書斎と研究室とより解放して街頭にくまなく立たしめ民衆に伍せしめるであろう。近時大量生産予約出版の流行を見る。その広告宣伝の狂態はしばらくおくも、後代にのこすと誇称する全集がその編集に万全の用意をなしたるか。千古の典籍の翻訳企図に敬虔の態度を欠かざりしか。さらに分売を許さず読者を繋縛して数十冊を強うるがごとき、はたしてその揚言する学芸解放のゆえんなりや。吾人は天下の名士の声に和してこれを推挙するに躊躇するものである。このときにあたって、岩波書店は自己の責務のいよいよ重大なるを思い、従来の方針の徹底を期するため、すでに十数年以前より志して来た計画を慎重審議この際断然実行することにした。吾人は範をかのレクラム文庫にとり、古今東西にわたって文芸・哲学・社会科学・自然科学等種類のいかんを問わず、いやしくも万人の必読すべき真に古典的価値ある書をきわめて簡易なる形式において逐次刊行し、あらゆる人間に須要なる生活向上の資料、生活批判の原理を提供せんと欲する。この文庫は予約出版の方法を排したるがゆえに、読者は自己の欲する時に自己の欲する書物を各個に自由に選択することができる。携帯に便にして価格の低きを最主とするがゆえに、外観を顧みざるも内容に至っては厳選最も力を尽くし、従来の岩波出版物の特色をますます発揮せしめようとする。この計画たるや世間の一時の投機的なるものと異なり、永遠の事業として吾人は微力を傾倒し、あらゆる犠牲を忍んで今後永久に継続発展せしめ、もって文庫の使命を遺憾なく果たさしめることを期する。芸術を愛し知識を求むる士の自ら進んでこの挙に参加し、希望と忠言とを寄せられることは吾人の熱望するところである。その性質上経済的には最も困難多きこの事業にあえて当たらんとする吾人の志を諒として、その達成のため世の読書子とのうるわしき共同を期待する。

昭和二年七月

《イギリス文学》

ユートピア　トマス・モア　平井正穂訳
完訳カンタベリー物語　全三冊　チョーサー　桝井迪夫訳
ヴェニスの商人　シェイクスピア　中野好夫訳
ジュリアス・シーザー　シェイクスピア　中野好夫訳
お気に召すまま　シェイクスピア　阿部知二訳
十二夜　シェイクスピア　小津次郎訳
ハムレット　シェイクスピア　野島秀勝訳
オセロウ　シェイクスピア　菅泰男訳
リア王　シェイクスピア　野島秀勝訳
マクベス　シェイクスピア　木下順二訳
ソネット集　シェイクスピア　高松雄一訳
ロミオとジューリエット　シェイクスピア　平井正穂訳
リチャード三世　シェイクスピア　木下順二訳
対訳シェイクスピア詩集 ―イギリス詩人選(1)　柴田稔彦編
じゃじゃ馬馴らし　シェイクスピア　大場建治訳
言論・出版の自由 ―アレオパジティカ 他一篇　ミルトン　原田純訳

失楽園　全二冊　ミルトン　平井正穂訳
天路歴程　全二冊　ジョン・バニヤン　竹友藻風訳
ロビンソン・クルーソー　全二冊　デフォー　平井正穂訳
モル・フランダーズ　全二冊　デフォー　伊澤龍雄訳
ガリヴァー旅行記　スウィフト　平井正穂訳
墓畔の哀歌　グレイ　福原麟太郎訳
トリストラム・シャンディ　全三冊　ロレンス・スターン　朱牟田夏雄訳
バーンズ詩集　中村為治訳
対訳ブレイク詩集 ―イギリス詩人選(4)　松島正一編
ワーズワース詩集　田部重治選訳
対訳ワーズワス詩集 ―イギリス詩人選(3)　山内久明編
湖の麗人　スコット　入江直祐訳
キプリング短篇集　橋本槙矩編訳
対訳コウルリッジ詩集 ―イギリス詩人選(7)　上島建吉編
高慢と偏見　全二冊　ジェーン・オースティン　富田彬訳
説きふせられて　ジェーン・オースティン　富田彬訳
エマ　全二冊　ジェーン・オースティン　工藤政司訳

ジェイン・オースティンの手紙　新井潤美編訳
中世騎士物語　ブルフィンチ　野上弥生子訳
イノック・アーデン　テニスン　入江直祐訳
イン・メモリアム　テニスン　入江直祐訳
対訳テニスン詩集 ―イギリス詩人選(5)　西前美巳編
デイヴィッド・コパフィールド　全五冊　ディケンズ　石塚裕子訳
ディケンズ短篇集　小池滋　石塚裕子訳
オリヴァ・ツウィスト　全二冊　ディケンズ　本多季子訳
ボズのスケッチ　全二冊　ディケンズ　藤岡啓介訳
アメリカ紀行　全二冊　ディケンズ　伊藤弘之　下笠徳次　隈元貞広訳
鎖を解かれたプロメテウス　シェリー　石川重俊訳
ジェイン・エア　全二冊　シャーロット・ブロンテ　遠藤寿子訳
嵐が丘　全二冊　エミリー・ブロンテ　河島弘美訳
クリスチナ・ロセッティ詩抄　入江直祐訳
エゴイスト　全二冊　メレディス　朱牟田夏雄訳
サイラス・マーナー　ジョージ・エリオット　土井治訳
アルプス登攀記　全二冊　ウィンパー　浦松佐美太郎訳

アンデス登攀記 全二冊	ウィンパー	大貫良夫訳
テス 全二冊	ハーディ	井上宗次 石田英二訳
はるかな国とおい昔	ハドソン	寿岳しづ訳
宝島	スティーヴンスン	阿部知二訳
ジーキル博士とハイド氏	スティーヴンスン	海保眞夫訳
怪談 —不思議なことの物語と研究	ラフカディオ・ハーン	平井呈一訳
心 —日本の内面生活の暗示と影響	ラフカディオ・ハーン	平井呈一訳
骨董	ラフカディオ・ヘルン	平井程一訳
サロメ	オスカー・ワイルド	福田恆存訳
ヘンリ・ライクロフトの私記	ギッシング	平井正穂訳
短篇集 蜘蛛の巣の家 全二冊	ギッシング	吉田甲子太郎訳
闇の奥	コンラッド	中野好夫訳
西欧人の眼に 全二冊	コンラッド	中島賢二訳
コンラッド短篇集		中島賢二編訳
二人の女の物語 全三冊	アーノルド・ベネット	小山東一訳
月と六ペンス	モーム	行方昭夫訳
読書案内 —世界文学	W・S・モーム	西川正身訳
世界の十大小説 全二冊	W・S・モーム	西川正身訳
人間の絆 全三冊	モーム	行方昭夫訳
サミング・アップ	モーム	行方昭夫訳
ダブリンの市民	ジョイス	結城英雄訳
若い芸術家の肖像	ジョイス	大澤正佳訳
文芸批評論	T・S・エリオット	矢本貞幹訳
パリ・ロンドン放浪記	ジョージ・オーウェル	小野寺健訳
カタロニア讃歌	ジョージ・オーウェル	都築忠七訳
対訳キーツ詩集 —イギリス詩人選(10)		宮崎雄行編
キーツ書簡集		佐藤清選訳
ギャスケル短篇集		松岡光治編訳
阿片常用者の告白	ド・クインシー	野島秀勝訳
深き淵よりの嘆息 —『阿片常用者の告白』続篇	ド・クインシー	野島秀勝訳
20世紀イギリス短篇選 全二冊		小野寺健編訳
ローソン短篇集		伊澤龍雄編訳
イギリス名詩選		平井正穂編
中世イギリス英雄叙事詩 ベーオウルフ		忍足欣四郎訳
タイム・マシン 他九篇	H・G・ウェルズ	橋本槇矩訳
トーノ・バンゲイ 全二冊	ウェルズ	中西信太郎訳
解放された世界	H・G・ウェルズ	浜野輝訳
大転落	イーヴリン・ウォー	富山太佳夫訳
対訳ジョン・ダン詩集 —イギリス詩人選(2)		湯浅信之編
果てしなき旅 全二冊	E・M・フォースター	高橋和久訳
白衣の女 全三冊	ウィルキー・コリンズ	中島賢二訳
夢の女・恐怖のベッド 他六篇	ウィルキー・コリンズ	中島賢二訳
さらば古きものよ 全二冊	ロバート・グレーヴズ	工藤政司訳
ピーター・シムプル 全三冊	マリアット	伊藤俊男訳
対訳ブラウニング詩集 —イギリス詩人選(6)		富士川義之編
灯台へ	ヴァージニア・ウルフ	御輿哲也訳
世の習い	コングリーヴ	笹山隆訳
曖昧の七つの型 全二冊	ウィリアム・エンプソン	岩崎宗治訳
夜の来訪者	プリーストリー	安藤貞雄訳
イングランド紀行 全二冊	プリーストリー	橋本槇矩訳
アーネスト・ダウスン作品集		南條竹則編訳

スコットランド紀行　エドウィン・ミュア　橋本槇矩訳
狐になった奥様　ガーネット　安藤貞雄訳
ヘリック詩鈔　森　亮訳

《アメリカ文学》

フランクリン自伝　松本慎一　西川正身訳
アルハンブラ物語　全二冊　アーヴィング　平沼孝之訳
ウォルター・スコット邸訪問記　アーヴィング　斎藤　昇訳
完訳 緋文字　ホーソーン　八木敏雄訳
ホーソン短篇集 七人の風来坊 他四篇　福原麟太郎訳
黒猫・モルグ街の殺人事件 他五篇　ポオ　中野好夫訳
対訳ポー詩集 ―アメリカ詩人選(1)　加島祥造編
黄金虫・アッシャー家の崩壊 他九篇　ポオ　八木敏雄訳
森の生活（ウォールデン）全二冊　ソロー　飯田　実訳
市民の反抗 他五篇　H・D・ソロー　飯田　実訳
白鯨　全三冊　メルヴィル　八木敏雄訳
ホイットマン詩集 草の葉　全三冊　ホイットマン　酒本雅之訳
対訳ホイットマン詩集 ―アメリカ詩人選(2)　木島　始編

対訳ディキンソン詩集 ―アメリカ詩人選(3)　亀井俊介編
不思議な少年　マーク・トウェイン　中野好夫訳
王子と乞食　マーク・トウェーン　村岡花子訳
人間とは何か　マーク・トウェイン　中野好夫訳
ハックルベリー・フィンの冒険　全二冊　マーク・トウェイン　西田　実訳
バック・ファンショーの葬式 他十三篇　マーク・トウェイン　坂下　昇訳
新編 悪魔の辞典　ビアス　西川正身編訳
ヘンリー・ジェイムズ短篇集　大津栄一郎編訳
ねじの回転 デイジー・ミラー　ヘンリー・ジェイムズ　行方昭夫訳
大使たち　全二冊　ヘンリー・ジェイムズ　青木次生訳
赤い武功章 他三篇　クレイン　西田　実訳
本町通り　全三冊　シンクレア・ルイス　斎藤忠利訳
大地　全四冊　パール・バック　小野寺健訳
熊 他三篇　フォークナー　加島祥造訳
響きと怒り　全二冊　フォークナー　平石貴樹　新納卓也訳
喪服の似合うエレクトラ　オニール　清野暢一郎訳
日はまた昇る　ヘミングウェイ　谷口陸男訳

ヘミングウェイ短篇集　全二冊　谷口陸男編訳
怒りのぶどう　全三冊　スタインベック　大橋健三郎訳
オー・ヘンリー傑作選　大津栄一郎訳
フィッツジェラルド短篇集　佐伯泰樹編訳
アメリカ名詩選　亀井俊介　川本皓嗣編
20世紀アメリカ短篇選　全二冊　大津栄一郎編訳
開拓者たち　全二冊　クーパー　村山淳彦訳

《ドイツ文学》

ニーベルンゲンの歌 全二冊 相良守峯訳
ラオコオン —絵画と文学との限界について— レッシング 斎藤栄治訳
ミンナ・フォン・バルンヘルム レッシング 小宮曠三訳
エミーリア・ガロッティ ミス・サラ・サンプソン レッシング 田邊玲子訳
若きウェルテルの悩み ゲーテ 竹山道雄訳
ヴィルヘルム・マイスターの修業時代 全三冊 ゲーテ 山崎章甫訳
ヴィルヘルム・マイスターの遍歴時代 全三冊 ゲーテ 山崎章甫訳
イタリア紀行 全三冊 ゲーテ 相良守峯訳
ファウスト 全二冊 ゲーテ 相良守峯訳
詩と真実 全四冊 ゲーテ 山崎章甫訳
色彩論 —色彩学の歴史— ゲーテ 菊池栄一訳
ゲーテとの対話 全三冊 エッカーマン 山下肇訳
たくみと恋 シラー 実吉捷郎訳
改訳オルレアンの少女 シルレル 佐藤通次訳
ヒュペーリオン —希臘の世捨人— ヘルデルリーン 渡辺格司訳
ヘルダーリン詩集 川村二郎訳

青い花 ノヴァーリス 青山隆夫訳
完訳グリム童話集 全五冊 金田鬼一訳
ホフマン短篇集 池内紀編訳
水妖記（ウンディーネ） フーケー 柴田治三郎訳
ミヒャエル・コールハースの運命 —或る古記録より— クライスト 吉田次郎訳
影をなくした男 シャミッソー 池内紀訳
ドイツ古典哲学の本質 ハイネ 伊東勉訳
流刑の神々・精霊物語 ハイネ 小沢俊夫訳
ロマンツェーロー 全二冊 ハイネ 井汲越次訳
ザッフォオ グリルパルツェル 実吉捷郎訳
みずうみ 他四篇 シュトルム 関泰祐訳
地霊・パンドラの箱 —ルル二部作— F・ヴェデキント 岩淵達治訳
トオマス・マン短篇集 実吉捷郎訳
魔の山 全二冊 トーマス・マン 関泰祐・望月市恵訳
トニオ・クレエゲル トオマス・マン 実吉捷郎訳
ヴェニスに死す トオマス・マン 実吉捷郎訳
車輪の下 ヘルマン・ヘッセ 実吉捷郎訳

デミアン ヘルマン・ヘッセ 実吉捷郎訳
マリー・アントワネット 全二冊 シュテファン・ツワイク 高橋禎二・秋山英夫訳
変身・断食芸人 カフカ 山下肇・山下萬里訳
審判 カフカ 辻瑆訳
カフカ短篇集 池内紀編訳
カフカ寓話集 池内紀編訳
三文オペラ ブレヒト 岩淵達治訳
ガリレイの生涯 ベルトルト・ブレヒト 岩淵達治訳
肝っ玉おっ母とその子どもたち ブレヒト 岩淵達治訳
ユダヤ人のブナの木 ドロステ=ヒュルスホフ 番匠谷英一訳
短篇集 死神とのインタヴュー ノサック 神品芳夫訳
愛の完成・静かなヴェロニカの誘惑 ムージル 古井由吉訳
雀横丁年代記 ラーベ 伊藤武雄訳
チャンドス卿の手紙 他十篇 ホフマンスタール 檜山哲彦訳
ティル・オイレンシュピーゲルの愉快ないたずら 阿部謹也訳
インド紀行 全二冊 ボンゼルス 実吉捷郎訳
ドイツ名詩選 生野幸吉・檜山哲彦編

果てしなき逃走　ヨーゼフ・ロート　平田達治訳
暴力批判論 他十篇 ―ベンヤミンの仕事1　ベンヤミン　野村修編訳
ボードレール 他五篇 ―ベンヤミンの仕事2　ベンヤミン　野村修編訳
メルヒェン集 盗賊の森の一夜　ハウフ　池田香代子訳
罪なき罪 ―エフィ・ブリースト 全二冊　フォンターネ　加藤一郎訳
迷路　フォンターネ　伊藤武雄訳
ヴォイツェク・ダントンの死・レンツ　ビューヒナー　岩淵達治訳
聖者　マイエル　伊藤武雄訳

《フランス文学》

トリスタン・イズー物語　ベディエ編　佐藤輝夫訳
日月両世界旅行記　シラノ・ド・ベルジュラック　赤木昭三訳
嘘つき男・舞台は夢　コルネイユ　岩瀬孝・井村順一訳
ラ・ロシュフコー箴言集　二宮フサ訳
ブリタニキュス・ベレニス　ラシーヌ　渡辺守章訳
ドン・ジュアン ―石像の宴　モリエール　鈴木力衛訳
孤客（ミザントロオプ）　モリエール　辰野隆訳
いやいやながら医者にされ　モリエール　鈴木力衛訳
守銭奴　モリエール　鈴木力衛訳
完訳 ペロー童話集　新倉朗子訳
ラ・フォンテーヌ 寓話 全二冊　ラ・フォンテーヌ　今野一雄訳
クレーヴの奥方 他二篇　ラファイエット夫人　生島遼一訳
カンディード 他五篇　ヴォルテール　植田祐次訳
マノン・レスコー　アベ・プレヴォ　河盛好蔵訳
ジル・ブラース物語 全四冊　ル・サージュ　杉捷夫訳
フィガロの結婚　ボオマルシェエ　辰野隆訳
危険な関係 全二冊　ラクロ　伊吹武彦訳
美味礼讃 全二冊　ブリア-サヴァラン　関根秀雄・戸部松実訳
アドルフ　コンスタン　大塚幸男訳
赤と黒 全二冊　スタンダール　桑原武夫・生島遼一訳
パルムの僧院 全二冊　スタンダール　生島遼一訳
カストロの尼 他二篇　スタンダール　桑原武夫訳
アンリ・ブリュラールの生涯 全二冊　スタンダール　桑原武夫・生島遼一訳
知られざる傑作 他五篇　バルザック　水野亮訳
谷間のゆり　バルザック　宮崎嶺雄訳
「絶対」の探求　バルザック　水野亮訳
ゴリオ爺さん 全二冊　バルザック　高山鉄男訳
レ・ミゼラブル 全四冊　ユーゴー　豊島与志雄訳
死刑囚最後の日　ユーゴー　豊島与志雄訳
モンテ・クリスト伯 全七冊　アレクサンドル・デュマ　山内義雄訳
三銃士 全二冊　デュマ　生島遼一訳
カルメン　メリメ　杉捷夫訳
メリメ怪奇小説選　杉捷夫編訳
愛の妖精（プチット・ファデット）　ジョルジュ・サンド　宮崎嶺雄訳
フランス田園伝説集　ジョルジュ・サンド　篠田知和基訳
笛師のむれ 全二冊　ジョルジュ・サンド　宮崎嶺雄訳
ボオドレール 悪の華　鈴木信太郎訳
パリの憂愁　ボードレール　福永武彦訳
ボヴァリー夫人 全二冊　フローベール　伊吹武彦訳
感情教育 全二冊　フローベール　生島遼一訳
聖アントワヌの誘惑　フローベール　渡辺一夫訳
ブヴァールとペキュシェ 全三冊　フローベール　鈴木健郎訳

椿姫　デュマ・フィス　吉村正一郎訳
陽気なタルタラン —タルタラン・ド・タラスコン　ドーデー　小川泰一訳
テレーズ・ラカン 全二冊　エミール・ゾラ　小林正訳
ジェルミナール 全三冊　エミール・ゾラ　安士正夫訳
大地 全三冊　エミール・ゾラ　田辺貞之助・河内清訳
氷島の漁夫　ピエール・ロチ　吉氷清訳
お菊さん　ピエル・ロチ　野上豊一郎訳
ノア・ノア　ポール・ゴーガン　前川堅市訳
脂肪のかたまり　モーパッサン　高山鉄男訳
モーパッサン短篇選　高山鉄男編訳
モントリオル 全二冊　モーパッサン　杉捷夫訳
地獄の季節　ランボオ　小林秀雄訳
にんじん　ルナアル　岸田国士訳
ジャン・クリストフ 全四冊　ロマン・ローラン　豊島与志雄訳
ベートーヴェンの生涯　ロマン・ロラン　片山敏彦訳
狭き門　アンドレ・ジイド　川口篤訳
ジイドソヴエト旅行記　小松清訳

ムッシュー・テスト　ポール・ヴァレリー　清水徹訳
シラノ・ド・ベルジュラック　ロスタン　辰野隆・鈴木信太郎訳
海の沈黙・星への歩み　ヴェルコール　河野与一・加藤周一訳
恐るべき子供たち　コクトー　鈴木力衛訳
地底旅行　ジュール・ヴェルヌ　朝比奈弘治訳
八十日間世界一周　ジュール・ヴェルヌ　鈴木啓二訳
海底二万里 全二冊　ジュール・ヴェルヌ　朝比奈美知子訳
プロヴァンスの少女 (ミレイユ)　ミストラル　杉冨士雄訳
結婚十五の歓び　新倉俊一訳
歌物語 オーカッサンとニコレット　川本茂雄訳
キャピテン・フラカス 全三冊　ゴーティエ　田辺貞之助訳
モーパン嬢 全二冊　ゴーティエ　井村実名子訳
家なき娘 (アン ファミーユ) 全二冊　エクトル・マロ　津田穣訳
パリの夜 —革命下の民衆　レチフ・ド・ラ・ブルトンヌ　植田祐次編訳
シェリ　コレット　工藤庸子訳
フランス短篇傑作選　山田稔編訳
シュルレアリスム宣言・溶ける魚　アンドレ・ブルトン　巖谷國士訳

ナジャ　アンドレ・ブルトン　巖谷國士訳
フランス名詩選　安藤元雄・入沢康夫・渋沢孝輔編
狐物語　鈴木覺・福本直之・原野昇訳
繻子の靴 全二冊　ポール・クローデル　渡辺守章訳
幼なごころ　ヴァレリー・ラルボー　岩崎力訳
心変わり　ミシェル・ビュトール　清水徹訳
けものたち・死者の時　ピエール・ガスカール　渡辺一夫・佐藤朔・二宮敬訳

《東洋文学》

- 王維詩集　小川環樹・都留春雄・入谷仙介 選訳
- 杜詩　全八冊　鈴木虎雄・黒川洋一 訳註
- 杜甫詩選　黒川洋一 編
- 李白詩選　松浦友久 編訳
- 蘇東坡詩選　小川環樹・山本和義 選訳
- 陶淵明全集　全二冊　松枝茂夫・和田武司 訳注
- 唐詩選　全三冊　前野直彬 注解
- 玉台新詠集　全三冊　鈴木虎雄 訳解
- 完訳 三国志　全八冊　小川環樹・金田純一郎 訳
- 金瓶梅　全十冊　小野忍・千田九一 訳
- 完訳 水滸伝　全十冊　吉川幸次郎・清水茂 訳
- 紅楼夢　全十二冊　曹雪芹・高蘭墅 補・松枝茂夫 訳
- 西遊記　全十冊　中野美代子 訳
- 杜牧詩選　松浦友久・植木久行 編訳
- 菜根譚　洪自誠・今井宇三郎 訳注
- 阿Q正伝・狂人日記 他十二篇　魯迅・竹内好 訳

- 笑府 —中国笑話集—　全二冊　馮夢竜 撰・松枝茂夫 訳
- 中国名詩選　全三冊　松枝茂夫 編
- 通俗古今奇観 —付 月下清談—　淡済主人 訳・青木正児 校註
- 結婚狂詩曲（囲城）　全二冊　銭鍾書・荒井健・中島長文・中島みどり 訳
- 唐宋伝奇集　全二冊　今村与志雄 訳
- 聊斎志異　全二冊　蒲松齢・立間祥介 編訳
- 陸游詩選　一海知義 編
- シャクンタラー姫　カーリダーサ・辻直四郎 訳
- 公女マーラヴィカーとアグニミトラ王 他一篇　カーリダーサ・大地原豊 訳
- マハーバーラタ ナラ王物語 —ダマヤンティー姫の数奇な生涯—　鎧淳 訳
- バガヴァッド・ギーター　上村勝彦 訳
- 朝鮮童謡選　金素雲 訳編
- 朝鮮詩集　金素雲 訳編
- アイヌ神謡集　知里幸恵 編訳
- アイヌ叙事詩 ユーカラ　金田一京助 採集並ニ訳
- サキャ格言集　今枝由郎 訳

《ギリシア・ラテン文学》

- ホメロス イリアス　全二冊　松平千秋 訳
- ホメロス オデュッセイア　全二冊　松平千秋 訳
- イソップ寓話集　イソップ・中務哲郎 訳
- アイスキュロス アガメムノーン　久保正彰 訳
- アンティゴネー　ソポクレース・呉茂一 訳
- ソポクレス オイディプス王　藤沢令夫 訳
- ソポクレス コロノスのオイディプス　ソポクレス・高津春繁 訳
- タウリケーのイーピゲネイア　エウリーピデース・久保田忠利 訳
- ヘシオドス 神統記　廣川洋一 訳
- ヘーシオドス 仕事と日　松平千秋 訳
- 女の平和 —リューシストラテー—　アリストパネース・高津春繁 訳
- アポロドーロス ギリシア神話　高津春繁 訳
- 神々の対話 他六篇　ルキアーノス・呉茂一・山田潤二 訳
- オウィディウス 変身物語　全二冊　中村善也 訳
- ギリシア・ローマ名言集　柳沼重剛 編
- ギリシア恋愛小曲集　中務哲郎 訳

ギリシア・ローマ神話 —付 インド・北欧神話　ブルフィンチ　野上弥生子訳

《南北ヨーロッパ他文学》

ダンテ 神曲 全三冊　山川丙三郎訳
ダンテ 新生　山川丙三郎訳
死の勝利 全二冊　ダヌンツィオ　野上素一訳
カヴァレリーア・ルスティカーナ 他十一篇　ヴェルガ　河島英昭訳
イタリア民話集 全二冊　河島英昭編訳
むずかしい愛　カルヴィーノ　和田忠彦訳
愛神の戯れ —牧歌劇『アミンタ』　トルクァート・タッソ　鷲平京子訳
ペトラルカ ルネサンス書簡集　ペトラルカ　近藤恒一編訳
わが秘密　ペトラルカ　近藤恒一訳
ペトラルカ＝ボッカッチョ往復書簡　近藤恒一編訳
故郷　パヴェーゼ　河島英昭訳
美しい夏　パヴェーゼ　河島英昭訳
シチリアでの会話　ヴィットリーニ　鷲平京子訳
山猫　トマージ・ディ・ランペドゥーサ　小林惺訳
ラサリーリョ・デ・トルメスの生涯　会田由訳

ドン・キホーテ 全六冊　セルバンテス　牛島信明訳
セルバンテス短篇集　牛島信明編訳
三角帽子 他二篇　アラルコン　会田由訳
緑の瞳・月影 他十二篇　ベッケル　高橋正武訳
三大悲劇集 血の婚礼 他二篇　ガルシーア・ロルカ　牛島信明訳
エル・シードの歌　長南実訳
プラテーロとわたし　J.R.ヒメーネス　長南実訳
オルメードの騎士　ロペ・デ・ベガ　長南実訳
完訳アンデルセン童話集 全七冊　大畑末吉訳
即興詩人 全二冊　アンデルセン　大畑末吉訳
絵のない絵本　アンデルセン　大畑末吉訳
アンデルセン自伝　大畑末吉訳
イプセン 人形の家　原千代海訳
イプセン 野鴨　原千代海訳
イプセン 幽霊　原千代海訳
イプセン ヘッダ・ガーブレル　原千代海訳
ポルトガリヤの皇帝さん　ラーゲルレーヴ　イシガオサム訳

巫女　ラーゲルクヴィスト　山下泰文訳
クオ・ワディス 全三冊　シェンキェーヴィチ　木村彰一訳
山椒魚戦争　カレル・チャペック　栗栖継訳
ロボット（R・U・R）　チャペック　千野栄一訳
灰とダイヤモンド 全二冊　アンジェイェフスキ　川上洸訳
完訳 千一夜物語 全十三冊　豊島与志雄・渡辺一夫・佐藤正彰・岡部正孝訳
ルバイヤート　オマル・ハイヤーム　小川亮作訳
王書 —古代ペルシャの神話・伝説　フェルドウスィー　岡田恵美子訳
コルタサル短篇集 悪魔の涎・追い求める男 他八篇　木村榮一訳
ペドロ・パラモ　ファン・ルルフォ　杉山晃・増田義郎訳
伝奇集　J.L.ボルヘス　鼓直訳
アフリカ農場物語 全二冊　オリーヴ・シュライナー　大井真理子・都築忠七訳

《ロシア文学》

パナーエフ 文学的回想 全二冊　井上満訳
オネーギン　プーシキン　池田健太郎訳
スペードの女王・ベールキン物語　プーシキン　神西清訳
大尉の娘　プーシキン　神西清訳

プーシキン詩集	プーシキン	金子幸彦訳
肖像画・馬車	ゴーゴリ	平井肇訳
狂人日記 他二篇	ゴーゴリ	横田瑞穂訳
外套・鼻	ゴーゴリ	平井肇訳
死せる魂 全三冊	ゴーゴリ	平井肇・横田瑞穂訳
オブローモフ 全三冊	ゴンチャロフ	米川正夫訳
現代の英雄	レールモントフ	中村融訳
貴族の巣	トゥルゲーニェフ	小沼文彦訳
ロシヤは誰に住みよいか	ネクラーソフ	谷耕平訳
デカブリストの妻	ネクラーソフ	谷耕平訳
二重人格	ドストエフスキー	小沼文彦訳
罪と罰 全三冊	ドストエフスキー	江川卓訳
白痴 全二冊	ドストエーフスキイ	米川正夫訳
ドストエフスキー 妻への手紙 全二冊		谷耕平訳
未成年 全三冊	ドストエーフスキイ	米川正夫訳
カラマーゾフの兄弟 全四冊	ドストエーフスキイ	米川正夫訳
永遠の夫	ドストエーフスキイ	神西清訳
アンナ・カレーニナ 全三冊	トルストイ	中村融訳
幼年時代	トルストイ	藤沼貴訳
少年時代	トルストイ	藤沼貴訳
戦争と平和 全六冊	トルストイ	藤沼貴訳
民話集 人はなんで生きるか 他四篇	トルストイ	中村白葉訳
民話集 イワンのばか 他八篇	トルストイ	中村白葉訳
イワン・イリッチの死	トルストイ	米川正夫訳
復活 全二冊	トルストイ	中村白葉訳
セワストーポリ	トルストイ	中村白葉訳
紅い花 他四篇	ガルシン	神西清訳
ワーニャおじさん	チェーホフ	小野理子訳
可愛い女・犬を連れた奥さん 他一篇	チェーホフ	神西清訳
桜の園	チェーホフ	小野理子訳
悪い仲間・マカールの夢 他一篇	コロレンコ	中村融訳
ゴーリキー短篇集		上田進・横田瑞穂訳編
どん底	ゴーリキイ	中村白葉訳
静かなドン 全八冊	ショーロホフ	横田瑞穂訳
ゴロヴリヨフ家の人々 全二冊	シチェードリン	湯浅芳子訳
何をなすべきか 全二冊	チェルヌイシェーフスキイ	金子幸彦訳
真珠の首飾り 他二篇	レスコーフ	神西清訳
われら	ザミャーチン	川端香男里訳

岩波文庫の最新刊

行方昭夫編訳
たいした問題じゃないが
—イギリス・コラム傑作選—
二〇世紀初頭に開花したエッセイ文学。イギリス流のユーモアと皮肉で身近な話題を取り上げ、世界政治を語っても大上段に構えず、人間性の面白さを論じる。
〔赤N二〇一-一〕 定価六三〇円

小田 実
大地と星輝く天の子(上)
人は人を裁けるか。古代アテナイを舞台に、ソクラテス裁判と市民の迷走と動揺を描く長篇小説。爽快で猥雑な現代絵巻は、若き小田実の初期代表作。(全二冊)
〔緑一八三-一〕 定価九四五円

フィールディング／朱牟田夏雄訳
ジョウゼフ・アンドルーズ(上)
〈イギリス小説の父〉と呼ばれるフィールディング(一七〇七—一七五四)の代表作。〈物語〉を読むことの原初的な楽しさに満ちた長篇小説。(全二冊)
〔赤二一一-五〕 定価七九八円

ガスケ／與謝野文子訳
セザンヌ
プロヴァンスが生んだ画家セザンヌ。その晩年に親しくつき合った同郷の詩人ガスケ。若き詩人が直に触れた孤高の画家の姿を、詩的な言葉で再現した伝記と対話篇。
〔青五七三-一〕 定価九〇三円

足立大進編
禅林句集
禅語の語彙集である禅林句集は、室町期から次々と編まれ、金句集として、また、禅語の手引きとして読まれてきた。今回約三五〇〇の秀句を選び、字数順に収録。
〔青三四一-一〕 定価九四五円

……今月の重版再開……

小川環樹、都留春雄、入谷仙介選訳
王維詩集
〔赤三-一〕 定価六九三円

浅野建二校注
山家鳥虫歌
—近世諸国民謡集—
〔黄二四二-一〕 定価七九八円

L・H・モーガン／上田篤監修／古代社会研究会訳
アメリカ先住民のすまい
〔白二〇四-三〕 定価一〇五〇円

竹内好編訳
魯迅評論集
〔赤二五-八〕 定価七三五円

定価は消費税5%込です　2009. 4.